【年表資料】

新装版

近世文学史

松崎　仁
白石悌三
谷脇理史
編

笠間書院

はしがき

本書は大学および短期大学用の文学史教科書として編集した。史的発展の記述は避けて、年表および資料（重要な作品・文献の抜萃）を骨格とし、適宜、教材補助としての図版を挿入した。

編集に当っては次の諸点に留意した。

年表編

一、年号の改元・将軍の就任の行われた年には、その月日をアラビア数字で示した。

一、年ごとに詩歌・小説・演劇・その他・事項の五欄を設け、作品の成立・刊行・初演等を示し、または政治的社会的参考事項・人物の死没を示した。

一、作品名の上にそのジャンルをゴチック体で示した。その際用いた略号は次の通りである。

詩歌—**和**（和歌）、**連**（連歌）、**俳**（俳諧）、**狂**（狂歌）。

小説—**仮**（仮名草子）、**噺**（噺本）、**浮**（浮世草子）、**赤**（赤本）、**黒**（黒本）、**青**（青本）、**黄**（黄表紙）、**洒**（洒落本）、**談**（談義本）、**読**（読本）、**滑**（滑稽本）、**人**（人情本）、**合**（合巻）。

演劇—**伎**（歌舞伎）、**浄**（浄瑠璃）。

その他—**漢**（漢詩文）、**随**（随筆）、**地**（地誌）、**注**（注釈）。

資料編

一、配列はジャンル別とした。
一、原則としてその作品の特色を示す箇所、あるいは史的に重要な箇所を選んだ。
一、史的講述の補助資料を「参考」として掲げた。
一、本文はできるだけ善本に依ったが、原則として句読点・濁点を加え、仮名づかいを正すなど、読みやすいようにした。ただし、中には敢て底本のままの表記に従ったものもある。
一、解説や注は最少限に止めた。ただし、長編の作品から抜萃した場合には、解説中に全編の構成の概略を示すよう留意した。
一、資料編に掲げなかった作品・人名およびその他の史的事項については、年表編を参照されたい。

編集分担は次の如くである。

年表編は、白石・谷脇・松崎が資料編の分担に応じて作成した。資料編は、詩歌（一〜五）を白石、小説（六〜九）を谷脇、演劇・歌謡（十〜十二）を松崎が分担し、相互に補正を加えた。

年表編・資料編の原稿作製に当っては、宮本瑞夫・渡辺憲司・近藤瑞男・楠元六男の諸君の協力を得た。

『年表資料 近世文学史』目次

二、和　歌

三、俳諧・俳文

四、雑俳

五、狂詩・狂歌・狂文

六、仮名草子

九、洒落本・黄表紙・滑稽本・人情本

十、浄瑠璃・説経

十一、歌舞伎

十二、歌謡

年表資料 近世文学史

年表編

西暦	1596	1597	1598	1599	1600
年号	慶長(10.27) 丙申	2 丁酉	3 戊戌	4 己亥	5 庚子
将軍					
詩歌					
小説					
演劇					
その他		**国語**易林本節用集刊。			
事項	●由己61(九・六)没。	○一月再び朝鮮に出兵。	○八月朝鮮より撤兵始まる。●秀吉63(八・一八)没。		○九月関ヶ原の戦。

1605	1604	1603	1602	1601
10 乙巳	9 甲辰	8 癸卯	7 壬寅	慶長6 辛丑
秀忠（4.16）		家康（2.12）		
			和耳底記（幽斎述・光広記）成。	
		伎この頃出雲お国京都で歌舞伎踊を始める。		
		国語日葡辞書（長崎学林）刊。		
		○二月家康征夷大将軍に任ぜられる。●昌叱65（七・二四）没。	●紹巴79（四・一二）・雄長老68（九・一六）没。	○一月東海道五十三駅を定める。

1610	1609	1608	1607	1606
15 庚戌	14 己酉	13 戊申	12 丁未	11 丙午
				仮犬枕（宗巴）この頃刊。
出版謡曲百番（光悦本）この頃より刊行を始める。		**国語**日本文典（ロドリゲス）刊。		
●中院通勝55（三・二五）・幽斎77（八・二〇）没。		○この頃より女歌舞伎の取締り始まる。●応其（木食上人）73（一〇・一）没。	○四月林羅山幕府の儒官となる。●玄仍37（四・二三）没。	○この頃都市にかぶき者横行。

1611	1612	1613	1614	1615
慶長16 辛亥	17 壬子	18 癸丑	19 甲寅	元和(7.13) 乙卯
秀忠				
	仮恨之介この頃成るか。	**噺**寒川入道筆記成。		
			出版この頃嵯峨本その他古活字本による古典刊行盛んに行なわれる。	
●隆達85（一一・二五）没。			○十月大坂冬の陣起る。	○四月大坂夏の陣起る。○七月武家諸法度、禁中並公家諸法度制定。

1620	1619	1618	1617	1616
6 庚申	5 己未	4 戊午	3 丁巳	2 丙辰
			和類字名所和歌集（昌琢）刊。	
				仮古活字本伊曽保物語刊。
			国語下学集刊。	
○桂離宮この頃創建。●山科言継44（二・二五）没。	●惺窩59（九・一二）没。	○江戸に吉原遊廓をひらく（元吉原）。		○八月キリシタン国船の寄港を長崎・平戸に限る。●家康75（四・一七）没。

1625	1624	1623	1622	1621
2 乙丑	寛永(2.30) 甲子	9 癸亥	8 壬戌	元和7 辛酉
				秀忠
雑太閤記（甫庵）成。	仮つゆ殿物語この頃成る。きのふはけふの物語・大坂物語・聚楽物語・薄雪物語（以上古活字版）この頃刊か。目覚し草成る。	噺醒睡笑（策伝）成。戯言養気集元和年間刊。	仮竹斎（道治・古活字版）この頃刊か。	
浄たかだち刊。	狂言和泉流狂言六義この頃成る。			
			雑三河物語（大久保忠教）成。	注徒然草野槌（羅山）成。
○智仁親王、後水尾天皇に古今伝授。	●一華堂乗阿89没。			○諸国に伊勢踊流行する。

1630	1629	1628	1627	1626
7 庚午	6 己巳	5 戊辰	4 丁卯	3 丙寅
				連匠材集（紹巴）刊。
仮御茶物語刊。			**仮**長者教刊。	
	漢春鑑抄（羅山）刊。		**雑**塵劫記（吉田光由）刊。	
	○六月大徳寺沢庵等流罪（紫衣事件）。●智仁親王51（四・七）没。		○七月紫衣事件起る。	

1631	1632	1633	1634	1635
寛永8　辛未	9　壬申	10　癸酉	11　甲戌	12　乙亥
家光				
和百人一首抄（幽斎）刊。	**俳**徳元千句（徳元）成。	**俳**犬子集（重頼）・誹諧発句帳（立圃）刊。		
	仮尤の双紙（徳元）刊。			**仮**七人比丘尼刊。
説経せつきやうかるかや刊。			**浄**はなや刊。	
		漢中華若木詩抄刊。		
	●角倉素庵62（六・二二）没。	○二月海外渡航者の帰還禁止。	○五月長崎に出島を築き外人を移す。	○五月鎖国令強化。○六月武家諸法度改訂、参勤交代制確立。

1640	1639	1638	1637	1636
17 庚辰	16 己卯	15 戊寅	14 丁丑	13 丙子
				和黄葉和歌集（光広）成。 **狂**貞徳狂歌百首成。 **俳**はなひ草（立圃）刊か。
仮あだ物語（為春）刊。 藻屑物語この頃成るか。	**仮**仁勢物語この頃成るか。	**仮**清水物語（意林庵）刊。	**仮**女訓抄刊。	
	浄八島刊。 **説経**さんせう太夫（説経与七郎正本）この頃刊。		**浄**あくちの判官・むらまつ刊。	
		紀行丙辰紀行（羅山）刊。		
○京都に島原遊廓開設。○この頃女歌舞伎の禁令強化される。●甫庵**77**（三・一一）没。	○七月ポルトガル船の来航を禁止し鎖国完成。○十一月貞徳、俳諧初会。●昭乗**56**（九・一八）没。	○光広**60**（七・一三）没。	○十月島原の乱起こる。●光悦**81**（二・三）没。	○六月寛永通宝を鋳造。●昌琢**62**（二・五）没。

1645	1644	1643	1642	1641
2　乙酉	正保(12.16)　甲申	20　癸未	19　壬午	寛永18　辛巳
				家光
俳毛吹草（重頼）刊。	**俳**天水抄（貞徳）成。	**和**歌林良材集・寛永本万葉集刊。 **俳**新増犬筑波（貞徳）刊。	**俳**鷹筑波（西武）・誹諧之註（貞室）刊。	**俳**誹諧初学抄（徳元）刊。
仮ひそめ草・ふしんせき刊。		**仮**薬師通夜物語・心友記・色音論刊。田夫物語・祇園物語・棠陰比事物語寛永年間刊。	**仮**あづま物語・可笑記（如儡子）・大仏物語刊。	**仮**そぞろ物語（浄心）刊。
	浄阿弥陀本地刊。	**浄**小袖曽我刊か。	**狂言**大蔵流虎明本成。	
雑五輪書（宮本武蔵）成。				
○この頃かぶき者の取締り強化される。			●策伝89（一・八）没。	

1650	1649	1648	1647	1646
3　庚寅	2　己丑	慶安(2.15)　戊子	4　丁亥	3　丙戌
和難挙白集（尋旧坊）刊。**狂**貞徳狂歌百首刊。**俳**久留流（西武）・嘉多言（貞室）・歩荒神（雲堂）・伊勢山田誹諧集刊。	**和**挙白集（長嘯子）刊。**狂**吾吟我集（未得）成。**俳**望一千句（望一）刊。	**俳**正章千句（貞室）・山の井（季吟）刊。	**和**二十一代集刊。**俳**毛吹草追加（重頼）刊。	**俳**氷室守（貞室）・郡山（正式）刊。
		仮草菜物語・不可得物語刊。	**仮**悔草（井上小左衛門）刊。二人比丘尼（正三）この頃までに刊。	
		説経せつきやうしんとく丸（佐渡七太夫正本）刊。	**浄**はらた・石橋山七騎落刊。	**浄**諏訪の本地兼家刊。
	随翁問答（藤樹）刊。	**注**徒然草鉄槌（青木宗胡）刊。**漢**剪燈新話句解刊。		
	○二月農民法度（慶安御触書）および検地条目を公布。●長嘯子81（六・一五）没。	○二月宗因、大坂天満宮連歌所宗匠。●那波活所54（一・三）・藤樹41（八・二五）没。	●打它公軌（三・一四）・徳元89（八・二八）没。	

1655	1654	1653	1652	1651
明暦（4.13）　乙未	3　甲午	2　癸巳	承応（9.18）　壬辰	慶安4　辛卯
				家綱（8.18）
俳紅梅千句（貞徳）刊。埋木（季吟）成。		**俳**河船徳万歳（立圃）刊。	**俳**守武千句刊。	**俳**崑山集（良徳）・御傘（貞徳）刊。
仮仮名列女伝（季吟）刊。	**仮**糺物語（日心）・武者物語（秀任）刊。因果物語この頃成。	**仮**犬つれづれ刊。		
				狂言わらんべ草（大蔵虎明）初稿成。**浄**清水の御本地刊。
雑嶋原集・難波物語刊。			**漢**遊仙窟刊。	
○この頃から投節流行。●鈴木正三77（六・二五）没。	●末吉道節47（八・一二）没。	○三月歌舞伎興行の再開許可。●中院通村66（二・二九）・貞徳83（一一・一五）没。	○六月若衆歌舞伎禁止。○この頃江戸に旗本奴・町奴流行。	○七月慶安事件、由井正雪自殺。

1660	1659	1658	1657	1656
3　庚子	2　己亥	万治 (7.23)　戊戌	3　丁酉	2　丙申
和松葉和歌集（宗恵）成。 **俳**懐子（重頼）・境海草（顕成）刊。新続犬筑波集（季吟）成。 **歌謡**万歳躍刊。	**和**歌枕名寄（澄月）成。 **俳**貞徳百韻独吟自注刊。			**俳**馬鹿集（長式）・玉海集（貞室）・口真似草（梅盛）・夢見草（休安）・世話焼草（皆虚）刊。
仮一本菊・孝行物語（了意）・可笑記評判（同）・智恵鑑（元甫）・二人比丘尼（正三）刊。	**仮**堀江物語・見ぬ京物語・女仁義物語・堪忍記（了意）・身の鏡（為信）刊。 **噺**私可多咄（喜雲）・百物語刊。	**仮**異国物語・見ぬ世の友（元甫）刊。東海道名所記（了意）成。	**仮**他我身之上（元隣）刊。	**仮**角田川物語・いな物・阿弥陀裸物語刊。是楽物語この頃成るか。
狂言ゑ入狂言記刊。 **浄**公平末春軍論刊。 **伎**野郎虫刊。		**浄**うぢのひめきり（岡清兵衛）刊。		**説経**せつきやうさんせう太夫（佐渡七太夫正本）刊。
漢大和小学（闇斎）刊。 **雑**吉原鑑刊。	**漢**性理字義諺解（羅山）刊。	**地**京童（喜雲）刊。	**雑**大日本史編纂はじまる。	**雑**まさり草・ね物語・甲陽軍鑑刊。
	○明の儒者朱舜水渡来する。○修学院離宮完成。	○この頃、大和、河内、堺に前句付起こる。○この頃金平浄瑠璃流行する。	○一月江戸大火（明暦の大火）○江戸の遊廓浅草三谷村に移る（新吉原）。●羅山75（一・二三）・松永尺五66（六・二）没。	●板倉重宗70（一一・一）・金森宗和73没。

1665	1664	1663	1662	1661
5　乙巳	4　甲辰	3　癸卯	2　壬寅	寛文（4.25）　辛丑
				家綱
俳小町躍（立圃）刊。	**俳**佐夜中山集（重頼）・蠅打（貞恕）・阿波手集（友次）刊。 **歌謡**糸竹初心集（中村宗三）刊。	**俳**五条百句（貞室）・茶杓竹（一雪）・増山の井（季吟）・貞徳俳諧記（一貞）刊。	**俳**誹諧小式（元隣）刊。	**和**耳底記（幽斎述・光広記）刊。
仮よだれかけ・大倭廿四孝（了意）刊。浮世物語（了意）この頃刊か。	**仮**戒殺物語・理非鑑（為信）・百八町記（如儡子）刊。	**仮**楊貴妃物語刊。かなめ石（了意）この頃刊。	**仮**為愚痴物語（休自）・水鳥記（春朔）・ねごと草（愚侍）・江戸名所記（了意）・新町をかし男・妙正物語刊。	**仮**因果物語（正三）・むさしあぶみ（了意）・本朝女鑑（同）・似我蜂物語・小倉物語・錦木刊。
	伎非人敵討・今川忍び車この頃初演。 **浄**和田酒盛刊。	**浄**公平法門諍・大友真鳥刊か。頼光跡目論この頃刊。	**浄**四天王高名物語刊。 **説経**ゆり若大臣刊。	**浄**石橋山合戦・金平花壇破刊。 **説経**あいごの若刊。
地京雀（了意）刊。 **漢**本朝一人一首（鵞峰）刊。聖教要録（素行）序。	**漢**扶桑隠逸伝（元政）刊。	**注**伊勢物語拾穂抄（季吟）成るか。 **漢**元々唱和集（元政・陳元贇）刊。	**漢**羅山先生詩文集（鵞峰編）刊。 **雑**破吉利支丹（正三）刊。	**注**土佐日記抄（季吟）・徒然草抄（磐斎）刊。 **雑**明清闘記（鵜飼石斎校閲）序。
	●意林庵76（九・二一）没。	○五月武家諸法度修補、殉死を禁止。○江戸・大坂・京都に定飛脚問屋できる。		●林守勝38没。

1670	1669	1668	1667	1666
10　庚戌	9　己酉	8　戊申	7　丁未	6　丙午
和林葉累塵集（長流）・和歌呉竹集刊。	**和**黄葉和歌集（光広）・九州道之記（幽斎）・藻塩草刊。 **俳**便船集（梅盛）・一本草（未琢）刊。	**連**連集良材刊。 **俳**伊勢踊（加友）刊。	**俳**玉海集追加（貞室）・続山井（湖春）・新続犬筑波集（季吟）再版刊。	**和**古今類句（春正）刊。 **狂**古今夷曲集（行風）刊。 **俳**遠近集（長愛子）・独吟集（重徳）刊。
仮日本名女物語・をさな源氏（立圃）刊。	**仮**勧学院物語・賢女物語・由来明鑑集（益英）刊。	**仮**一休ばなし・極楽物語（恵心）刊。	**仮**理屈物語（丈伯）刊。	**仮**御伽婢子（了意）・海上物語（恵中）・釈迦八相物語刊。
雑増益書籍目録刊。本朝通鑑（羅山・春斎）成。	**注**徒然草諺解（南部草寿）刊。 **雑**中朝事実（素行）自序。		**注**徒然草文段抄（季吟）刊。 **地**京童跡追（喜雲）刊。 **雑**吉原雀刊。	**雑**吉原袖鑑・訓蒙図彙（中村惕斎）刊。
●人見卜幽72没。	●未得82（七・一八）・立圃75（九・三〇）・烏丸資慶48（一一・二八）没。	●元政46（二・一八）没。		

1675	1674	1673	1672	1671
3　乙卯	2　甲寅	延宝（9.21）　癸丑	12　壬子	寛文11　辛亥
俳談林十百韻（松意）・大坂独吟集（宗因）・俳諧蒙求（惟中）・渋団返答（同）・独吟一日千句（西鶴）刊。	**俳**俳諧無言抄（梅翁）・渋団・如意宝珠（安静）刊。	**俳**埋木（季吟）・生玉万句（西鶴）・宗因千句・歌仙大坂俳諧師（西鶴）刊。	**狂**後撰夷曲集（行風）刊。 **俳**貝おほひ（芭蕉）・時世粧（重頼）刊。 **和**草山和歌集（元政）刊。	**和**檜山拾葉（清民）刊。衆妙集（幽斎詠・雅章編）成。 **狂**堀川百首題狂歌集刊。 **俳**宝蔵（元隣）刊。
仮女五経（益英）刊。 **噺**軽口曲手鞠刊。	**仮**元の木阿弥物語この頃刊。		**仮**一休関東咄・狂歌咄・小巵（元隣）刊。	
浄虎遁世記初演。 **説経**おぐり判官刊。	**浄**しのだづまつりぎつね・日本王代記・忍四季揃刊。	**浄**花山院きさき諍・一心二河白道刊。		
注源氏物語湖月抄（季吟）刊。 **雑**新増書籍目録刊。	**注**清少納言枕草紙抄（盤斎）刊。枕草子春曙抄（季吟）跋。 **漢**草山集（元政）・同続集（同）刊。	**注**源氏物語湖月抄（季吟）成。	**雑**集義和書（蕃山）刊。吉原こまざらひ寛文年間刊。	**随**続つれ〲草（清水春流）刊。 **漢**覆醬集（丈山）刊。
	●如儡子74？（三・八）・磐斎（八・一一）没。	●貞室64（二・七）没。	○芭蕉江戸に下る。●丈山90（五・二三）・元隣42（六・二七）没。薩摩浄雲この頃没か。	

1680	1679	1678	1677	1676
8　庚申	7　己未	6　戊午	5　丁巳	4　丙辰
綱吉（8.23）				
狂卜養狂歌集延宝末刊。**俳**破邪顕正返答(惟中)・猿轡(随流)・桃青門弟独吟廿歌仙・俳諧合(芭蕉判)・江戸弁慶(言水)・阿蘭陀丸二番船（宗円）刊。	**和**萍水和歌集（長流）刊。**狂**銀葉夷曲集（行風）刊。**俳**中庸姿(高政)・破邪顕正(随流)・仙台大矢数(三千風)・坂東太郎(才麿)・江戸蛇之鮓(言水)刊。	**俳**虎渓の橋(西鶴)・江戸三吟(信徳)・物種集(西鶴)・大矢数(紀子)・江戸広小路(不卜)・江戸八百韻（幽山）・江戸新道(言水)・当流籠抜（宗旦）刊。	**和**逍遙愚抄(以悦)・続歌林良材集（長流）刊。**俳**蛇之助五百韻(常矩)・大句数（西鶴）刊。六百番誹諧発句合(風虎)成。	**俳**俳諧師手鑑(西鶴)・当世男(蝶々子)・類船集(梅盛)・江戸両吟集(芭蕉等）刊。**歌謡**淋敷座之慰刊。
仮難波鉦刊。**噺**杉楊枝(道元)・囃物語(幸佐)・軽口大わらい(山雲子)刊。		**仮**御伽物語刊。	**仮**たきつけ・もえくい・けしずみ・宿直草刊。	**仮**石山寺入相鐘（似船）刊。岩つつじ（季吟）成。
浄大しょくはん刊。		**伎**夕霧名残の正月初演。**浄**松浦五郎景近・しのだづま・竹子集刊。	**浄**静法楽の舞・清原右大将・殿上之うはなり討・神武天皇刊。	**浄**碁盤忠信・江州石山源氏供養刊。
注伊勢物語拾穂抄(季吟)刊。**漢**扶桑名勝詩集（吉田元俊）刊。		**地**奈良名所八重桜（秀興・伊祐）刊。**雑**色道大鏡（箕山）序。		
○俳壇の新旧論争激化。●重頼79（六・二九）没。	●飛鳥井雅章69・鶏冠井令徳91没。	○この頃より赤本おこなわれる。●卜養72（一二・二六）没。	○宇治嘉太夫受領して加賀掾、山本角太夫受領して相模掾と称する。	○井上播磨掾54この頃没か。

1685	1684	1683	1682	1681
2　乙丑	貞享(2.21)　甲子	3　癸亥	2　壬戌	天和(9.29)　辛酉
				綱吉
和一楼賦（風瀑）・一星（調和）刊。	**俳**冬の日（荷兮）・女歌仙（西鶴）刊。	**俳**虚栗（其角）・精進膾（西鶴）刊。	**和**八代集抄（季吟）刊。 **狂**貞徳狂歌集刊。 **俳**武蔵曲（千春）刊。	**和**和歌延宝集（契沖）・同（長流）成。 **俳**天朗立（高政）・大矢数（西鶴）・七百五十韻（信徳）・次韻（芭蕉）刊。
浮西鶴諸国はなし（西鶴）・宗祇諸国物語（市郎右衛門）・椀久一世の物語（西鶴）・好色増鏡刊。	**浮**花の名残（市郎右衛門）・諸艶大鑑（西鶴）刊。 **噺**軽口男（彦八）刊。	**浮**小夜衣・風流嵯峨紅葉（山八）・島原大和暦刊。 **噺**武左衛門口伝咄刊。	**仮**恋慕水鏡（山八）・犬方丈記刊。 **浮**好色一代男（西鶴）刊。 **噺**新撰咄揃（茅屋子）刊。	**仮**名女情比・都風俗鑑刊。 **噺**当世手打笑刊。
浄暦（西鶴）・凱陣八島（同）・賢女の手習并新暦（近松補筆か）初演。出世景清（近松）初演。小竹集刊。	**伎**初世団十郎鳴神狂言初演か。	**伎**うかれ狂言金岡長者之沙汰（山本遊学）・難波の皃は伊勢の白粉（西鶴）刊。 **浄**世継曾我（近松）刊。		**浄**つれづれ草・大竹集刊。
	地雍州府志（道祐）刊。	**地**紫の一本（茂睡）跋。 **漢**中庸発揮（仁斎）この頃までに成る。	**随**戴恩記（貞徳）刊。	**雑**吉原三茶三幅一対・朱雀遠目鏡・中朝事実（素行）刊。
○この頃から初世団十郎荒事を演ずる。○連歌体俳諧流行。●風虎67（九・一九）・素行64（九・二六）没。	○西鶴一昼夜に二万三千五百句独吟。○芭蕉甲子吟行の旅。○竹本義太夫、竹本座創始。○十月新暦（貞享暦）を用いる。	○幕府新奇の染織を禁じ、庶民に衣服制限令を出す。	○春正・宗川、万葉集を校訂、徳川光圀に献上。○五月諸国に高札を立て忠孝を奨励し奢侈等を禁ずる。●宗因78（三・二八）・山本春正73（九・八）・闇斎65（一〇・一六）没。	○漢詩体俳諧流行。●望月長好63（三・一五）没。

1690	1689	1688	1687	1686
3　庚午	2　己巳	元禄 (9.30)　戊辰	4　丁卯	3　丙寅
和 万葉拾穂抄（季吟）刊。万葉代匠記（契沖）精撰本成。 **俳** ひさご（珍碩）・花摘（其角）・其袋（嵐雪）刊。 **雑俳** 二葉の松（不角点）刊。	**和** 扶桑拾葉集（光圀）刊。 **俳** 曠野（荷兮）刊。聞書七日草（呂丸）・山中問答（北枝）成。	**俳** 続の原（不卜）刊。更科紀行（芭蕉）成。	**和** 万葉代匠記（契沖）初稿本成。 **俳** 続虚栗（其角）・丁卯集（一晶）刊。鹿島紀行（芭蕉）成。	**和** 和歌世々の栞（長伯）刊。 **俳** 春の日（荷兮）・蛙合（仙化）・一橋（清風）刊。
仮 死霊解脱物語刊。 **浮** 真実伊勢物語刊。 **噺** 枝珊瑚珠（武左衛門）刊。	**浮** 本朝桜陰比事（西鶴）・新吉原常々草（捨若）・今業平物語刊。	**浮** 日本永代蔵（西鶴）・武家義理物語（同）・嵐無常物語（同）・好色盛衰記（同）・色里三所世帯（同）・新可笑記（同）・好色文伝授（政房）刊。	**仮** 奇異雑談集刊。 **浮** 男色大鑑（西鶴）・懐硯（同）・武道伝来記（同）・好色旅日記（旨恕）・武道一覧（西沢貞陳）刊。	**浮** 近代艶隠者（西鷺軒）・好色三代男（市郎右衛門）・好色五人女（西鶴）・好色一代女（同）・本朝二十不孝（同）刊。 **噺** 鹿の巻筆（武左衛門）刊。
			伎 野良立役舞台大鏡刊。 **浄** 貞享四年義太夫段物集刊。	**浄** 三世相（近松）・佐々木大鑑（同）初演。
紀行 日本行脚文集（三千風）刊。 **雑** 人倫訓蒙図彙刊。東海道分間絵図成。	**地** 一目玉鉾（西鶴）・江戸惣鹿子刊。	**雑** 日本歳時記（好古）刊。		
○八月ドイツ人ケンペル来日。○契沖この頃円珠庵に隠棲。○俳諧、景気の句流行。●初世嵐三石衛門 **56** 没。	○十二月北村季吟・湖春父子幕府に召される。○芭蕉、奥羽行脚。	○二月美服禁止令布告。●信海 **54**（九・一三）没。	○幕府しきりに生類憐みの令を出す。●岡清兵衛この頃没。	●長流 **61**（六・三）没。

1695	1694	1693	1692	1691
8 乙亥	7 甲戌	6 癸酉	5 壬申	元禄4 辛未
				綱吉
俳笈日記（支考）・芭蕉翁行状記（路通）・有磯海（浪化）刊。**雑俳**夏木立（雲鼓）刊。	**俳**炭俵（野坡等）・蘆分船（不角）・枯尾花（其角）・句兄弟（其角）刊。**雑俳**口こたへ（林鴻）刊。	**俳**深川（洒堂）・曠野後集（荷兮）・俳風弓（壺中）刊。**雑俳**難波土産（菊子）・あるが中（可休）刊。	**俳**葛の松原（支考）・貞徳永代記（随流）・俳林一字幽蘭集（沾徳）刊。**雑俳**咲やこの花（菊子）・気比の海（我黒点）刊。	**和**古今余材集（契沖）成。**俳**猿蓑（去来・凡兆）・京羽二重（林鴻）・雑談集（其角）・団袋（団水）・勧進牒（路通）刊。
浮西鶴俗つれづれ（西鶴）・好色赤烏帽子（蝶麿）・玉櫛笥（義端）刊。好色産毛（林鴻）この頃刊か。	**浮**西鶴織留（西鶴）・好色万金丹（夜食時分）刊。**噺**うかれ小僧刊。**赤**たゞとる山のほとゝぎす刊か。	**浮**浮世栄花一代男（西鶴）・西鶴置土産（同）・男色子鑑刊。	**仮**狗張子（了意）刊。**浮**世間胸算用（西鶴）・諸和気姥桜（遊色軒）・花の染分（不角）刊。	**浮**好色染下地（不角）刊。**噺**軽口露がはなし（五郎兵衛）刊。
伎今源氏六十帖（近松）・けいせい阿波鳴門（同）初演。	**伎**五道冥官（平兵衛）初演。	**伎**仏母摩耶山開帳（近松）・好色伝受（小島彦十郎）・丹波与作手綱帯（平兵衛）初演。古今四場居百人一首刊。	**伎**役者大鑑刊。	**伎**嫁鏡（平兵衛）・娘親の敵討初演。
国語和字正濫鈔（契沖）刊。			**注**勢語臆断（契沖）この年以前成る。**雑**広益書籍目録刊。	
○八月金銀貨改鋳。●三之90没。	○江戸市中に十組問屋成立。○芭蕉軽みを唱導。○笠付起こる。●芭蕉51（一〇・一二）没。	○十二月新井白石甲府藩主綱豊の侍講となる。●西鶴52（八・一〇）・嵐蘭47（八・二七）没。	○この頃前句付流行。	○林鳳岡、大学頭に任ぜられ、湯島聖堂開基。●了意（一・一）・蕃山73（八・一七）没。

1700	1699	1698	1697	1696
13 庚辰	12 己卯	11 戊寅	10 丁丑	9 丙子
和梨本集（茂睡）刊。 **俳**三上吟（其角）刊。	**俳**仏の兄（鬼貫）・西華集（支考）・けふの昔（朱拙）・小弓俳諧集（東鷲）・伊達衣（等躬）刊。旅寝論（去来）成。	**俳**続五論（支考）・続猿蓑（沾圃）・篇突（許六等）・泊船集（風国）・砂川（諷竹）刊。 **雑俳**洗朱（調和）刊。	**俳**菊の香（風国）・末若葉（其角）・俳林良材（鷺水）・陸奥衛（桃隣）刊。俳諧問答（去来・許六）成。 **雑俳**江戸土産刊。	**俳**韻塞（許六等）・若葉合（其角）・芭蕉庵小文庫（史邦）刊。 **雑俳**高天鶯（良弘）刊。
浮御前義経記（一風）刊。	**浮**西鶴名残の友（西鶴）刊。	**仮**怪談全書（羅山）刊。 **浮**好色俗むらさき（流宣）・新色五巻書（一風）刊。 **噺**露新軽口ばなし（五郎兵衛）刊。	**浮**西鶴冥途物語刊。	**浮**万の文反古（西鶴）・好色小柴垣（酔狂庵）・古今武士鑑（一雪）・玉箒木（義端）刊。
伎心中茶屋咄初演。 **浄**大坂千日寺心中物語初演か。	**伎**けいせい仏の原（近松）初演。役者口三味線（其磧）刊。 **浄**本海道虎石（文流）初演。	**伎**傾城浅間嶽・源平雷伝記（団十郎）初演。	**伎**参会名護屋・兵根元曾我（中村明石・団十郎）・大名なぐさみ曾我（近松）初演。	**伎**熊野山開帳（平兵衛）初演。
		国語合類節用集（書言字考）序。	**国語**和字正濫通妨抄（契沖）成。 **雑**国花万葉記（菊本賀保）刊。	**注**源注拾遺（契沖）成。
○三月春満、江戸に下る。●貝原好古37（五・一三）・光圀73（一二・六）没。	●鹿野武左衛門51没。	●信徳66（一〇・一三）・順庵78（一二・二三）没。この年までに竹本義太夫受領して竹本筑後掾と称する。	●湖春50（一・一五）・清水宗川（一〇・二〇）没。	○荻生徂徠、柳沢吉保に仕える。

1705	1704	1703	1702	1701
2　乙酉	宝永(3.13)　甲申	16　癸未	15　壬午	元禄14　辛巳
俳余花千句(沾徳)刊。	**俳**三疋猿(支考)・白陀羅尼(支考)刊。 **雑俳**よりくり(麟子)刊。 **歌謡**落葉集(扇徳)刊。	**歌謡**松の葉(秀松軒)刊。	**和**鳥之迹(茂睡)刊。 **俳**花見車(轍士)・宇陀法師(許六等)・奥の細道(芭蕉)刊。	**俳**焦尾琴(其角)・東西夜話(支考)・杜撰集(嵐雪)刊。
浮長者機嫌袋(言粋)・傾城風流杉盃(一風)・棠大門屋敷(文流)・傾城武道桜(一風)刊。	**浮**金玉ねぢぶくさ(草花堂)・拾遺御伽婢子(柳糸堂)・玉すだれ(非風子)・心中大鑑(書方軒)刊。	**浮**好色敗毒散(夜食時分)・風流今平家(一風)・男色木芽漬(円斎)・立身大福帳刊。	**浮**女大名丹前能(一風)・東海道敵討(都の錦)・元禄太平記(同)・五ケ濃津余情男(都の花風)刊。	**浮**寛濶曾我物語(一風)・けいせい色三味線(其磧)・好色河念仏(如水軒)刊。 **噺**露五郎兵衛新ばなし刊。
浄用明天王職人鑑(近松)初演。	**浄**薩摩歌(近松)初演。	**浄**曾根崎心中(近松)・雁金文七一周忌初演。	**伎**けいせい壬生大念仏(近松)初演。 **浄**雁金文七秋の霜・道中評判敵討初演。	**伎**役者略請状刊。 **浄**国仙爺手柄日記(文流)初演。
	漢通俗続三国志刊。	**評論**紫家七論(為章)成。 **漢**通俗呉越軍談刊。	**雑**藩翰譜(白石)成。	
○竹田出雲、竹本座座本となる。近松、竹本座座付作者となる。●仁斎79(三・一二)・季吟82(六・一五)没。	○三月時事歌謡狂歌禁止。●丈草43(二・二四)・箕山79(六・二二)・去来54(九・一〇)・初世団十郎45没。	○豊竹若太夫、豊竹座創立。●露の五郎兵衛61(五・九)没。	○江戸に洒落風俳諧。前句付雑俳化。○十二月赤穂浪士吉良義央を討つ。	●三月赤穂藩主浅野長矩殿中にて刃傷。●契沖62(一・二五)・高瀬梅盛89?二世嵐三右衛門41(一説36)没。

1710	1709	1708	1707	1706
7　庚寅	6　己丑	5　戊子	4　丁亥	3　丙戌
	家宣（5.1）			
俳粟津原（桃隣）・三山雅集（呂茄）刊。**歌謡**松の落葉（扇徳）刊。琉球古謡おもろ二十二巻成。	**俳**笈の小文（乙州）刊。**雑俳**軽口頓作（雲鼓）刊。	**俳**遠のく（百里）・斎非時（格枝）刊。	**和**梶の葉刊。**俳**類柑子（其角）・篗纑輪前集（不角）刊。	**俳**東山万句（支考）・心葉（団水）・本朝文選（許六）刊。
浮寛濶平家物語（一風か）・傾城伝受紙子（其磧）・野白内証鑑（同）・寛濶役者片気（同）・御入部伽羅女（翫水）刊。	**浮**武道張合大鑑（団水）・子孫大黒柱（月尋堂）・新今様二十四孝（同）・新玉櫛笥（鷺水）・儻偶用心記（月尋堂）刊。	**浮**風流呉竹男（錦裳）・古今堪忍記（鷺水）・野傾友三味線（団水）刊。	**浮**男色比翼鳥・昼夜用心記（団水）・傾城播磨石・諸国因果物語（鷺水）刊。	**浮**新武道伝来記・当世乙女織（文流）・風流曲三味線（其磧）・京縫鎖帷子（東鳥）刊。
伎心中鬼門角・鬼鹿毛無佐志鐙（吾妻三八）初演。**浄**鬼鹿毛無佐志鐙（海音）・お染久松袂の白しぼり（同）初演。碁盤太平記（近松）初演か。	**浄**心中刃は氷の朔日（近松）初演。椀久末松山（海音）宝永年間初演か。	**浄**丹波与作待夜の小室節（近松）・けいせい反魂香（同）初演。	**伎**石山寺誓湖（安達三郎左衛門）初演。**浄**堀川波鼓（近松）・心中重井筒（同）・五十年忌歌念仏（同）初演。	**伎**鳥辺山心中初演。**浄**心中二枚絵草紙（近松）初演。
雑和俗童子訓（益軒）刊。	**雑**集義外書（蕃山）刊。	**雑**大和俗訓（益軒）刊。	**漢**童子問（仁斎）刊。	
○四月金銀改鋳を命ず。●中院通茂80（三・二一）・曾良62（五・二二）没。	○一月綱吉没し、生類憐みの令廃止。○六月新井白石登用。○伊勢おかげ参り流行。●三千風69（四・四）・遯庵77（五・二一）・坂田藤十郎63？没。	○淡々、京に移る。●随流80（二・一一）・伊藤担庵86（八・二四）没。	○十一月富士山噴火。●其角47（二・三〇）・一晶65（四・二八）・嵐雪54（一〇・一三）没。	○この頃都一中、一中節を語り始める。●茂睡78（四・一四）没。

1715	1714	1713	1712	1711
5 乙未	4 甲午	3 癸巳	2 壬辰	正徳 (4.25) 辛卯
		家継 (4.2)		家宣
俳歴代滑稽伝(許六)・発願文（支考）刊。		**狂**春駒狂歌集（由己）刊。 **俳**石なとり（秋色）刊。	**俳**千鳥掛(知足)・正風彦根躰（許六）刊。	**俳**東山墨なをし(支考)・阿誰話（支考）刊。
浮風流誂平家・丹波太郎物語・世間子息気質（其磧）刊。	**浮**四民乗合船・近代長者鑑(操巵)・女男色遊(其磧)・女男伊勢風流・愛敬昔色好刊。	**浮**日本新永代蔵(団水)・今川当世状(其磧)・通俗諸分床軍談(同)・和漢乗合船(操巵)・商人職人懐日記刊。	**浮**一夜船(団水)・頼朝三代鎌倉記・魂胆色遊懐男(其磧)・野傾旅葛籠(同)・商人軍配団(同)刊。	**浮**忠義武道播磨石・男色今鑑・傾城禁短気（其磧）刊。
浄大経師昔暦(近松)・国性爺合戦(同)初演。八百屋お七（海音）この頃初演。	**伎**役者目利講(其磧)刊。	**浄**天神記(近松)・傾城三度笠（海音）初演。	**浄**夕霧阿波鳴渡(近松)・嫗山姥（同）初演。	**浄**冥途の飛脚(近松)・大職冠(同)初演。
国語同文通考（白石）正徳年間成る。 **雑**西洋紀聞（白石）成。艶道通鑑（残口）序。	**随**蘐園随筆（徂徠）刊。	**雑**和漢三才図会刊。	**雑**読史余論(白石)・和漢三才図会（寺島良安）成。	**漢**訳文筌蹄（徂徠）刊。
●許六60(八・二六)・調和78(一〇・一七)没。	○三月絵島事件起こる。○五月金銀貨改鋳（正徳金銀）。●益軒85(八・二七)・竹本筑後掾64（九・一〇）・凡兆没。		○九月勘定奉行荻原重秀罷免。	○蘐園の訳社始まる。○三笠付流行。●団水49(一・四)・惟中73(一〇・二六)・浅見絅斎60（一二・一）没。

1720	1719	1718	1717	1716
5 庚子	4 己亥	3 戊戌	2 丁酉	享保 (6.22) 丙申
				吉宗 (8.13)
俳 続福寿（沾涼）刊。	**俳** 俳諧十論（支考）刊。	**俳** 独ごと（鬼貫）・本朝文鑑（支考）刊。	**俳** 鶻尾冠（越人）・にはくなぶり（淡々）・初心もと柏（言水）・烏糸欄（祇空）刊。	
浮 浮世親仁形気（其磧）・花実義経記（同）・風流宇治頼政（同）・楠三代壮士（同）刊。	**浮** 義経倭軍談（其磧）刊。	**浮** 和漢遊女容気（其磧）・傾城竈照君・乱脛三本鑓（一風）刊。	**浮** 傾城野群談・国姓爺明朝太平記（其磧）・世間娘容気（同）・女敵高麗茶碗・雲州松江鱸刊。	**浮** 今源氏空船（一風）・西鶴伝授車（転蓬）・分里艶行脚刊。
浄 双生隅田川（近松）・心中天の網島（同）初演。	**浄** 平家女護島（近松）・傾城島原蛙合戦（同）・義経新高館（海音）・三勝半七二十五年忌（同）初演。	**浄** 山崎与次兵衛寿の門松（近松）・曾我会稽山（同）・博多小女郎波枕（同）・鎌倉三代記（海音）初演。	**浄** 鑓の権三重帷子（近松）初演。	**伎** 式例和曾我初演。
随 洞房語園（庄司勝富）序。		**雑** 町人嚢（如見）刊。	**国語** 東雅（白石）成。 **漢** 弁道（徂徠）・弁名（同）成。	**漢** 唐話纂要（冠山）刊。
○八月江戸町火消いろは組を創設。○禁書の令をゆるめる。	○十一月相対済し令を布告。	○十一月享保金銀の流通を命ずる。●立枝（五・一二）・三宅観瀾45（八・二六）没。	○二月大岡忠相を町奉行に任命。○初世河東、河東節の一派を立てる。●涼菟57（四・二八）没。	○享保の改革始まる。●素堂75（八・一五）・荷兮69（八・二五）・来山63（一〇・三）没。

1725	1724	1723	1722	1721
10 乙巳	9 甲辰	8 癸卯	7 壬寅	享保6 辛丑
				吉宗
俳鎌倉海道(千梅)・十論為弁抄(支考)・三千化(支考)刊。不猫蛇（越人）成。	**俳**相楔（露川）成。	**俳**其角十七回(淡々)・海音集（方設）刊。口状（支考）成。	**俳**北国曲(巻耳)・夕かほの歌（宰陀等）刊。	**俳**後余花千二百句(沾徳)刊。
		浮桜曾我女時宗(其磧)刊。	**浮**商人家職訓(其磧)・芝居万人葛(同)・風流七小町（同）刊。	**浮**徒然時世粧(文流)・女曾我兄弟鑑(其磧)・日本契情始（同）刊。
浄大内裏大友真鳥(出雲)初演。	**浄**関八州繋馬（近松）初演。	**浄**大塔宮曦鎧(出雲)・傾城無間鐘（海音）初演。	**浄**心中二つ腹帯(海音)・心中宵庚申(近松)初演。	**浄**女殺油地獄(近松)・信州川中島合戦（同）初演。
	随ひとりね（淇園）この頃成る。 **漢**唐詩選（南郭校）刊。		**雑**六諭衍義大意（鳩巣）刊。	**雑**六諭衍義（官版）刊。
●秋色女57(四・一九)・河東42（七・二〇)・白石69(五・一九)没。	○三月大坂大火(妙智焼)。●一蝶73(一・一三)・都一中(五月)・西川如見77(九・二四)・近松門左衛門72（一一・二二）没。	○幕府心中物の出版・上演並びに三笠付を禁ずる。●千那（四・一七)・正秀67（八・一三）没。	○書籍出版取締令発布。●尚白73(七・一九)・言水73（九・二四)没。	

1730	1729	1728	1727	1726
15　庚戌	14　己酉	13　戊申	12　丁未	11　丙午
俳三日月日記(支考)・俳諧古今抄(支考)・神の苗(淡々)・正風集（不角）刊。	**狂**狂歌家土産（貞柳)刊。 **俳**猫の耳(越人)刊。猪の早太（越人）成。	**俳**庭竈集(越人)・桃の首途(廬元坊)刊。削かけの返事（支考）成。	**俳**和漢文操（支考）刊。	**和**広沢輯藻（長孝）刊。 **俳**春秋関(魚川)・放生日（野坡）刊。
浮世間手代気質(其磧)・契情お国歌舞伎(同)・富士浅間裾野桜(同)刊。 **洒**史林残花（遊戯堂主人）刊。	**浮**御伽平家(其磧)・風流扇子軍(同)・熊坂今物語（一風）刊。	**浮**面影曾我傾城盛衰記(松風堂)・記録曾我女黒船(其磧)・本朝会稽山（同）刊。 **洒**両巴卮言（撃鉦先生）刊。	**浮**女将門七人化粧(其磧)・大内裏大友真鳥(同)・頼朝鎌倉実記（同）刊。 **談**田舎荘子（樗山）刊。	**浮**安倍晴明白狐玉(其磧)・出世握虎昔物語(同)刊。
浄三浦大助紅梅靮（文耕堂・千四)・須磨都源平躑躅（同）初演。	**伎**扇恵方曾我初演（矢の根五郎の始め)。	**伎**金の揮（奥村源六)刊。	**浄**今昔操年代記（一風）刊。	**浄**北条時頼記（一風・宗助）初演。
	雑新書籍目録刊。		**漢**南郭先生文集初編・徂徠先生学則・徂徠先生答問書刊。	
●土芳74（一・一八）・石庵66（七・二六）没。	○石田梅岩、京都で心学を講じ始める。●初世芳沢あやめ57（七・一五）没。	●冠山55（一・二）・徂徠63（一・一九）没。		○中井甃庵等大坂に懐徳堂を設立。●沾徳65（六・三〇）没。

1735	1734	1733	1732	1731
20 乙卯	19 甲寅	18 癸丑	17 壬子	享保16 辛亥
				吉宗
俳とくとくの句合(素堂)・鶴のあゆみ(鶴歩)・親鸞(沾州)・続花摘(湖十)刊。	**狂**狂歌家土産続編(貞柳)刊。 **俳**紀行誹談二十歌仙(淡々)・高鼾(柳居)・今宮草(来山)・柿むしろ(宗端等)刊。	**俳**百番句合(宗瑞等)・六物集(紀逸)・紙蚕(超波)・四時観(水光等)刊。 **雑俳**雨の落葉(収月等点)刊。	**俳**綾錦(沾涼)・誹太郎(湖十)・或問珍(吏登)刊。 **雑俳**表若葉・裏若葉(苔翁点)刊。	**俳**五色墨(長水等)・藤の首途(廬元坊)刊。
浮略平家都遷(其磧)・咲分五人娘(同)・渡世身持談義(同)・愛護初冠女筆始(同)・風流西海硯(同)・風流連理檍(同)刊。	**浮**三浦大助節分寿(其磧)・都鳥妻恋笛(同)・御伽厚化粧(筆天斎)刊。	**浮**風流友三味線(其磧)・那智御山手管滝(同)・高砂大島台(同)・鬼一法眼虎の巻(同)刊。 **洒**両都妓品刊。	**浮**風流誂軍談(祐佐)・太平百物語(同)・けいせい歌三味線(其磧)刊。 **噺**軽口咲顔福の門(其磧)刊。	**浮**風流東大全(其磧)・奥州軍記(同)刊。
浄南蠻鉄後藤目貫(宗助)・苅萱桑門筑紫𨏍(同)・睦月連理檍(豊後節)初演。	**浄**蘆屋道満大内鑑(出雲)初演(人形三人遣い始まる)。夕霧浅間嶽(一中節)初演。		**伎**傾城妻恋桜(市山助五郎)初演。 **浄**壇浦兜軍記(文耕堂・千四)・忠臣金短冊(宗助)初演。	**浄**鬼一法眼三略巻(文耕堂・千四)初演。
随折たく柴の記(白石)享保年間成る。	**随**本朝世事談綺(沾涼)刊。月堂見聞集(本島知辰)この頃成る。		**随**駿台雑話(鳩巣)自序。	
○この頃万句合起こる。●広沢78(一二・二三)没。	○竹本政太夫、二世義太夫となる。●鳩巣77(八・一二)・貞柳81(八・一五)・辰松八郎兵衛没。	○一月江戸市中米価騰貴により米商人宅打毀。●長谷川千四45(四・二〇)・祇空71(四・二三)・露沾79(九・一四)没。	○西国大飢饉。○この頃より豊後節江戸に流行。●鳳岡81(六・一)・杉風86(六・一三)没。	○豊竹若太夫受領して豊竹越前少掾と称する。●支考67(二・七)・西沢一風68(五・二四)没。

1740	1739	1738	1737	1736
5　庚申	4　己未	3　戊午	2　丁巳	元文(4.28)　丙辰
俳正風論(原松)・三日の庵(梅従等)刊。	**俳**星月夜(原松)・芭蕉句選(華雀)・都能茂之(湖十)・其角三十三回(淡々)刊。	**俳**合歓の花道(沾山)・風姿亀鏡集(不角)・其傘(貞山)刊。	**俳**渭江話(廬元坊)刊。	**狂**狂歌真寸鏡(木端詠・貞柳校)刊。**俳**鳥山彦(沾涼)・江戸菅笠(不角)・新句兄弟(魚貫)刊。
浮忠盛祇園桜・龍都俵系図・御伽空穂猿(好話)刊。	**浮**武遊双級巴・丹波与作無間鐘・花襷巌柳嶋刊。	**浮**其磧置土産(其磧)・御伽名代紙衣(同)・善悪両面常盤染・忠孝寿門松刊。	**浮**兼好一代記(其磧)・風流東海硯(同)・渡世伝授車(都塵舎)刊。**洒**吉原源氏六十帖評判刊。	**浮**諸分名女多葉粉(華亭)・諸商人世帯形気(其磧)・風流軍配団(同)刊。
	浄ひらかな盛衰記(文耕堂・千前軒)初演。	**浄**難波土産(穂積以貫か)刊。	**浄**御所桜堀川夜討(文耕堂・松洛)初演。	**浄**和田合戦女舞鶴(宗助)・敵討襤褸錦(文耕堂・松洛)初演。
漢徂徠集・松浦詩集(大潮)刊。	**随**常山紀談(湯浅元禎)刊。**雑**都鄙問答(梅岩)刊。			**随**南留別志(徂徠)刊。
●野坡78(一・三)・宮古路豊後掾81?没。	○豊後節禁止。	●才磨83(一・二)・湖十63(七・二七)・鬼貫78(八・二)没。	●長伯77(六・二)没。	●其磧70(六月)・春満68(七・二)・東涯(七・一七)没。

1745	1744	1743	1742	1741
2　乙丑	延享(2.21)　甲子	3　癸亥	2　壬戌	寛保(2.27)　辛酉
家重(11.2)				
俳江戸廿歌仙(湖十等)・風狂文草(友水)・蝶の遊(北華)刊。	**和**国歌論臆説(真淵)・臆説剰言(宗武)・再奉答金吾君書(真淵)成。 **俳**風俗文選拾遺(北華)・句餞別(祇徳)刊。	**俳**西の奥(富鈴)刊。	**和**国歌八論(在満)・国歌八論余言(宗武)・国歌八論余言拾遺(真淵)成。	
浮今昔出世扇・賢女心化粧・阿漕浦三巴刊。 **黒**朝比奈勇力鑑刊。 **青**風流鱗魚退治刊。	**浮**弓張月曙桜・契情太平記・其磧諸国物語(其磧)刊。 **黒**丹波爺打栗刊。	**浮**鎌倉諸芸袖日記・薄雪音羽滝・雷神不動桜刊。 **洒**会海通窟刊。	**浮**女非人綴錦・刈萱二面鑑・名玉女舞鶴刊。 **洒**嶹陽英華刊。	**浮**逆沢瀉鎧鑑・善光倭丹前・敦盛源平桃刊。 **噺**軽口はる袋(二代彦八)刊。
浄夏祭浪花鑑(千柳・松洛)初演。	**浄**潤色江戸紫(太郎兵衛)初演。		**伎**雷神不動北山桜(蛙文)初演。 **浄**男作五雁金(出雲)初演。	**浄**新うすゆき物語(文耕堂)初演。
		漢小説精言(白駒訳)刊。		
●伊藤梅宇63(一〇・二八)・自笑80?(一一・一一)没。	●巴静64(二・一九)・宗瑞60(七・三〇)・石田梅厳60(九・二四)・竹本播磨少掾(二世義太夫)54没。	●野水86(三・二二)・露川83(八・二三)・江戸半太夫没。	●巴人66(六・六)・海音80(一〇・四)没。	

1750	1749	1748	1747	1746
3　庚午	2　己巳	寛延 (7.12)　戊辰	4　丁卯	3　丙寅
俳 玄峰集(嵐雪)・武玉川初編(紀逸)刊。	**俳** 六々庵発句集(巴静)・三景集(鳥酔等)刊。	**和** 百人一首改観抄(契沖著・宗武追考)刊。 **俳** 南北新話(涼袋)・俳諧答問抄(羊素)刊。	**俳** 五元集(其角)・続新百韻(梅路)刊。	**俳** 淡々発句集(分外)・芭蕉翁同光忌(柳居)刊。
浮 教訓私儘育刊。 **読** 怪談登志男(素及)・諸州奇事談(好阿)刊。	**浮** 小野篁恋釣船・義貞艶軍配・花楓剣本地刊。 **読** 英草紙(庭鐘)刊。	**浮** 盛久側柏葉・十二小町曦裳刊。 **洒** 華里通商考刊。	**浮** 自笑楽日記・物部守屋錦輦刊。 **噺** 軽口花咲顔刊。 **洒** 瓢金窟・百花評林(探花亭主人)刊。	**浮** 勧進能舞台桜・曾根崎情鵲刊。 **洒** 月下余情(献笑閣主人)刊。 **黒** 富士浅間物語刊。
伎 古今役者大全刊。	**浄** 双蝶々曲輪日記(出雲・松洛・千柳)・源平布引滝(千柳・松洛)初演。	**浄** 仮名手本忠臣蔵(出雲・松洛・千柳)初演。	**浄** 義経千本桜(小出雲改め出雲・松洛・千柳)初演。	**浄** 菅原伝授手習鑑(出雲・千柳・松洛)初演。
漢 大東世語(南郭)刊。	**漢** 唐音和解(冠山)刊。	**随** 駿台雑話(鳩巣)刊。 **雑** 元無草(志道軒)刊。		**漢** 蛻巌集(蛻巌)刊。
●希因51(七・一一)・南嶺53(九・一二)没。		○富本節始まる。●烏丸光栄60(三・一四)・柳居54(五・三〇)没。	○常磐津節始まる。●春台68(五・一)・盧元坊56(五・一〇)・初世出雲(六・四)・沾涼62(一〇・二四)・破笠85没。	○賀茂真淵田安家に仕える。

1755	1754	1753	1752	1751
5　乙亥	4　甲戌	3　癸酉	2　壬申	宝暦(10.27)　辛未
				家重
俳夜半亭発句帖(巴人)・杖の上(宋屋)刊。	**雑俳**童の的(竹翁)刊。	**俳**嵯峨日記(魯玉)・新撰武蔵曲(暁雨)・続百番句合(蓼太等)刊。**雑俳**折句式大成(九華等)刊。	**俳**鹿島詣(秋瓜)・眉斧日録(湖十)・続五元集(旨原)刊。	**俳**続五色墨(宗瑞等)・俳諧家譜(丈石)・芭蕉翁頭陀物語(涼袋)刊。雪おろし(蓼太)成。
浮頼政現在鵺刊。**談**禁現大福帳(苦零舎)刊。**読**化物判取帳(敬阿)序。	**浮**世間長者容気・風流川中嶋刊。**洒**魂胆惣勘定刊。**談**銭湯新話(単朴)・下手談義聴聞集刊。	**浮**歳徳五葉松刊。**洒**跖婦人伝(浚明)刊。**談**教訓続下手談義(好阿)・当風辻談義(嫌阿)刊。	**浮**夕霧有馬松・世間母親気質(南嶺)刊。**談**当世下手談義(好阿)・教訓雑長持(単朴)刊。	**浮**優源平歌嚢・道成寺岐柳刊。**噺**軽口浮瓢箪(探華亭)刊。
	浄義経腰越状初演。	**伎**幼稚子敵討(正三)・けいせい天羽衣(同)・男伊達初買曽我(斗文)初演。**舞踊**京鹿子娘道成寺(長唄)初演。		**浄**恋女房染分手綱(冠子・松洛)・一谷嫩軍記(宗輔)初演。
	雑新増書籍目録刊。	**漢**小説奇言刊。**雑**自然真営道(安藤昌益)刊。	**雑**続道真伝(安藤昌益)この頃成る。	**漢**訳準開口新語(白駒訳)刊。
○奥羽大飢饉。●吏登75(六・二五)没。	○美濃国郡上郡に一揆起こる。○十一月貞享暦を廃止し、宝暦甲戌暦を用いる。●祇徳53没。	●似雲81(七・八)・不角92(七・二一)・百川56(八・二五)没。		○蕪村京に移る。○この頃新内節始まる。●在満46(八・四)・宗輔57(九・七)・南海75(九・八)没。

1760	1759	1758	1757	1756
10　庚辰	9　己卯	8　戊寅	7　丁丑	6　丙子
家治（9.2）				
	俳野坡吟草（風之）・穀随筆（米仲）・続其袋（蓼太）刊。	**俳**俳林不改楽（敲柳）・芭蕉翁発句評林（杉雨）刊。	**狂**吾吟我集（未得）刊。**俳**俳仙窟（涼袋）刊。**雑俳**燕都枝折初編（紀逸）・川柳評万句合刊。	**俳**芭蕉句選拾遺（寛治）刊。
浮今昔九重桜・花重連理鞘刊。**黒**女清玄二見桜刊。	**浮**契情蓬莱山刊。**談**医者談義（糞得斎）刊。	**浮**陽炎日高川・河洲内助淵物語刊。**談**見外白宇瑠璃（舎楽斎）刊。	**浮**花色紙襲詞刊。**洒**異素六帖（東江）・聖遊廓・遊客年々考刊。	**洒**浪花色八卦（外山翁）・穿当珍話刊。**談**迷処邪正案内（東江）・風俗七遊談（鈍苦斎）刊。
	舞踊根元草摺引（長唄）初演。	**伎**三十石艠始（正三）初演。**浄**敵討崇禅寺馬場（小出雲・冠子・半二・松洛）初演。	**伎**天竺徳兵衛聞書往来（正三）初演。**浄**今昔操浄瑠璃外題年鑑（一楽子）刊。	**浄**竹豊故事（一楽）刊。
		注源氏物語新釈（真淵）成。**漢**小説粋言（沢田一斎）刊。	**随**秉燭譚（東涯）刊。近世江都著聞集（馬場文耕）序。**国語**冠辞考（真淵）刊。**漢**通俗忠義水滸伝上編（冠山訳編）刊。	
●几圭74（一二・二三）没。	●南郭77（七・二一）没。安藤昌益この頃没か。	●二世団十郎（海老蔵）71・淇園53（九・五）・馬場文耕没。	●蛻巌86（七・一七）・豊竹肥前掾54没。	●二世出雲66（一〇・二一）没。

1765	1764	1763	1762	1761
2　乙酉	明和(6.2)　甲申	13　癸未	12　壬午	宝暦11　辛巳
				家治
和爾比末奈妣(真淵)・宇比麻奈備(真淵)成。**俳**華月一夜論(無住坊)・片歌百夜問答(綾足)刊。**雑俳**柳多留初編(可有)刊。	**和**歌意考(真淵)成。**俳**千代尼句集(既白)刊。	**和**石上私淑言(宣長)成。**俳**俳諧古選(嘯山)・やきおほね(梅尺等)・花の故事(蘭更)・片歌二夜問答(綾足)刊。	**俳**糸切歯(石橋)刊。我庵(樗良)・芭蕉翁全伝(竹人)成。	**俳**七部捜(蓼太)・芭蕉翁附合集(蓼太)刊。**狂詩**古文鉄砲前後集(蒼八)刊。
浮禁短気次編・同三編刊。**読**古実今物語後編刊。**滑**水濃往方(東作)刊。	**浮**梅桜一対奴(泉花堂)刊。**黒**三鱗青砥銭(房信)刊。	**浮**風俗誹人気質(亀友)刊。**洒**列仙伝刊。**談**風流志道軒伝(風来山人)・根無草前編(同)刊。	**浮**柿本人磨誕生記刊。**談**教訓差出口(単朴)刊。	**浮**歌行脚懐硯刊。**洒**くだまき綱目(不成山人)刊。**読**古実今物語(蘇来)刊。
			伎歌舞妓事始(為永一蝶)刊。**浄**奥州安達原(半二)初演。**舞踊**鷺娘(長唄)初演。	
国学国意考(真淵)成。		**注**紫文要領(宣長)跋。**漢**詩学逢原(南海)刊。**雑**物類品隲(源内)刊。		
○鈴木春信、錦絵を創始。○豊竹座興行終る。●志道軒84(三・七)没。	○宣長、真淵に入門。●豊竹越前少掾(若太夫)84没。		●蘭州66(三・一七)没。	●淡々88(一〇・二)・紀逸68没。

1770	1769	1768	1767	1766
7　庚寅	6　己丑	5　戊子	4　丁亥	3　丙戌
狂貞柳狂歌集刊。**俳**とはじ草(綾足)・しをり萩(暁台)刊。俳諧蒙求(麦水)成。	**俳**平安女歌仙(太祇)・有の儘(闌更)・鬼貫句選(太祇)刊。**狂詩**太平楽府(銅脈)成。	**和**万葉考(真淵)巻一・二・同別記刊。**俳**野ざらし紀行(月下)刊。	**和**石上集(宣長)成。**俳**我庵(樗良)刊。**狂詩**寝惚先生文集(南畝)刊。	**俳**暮柳発句集(希因)刊。
浮風流茶人気質(亀友)・世間化物気質(大梁・金陵)刊。**洒**辰巳之園刊。この年以前に遊子方言(多田爺)刊か。**読**垣根草(草官散人)刊。	**浮**法談出家気質刊。**洒**郭中奇譚(臼岡先生)刊。**滑**売飴土平伝(南畝)刊。	**浮**世間学者気質刊。**談**根無草後編(風来山人)刊。**読**西山物語(綾足)・湘中八遊伝(北壺遊)刊。雨月物語(秋成)序成。	**浮**世間妾形気(秋成)刊。**読**怪談楸笊(好阿)・新説百物語(高古堂主人)刊。	**浮**諸道聴耳世間猿(秋成)刊。**読**繁野話(庭鐘)・当世操車(蘇来)刊。
伎桑名屋徳蔵入船物語(正三)初演。**浄**神霊矢口渡(鬼外)初演。太平頭鍪飾成。	**伎**明和伎鑑刊。**浄**近江源氏先陣館(半二)初演。	**浄**傾城阿波の鳴門(半二)初演。	**伎**宿無団七時雨傘(正三)初演。**舞踊**道行初音旅(常磐津)初演。	**浄**本朝廿四孝(半二)・太平記忠臣講釈(同)初演。
	国語語意考(真淵)序。**注**雨夜物語だみことば(宇万伎)自序。	**漢**笑府(懞憧斎訳)刊。**雑**吉原大全(沢田東江)・平安人物志(弄翰子)刊。	**国語**かざし抄(成章)序。	
	○二月農民一揆取締令。○竹本座再興。●鳥酔69(四・四)・真淵73(一〇・三〇)没。	○大潮93(八・二二)没。	○田沼意次側用人となる。○竹本座興行中絶。●白駒76(一一・八)没。	○蕪村、三菓社結成。●宋屋79(三・一二)没。

1775	1774	1773	1772	1771
4　乙未	3　甲午	2　癸巳	安永(11.16)　壬辰	明和8　辛卯
				家治
俳熱田三歌仙（暁台）・五子稿（朝陽館）・去来抄（去来）・付合小鏡（蓼太）刊。	**俳**玉藻集（蕪村）・俳諧七部集（子周）・芭蕉翁発句集（蝶夢）・昔を今（蕪村）刊。 **歌謡**弦曲粋弁当初編刊。	**俳**あけ烏（几董）・俳諧新選（嘯山）・此ほとり（蕪村）・蕪門一夜口授（麦水）刊。 **狂詩**吹寄蒙求（銅脈）刊。	**俳**太祇句選（呑獅）・其雪影（几董）・秋の日（暁台）刊。 **歌謡**山家鳥虫歌刊。	**狂**百首酒狂歌（暁月坊）刊。 **俳**蓼すり古義（雁呂）・遅八刻（漁汶）・加佐理那止（白雄）刊。
噺一のもり（風来山人）刊。 **洒**甲駅新話・寸南破良意刊。 **黄**金々先生栄花夢（春町）刊。	**洒**婦美車紫鹿・里のをだ巻評（源内）刊。 **談**和荘兵衛（遊谷子）刊。 **青**風流仙人花聟（吟雪）刊。	**浮**世間旦那気質（亀友）刊。 **噺**聞上手初編（百亀）刊。 **洒**当世気どり草・当世風俗通刊。 **読**本朝水滸伝前編（綾足）刊。	**浮**赤烏帽子都気質（亀友）刊。 **噺**鹿の子餅（卯雲）刊。 **青**浮世栄花枕（吟雪）刊。	**浮**世間侍婢気質（亀友）刊。 **読**由良物語（綾足）明和年間成。
	伎役者全書（八文字屋自笑）刊。	**伎**御摂勧進帳（治助）初演。 **浄**摂州合邦辻（専助）初演。	**伎**古今役者論語魁刊。 **浄**艶容女舞衣（三郎兵衛等）・明烏夢泡雪（新内節）初演。	**伎**新刻役者綱目・役者名物袖日記刊。 **浄**妹背山婦女庭訓（半二）初演。音曲口伝書（順四軒）序。
国語物類称呼（越谷吾山）成。	**漢**孔雀楼集（清田儋叟）・日本詩選（江村北海）刊。 **雑**解体新書（玄白等）刊。		**随**翁草（杜口）成。	**漢**日本詩史（北海）刊。
●千代尼73（九・八）没。	●綾足56（三・一八）没。	●並木正三44（一二・一七）没。	○一月田沼意次老中となる。	○三月前野良沢等千住小塚原死刑囚解剖。○おかげ参り流行。●宗武57（六・四）・太祇63（八・九）・召波45（一二・七）没。

1776	1777	1778	1779	1780
5 丙申	6 丁酉	7 戊戌	8 己亥	9 庚子
俳続明烏(几董)・三冊子(土芳)・芭蕉翁附合集(蕪村)刊。**雑俳**誹風末摘花初編(似実軒)刊。	**俳**春泥句集(召波)・夜半楽(蕪村)・新虚栗(麦水)刊。新花摘(蕪村)成。	**狂**卜養狂歌集拾遺(瑞成)刊。**俳**旅寝論(去来)・奥の細道菅菰抄(梨一)刊。**狂詩**太平遺響(銅脈)刊。	**俳**蘆陰句選(大魯)刊。	**俳**桃李(蕪村)・春秋稿初編(白雄)・甲子吟行(波静)刊。**雑俳**川傍柳初編(川柳評)刊。**狂詩**風来六部集(源内)刊。
浮世間仲人気質(亀友)刊。**洒**契国策刊。**黄**高慢斎行脚日記(春町)刊。**読**雨月物語(秋成)刊。	**洒**妓者呼子鳥(金魚)・売花新駅(菅江)・娼妃地理記(喜三二)刊。**黄**三升増鱗祖(春町)・親敵討腹鞁(喜三二)刊。	**洒**契情買虎之巻(金魚)・十八大通百手枕(同)刊。**黄**三幅対紫曾我(春町)刊。**読**翁草(椿園)刊。**滑**飛だ噂の評(源内)刊。	**洒**深川新話(南畝)刊。道中粋語録(同)刊か。**噺**鯛の味噌津(南畝)刊。**談**和荘兵衛後編刊。**黄**無益委記(春町)・案内手本通人蔵(喜三二)刊。	**洒**客者評判記(焉馬)刊。**黄**虚言八百万八伝(四方屋本太郎)刊。**滑**古朽木(喜三二)刊。
伎伊賀越乗掛合羽(亀輔)初演。役者論語(自笑)刊。	**伎**伽羅先代萩(亀輔)・天満宮菜種御供(吾八)初演。	**伎**金門五山桐(五兵衛)・伊達競阿国戯場(治助)初演。**浄**心中紙屋治兵衛(半二)初演。		**浄**碁太平記白石噺(紀上太郎・焉馬)・新版歌祭文(半二)初演。
	国語和訓栞(士清)刊始まる。**注**雨夜物語だみことば(宇万伎)刊。**国学**国つ文世々の跡(蒿蹊)刊。	**国語**脚結抄(成章)刊。	**漢**日本詩選続編(北海)・作文志彀(北山)刊。**雑**塙保己一、群書類従の編纂に着手。	**漢**蛻巌集後編(蛻巌)刊。**雑**都名所図会(籬島)・芥子園画伝(和刻本)刊。
●大雅54(四・一三)・士清68(一〇・一〇)没。	●宇万伎57(六・一〇)没。	○六月ロシア船蝦夷地に来航。●大魯49(一一・一三)没。	●成章42(一〇・一二)・源内52?(一二・一八)没。	●浚明69(一〇・一五)没。

1785	1784	1783	1782	1781
5　乙巳	4　甲辰	3　癸卯	2　壬寅	天明(4.2)　辛丑
				家治
狂徳和歌後万載集（赤良）・狂言鶯蛙集（菅江）刊。**俳**青根が峰（許六・去来）・新雑談集（几董）刊。**雑俳**藐姑柳（川柳評）刊。	**狂**狂歌角力草（赤良等）・狂歌師細見（東作）刊。**俳**から桧葉（几董）・蕪村句集（几董）・樗良発句集（甫尺）刊。	**狂**万載狂歌集（赤良等）・狂歌若葉集（橘州）・狂歌浜のきさご（元木網）刊。**俳**華実年浪草（鹿文）・続今宮草（来山）・雪まろけ（闌更）刊。	**狂**江戸の花海老（蜀山人）刊。**俳**花鳥篇（蕪村）・風羅念仏（暁台）刊。	**和**宇比麻奈備（真淵）刊。**俳**梅翁発句集（素外）刊。**狂詩**四方のあか（南畝）刊。
洒和唐珍解（参和）・令子洞房（京伝）刊。**黄**大悲千禄本（全交）・莫切自根金生木（参和）・江戸生艶気樺焼（京伝）刊。	**洒**角鶏卵（可笑）・彙軌本紀（金谷）刊。**黄**太平記万八講釈（喜三二）・従夫以来記（万象）刊。	**噺**柳巷訛言（喜三二）刊。**洒**愚人贅漢居続借金（帰橋）刊。**黄**長生見度記（喜三二）・啌多雁取帳（燕十）刊。**読**女水滸伝（椿園）刊。	**洒**富賀川拝見（帰橋）刊。**黄**景清百人一首（喜三二）・御存商売物（京伝）刊。**読**深山草（椿園）刊。**評論**岡目八目（南畝）刊。	**洒**真女意題（万象）刊。**黄**見得一炊夢（喜三二）・御代の御宝（通笑）刊。**読**唐錦（椿園）刊。**評論**菊寿草（南畝）刊。
浄伽羅先代萩（貫四）初演。	**伎**隅田川続俤（七五三助）・大商蛭子島（治助）初演。**舞踊**積恋雪関扉（常磐津節）初演。	**浄**伊賀越道中双六（半二）・身替りお俊（治助・富本節）初演。	**浄**加々見山旧錦絵（容楊黛）初演。**雑**尾陽戯場事始（指峰堂忠兵衛）序。	**伎**敵討殿下茶屋聚（亀輔）初演。**浄**鎌倉三代記（太平頭盔飾改題）初演。
国語詞の玉緒（宣長）刊。**国学**鉗狂人（宣長）成。	**漢**南海先生集刊。	**漢**六如庵詩鈔（慈周）・作詩志彀（北山）刊。		
●清田儋叟67（三・二八）・加藤枝直94（八・一〇）没。	●貞丈70（六・五）・金蛾53（六・一六）没。	○諸国大飢饉続く。奥州餓死多数。●半二59（二・四）・也有82（六・一六）・麦水66（一〇・一四）・蕪村68（一二・二五）・初世菊五郎67（一二・二九）没。	○天明の大飢饉始まる。●魚彦60（三・二三）没。	○八月上野・武蔵に農民一揆。○九月百姓の徒党強訴の禁令を発する。●常山74（二・九）・初代文字太夫71？（二・一）没。

1790	1789	1788	1787	1786
2　庚戌	寛政(1.25)　己酉	8　戊申	7　丁未	6　丙午
			家斉 (4.15)	
和塵ひぢ(蘆庵)・蘆かび(蘆庵)成。 **俳**かしま紀行(梅人)・俳懺悔(大江丸)刊。 **狂詩**二大家風雅(銅脈・寝惚)刊。	**和**古今和歌集打聴(真淵述秋成補)刊。 **俳**柳居発句集(門瑟)刊。	**狂**画本虫撰(飯盛・歌麿)刊。三升の評判(蜀山人)成。 **俳**其角七部集刊。	**狂**狂歌才蔵集(赤良)・狂歌鳩杖集(信海詠・貞柳編)刊。 **俳**鶉衣前編(也有)・也哉抄(無腸)・半化坊発句集(蘭更)刊。	**狂**吾妻曲狂歌文庫(飯盛)発刊。 **俳**芭蕉翁俳諧集(蝶夢)・諸九尼句集(竹両等)刊。
洒傾城買四十八手(京伝)・繁千話(同)・京伝予誌(同)刊。 **黄**心学早染草(京伝)・即席耳学問(通笑)刊。	**洒**志羅川夜船(京伝)・廓大帳(同)刊。 **黄**鸚鵡返文武二道(春町)・孔子縞于時藍染(京伝)・黒白水鏡(琴好)刊。	**洒**吉原楊枝(京伝)・傾城觿(同)刊。 **黄**文武二道万石通(喜三二)・時代世話二挺鼓(京伝)・富士人穴見物(同)刊。	**洒**通言総籬(京伝)・古契三娼(同)・田舎芝居(万象)刊。 **黄**三筋緯客気植田(京伝)刊。	**洒**客衆肝照子(京伝)刊。 **黄**江戸春一夜千両(京伝)刊。 **滑**指面草(京伝)刊。 **読**莠句冊(庭鐘)刊。
	伎漢人韓文手管始(五瓶)初演。	**浄**花上野誉の石碑(芝叟等)初演。		**浄**彦山権現誓助剣(下風)初演。
注古事記伝(宣長)刊始まる。 **漢**通俗忠義水滸伝(冠山)刊了。 **雑**近世畸人伝(蒿蹊)刊。	**国語**語意考(真淵)刊。 **国学**玉くしげ(宣長)刊。	**雑**蘭学楷梯(玄沢)刊。俗耳鼓吹(南畝)成。	**国学**秘本玉くしげ(宣長)・阿刈葭(同)成。 **漢**詩訣(南海)・葛原詩話(六如)・梅園詩集(梅園)刊。	**随**橘窓茶話(雨森芳洲)刊。 **国学**鉗狂人評(秋成)成。
○五月異学を禁じ、出版の取締を厳にする。○十一月洒落本版行禁止。●初世仲蔵55(四・二三)・片山北海68(九・二二)・初世川柳73(九・二三)没。	○司馬江漢長崎に遊び洋画の画法及び銅版術を伝える。○黄表紙に絶版多し。●東作64(三・八)・梅園67(三・一四)・春町46(七・七)・几董49(一〇・二三)没。	●江村北海76(二・二)没。	○五月米価騰貴し大坂江戸等大都市に打毀起こる。○六月松平定信老中に任ぜられ、寛政改革始まる。●蓼太70(九・七)没。	○四月焉馬第一回咄の会を開く。○八月老中田沼意次退けられる。●手島堵庵69(二・九)没。

1795	1794	1793	1792	1791
7　乙卯	6　甲寅	5　癸丑	4　壬子	寛政3　辛亥
				家斉
和春葉集上（春満）・新古今美濃の家苞（宣長）刊。 **俳**雪門七部集（蓼太）刊。	**狂**新古今狂歌集（元木網）刊。	**和**歌袋（御杖）刊。 **俳**樗良七部集・白雄句集（碩布）・芭蕉翁絵詞伝（蝶夢）刊。		**和**県居の歌集刊。賀茂翁家集（春海）成。 **俳**続深川（梅人）・去来文（岸芷）刊。
黄敵討義女英（楚満人）・心学晦荘子（馬琴）・心学時計草（一九）刊。	**黄**金々先生造化夢（京伝）・天道浮世出星操（三馬）刊。 **読**いろは酔故伝（振鷺亭）刊。	**洒**取組手鑑（振鷺亭）刊。 **黄**十四傾城腹之内（全交）・堪忍袋緒〆善玉（京伝）刊。	**噺**富貴樽（鬼武）刊。 **黄**鼻下長物語（全交）・桃太郎発端話説（京伝）刊。 **読**凩草紙（万象）刊。	**洒**娼妓絹籭（京伝）・錦之裏（同）・仕懸文庫（同）刊。 **黄**世上洒落見絵図（京伝）・尽用而二分狂言（馬琴）刊。
	伎五大力恋緘（五瓶）初演。		**狂言**大蔵流虎寛本成。	
紀行西遊記（南谿）・東遊記（同）刊始まる。 **随**玉勝間（宣長）刊始まる。	**随**清風瑣言（秋成）刊。	**注**よしやあしや（秋成）刊。 **漢**木工集（如亭）序。	**漢**淇園詩集（淇園）刊。 **国学**安々言（秋成）成。	**国語**仮名文字遣（行阿）刊。 **漢**唐詩選国字解（南郭）序。
●素丸83（七・二〇）・蝶夢64（一二・二四）没。	○並木五瓶江戸に下る。○大槻玄沢芝蘭会創立。○写楽の役者絵板行。	○七月定信退職。七月塙保己一和学講談所を設立。○十月芭蕉百回忌。●全交44（五・二七）没。	○九月露使ラクスマン来航。●暁台61（一・二〇）没。	○三月洒落本出版により京伝罰せられる。●白雄54（九・一三）・初世歌右衛門78（一〇・二九）没。

1800	1799	1798	1797	1796
12 庚申	11 己未	10 戊午	9 丁巳	8 丙辰
和歌意考（真淵）・ふるの中道（蘆淵）刊。 **俳**新蛙合（奇淵）・俳論（白露）・新五子稿（亨）刊。	**俳**さらしな紀行（梅人）・幽蘭集（暁台）・俳諧三十六歌僊（蕪村）刊。	**和**春葉集下（春満）・鈴屋集（宣長）・万葉考槻の落葉（久老）刊。	**和**古今集遠鏡（宣長）刊。 **俳**青羅発句集（玉屑）・秋存分（大江丸）・新花摘（蕪村）刊。	**和**振分髪（蘆庵）刊。万葉集略解（千蔭）発刊。 **俳**素丸発句集（徳布）・俳諧六家集（其成）刊。
洒宵の程（谷峨）刊。 **黄**甘哉名利研（京伝）・人間万事塞翁馬（馬琴）・貧福蜻蛉返（一九）・竈将軍勘略巻（北斎）刊。	**洒**廓の癖（谷峨）・傾城買談客物語（三馬）刊。 **黄**俠太平記向鉢巻（三馬）刊。 **読**忠臣水滸伝前編（京伝）刊。	**噺**無事志有意（焉馬）刊。 **洒**辰巳婦言（三馬）・傾城買二筋道（谷峨）刊。 **読**桟道物語（雲府観天歩）・漫遊記（綾足）刊。	**噺**詞葉の花（焉馬）刊。 **黄**和荘兵衛後日話（京伝）・敵討姥捨山（楚満人）・芝全交夢寓書（三馬）刊。	**噺**喜美談語（焉馬）刊。 **黄**人心鏡写絵（京伝）・四遍摺心学草紙（馬琴）・怪談筆始（一九）刊。 **読**高尾船字文（馬琴）刊。
伎戯場楽屋図会（松軒斎半兵衛）・増補戯場一覧刊。芝居乗合話（中村重助）この頃成る。				**伎**伊勢音頭恋寝刃（徳三）・隅田春妓女容性（五瓶）初演。
注祝詞考（真淵）刊。 **有職**集古十種（定信）成。 **漢**東洞先生遺稿（吉益東洞）刊。	**評論**贈稲掛大平書（春海）成。 **注**源氏物語玉の小櫛（宣長）刊。 **国学**初山踏（宣長）刊。	**紀行**西遊記（南谿）刊了。 **注**古事記伝（宣長）成。	**紀行**東遊記（南谿）刊了。 **漢**六如庵詩鈔後編（慈周）・開口新話（谷村葭洲訳）刊。	**国学**馭戒慨言（宣長）刊。 **雑**波留麻和解（三伯）刊。
○この頃植村文楽軒高津新地に人形浄瑠璃を興行（文楽座の起り）。 ●菅江61（一二・一二）没。	●嘉栗53（四・二三）没。	●闌更73（五・三）没。	○十月宝暦暦を廃し寛政暦を布く。 ○十月焉馬の咄の会を禁ずる。 ●金井三笑67（六・一六）・谷真潮71（一〇・一八）没。	●沢田東江65（六・一五）没。

1801	1802	1803	1804	1805
享和(2.5)　辛酉	2　壬戌	3　癸亥	文化(2.11)　甲子	2　乙丑
家斉				
俳 夢の猪名野（紫暁）・葎亭句集（嘯山）刊。	**和** うけらが花（千蔭）刊。筆のさが（千蔭・春海）・雅俗弁（布淑）成。 **狂** 狂歌酔竹集（橘州詠・飯盛等編）刊。	**和** 雅俗弁のこたへ（春海）・雅俗再弁（昇道）・読雅俗弁説（蒿蹊）成。 **俳** 俳諧歳時記（馬琴）刊。	**和** 枇杷園句集（士朗）刊。	**俳** 梅翁宗因発句集（素外）・西山家連誹系譜（素外）刊。
洒 色講釈（一九）・野良玉子（同）刊。 **黄** 曲亭一風京伝張（馬琴）刊。 **読** 忠臣水滸伝後編（京伝）刊。	**洒** 商内神（一九）・吉原談語（同）刊。 **黄** 稗史億説年代記（三馬）刊。 **滑** 東海道中膝栗毛初編（一九）刊。 **評論** 戯作評判花折紙（十文舎自恐）刊。	**嘶** 軽口嘶（慈悲成）刊。 **滑** 忠臣蔵岡目評判（一九）刊。 **黄** 人間万事吹矢的（京伝）刊。 **読** 安積沼（京伝）刊。	**黄** 作者胎内十月図（京伝）・化物太平記（一九）刊。 **滑** 風流田舎草紙（一九）刊。 **読** 月氷奇縁（馬琴）刊。	**洒** 倡売往来（一九）刊。 **滑** 旧観帖初編（鬼武）刊。 **読** 桜姫全伝曙草紙（京伝）・稚枝鳩（馬琴）・石言遺響（同）刊。
伎 名歌徳三升玉垣（治助）初演。戯財録（二世正三）成。		**伎** 三座例遺誌・戯場訓蒙図彙（三馬）・絵本戯場年中鑑刊。	**伎** 天竺徳兵衛韓噺（俵蔵）初演。	
日記 父の終焉日記（一茶）成。 **随** 閑田耕筆（蒿蹊）刊。	**随** 夢の代（蟠桃）成。 **雑** 群書一覧（雅嘉）刊。	**随** 羇旅漫録（馬琴）成。閑田文草（蒿蹊）刊。 **雑** 本草綱目啓蒙（小野蘭山）刊。	**随** 年山紀聞（為章）・近世奇跡考（京伝）刊。 **雑** 月令博物筌（洞斎）刊。日本外史（山陽）初稿成。	
○七月百姓町人の名字帯力を禁止。●六如65（三・一〇）・嘯山84（四・一四）・蘆庵79（七・一二）・宣長72（九・二九）没。	●蒹葭堂67（一・二五）・藪孤山68（四・二〇）・橘州60（七・一八）没。	○七月アメリカ船長崎に来航。●道二79（六・一二）・良沢81（一〇・一七）没。	○九月ロシア使節レザノフ長崎に来航。○歌磨・一九等筆禍を被る。●久老59（八・一四）没。	●大江丸84（三・一八）・南谿53（四・一〇）没。

1810	1809	1808	1807	1806
7 庚午	6 己巳	5 戊辰	4 丁卯	3 丙寅
歌文琴後集(春海)・枇杷園随筆(士朗)刊。	**狂**狂歌百人一首(飯盛)刊。 **俳**蕪村七部集・冬の日注解(升六)刊。 **歌謡**鄙廼一曲(真澄)成。	**和**貧窮百首(幸文)成。歌がたり(春海)刊。	**俳**続雪まろげ(素檗)・俳諧天爾波抄(成元)・俳諧通言(五瓶)刊。	**和**賀茂翁家集(真淵)刊。 **歌文**藤簍冊子(秋成)刊。 **狂**蜀山百首(赤良)刊。 **俳**金蘭集(万子)刊。
読夢想兵衛胡蝶物語(馬琴)・昔語質屋庫(同)刊。 **滑**続膝栗毛初編(一九)・当世七癖上戸(三馬)・早替胸機関(同)刊。	**読**浮牡丹全伝(京伝)・松染情史秋七草(馬琴)刊。春雨物語(秋成)この頃成る。 **滑**東海道中膝栗毛八編(一九)・浮世風呂初編(三馬)刊。	**読**三七全伝南柯夢(馬琴)・頼豪阿闍梨怪鼠伝(同)・俊寛僧都島物語(同)・飛弾匠物語(六樹園)・近江県物語(同)・近世怪談霜夜星(種彦)刊。	**読**梅花氷裂(京伝)・椿説弓張月前編(馬琴)・新累解脱物語(同)刊。 **合**於六櫛木曽仇討(京伝)刊。	**洒**船頭深話(三馬)刊。 **読**昔語稲妻表紙(京伝)・盆石皿山記(馬琴)刊。 **滑**酩酊気質(三馬)刊。 **合**雷太郎強悪物語(三馬)刊。
伎絵本合法衢(俵蔵)初演。	**伎**阿国御前化粧鏡(俵蔵)初演。			
漢如亭山人藁(如亭)初集刊。		**随**胆大小心録(秋成)成。	**漢**五山堂詩話(菊池五山)刊始まる。	**随**閑田次筆(蒿蹊)刊。
○参和67(一・一五)(一説に文化六、九・三)・近松徳三60(八・二二)・三世菊之丞60(一二・四)没。	○七月間宮林蔵間宮海峡を発見。●桂川甫周59(六・二一)・秋成76(六・二七)没。	○八月英艦フェートン号長崎に入港。●初世五瓶62(二・二)・千蔭74(九・二)・森羅万象(竹杖為軽)55(一二・四)没。	○四月ロシア人蝦夷地を侵す。●初世楚満人59(三・九)・淇園74(五・一六)没。	○伊能忠敬の本州測量終る。●麗女75(一・一二)・初世治助73(六・一七)・蒿蹊74(七・一五)・歌麿54(九・二〇)・五世団十郎66(一〇・二九)没。

1815	1814	1813	1812	1811
12 乙亥	11 甲戌	10 癸酉	9 壬申	文化 8 辛未
				家斉
和新学異見（景樹）刊。 **俳**芭蕉翁附合集評註（石兮）刊。	**俳**三韓人（一茶）・枇杷園七部集（士朗）刊。	**和**自撰漫吟集（契沖）・自撰晩花集（長流）刊。 **俳**蔦本集（道彦）刊。	**和**万葉集略解（千蔭）刊了。 **狂**万代狂歌集（飯盛）刊。 **俳**惟然坊句集（秋挙）・誹諧寂栞（白雄）刊。	**和**六帖詠草（蘆庵）刊。歌語斥非（竜麿）・新学異見（景樹）成。 **俳**我春集（一茶）成。
読朝夷巡島記初集（馬琴）・皿々郷談（同）刊。 **滑**方言競茶番種本（一九）刊。 **合**正本製初編（種彦）刊。	**読**南総里見八犬伝初集（馬琴）刊。 **滑**東海道中膝栗毛発端（一九）・古今百馬鹿（三馬）・人心覗機関（同）刊。	**読**双蝶記（京伝）刊。 **滑**浮世床初編（三馬）・浮世風呂四編（同）・人間万事虚誕計（同）・一盃綺言（同）刊。 **評論**おかめ八目（馬琴）成。	**読**青砥藤綱模稜案（馬琴）・逢州執着譚（種彦）刊。 **滑**四十八癖初編（三馬）・忠臣蔵偏痴気論（同）刊。	**読**椿説弓張月残編（馬琴）刊完結。 **滑**六あみだ詣初編（一九）・客者評判記（三馬）刊。 **合**腹之内戯作種本（三馬）刊。
伎杜若艶色紫（如皐・南北）初演。	**伎**隅田川花御所染（幸三・南北・治助）初演。	**伎**お染久松色読販（南北）初演。		**伎**謎帯一寸徳兵衛（俵蔵）初演。花江都歌舞伎年代記（焉馬）初編刊。 **舞踊**七枚続花の姿絵・遅桜手爾葉七字初演。
漢今四家絶句（寛斎・如亭・詩仏・五山）刊。 **雑**蘭学事始（玄白）成。	**随**骨董集（京伝）刊。筆のすさび（茶山）・塵塚談（小川顕道）成。		**漢**黄葉夕陽村舎詩正編（茶山）・詩聖堂詩集初集（詩仏）刊。 **雑**寛政重修諸家譜成。	**随**燕石雑志（馬琴）刊。春波楼筆記（江漢）成。 **国学**古道大意（篤胤）成。
●振鷺亭（一一・二三）（一説に文化四年、文政二年とも）没。	○五月再び落し咄の会を禁ずる。●亀井南溟72（三・二）・脇屋蘭室51（一〇・三）・奈川七五三助61（一〇・二〇）・巣兆54（一一・一七）没。	●喜三二（岡持）79（五・二〇）・蒲生君平46（七・五）没。	○四月松平定信隠退。●士朗71（五・一六）・北山61（五・一八）・通笑74（八・二七）没。	●春海66（二・一三）・元木網75（六・二八）・月溪60（七・一七）没。

1820	1819	1818	1817	1816
3　庚辰	2　己卯	文政（4.22）　戊寅	14　丁丑	13　丙子
俳玉池発句集（素外）刊。	**和**尾張廼家苞（正明）刊。**俳**随斎諧話（成美）刊。おらが春（一茶）成。	**和**閑田詠草（蒿蹊）刊。北辺成章家集（御杖）成。**俳**南谿集（文二）・美佐古鮓（士由）刊。七番日記（一茶）成。	**俳**曾波可理（巣兆）・芭蕉葉布禰（鶯笠）刊。	**和**石上私淑言（宣長）刊。**俳**成美家集（包封）・蕪村翁文集（其成等）・俳家奇人談（玄々一）刊。
滑花暦八笑人初編（鯉丈）刊。**人**松操物語（一筆庵）刊。**合**女水滸伝（三馬）刊。	**人**明烏後正夢初編（春水）・清談峯初花前編（一九）刊。**合**隅田春芸者容気（京山）刊。	**洒**廓宇久為寿（東里山人）刊。**滑**四十八癖四編（三馬）刊完結。**人**晦日の月（東里山人）刊。**評論**犬夷評判記（篠斎・馬琴等）刊。	**洒**籬の花（東里山人）刊。**滑**大千世界楽屋探（三馬）刊。**合**曽我昔狂言（種彦）・高野山万年草紙（同）刊。	**噺**弥次郎口（一九）刊。**読**売油郎（芝叟）刊。**滑**堀の内詣（一九）刊。**合**女模様稲妻染（種彦）刊。
伎隅田川花御所染（南北）初演。	**伎**江戸芝居年代記成るか。	**伎**四天王産湯玉川（南北・如皐）初演。	**伎**桜姫東文章（南北・如皐・治助）初演。	
随一話一言（南畝）この頃成る。**雑**江戸名所図会（斎藤幸雄編・幸考補）刊始まる。	**雑**群書類従（保己一）刊了。伊波伝毛乃記（馬琴）成。	**随**南水漫遊（浜松歌国）成るか。	**漢**精里初集（古賀精里）序。	**漢**先哲叢談（原念斎）刊。**雑**蘭学梯航（玄沢）成。
●寛斎72（七・一〇）・浦上玉堂76（九・四）没。	○七月幕府物価引下げを命ずる。●如亭57（七・一一、一説八日）・鈴木道彦63（九・六）没。	●鬼武59（二月）・二世川柳60（一〇・一七）・司馬江漢72（一一・二一）没。	○九月英船浦賀に来る。●玄白85（四・一七）・大島完来70（四・一八）・古賀精里68（五・三）・海保青陵63（五・二九）没。	○禁令解除されて咄の会再びさかんになる。●頼春水71（二・一九）京伝56（九・七）・成美68（一一・一九）没。

1825	1824	1823	1822	1821
8　乙酉	7　甲申	6　癸未	5　壬午	文政 4　辛巳
				家斉
和万葉考巻三、四（真淵）刊。**俳**枇杷園七部集刊。	**和**稲葉集（大平）刊。**俳**九番日記（一茶）成。	**和**百首異見（景樹）刊。**俳**松窓句集（乙二）・七部集大鏡（何丸）・素檗句集（若人）刊。		**和**楫取魚彦家集刊。**俳**八番日記（一茶）成。
滑旅寿々女（鯉丈）刊。**人**風俗粋好伝（東里山人）・契情肝粒志（同）刊。**合**傾城水滸伝初編（馬琴）刊。	**人**明烏後正夢五編（春水）・軒并娘八丈（同）刊。**合**殺生石後日怪談初編（馬琴）刊。	**滑**滑稽和合人初編（鯉丈）・浮世床三編（同）刊。**人**明烏後正夢発端（春水）刊。**合**操競三人女（種彦）刊。	**洒**花街鑑（東里山人）刊。**滑**続膝栗毛十二編（一九）刊完結。癇癖談（秋成）刊。**合**浮世一休花街問答（種彦）刊。	**滑**雑司ヶ谷紀行（一九）・茶番早合点初編（三馬）刊。**人**清談峯初花後編（一九）刊。**合**浮世形六枚屏風（種彦）刊。
伎東海道四谷怪談（南北）・盟三五大切（同）初演。		**伎**法懸松成田利剣（南北）初演。**舞踊**色彩間苅豆（清元節）初演。		
国学直毘霊（宣長）刊。		**漢**黄葉夕陽村舎詩後編（茶山）刊。	**注**古事記伝（宣長）刊了。**雑**続群書類従（保己一）編纂完成。	**随**甲子夜話（静山）起稿。
○二月外国船打払令を発する。○この頃シーボルト長崎郊外鳴滝に塾を開く。●初世豊国57（一・七）・初世延寿太夫49（五・二六）没。	○英船しばしば日本近海に来る。●浜臣49（八・一七）没。	●鬼卵80（一一・一三）・南畝（蜀山人・四方赤良・寝惚先生）75（四・六）・石塚竜麿60（六・一三）・御杖65（一二・一六）没。	○八月南部藩士相馬大作、津軽藩主暗殺を企て処刑。●三馬47（閏一・六）・焉馬80（六・二）没。	●谷蛾72（九・三）・塙保己一76（九・一二）・木下幸文43（一一・二）・山片蟠桃74没。

1830	1829	1828	1827	1826
天保(12.10)　庚寅	12　己丑	11　戊子	10　丁亥	9　丙戌
和桂園一枝（景樹）刊。桂園難歌撰（稲麿）・桂園一枝評（光彪）成。**俳**道彦七部集（応々）刊。	**和**泊洦舎集（浜臣詠・光房編）刊。**俳**一茶発句集・暁台七部集（定雅）刊。	**和**類題和歌鰒玉集初編（諸平）刊。**俳**月居七部集（其成等）・猿蓑さかし（空然）刊。	**俳**俳諧一葉集（仏兮・湖中）・芭蕉翁句解大全（何丸）刊。	**俳**俳諧季寄大全（奇淵）刊。
人由佳里の梅（東里山人）刊。**合**昔々歌舞伎物語（種彦）刊。	**読**近世説美少年録初集（馬琴）刊。**合**偐紫田舎源氏初編（種彦）刊。	**読**神稲水滸伝初編（丘山）刊。**人**婦女今川三編（春水）刊完結。**合**忍笠時代蒔絵（種彦）刊。	**読**朝夷巡島記六編（馬琴）刊。**人**契情肝粒志五編（東里山人）刊完結。**合**柳糸花組交（種彦）刊。	**噺**升おとし（正蔵）刊。**滑**玉櫛笥（春水）刊。**人**廓雑談（東里山人）・婦女今川初二編（春水）刊。
	伎金幣猿島都（二世俵蔵・南北）初演。		**伎**独道中五十三駅（南北）初演。	**舞踊**歌へすぐ〳〵余波大津絵初演。
随嬉遊笑覧（節信）序。**国語**和訓栞上編（士清）刊。**漢**日本楽府（山陽）刊。	**雑**日本外史（山陽）刊。			**随**還魂紙料（種彦）刊。**国語**雅言集覧（雅望）一部刊。
○閏三月より伊勢御蔭参り大流行。●雅望（飯盛）78（閏三・二四）没。	●二世治助62（四・一四）・真顔77（六・六）・菅江真澄76（七・一九）・四世南北75（一一・二七）没。	●春庭66（一一・七）・抱一（尻焼猿人）68（一一・二九）没。	●茶山80（八・一三）・一茶65（一一・一九）没。	●鵬斎75（三・九）没。

1835	1834	1833	1832	1831
6　乙未	5　甲午	4　癸巳	3　壬辰	天保 2　辛卯
				家斉
和古今和歌集正義(景樹)刊。**俳**乙二七部集(布席)・松窓乙二発句集(二具)刊。	**俳**五老井発句集(山蔭)・古学截断字論(北元)・奇談夢之棧(行過大人)刊。	**和**百人一首一夕話(雅嘉)刊。**俳**蕪村発句解(乙二)刊。	**和**後鈴屋集(春庭)刊。**俳**北枝発句集(北海)・続俳家奇人談(青々)刊。	
読侠客伝四集(馬琴)刊。**人**春色辰巳園三四編(春水)・園の花(同)初編刊。	**滑**花暦八笑人四編(鯉丈)刊。**人**仮名文章娘節用三編(曲山人)刊完結。**合**邯鄲諸国物語初編(種彦)刊。**評論**近世物之本江戸作者部類(馬琴)成。	**人**春色梅児誉美三四編(春水)・春色辰巳園初二編(同)刊。**合**殺生石後日怪談五編下(馬琴)刊完結。	**読**侠客伝初集(馬琴)刊。**人**春色梅児誉美初二編(春水)・応喜名久舎(同)・吾妻春雨(同)刊。**合**千代褸良著聞集初編(馬琴)刊。	**人**仮名文章娘節用初編(曲山人)刊。**合**新編金瓶梅初編(馬琴)刊。正本製十二編(種彦)刊完結。
		舞踊道行旅路の花聟(清元節)初演。	**浄**生写朝顔話(耶麻田加々子)初演。	**伎**劇場一観顕微鏡刊。**舞踊**六歌仙容彩初演。
随鈴屋答問録(宣長)刊。**雑**洗心洞箚記(中斎)刊。北越雪譜(牧之)序。	**雑**鳩翁道話初編刊。	**漢**山陽詩鈔(山陽)・洗心洞詩文(中斎)刊。	**雑**江戸繁昌記(静軒)刊始まる。	
○九月百文銭(天保通宝)を鋳造。●棭斎61(閏七・四)・田能村竹田59(八・二九)没。	○三月水野忠邦老中となる。○諸国飢饉。米価騰貴し、六月、都市に打毀起こる。	○米価騰貴により諸国の窮民蜂起。●本居大平78(九・一一)・二世如皐77(一一・四)没。	○諸国凶作、天保飢饉始まる。●山陽53(九・二三)没。	●良寛75(一・六)・一九67(八・七)没。

1840	1839	1838	1837	1836
11　庚子	10　己亥	9　戊戌	8　丁酉	7　丙申
			家慶（9.2）	
俳秋風庵文集（月化）刊。	**和**橿園集（広足）・万葉考巻五、六（真淵）刊。**俳**梅室家集（梅室）刊。**歌謡**声曲類纂（月岑）成。	**俳**続蔦本集（道彦）・梅室両吟集（梅室）・誹家大系図（春明）刊。**雑俳**柳多留一六七編刊了。		
人以登柳（春水）・清談松の調（同）・春色初若那（春江）刊。園の花六編（春水）刊完結。	**人**花名所懐中暦四編（春水）刊完結。閑情末摘花初編（金水）刊。**合**児雷也豪傑譚初二編（笑顔）刊。**評論**稗史外題鑑批評（黙老・馬琴）成。	**人**春色籬の梅初二編（春水）・梅の春初編（同）・春色英対暖語（同）刊。春暁八幡佳年六編（春水）刊完結。	**人**春告鳥（春水）・辰巳の月（同）・春色袖の梅初編（同）・娘太平記操早引初二編（曲山人・金水）刊。	**人**春色恵の花（春水）・春暁八幡佳年初二編（同）・花名所懐中暦初二編（同）・いろは文庫初編（同）刊。
				舞踊忍夜恋曲者（常磐津節）初演。
		雑駃舌小記（華山）・慎機論（同）・夢物語（長英）成。	**漢**遠思楼詩鈔初編（淡窓）刊。	**雑**江戸名所図会・江戸繁昌記（静軒）刊了。
●藤井高尚77（八・一五）没。	○五月渡辺華山・高野長英等捕えられる（蛮社の獄）。●柴田鳩翁57（五・三）没。	●五世幸四郎75・三世歌右衛門61没。	○二月大塩平八郎大坂に乱を起す（二・二七自刃47）。○六月アメリカ船モリソン号浦賀へ入港。●詩仏71（二・一二）・鈴木朖74（六・七）没。	

1845	1844	1843	1842	1841
2 乙巳	弘化(12.2) 甲辰	14 癸卯	13 壬寅	天保12 辛丑
				家慶
俳校正七部集（蘿斎）刊。		**和**古今和歌集遠鏡（宣長著、美成補）刊。**俳**久世の戸（錦江）刊。	**俳**葉分の風（和切）刊。	**俳**俳諧七草（天来）・梅林茶談（梅室）刊。**雑俳**新編柳多留初編（五世川柳）刊。
読玉石童子訓四編（馬琴）刊。**合**釈迦八相倭文庫初編（応賀）刊。	**滑**箱根草初二編（鯉丈）・魂胆夢輔譚初編（一筆庵）刊。	**読**報仇高尾外伝（春水）・鎌倉年代記（蘭山）刊。	**読**南総里見八犬伝九集下（馬琴）刊完結。**合**偐紫田舎源氏三十八編（種彦）刊。	**人**春色梅美婦禰（春水）・春色袖之梅四編（同）・花筐（金水）刊。**合**邯鄲諸国物語八編（種彦）刊。
伎賀久屋寿々免（二三治）成。		**伎**作者店おろし（三升屋二三治）成。	**浄**浄瑠璃大系図（竹本筆太夫）刊。	
漢玉池吟社詩（雲如等編）序。		**随**雲萍雑誌（美成）刊。	**有職**貞丈雑記（貞丈）この年以後成る。	**随**用捨箱（種彦）刊。
	●慊堂74（四・二一）没。	○十二月水野忠邦退職。●景樹76（三・一七）・義門58（八・一五）・篤胤68（九・一一）・春水54（一二・二三）没。	○六月絵草紙などの出版統制強化される。○江戸の寄席を十五軒に制限。●蒼虬82（三・一三）・牧之73（五・一五）・種彦60（七・一三）没。	○五月天保改革はじまる。○十二月江戸歌舞伎三座等浅草に移転を命ぜられる。●鯉丈65（六・一〇）・松浦静山82（六・二九）・華山49（一〇・一一）没。

1850	1849	1848	1847	1846
3　庚戌	2　己酉	嘉永 (2.28)　戊申	4　丁未	3　丙午
和歌学提要（真弓）刊。**俳**去来伊勢紀行・丈草寝転草（西馬）刊。	**俳**鳳朗発句集（西馬）刊。俳諧七部通旨（錦江）成。	**俳**一茶発句集（一具）・風俗文選犬注解（介我）刊。	**俳**蒼虬翁俳諧集・訂正蒼虬翁句集・十家類題集（屋烏）刊。	**和**北辺成章家集（御杖）刊。
合児雷也豪傑譚十二編（種員）・女水滸伝十三編（仙果）刊。	**読**侠客伝五集（広道）刊。**滑**花暦八笑人五編（一筆庵）刊完結。**合**白縫譚初編（種員）刊。	**人**朧月花廼栞（一筆庵）刊。**合**児雷也豪傑譚八編（一筆庵）刊。	**読**玉石童子訓六編（馬琴）刊。**滑**魂胆夢輔譚五編（一筆庵）刊完結。**合**新編金瓶梅十編（馬琴）刊完結。	**滑**稽古三味撰（一筆庵）刊。**合**教訓女房形気初編（京山）刊。
		伎作者年中行事（三三治）成。		
雑武江年表（月岑）刊。	**漢**雲如山人集刊。**雑**徳川実紀（成島司直等編）成。	**随**著作堂一夕話（馬琴）刊。**漢**梅墩詩鈔（旭荘）刊。	**雑**丹鶴叢書（水野忠央編）刊始まる。	**随**蜘蛛の糸巻（京山）成。**雑**言志録（一斎）・言志後録（同）刊。
●高野長英47（一〇・三〇）没。	●北斎90（四・一八）・守部69（五・二四）・三世菊五郎66没。	●馬琴82（一一・六）没。	○二月天草に百姓一揆。三月信濃越後大地震（善光寺地震）。●与清65（三・二五）・田中大秀71（九・一六）・五世半四郎72没。	○閏五月米艦浦賀に来航し交易を求める。●由豆流58（閏五・一七）・信友74（一〇・一四）没。

1855	1854	1853	1852	1851
2　乙卯	安政(11.27)　甲寅	6　癸丑	5　壬子	嘉永4　辛亥
		家定(10.23)		家慶
俳俳人百家撰（五世川柳）刊。	**和**橘守部家集（冬照）・苔清水（魚貫）刊。	**和**柿園詠草（諸平）刊。**俳**多代句集（多代女）刊。		**和**橘千蔭翁家集刊。**俳**青々処句集（卓池）・増補俳諧歳時記栞草（青藍補）刊。
読朝夷巡島記七編（金水）刊。**合**女水滸伝十五編（仙果）刊完結。	**読**大川仁政録初編（金水）刊。		**読**絵本阿佐倉日記（金水）刊。**人**春色連理梅初三編（二世谷峨）刊。	**読**仙蛙奇録（仙桂奇録）初集（二世春水）・宗吾一代記（花成）刊。
	伎都鳥廓白浪（新七）初演。	**伎**与話情浮名横櫛（如皐）初演。	**伎**児雷也豪傑物語（新七）初演。	**伎**東山桜荘子（三世如皐）初演。
随梅園叢書（三浦梅園）刊。		**漢**佩川詩鈔（草場佩川）刊。	**随**おらが春（一茶）刊。脚色余録（西沢一鳳）成るか。	**随**伝奇作書（西沢一鳳）成るか。**雑**大日本史紀伝（光圀編）刊。
○一月洋学所を設置。十月江戸大地震。●東湖**50**（一〇・二）・本居内遠**64**（一〇・四）没。	○三月吉田松陰アメリカに渡航を企て捕われる。○アメリカ・イギリス・ロシアと和親条約を結ぶ。	○六月アメリカ使節浦賀に来航し通商を求める。○七月ロシア使節プチャーチン長崎に来航し通商を求める。	●帆足万里**75**（六・一四）・西沢一鳳**51**（一二・二一）没。	○一月土佐漁民中浜万次郎等米船に送られ琉球に上陸。●篠崎小竹**71**（五・八）没。

1860	1859	1858	1857	1856
万延(3.18)　庚申	6　己未	5　戊午	4　丁巳	3　丙辰
家茂（10.25）				
和今橋集（言道）成。 **俳**七部婆心録（曲斎）刊。	**俳**真澄の鏡（白亥）・貞享式海印録（曲斎）刊。	**和**戊午集（言道）成。 **俳**鼇頭奥の細道（鶩宿）刊。奥の細道通解（錦江）・風俗文撰通釈（錦江）成。	**和**ひとりごち（言道）成。	**俳**一翁四哲集（西馬）刊。
滑滑稽富士詣（魯文）刊。 **人**春色恋廼染分解初四編（有人）刊。		**読**仙蛙奇録三集（二世春水）刊完結。朝夷巡島記八編（金水）刊。 **人**春色連理梅五編（二世谷峨）刊完結。	**読**大川仁政録四編（金水）刊完結。 **滑**七偏人初三編（金鵞）刊。	**人**黄鳥塚千代初声初二編（金水）刊。
伎三人吉三廓初買（新七）・八幡祭小望月賑（同）初演。	**伎**小袖曾我薊色縫（新七）初演。続歌舞伎年代記（豊芥子）成。	**伎**江戸桜清水清玄（新七）初演。	**伎**鼠小紋東君新形（新七）初演。	**伎**蔦紅葉宇都谷峠（新七）初演。
漢小竹斎詩鈔（小竹）刊。	**漢**枕山詩鈔（大沼枕山）・柳橋新誌初編（柳北）刊。	**雑**和蘭字彙（ドーフハルマ）校刊。	**随**筆のすさび（茶山）刊。 **雑**燕石十種（活東子・蛙麿編）初集刊。	**随**蒹葭堂雑録（暁鐘成編）刊。 **漢**星巌集（梁川星巌）刊了。
○三月桜田門外の変。●馬場錦江60（七・二七）・鐘成68（一二・一九）没。	●七世団十郎69（三・二三）・梅田雲浜45（九・一四）・佐藤一斎88（九・二四）・松陰30（一〇・二七）没。	○四月井伊直弼大老就任。○六月日米通商条約調印。○八月コレラ流行。○九月安政の大獄おこる。●星巌70（九・四）・広重62（九・六）・京山90（九・二四）没。		○二月洋学所を蕃所調所と改称。○吉田松陰松下村塾を開く。●喜多村信節（節信）73（六・二三）・三升屋二三治72（八・五）・淡窓75（一一・一）没。

1865	1864	1863	1862	1861
慶応(4.7)　乙丑	元治(2.20)　甲子	3　癸亥	2　壬戌	文久(2.19)　辛酉
				家茂
和夢かぞへ（望東尼）成。	**俳**西馬発句集（寄三等）・標注七部集（西馬）刊。	**和**草径集（言道）・向陵集（望東尼）成。 **俳**続千代尼句集（既白）刊。	**和**明倫歌集（斎昭）刊。 **俳**蕉門俳諧師説録（鳳朗）刊。	**俳**蒼虬翁俳諧附合集（新甫）刊。
	人春色江戸紫初二編（有人）刊。 **合**室町源氏胡蝶巻初五編（二世種彦）刊。	**滑**七偏人五編（金鶩）刊完結。 **合**児雷也豪傑譚四十編（種清）・白縫譚三十九編（二世種彦）刊。	**人**春色恋廼染分解五編（有人）刊完結。	**読**千葉軍記（二世春水）刊。 **合**童絵解万国噺（魯文）刊。
伎怪談月笠森（新七）初演。	**伎**曾我模様侠御所染（新七）初演。	**伎**三題噺高座新作（新七）初演。	**伎**青砥稿花紅彩画（新七）・勧善懲悪覗機関（同）初演。	
		国語雅言集覧増補（保田光則）成。	**国語**和訓栞中編（士清）刊。	
●平賀元義66（一二・二八）没。	○五月池田屋騒動。○八月長州征伐令布告。●中島広足73（一・二一）・象山54（七・一一）・三世豊国（国貞）79没。	○七月薩英戦争。○八月天誅組挙兵。○八月洋書調所を開成所と改称。●山崎美成67（七・七）・広瀬旭荘57（八・一七）没。	○坂下門外の変。○五月蕃書調所を洋書調所と改称。○八月生麦事件。●熊谷直好81（八・八）・金水68（一二・一二）没。	●豊芥子62（一二・一五）没。

		1868	1867	1866
		明治(9.8)　戊辰	3　丁卯	2　丙寅
			慶喜（12.5）	
			和調鶴集（文雄）刊。	
				人花暦封じ文初編（有人）刊。
		雑訓蒙窮理図解（諭吉）刊。	**雑**和英語林集成（ヘボン岸田吟香共編）刊。	**雑**西洋事情初編（諭吉）刊。万国公法訳成るか。
		○三月五ヶ条の御誓文発布。○中外新聞・内外新聞・江湖新聞等創刊。●静軒73（一一・一四）・言道71（七・二九）・曙覧57（八・二八）没。	○八月各地に「ええじゃないか」の踊り流行。○慶喜大政を奉還（一〇・一四）。●望東尼62（一一・六）没。	○物価高騰のため一揆・打毀頻発。●四世小団次55（五・八）・藤井竹外60（七・二一）没。

資料編

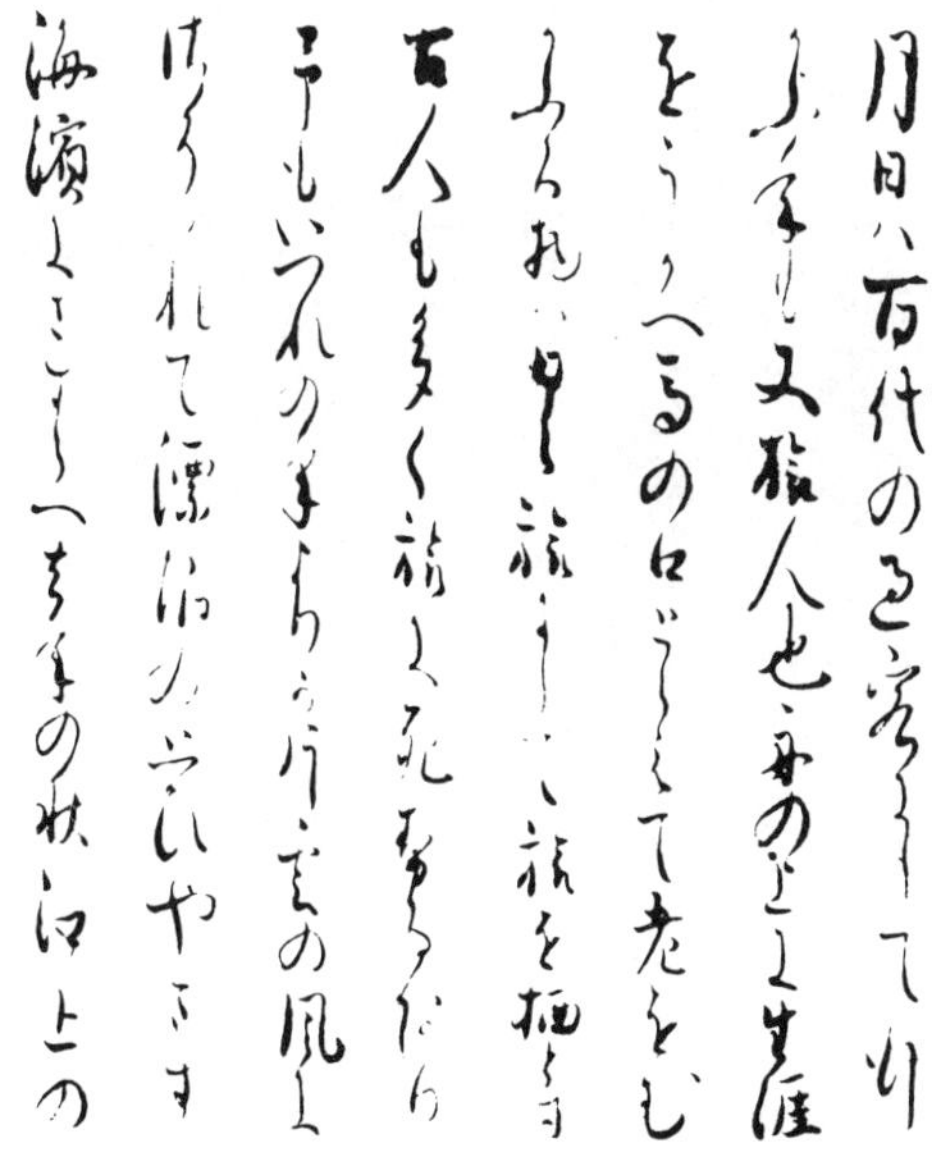
月日ハ百代の過客にして行かふ年も又旅人也。舟の上に生涯をうかへ馬の口とらへて老をむかふる物ハ日々旅にして旅を栖とす古人も多く旅に死せるあり予もいつれの年よりか片雲の風にさそはれて漂泊の思ひやます海浜にさすらへ去年の秋江上の

芭蕉所持
素龍真蹟本　おくのほそ道　（笠間版による）

一、漢詩

富士山　石川丈山

仙客来遊雲外巓　神竜栖老《すみあらす》洞中淵
雪如㆓紈素《がんそ》㆒煙如㆑柄　白扇倒懸東海天　（新編覆醬集）

関山月　祇園南海

秦嶺西去関塞深　秦雲遥隔望郷心
不㆑見㆓長安㆒惟《ただ》見㆑月　鳳城何処照㆓鳴砧《めいちん》㆒　（南海先生詩文集）

懐仙楼看㆔人贈㆓桃花㆒　服部南郭

一枝妖艶映㆓流霞㆒　酔殺懐仙閣裡花
知是天台山上女　相思春色到㆓君家㆒　（南郭先生詩文集）

霜暁　六如

暁枕覚時霜半晞《かわく》　満窓晴日已熹微
臥看紙背寒蠅集　雙脚挼《だ》挲《さ》落復《また》飛　（六如庵詩鈔）

夏日即事　菅茶山

○丈山―名は凹。三河の人。藤原惺窩に師事、林羅山・堀杏庵と交った。文武に通じ、生涯独身。著作多数。一五八三～一六七二。
*紈素―白い練絹。
*関山月―楽府題。
○南海―名は瑜。紀伊の人。木下順庵門。詩画に長じた。著作多数。一六七七～一七五一。
○南郭―名は元喬。京の人。荻生徂徠門。詩文に長じた。『唐詩選』『明詩選』の校訂ほか著作多数。一六八三～一七五九。
○六如―名は慈周。浄土僧で、京の智恩院に長くいた。宋詩風を実践した先駆者。一七三七～一八〇一。
○茶山―名は晋師。備後の人。

郊雲四散夜澄清　頭上銀河似レ有レ声
隣稚貪レ涼猶未レ寝　逐二来吟杖一問二星名一　（黄葉夕陽村舎詩）

題不識庵撃二機山一図　頼　山陽

鞭声粛粛夜過レ河　暁見千兵擁二大牙一
遺恨十年磨二一剣一　流星光レ底逸二長蛇一　（山陽詩鈔）

林羅山の言説

天は尊く地は卑し。上下差別あるごとく、人にも又君は尊く臣は卑しきぞ。礼と云ふものは尊卑序有り、長幼序有るぞ。尊きは位の高きを云ふぞ、卑しきは位の低きを云ふぞ。君は尊く臣は卑しきほどに、その差別がなくば国は治るまい。（春鑑抄）

道アレバ文アリ、道アラザレバ文アラズ。文ト道トハ理同ジクシテ事異ナリ。道ハ文ノ本ナリ、文ハ道ノ末ナリ。末ハ少ニシテ本ハ大ナリ。故ニ能ク固シ。（羅山林先生文集）

伊藤仁斎の言説

卑《ヒク》キトキハ則チ自カラ実ナリ。高キトキハ則チ必ズ虚ナリ。故ニ学問ハ卑近ヲ厭フコトナシ。卑近ヲユルガセニスル者ハ、道ヲ識ル者ニアラズ。道ハソレ大地ノ如キカ。天下地ヨリ卑キハナシ。然レドモ人ノ踏ム所地ニアラズトイフコトナシ。地ヲ離レテ能ク立ツコトナ

那波魯堂に学ぶ。私塾を開き黄葉夕陽村舎と称した。福山藩に仕えたか。著作多数。一七四八〜一八二七。
○山陽—名は襄。安芸の人。父は春水、叔父は杏坪。尾藤二洲・菅茶山に学ぶ。居所を山紫水明荘と称す。『日本外史』等著作多数。一七八〇〜一八三二。
*不識庵—上杉謙信。
*機山—武田信玄。
○羅山—名は忠、一に信勝。出家後に道春という。京の人。藤原惺窩門の高弟。家康の顧問として幕政に与り、上野忍岡に孔子廟を営む。著作多数。一五八三〜一六五七。
*春鑑抄—五常について説いた書。寛永六年刊。
*羅山先生文集—林鵞峰編。七五巻。寛文二年刊。別に詩集七五巻がある。
○仁斎—名は維楨、字は源佐。京の人。朱子学を排し、堀川に私塾を開き古義堂と称し、一生仕官せず学問に励む。著作多数。一六二七〜一七〇五。

*童子問―元禄六年にほぼ成り、終生推敲を続けられた思想書。三巻。没後宝永四年刊。東涯序、林景范跋。

○徂徠―名は双松、字は茂卿。江戸の人。仁斎の古義学に対抗し、古文辞学を唱え、私塾を蘐園と称した。博学で政経・兵学にも通じた。著作多数。一六六六～一七二八。

シ。（童子問）

蓋シ詩ハ俗ヲ以テ善シト為ス。三百篇ノ経タル所以ハ、亦其ノ俗ナルヲ以テナリ。詩ハ性情ヲ吟詠スルヲ以テ本ト為ス。俗ナレバ則チ能ク情ヲ尽ス。琢磨過ギテ甚シケレバ、性情ヲ斲喪《タクソウ》シ、真気都《スベ》テ剝落シ尽ス。（題白氏文集後）

荻生徂徠の言説

詩文章の学は無益なる儀の様に思召され候由、宋儒の詞章記誦などと申し候を御聞入れ候事年久しく候故、左様思召し候にて有るべく御座候。まづ五経の内に詩経と申す物御座候。これはただ吾邦の和歌などのやうなる物にて、別に心身を治め候道理を説きたる物にても、又国天下を治め候道を説きたる物にても御座なく候。古の人の憂きにつけ嬉しきにつけうめき出したる言の葉に候を、その中にて人情によく叶ひ言葉もよく、又その時その国の風俗を知らるべきを、聖人の集め置き人に教へ給ふにて候。是を学び候とて道理の便には成り申さず候へども、言葉を巧みにして人情をよくのべ候故、その力にて自然と心こなれ、道理もねれ、又道理の上ばかりにては見えがたき世の風儀国の風儀も心に移り、わが心おのづからに人情に行きわたり、高き位より賤しき人の事をも知り、男が女の心ゆきをも知り、又賢きが愚かなる人の心あはひをも知らるる益御座候。又詞の巧みなる物なる故、その事をいふとなしに自然とその心を人に会得さする益ありて、人を教へさとし諷諌するに益多く候。

惣じて学問の道は文章の外これなく候。古人の道は書籍にこれ有り候。書籍は文章に候。能く文章を会得して書籍のまま済し候ひて、我意を少しもまじへ申さず候へば、古人の意は明かに候。聖人の道は聖人の教法にならはずして、得べく様、曽てこれなく候。その教法は書籍にこれ有り候故、つまる所これ又文章に帰し申し候。然る所、文章も字義も時代に随ひて展転致し候所眼の付け所にて候に、後世儒者我が物ずきを立て候故、道徳は尊く文章は卑しき事なりと思ひとり、文章を軽看致し候より、右の所に心付け申さず。右の所に心付け申さず候故、古聖人の教法見え分れ申さず、我が知見にて聖人の意を会得せんとする故、皆自己流に罷り成り候。末学の輩は識見益々鄙陋にて、程・朱・陽明、吾国にて闇斎・仁斎等の末師を信ずる事、孔子よりも甚だしく候。

(徂徠先生答問書)

*徂徠先生答問書―根本武夷編。三巻。享保五年ごろ荘内藩家老水野元朗・四田進修にあてた徂徠書簡。内容は徂徠学の対象・方法・主張の全般にわたる。本多猗蘭・服部南郭序。享保十五年刊。

祇園南海の言説

詩ニ実事ヲソノママ用フレバ、卑俗ニシテ聞クニ堪ヘズ。楽天ガ俗ナル、多クハコノ病ニヨレリ。然ラバ詩ハ皆虚ヲ云フノミカト不審スベシ。虚ニハアラズ。実事ヲ云ヘバ、ヒラタク卑シキ故、ソノ中ノ雅ナル事ヲ択ビテ、尚潤色シテ、ヤサシクシホラシキヤウニ作ルナリ。コレ鉄ヲ化シテ金トナスノ手段ニテ、雨ノ月ニ晴レタルト云ヒ、寒日ニ暑シト云フ如ク、ナキコトヲ云フニハアラズ。若シクハソノ所ニナキコトヲ云フタメシアリ。コレハ借リ用フルモノニシテ、虚ニアラズ。但《タダ》ソノ雅景・雅趣・雅物・雅興・雅字・雅語ヲエラビ用フベシ。

ソノ感ゼシムルコト、虚ヨリモ実事ヨリモ百倍スベシ。

（南海詩訣）

山本北山の言説

明朝ノ詩、李于鱗・袁中郎ヲ以テ、一大鴻溝ヲ分ツベシ。今ノ人、明詩ト云ヘバ概シテ于鱗ガ調トノミ思ヘリ。ソレ于鱗ト中郎ノ異ナルコト、譬ヘバ水火・氷炭ノ如シ。中郎ハ趣ヲ主トシ、于鱗ハ格調ヲ主トス。中郎ハ清新流麗、于鱗ハ腐爛飣餖《フランテイトウ》。中郎ハ歴代ヲ罔羅シテ自在ニ用ユ、必ズシモ盛・晩、宋・元ヲ択バズ。于鱗ハ盛唐・中唐ヲ別ツコト河漢ノ如シ、一意ニ剽竊シテ擬議以テ変化ヲナスト云フ。中郎ハ詩ヲ性霊ニ発シ、于鱗ハ詩ヲ辞ニ求ム。中郎ガ詩ハ千篇千様変化キハマラズ、于鱗ガ詩ハ篇々一律ニシテ変化ナシ。中郎ガ于鱗ヲ駁スル言ニ曰ク、「（中略）今ノ人ニシテ唐詩ヲ踏襲スルヲ務メトセバ、則チ今ノ詩ニアラズ。直チニ唐詩ノ贋物ナリ。大丈夫タルモノ、如何ゾ已ニ有スル真詩ヲ舎《オ》イテ、他ノ詩ヲ剽襲模擬スベキ」。（中略）今ヤ浅学無識ノ輩、詩道ニ昧ク、徂徠・南郭ニ誑《タブラカ》サレ、剽竊ノ悪詩腸胃ニシミコミ、一語ニテモ聞慣レザル語、一字ニテモ見熟レザル字アレバ、詩ニ非ズトス。コレ中郎ガ憤悲スルユエン、宛《エン》トシテ今日ニアリ。

（作詩志彀）

広瀬淡窓の言説

邦人ノ詩ヲ読メバ、極メテ入リ易シ。必ズシモ禁ズルニ及バズ。但シ正享ノ際ノ詩ハ、今人既ニ之ヲ厭フコト深クシテ、読ムニ堪ヘズ。近人ノ詩ヲ読ムベシ。六如・茶山・山陽ナド

*南海詩訣—漢詩作法書。天明七年刊。江村北海等序。

○北山—名は信有。江戸の人。小普請の御家人の家に生れる。はじめ山崎桃溪に師事したほかは独学で、博学に通じた。『孝経集覧』ほか著作多数。一七五二〜一八一二。

*李于鱗—名、攀竜。後七才子の中心。擬古の詩文を唱え、徂徠学派に尊崇された。

*袁中郎—名、宏道。性霊尊重を唱え、公安派と称された。

*作詩志彀—安永八年刊『作文志彀』に続いて、蘐園擬古の詩風を難じた論書。雨森牙卿編。性山禅師序、高井邦淑跋。天明二年刊。

○淡窓—名は健。豊後の人。亀井南溟・昭陽父子に学ぶ。私塾咸宜園を開き、学ぶ者数千、知名士を輩出した。海西の詩聖とも称され、『遠思楼詩鈔』

ほか著作多数。一七八二〜一八五六。

*正亨ノ際ノ詩―荻生徂徠の唱えた明朝擬古の風にならった詩を指す。正亨は正徳・享保年間。

*淡窓詩話―広瀬青邨編。二巻。淡窓の談話を門人が筆記した『醒斎語録』等から詩話を抄記したもの。川田甕江序、長三洲跋。明治十六年刊。

皆名家ナリ。但シ爛熟ニ過ギタリ。読者ソノ心得アルベシ。

詩ハ実際ヲ貴ブコト、今人皆知レリ。但シ今人好ンデ瑣細鄙猥ノ事ヲ叙ベテ、コレヲ実際ト思ヘリ。予ガ所謂実際トハ然ラズ。タダ人々ノ実境実情ヲ叙ベテ、矯飾ナキ所ヲ指スナリ。然ルニ今ノ人、丁壮ノ歳ニ在リテ、好ンデ衰老ノ態ヲ写シ、官途ニ在リテ、専ラ山林ノ景ヲ写ス。目ノ触ルルニモ非ズ、情ノ感ズルニモ非ズ、唯古人ノ語ヲ模倣スルノミ。コノ如クナラバ、仮令《タトヒ》其ノ景情見ルガ如クニ写シタリトモ優人ノ仮装ヲ為スガ如シ。豈実際ト謂フベケンヤ。

三都ノ市中ニ住スル者ハ、山ヲ見ルモ、水ヲ見ルモ、容易ニ得ガタシ。田園邱壑《キウガク》ノ楽シミハ生得得ベカラズ。故ニソノ詩モ、或ハ贈答ヲ専ラニシ、或ハ詠物ヲ務ム。コレ勢ノ免レザル所ナリ。我輩幸ニ田舎ニ住シテ、何事ヲ言フモ勝手次第ナリ。何ゾ彼等ガ不自由ナル境界ヲ羨ミテ、ソノ口角ヲ摹《モ》スルコトヲセンヤ。

（淡窓詩話）

二、和歌

田辺城、古今伝授の砌に　細川 幽斎

古へも今もかはらぬ世の中に心のたねをのこす言の葉　（衆妙集）

元　政

里の犬のあとのみ見えて降る雪もいとど深草冬ぞさびしき　（草山和歌集）

木下長嘯子

里は荒れてつばめならびし梁《うつばり》の古巣さやかに照らす月かげ　（挙白集）

うま酒の歌　賀茂 真淵

美《うま》らに飲《をや》らふるかねや　一杯《ひとつき》二杯　楽悦《あらあら》に掌底《たなそこ》拍ち挙ぐるか
ねや　三杯四杯　言直《ことなほ》し心直しもよ　五杯六杯　天足《あめた》らし国
足らすもよ　七杯八杯　（賀茂翁家集）

田安 宗武

鳰鳥《にほどり》の葛飾早稲《かつしかわせ》の新しぼりくみつつをれば月かたぶきぬ　（同）

真帆ひきてよせ来る舟に月照れり楽しくぞあらむその舟人は　（天降言《あもりごと》）

○幽斎―名、藤孝。別号、玄旨。安土桃山時代の武将、熊本藩細川家の祖。三条西実枝から古今伝授を受けた。一五三四〜一六一〇。

○元政―俗名、菅原元政。法名、日政。深草瑞光寺の僧。編著に漢詩文集『草山集』、『扶桑隠逸伝』等。一六二三〜一六六八。

○長嘯子―名、勝俊。豊臣秀吉の妻の兄の息。若狭の小浜城主となるも、関ケ原の戦後、徳川氏に追われ、京の郊外に隠棲。一五六九〜一六四九。

○真淵―遠州岡部の人。国学を荷田春満に学び、江戸で宗武に仕える。国学関係の著作多数。一六九七〜一七六九。門弟五百人に及び、県居派と称する。

○宗武―八代将軍徳川吉宗の次男で、田安家を立てる。荷田在満に歌論を聞き、在満にかわって真淵を登用した。一七一五〜一七七一。

楫取《かとり》　魚彦《なひこ》
天の原吹きすさみたる秋風に走る雲あればたゆたふ雲あり　（楫取魚彦家集）

上田　秋成
白雲に心をのせてゆくらくら秋の海原思ひわたらむ　（藤簍冊子《つづらぶみ》）

橘　千蔭
隅田川堤に立ちて船待てば水上遠く鳴くほととぎす　（うけらが花）

村田　春海《はるみ》
とまり舟苫《とま》のしづくの音絶えて夜半のしぐれぞ雪になりゆく　（琴後集）

小沢　蘆庵
山遠くたなびく雲に映る日もやや薄くなる秋の夕暮　（六帖詠草）

香川　景樹《かげき》
燈の影にて見ると思ふ間に文のうへしろく夜は明けにけり　（桂園一枝）

めせやめせゆふげの妻木はやくめせ帰るさ遠し大原の里　（同）
熊谷　直好

夜もすがら松の榾火《ほだび》をたき明かし藁ぐつうたむ冬は来にけり　（浦の汐見）
貧窮百首　木下　幸文《たかぶみ》

○魚彦—伊能氏。下総の人。江戸で真淵に和歌・国学を学ぶ。一七二三～一七八三。

○千陰—加藤氏。江戸町奉行所の与力。真淵に国学・和歌を学び、編著に『万葉集略解』等。一七三五～一八〇八。父は枝直。春海らとともに江戸派と称する。

○春海—平氏。江戸の人。千陰とともに県門江戸派の双璧。十八大通の一人で、遊名漁長。一七四六～一八一一。

○蘆庵—名、玄仲。もと犬山藩士。冷泉為村に和歌を学ぶも、のち破門され、独自の歌論を主張した。一七二三～一八〇一。

○景樹—鳥取藩士の家に生まれ、のち京の歌道宗匠家の養子となり、同家を離れた後も香川姓を名乗る。編著に『古今和歌正義』等。一七六八～一八四三。門弟多数を擁し、一門を桂園派と称する。

○直好—岩国藩士。のち脱藩して和歌に専念、大坂で没する。景樹門の高弟。歌論や神楽歌・催馬楽の注釈もある。一七八二～一八六二。

終にはと思ふ心のなかりせばけふのくやしさ生きてあらめや　（亮々《さやさや》遺稿）

良　寛

冬ごもり　春さりくれば　飯乞ふと　草の庵を　立ち出でて
里にい行けば　たまぼこの　道のちまたに　子供らが　今を
春べと　手まりつく　ひふみよいむな　汝がつけば　吾はう
たひ　吾がつけば　汝はうたひ　つきてうたひて　霞立つ
長き春日を暮しつるかも

独楽吟　橘　曙覧《あけみ》

たのしみは門売りありく魚買ひて烹る鍋の香を鼻に嗅ぐ時　（志濃夫廼舎《しのぶのや》家集）

すくすくと生ひ立つ麦に腹すりて燕飛びくる春の山畑　（　同　）

茎折れて水にうつぶす枯蓮の葉うらたたきて秋の雨ふる　（　同　）

大隈　言道

童《わらは》べの枕のもとのいかのぼり夢の空にや舞ひあがるらむ　（草径集）

いたづらにわが身フルゴロオトガラス水に虫ある事も知らずて　（　同　）

平賀　元義

五番町石橋の上にわがまらを手草にとりし吾妹子《わぎもこ》あはれ

〇幸文―備前浅口の人。京で澄月、のち慈延、のち景樹に師事。編著に『亮々草紙』等。一七七九～一八二一。
〇良寛―越後出雲崎の名主山本家の長男。弟に家を譲って出家、放浪二十年にして帰郷。書道・漢詩にも秀でた。一七五八～一八三一。
*独楽吟―「たのしみは」で始り「とき」で終る五十二首の群作。
〇曙覧―福井の旧家正玄家に生れ、のち弟に家を譲って隠棲。田中大秀門下で、国学と和歌に専念。長歌集に『藁屋詠草』。一八一二～一八六八。
〇言道―筑前福岡の商家に生れ、弟に家を譲り、広瀬淡窓門に漢学を学び、歌人・書家として知られた。一七九八～一八六八。
〇元義―岡山藩を脱藩して放浪、独学で国学を学び楯舎塾を開いた。一八〇〇～一八六五。
*五番町―岡山の町名。

岡崎の月見に来ませ都人かどの畑芋煮てまつらなむ

大田垣蓮月
（海人《あま》の刈藻《かるも》）

木瀬三之の言説

凡て古今伝授などいへる事あるべからず。貫之心には、あまねく和歌の心を諸人に知らせまほしく思ひて書きたれば、ゆめゆめ秘伝あるべからず。序にも、今もみそなはし、後の代にも伝はれりと書けり。末の代になりて愚かなる人のいやしき心より、伝授といへることは始まれり。

（諸説録）

下河辺長流の言説

やまと歌は、凡そわが国民の思ひを述ぶる言の葉なれば、上は宮柱高き雲居の庭より、下は葦葺の小屋のすみかに至るまで、人を分かず所を択ばず、見るものによせ聞くものにつけて、みなその志を言ふこととなん。（中略）ここに得たる歌かれこれ一千三百六十首にあまれり。世につかさ位ある人は、わがともがらにあらねば、その人々の歌に於ては稀にもこれを載することなし。ただ位なき武士の八十氏人をはじめとして、あるは市に担ふ商人、あるは山田に作る農夫、あるは木の下岩の上にありか定めぬ桑門の言の葉に、さるべき一ふしこもれるをば、これを尋ね求む。

（林葉累塵抄・序）

〇蓮月―名、誠（のぶ）。京の人。大田垣家の養女となり結婚、夫の死後剃髪。一七九一〜一八七五。

*岡崎―京の吉田山の南、神楽岡崎。夫・娘・養父に先立たれ、ここに隠棲した。

〇三之―名、正房。京の人。山科住、のち大津に移る。里村昌琢門。一六〇六〜一六九五。

〇長流―小崎共平。母方を称し、長流のち長龍。大和龍田の人。仕官ままならず、上方や江戸に住み一生独身。長嘯子に和歌、宗因に連歌を学び、契沖と親交。自撰『長流和歌延宝集』、契沖撰『晩花和歌集』のほか、万葉集注釈等の研究多数。一六二七〜一六八六。

*林葉累塵抄―和歌撰集。寛文十年刊。二十巻。長流自作百五十余首を含む。これが刺激となり民間の撰集が続いた。

契沖の言説

定家卿の詞に、「歌ははかなくよむ物と知りて、その外は何の習ひ伝へたる事もなし」といへり。これ歌道においてはまことの習ひなるべし。然れば此の物語を見るにも大意をこれになずらへて見るべし。式部が此の物語をかくに人を引きてあしくせんとは思ふまじけれど、その身女にて一部始終好色に付きてかけるに損ぜらるゝ人も有るべし。又聖主賢臣などに准《なぞ》らへてかける所に叶はずして、罪を得たればにや地獄には入りにけん。源氏の薄雲にことありしは父子に付きていはば何の道ぞ。君臣に付きていはば又何の道ぞ。匂兵部卿の浮舟におしたち給へるは朋友に付きて何の道ぞ。夕霧・薫のふたりは共にまめ人に似たれど、夕霧は落葉宮におしたちて柏木の霊に信なく、薫の宇治中君の匂兵部卿に迎へられての後、度々たはぶれしも罪すくなからず。『春秋』の褒貶は善人の善行、悪人の悪行を面々にしるして、これはよし、かれはあしと見せたればこそ勧善懲悪あきらかなれ。此の物語は一人の上に美悪相まじはれる事をしるせり。何ぞこれを『春秋』等に比せん。

（源註拾遺・大意）

戸田茂睡の言説

歌は大和こと葉なれば、人の言ふと言ふ程の詞を歌に詠まずといふことなし。（中略）何れの頃よりか歌の詞に制といふことを書き出だし、五てんの詞、主ある詞、よむまじき詞、遠慮すべき詞、俊成の好みよむべからずと宣ひし詞、定家卿の不二庶幾一と宣ひし詞、にくしと

○契沖―俗姓、下川氏。摂津尼ケ崎の人。真言僧。十一歳で出家。大坂曼陀羅院住職時代の親友下河辺長流に代って、水戸家の嘱で『万葉代匠記』を撰進、元禄三年の完成後、大坂妙法寺住職を去り、円珠庵に隠居。以後、著書多数。一六四〇～一七〇一。

*定家卿の詞―「古今密勘に見えたり」と補記。

*源註拾遺―源氏物語の注釈書。元禄九年に成り、研究篇ともいうべき大意一巻を巻頭に加え、同十一年に完成した。未刊。

○茂睡―父渡辺監物忠の蟄居に従って那須黒羽に育ち、江戸に出て伯父の姓を名乗る。名門ながら官途に不遇で、本多侯に仕えて三百石。致仕後は浅草金竜山その他に隠棲。山名玉山の従弟。編著に『百人一首雑談』『鳥の跡』『紫の一

いふ詞、いとしからずといふ詞、といひて、詞に多く関を据ゑて人のおもむき難きやうに道をせまくすることは、以ての外の邪道、歌の零廃すべき端かと思へども、歌の道不案内なるによき師もなければ、斯様《かやう》に人のおもむきぐるしく、関におさへられて通りにくく、たま〱志のあるものも中帰《ちうがへ》りするやうなることにて、道の正しく広く行はるゝわけも知らねば、おぼつかなさにこの一冊を思ひ立ちて不審を書きしるすものなり。
（梨本集・序）

荷《か》田《だ》在満《ありまろ》の言説

歌の物たる、六芸の類にあらざれば、もとより天下の政務に益なく、又日用常行にも助くる所なし。古今の序に「天地を動かし鬼神を感ぜしむる」といへるは、妄談を信ぜるなるべし。勇士の心を慰むる事、いささかあるべけれど、いかでか楽に及ぶべき。男女の中を和らぐるはさる事なれど、かへつて淫奔の媒とやなるべからん。されば、歌は貴ぶべき物にあらず。ただその風姿幽艶にして意味深長に、連続機巧にして風景見るがごとくなる歌を見ては、我も及ばん事を欲し、一首も心にかなふばかりよみ出でぬれば、楽しからざるにあらず。たとへば、画者の描き得たる、奕者の碁に勝ちたる心に同じ。
（国歌八論・翫歌論）

田安宗武の言説

すべてのことわざ必ず理りを本とすれば、わざは是にしたがふなるを、もしわざを本とせんには、必ず理りは違ふべし。かの家をも宝をも故なく打ち捨てて、世の外にはひかくれて、

本』等。一六二九～一七〇六。

*梨本集―元禄十三年刊。二条家末流の堂上歌学を攻撃した歌論書。

○在満―荷田春満の甥で養子となる。伏見から江戸に出、有職故実の研究のため田安家に出仕。のち宗武と歌学上の見解を異にして致仕、後任に真淵を推挙。一七〇六～一七五一。

*国歌八論―寛保二年、田安宗武の問に答えて献じた歌論書。歌源・翫歌・択詞・避詞・正過・官家・古学・準則の八論から成る。

*臆説剰言―『国歌八論』に発し、宗武『国歌八論余言』、真淵『国歌八論余言拾遺』『国

心静かに歌を翫びてよしとするなど、いかで歌の理り好む人とやはいふべき。これ等は只わざのみを好みて、終に理りに違ひたるなり。　（臆説剰言）

賀茂真淵の言説

あはれ〳〵、上つ代には人の心ひたぶるに、なほくなむありける。心しひたぶるなれば、なすわざも少なく、事し少なければ、いふ言の葉もさはならざりけり。しかありて、心におもふ事あるときは言にあげてうたふ。こを歌といふめり。かくうたふも、ひたぶるに一つ心にうたひ、言葉もなほき常の言葉もて続くれば、続くともおもはで続き、調ふともなくて調はりけり。かくしつつ、歌はただ一つ心を言ひ出づるものにしありければ、古《いにしへ》は、こととよむてふ人もよまぬてふ人さへあらざりき。遠つ神あが天皇《すめらぎ》のおほみつぎ〳〵かぎりなく、千《ち》五百《いほ》代をしろしをすあまりには、言《こと》さへぐ唐《から》、日の入る国人の心ことばしもこきまぜに来まじはりつつ、ものさはにのみなりもてゆければ、ここになほかりつる人の心もくま出《づ》る風のよこしまにわたり、いふ言の葉も巷《ちまた》の塵の乱れゆきて、数しらずくさぐさになむなりにたる。故《かれ》いと末の世となりにては、歌の心ことばも、常の心ことばしも異なるものとなりて、歌としいへばしかるべき心をまげ、言葉を求めとり、ふりぬる跡を追ひて、わが心を心ともせずよむなりけり。　（歌意考）

本居宣長の言説

歌論臆説』、在満『国歌八論再論』、宗武『臆説剰言』、『歌論』と続いた論争書の一。

*歌意考―歌論書、五意考の一。明和元年成る。流布本は寛政十二年、荒木田久老の序跋を付す。

○宣長―小津氏。伊勢松阪の木

綿問屋に生れる。契沖の著書によって国学に志し、真淵に入門、『古事記伝』を著わす。一七三〇〜一八〇一。門弟は全国に及び、鈴屋学派と称する。

*石上私淑言―宝暦十三年成る。文化十三年、斎藤彦麿刊。岸本由豆流・片岡寛光・斎藤彦麿ら序。刊本は巻二まで、巻三は草稿で伝わる。

すべて世の中に生きとし生けるものは、みな情あり。情あれば物にふれて必ず思ふ事あり。このゆゑに生きとし生けるもの皆歌あるなり。その中にも人は殊に万の物よりすぐれて心もあきらかなれば、思ふ事も繁く深し。その上、人は禽獣よりも事わざの繁きものにて、事にふるる事多ければ、いよいよ思ふ事多きなり。されば人は歌なくてかなはぬことわりなり。その思ふ事の繁く深きは何ゆゑぞといへば、もののあはれをしるゆゑなり。事わざ繁きものなれば、その事にふるるごとに情は動きて静かならず。動くとは、ある時は嬉しく、ある時は悲しく、又は腹だたしく、又は喜ばしく、或は楽しく面白く、或は恐しく憂はしく、或は美しく、或は憎ましく、或は恋しく、或は厭はしく、さまざまに思ふ事のある、これ即ちもののあはれを知るゆゑに動くなり。知るゆゑに動くとは、たとへば嬉しかるべき事にあひて嬉しく思ふは、その嬉しかるべき事の心を弁へ知るゆゑに嬉しきなり。又悲しかるべき事にあひて悲しく思ふは、その悲しかるべき事の心を弁へ知るゆゑに悲しきなり。されば事にふれてその嬉しく悲しき事の心を弁へ知るを、もののあはれを知るといふなり。

(石上私淑言)

村田春海の言説

歌の学びやうを教へられたるは、(中略)藤原・奈良の御時より花山・一条の御時までの歌を通し見て、すべて善きふしと悪しきふしとを心に弁へ置きて、その世々に上り下りて、心の引く方につきて学ぶべし。歌は心を述ぶるものなれば、人と同じやうにあるべき事にもあらねば、おのがじしの姿あらんものなり。ただ心のまこと失はざらん事と、調ののどかならむ事は、古の手振りを忘るべからず。さて歌は珍かに新しき心をこそよままほしけれ。さらずばいかでかわが歌ならむとぞいはれ侍る。

（贈稲掛大平書）

*贈稲掛大平書—寛政十二年三月二十八日付、本居大平宛書簡。稲掛は宣長の養子大平の旧姓。

小沢蘆庵の言説

歌は、この国のおのづからなる道なれば、よまんずるやう、かしこからんとも思はず、気高からんとも思はず、面白からんとも、やさしからんとも、珍しからんとも、すべて思はず、ただいま思へる事を、わが言はるる詞をもて、ことわりの聞ゆるやうに言ひいづる、これを歌とはいふなり。かかれば何ごとも、わが心に先立つものなし。夜昼移り〳〵て、しばらくもとどまらず。念々に思ふ事改まりゆく、これよりも心の新しき事なし。その心をすぐによむなり。

（布留の中道・あしかび）

*布留の中道—寛政二年成る。上巻「ちりひぢ」、中巻「あしかび」、下巻「或問」より成る歌論書。

香川景樹の言説

誠実よりなれる歌は、頓《やが》て天地の調べにして、空吹く風の物につきてその声をなすが如く、当る物としてその調べを得ざる事なし。そは物にふれ事につきて感動する即ち発する声にして、感と調との間に髪を容《い》るるの隙なく、一偏《ひとへ》の真心より出づればなり。かくおのづからなる調べは、少しも心を用ふべき事なきに、かへりて巧めるがごとく飾れるがごとく、その奇なること類ふべき物なきに至るは、天地のうちにこの誠より真精《まぐは》しきものなく、この誠より純美《うるは》しき物なければなり。さる誠実の極みより出づる音調《しらべ》なれば、力をも入れずして天地を動かし、理《ことわり》をもまたずして人倫をも感ぜしめ、鬼神をも泣かしむるものなるを、今の世の中、歌といひて翫ぶをみるに、月花によれる仮《かり》そめの情はいふも更にて、悲しみのかぎり歓びのあまりをいふにも、大かたは古き例により、雅びなる詞になづみ、名利の心をまぬかるる事をえず、誠の心ばせを失へるも少なからず。されば、よみとよむ歌に感哀の出でくることなきは、うべならずや。

（歌学提要・総論）

大隈言道の言説

古人は師なり、吾にはあらず。吾は天保の民なり、古人にはあらず。みだりに古人を執すれば、吾が身、何八、何兵衛なる事を忘る。意のうはべのみ大臣の如くなりて、よむ歌さぞ尊きことにてもあるべけれども、そは賈人の冠袍を着たるなり。全く真似にて、歌舞伎を見るがごとし。（中略）善き歌をよまんと欲せば先づ心より始むべし。心を種として吾が歌を詠ずるに、俚心俗意もとよりにて、いまだ風姿髣髴たる事を得ず。年をへ月にわたりて漸《やうやう》に少しづつ古人に近づく。全く似ざるを以て古人に近しとす。古人によく似たるを以て古人に遠しとす。

（ひとりごち）

*歌学提要—天保十四年、内山真弓編。成島司直・山科松坡序、自序、丸山秀跋。嘉永三年刊。景樹の歌論を編者、および中沢重樹が筆記したものの抄録。

*ひとりごち—安政四年上坂のとき、福岡の門人真藤利明に与えた歌論書。

三、俳諧・俳文

新増犬筑波集

雲の上にも湯やわかすらん
鑵子《くわんす》をば自在天までつりあげて

油糟　ほつこりと洗うたやうな月の顔

淀川　「湯をわかす」といふに鍋釜の類、付くべからず。同意とて今はせぬなり。「上」に「上ぐる」、同字か。「上ぐる」は心ひとしきにより、二句去るべきなり。

床《とこ》は菅家の墨跡ぞかし

菅丞相は観自在天の化身なり。

鬼とはいへど手をぞ失ふ
一口に喰ふべき蛸《たこ》を盗まれて

油糟　黒塚に泊る客僧逃げ去りて

淀川　「鬼」に「一口」、用付《ゆうづけ》なり。

○新増犬筑波集―貞徳の俳論書。上巻「油糟」は『犬筑波』の前句に貞徳が付句数例を試みたもの。下巻「淀川」は『犬筑波』の付合を批評しつつ貞徳が三句目を試み、その付心を自解したもの。著者貞徳は松永氏。歌人・歌学者で貞門俳諧の祖。幕初の京で地下文化界の指導的地位にあった。一五七一〜一六五三。

*菅丞相―菅原道真の異称。

*一口に―「鬼はや一口に食ひてけり」(伊勢物語・六段)。

*用付―本体に作用・属性を付けること。付句の作意の働きを弱めるとして斥けられた。

針先の餌を粗相にや差す

蛸釣る針なり。蛸に餌を盗まるるなり。餌を念を入れ差したらば、一口に喰ふべき蛸を、無念にして蛸にとられたると付く。

今日も暮れぬと帰る番匠

山寺の入相のかねを腰に差し

油糟 天よりも落つるやうなる滝を見て

淀川 昔俳諧にて一句の理《ことわり》なし。今は用ひず。

扇に書ける能因が歌

「花や散るらん」の歌なり。腰に差すは扇なり。

仏も物を負ひ給ふなり

嵯峨の釈迦しやくせんだんと聞くからに

油糟 石塔の後《うしろ》の枯木よこたはり

淀川 この前句は作りたるとみえたり。又「聞くからに」とは、歌の上の句のやうにて留りがたし。

*今日も暮れぬと―「山寺の入相の鐘の声ごとに今日も暮れぬと聞くぞ悲しき」(拾遺集)。

*花や散るらん―「山寺の春の夕暮来て見れば入相の鐘に花ぞ散りける」(新古今集)。

*しやくせんだん―嵯峨清涼寺の釈迦は赤栴檀の木彫。これに借銭をかけた。

*百万の謡ひ―「毘首羯磨が作りし赤栴檀の、尊容やがて神力を現じて……此寺に現じ給へり」（謡曲・百万）。

○俳諧蒙求―守武流の宗因俳諧の立場を寓言説を中心に説いた俳論書。延宝三年刊。著者惟中は岡西氏。宗因門の論客。一六三九～一七一一。

曲舞《くせまひ》やがて果つる百万

「百万」の謡ひにあり。

【参考】　惟中の評言（俳諧蒙求）

愚思ふに、この一句、荘子が寓言、俳諧の根本なり。仏は物を負はぬものなれども、わざと物を負ひ給ふと作意す。さりとては俳諧なり、〳〵。万徳殊勝の仏に、いかいいつもありがたし尊しと思へるは、歌と連歌との理《ことわり》なり。すべて歌・連歌においては、一句の義明らかならず異な事のやうに作り出せるは、無心所着の病と判ぜられたり。俳諧はこれに変り、無心所着を本意と思ふべし。

油糟　親子ゐる座敷でざれた咄《はなし》して
　　　　わが親の死ぬる時にも屁をこきて
　　　　　にがにがしくもおかしかりけり

淀川　いかに俳諧なればとて、父母に恥を与ふは道にあらず。儒道は言ふに及ばず、仏道にも不孝は戒め給ふぞかし。その上、この五文字ならでも、人の臨終ににがにがしからぬ事やあるべき。撰者、何とて引き直して入れざる。和歌は言ふにたらず、連歌・俳諧みな人の教誡のはしとなるやうに心得ざるは、何の名誉ありても詮なき事なりと知るべし。

　　後々《のち》猫のとるは小鼬《こいたち》
親鼬も猫にとられしとなり。

【参考】　惟中の評言（**俳諧蒙求**）

愚、この趣きを読み来り読み去り、孝情忽ちに浮み、まことに篤実なる教へかなと感心肝に銘じぬ。されども、この教へは歌・連歌の本意といふものなり。（中略）俳諧の本意は格別の事なり。ここが右にあまた申し侍る荘子が寓言、老子の虚無底、俳諧にある所なり。（中略）俳諧は常を破り俗を乱るの言葉なれば、もしある前句に到りては「親の死ぬる時、屁をもこきけるよ」と作意すべし。かかる心を悟らねば、連歌に等しくていつまでも俳諧といふものにはならぬなり。（中略）俳諧は、なほその本意を尋ねず、ただ言葉を飾り花を咲かせ、古事・物語をもあらぬ事に引き違へて翻案すると、寓言の嘘をつくと、これ二つを本意とすべし。

　　　　笑へば笑ふ泣けば泣くなり
　　　子を思ふ森の巣鴉鷹を見て

油糟　みどり子の鏡の影を不審して

淀川　この句、俳言なし。悪き連歌なり。（中略）惣別、連歌めきたる句は俳諧には好まぬ事と知るべし。

*俳言なし―貞徳の言説に「誹諧は即百韻ながら俳言にて賦する連歌なれば、端づくりをも俳諧之連歌と書くべきなり」（増山井）とある。

　　熊野《ゆや》権現《ごんげん》に祈誓するらし

鴉が心に迷惑なるとき熊野を頼むべしとなり。

【参考】　惟中の評言（**俳諧蒙求**）

愚思ふに、この評さても〳〵聞く事なり。よく〳〵この境を分別すべし。とかく俳諧と連歌の分かち、確かにありてこそよけれ。いかほど漢語の堅き詞を使ひ、又いかほど平めなる言葉を使ひたりとも、一句の心に連歌あるべし。されども、百韻ながらに寓言の俳諧を言ひ続くる事は難かるべし。五句十句はただ俳言の躰を用ひて目前の境界を言ひ、また世俗の情を申し続くるも俳諧なり。又もしは句によりて俳言はあらねども、その心を考ふればよき寓言の俳諧もあるものなり。一概に定むべからず。

蚊柱百句　付　渋団・渋団返答

つぶり撫づれば露ぞこぼるる
四つ五ついたいけ盛りの花薄

渋団　「いたいけ盛りの花薄」は尤もなり。「四つ五つ」といふ事知らず。もし薄の四つになるの五つになるのと言へる本文ありや、未だ聞かず。珍し。

返答　「四つ五ついたいけ盛りの花」とのみ言ひて「子」と言はぬ作意、さりとては奇妙なり。四五歳の子のつぶり撫づる心を薄に持たせたるなり。例の寓言なり。

まま喰はうとや虫の鳴くらん

渋団　まま喰はうの酒飲まうのといふ虫、終に知らず。世には珍しき虫のある事や。その虫を見も聞きもせば世の思ひ出たるべしと願ふより外なし。

返答　さて〱かかる事を本意にあらずなどと言ひて、あり事ばかり言ひ出づる俳諧師の

○蚊柱百句―「蚊柱は大鋸屑さそふ夕べ哉」を発句とする宗因の独吟百韻。寛文末・延宝初年ごろ刊。延宝二年刊『渋団』がこれを論難し、翌三年刊『渋団返答』で惟中が反論し、貞門・談林論戦の嚆矢となる。作者宗因は西山氏。連歌師で談林俳諧の祖。肥後八代藩を浪人、大坂の天満宮連歌所宗匠となる。寛文十年辞職、出家して俳諧に遊ぶ。一六〇五〜一六八二。
*つぶり撫づれば―初折の表四句目。

百韻形式

初　折	表八句	裏十四句
二の折	表十四句	裏十四句
三の折	表十四句	裏十四句
名残の折	表十四句	裏八句

*うけ太刀を—二の折の表十一句目。

心の眠りをさまさん事、今この時の幸《さいはひ》なり。連歌にはかうはせぬことなれども、俳諧はそれが本意と思ひ改めて向後《きやうこう》俳諧せられば、この心を会得《ゑとく》して、せめて一句なりともせられよ。

野遊びにかけ廻りては又しては

渋団　さても放埒なる一句なり。「又しては」とは何事ぞ。かけ廻りては又しては前の「虫」がまま喰はうと言ふか。にがにがし。

返答　この付け心、前の「まま喰はう」といふに「かけ廻りては又しては」と付け、「虫も鳴きたる」に「野遊び」を付けたる行き様もあり。また、そのまま野遊びに虫がかけ廻りてまま喰はうと付けたると言ひても、かの寓言を本意と思へば雑作もなく埒あきたるなり。俳諧といふ事知らぬ上からはさ思ふ理《ことわり》にこそ。「又しては」、言ひ残したる句作、重くれぬ作、聞き所かはるべし。

うけ太刀を引出物こそゆゆしけれ

これ重代のかね言の末

渋団　「重代」といふに「太刀」はよし。「太刀」に「重代」、後付《うしろづけ》なり。その上「かね言」いかなるゆゑありて言ひ出でられしぞ。聞き知りがたし。前句に拠り所なし。

＊定座――月の定座　花の定座

	月の定座	花の定座
初表	七句目	
初裏	十句目	十三句目
二の表	十三句目	
二の裏	十句目	十三句目
三の表	十三句目	
三の裏	十句目	十三句目
名残の表	十三句目	
名残の裏		七句目

返答　これまた例の後付なり。俳諧の付け様の一つなり。連歌になき後付を何の疑ひもなく付くるを俳諧の戯れと知るべし。兼言《かねごと》の末がやがて引出物となり、聟殿《むこどの》・舅殿《しうとどの》とどしめく躰なり。うちあてに付けたる下手の句ばかり聞かれし耳には念もない、入るまい。上手のざれたる作を返す〲学ばるべし。また、前の「引出物」に「重代のかね」とあしらはれたる心もあり。言ひつめぬ句はいろいろに聞かるるものなり。

月も知れ源氏の流れの女なり

渋団　「重代」とあるに「源氏」は聞え侍れど、「月も知れ源氏の流れ」心得がたし。身は衰へたれども氏は源《みなもと》なり、それを月もしろしめせなどいふやうの心か。「かね言」にも付かず。一句も聞えがたし。

返答　「重代」とあるに「源氏」よし。この兼言いひかはすは「源氏の流れの女」ぞと付けたる心なり。例の寓言なり。「月も知れ」は月の定座なればなり。

青暖簾《あをのうれん》の桐壷のうち

渋団　青暖簾の青布子のといふは下劣の沙汰なり。さすがに梅壷・藤壷・桐壷などいふ所に青暖簾などの掛かるべきか。青地の暖簾など言はば、さもあらん。げに〱遊女の局《つぼね》に青暖簾を掛くる。前句に「流れの女」とあるゆゑにかく付けられしよな。いかに前句に付けたきとて「青暖簾の桐壷」とは放埓至極なり。もしまた傾城の局を「桐壷」といふ事もありや、その沙汰いまだ聞かず。

返答　前の「源氏」は源家の事なり。それをちやくと源氏物語の桐壷と付けたるなり。「青暖簾」は「流れの女」に寄せたるなり。桐壷などといふ所にざつとした青染めの暖簾かけられし作意、寓言の手本なり。きれいなる所にきれいを尽くし、いやしき所にいやしき躰を言ふは連歌の首尾なり。「紙子に錦の襟」とはこれらの事なり。さしもの昌琢門下のその隠れなき宗因老師、連歌を一呑みに呑まれたる人のそのやうなる事を会得して、さて野山の遊び、茶の会、酒の席《むしろ》にて俳諧の狂句を自由底に言ひちらされたるなり。無我にして可もなく不可もなき老翁の、すべてざれごととおぼし、守武・宗鑑の両人を目あてにし給ひ、心を世上に遊ばしめ一生を放下《はうか》し給ふ。それなればこそ、あまたの年狂句俳諧になれて、そのうち一句も一巻もみづから撰び世に広め給ふ心もなし。

【参考】　宗因独吟百韻の序（**阿蘭陀丸二番船**）

抑《そもそも》俳諧の道、虚を先とし実を後とす。和歌の寓言、連歌の狂言也。連歌を本として連歌を忘るべしと、古賢の庭訓なるよし。予道に遊ぶ事、既に年あり。聞道《きくならく》、もろこしの何某《なにがし》五十にして四十九の非を知ると。いはんや七十に及んで他の見るほどの自らの非を知るまじきや。非を好むに理あるを知れば也。但し世に賢愚貧福あり、律義不律義、上戸下戸、武家の町風、法師の腕だて、赤烏帽子、角頭巾、伊達の薄着、六方の意気、をのをの其の器《うつはもの》にしたがふ。其の心にあらざれば知らず。古風、当風、中昔、上手は上手、下手は下手、いづれを是と弁へず。好いた事して遊ぶにはし

*紙子に錦の襟―『俳諧蒙求』に「古人の教へとやらん、紙子に錦の襟さしたるやうに一興あるを俳諧と申すとかや。このごろの句どもに紙子なれば紙子、錦なれば錦にて、是非ともに理を正しく言ひつめて、あるは強過ぎ、あるは美し過ぎ、興なく覚え候。また実を偽にし、偽をまことに言ひなすを俳諧の本意と承り置き候」と引用された宗因の言葉。

*昌琢―里村南家二代の連歌師。一六三六～一六九八。

*守武―荒木田氏。伊勢内宮長官。天文九年、俳諧最初の独吟千句「守武千句」を成就。一四七三～一五四九。

*宗鑑―出家して洛西山崎に閑居、八十余歳で没。晩年の天文頃、俳諧最初期の集『犬筑波』を撰述。

〇宗因の独吟百韻―『渋団』に対して巻かれた「蚊柱や削らるるなら一とかんな」を発句とする独吟百韻。むきに争っても大人気ないと当時公表しなかった。

*阿蘭陀丸二番船―宗円編の談林俳諧撰集。延宝八年刊。「阿蘭陀」は宗因風に対する貞門側からの蔑称を逆に誇称したもの。

かじ。夢幻《ゆめまぼろし》の戯《け》言《げん》也。谷三つとんで火をまねく、皆是あだし野の草の上の露。延宝二年の夏の比、よしなき筆をそむる所也。

虚栗・冬の日・猿蓑・炭俵

炭俵

梅が香にのつと日の出る山路かな　芭蕉　発句
処々《ところ》に雉子の啼きたつ　野坡　脇
家《や》普《ぶ》請《しん》を春の手すきに取り付きて　同　第三
上の便りに上がる米の値　芭蕉　四句目
宵の内はら〳〵とせし月の雲　同　（月の定座）　五句目
藪越し話す秋のさびしき　野坡　六句目
（表）

猿蓑

草むらに蛙こはがる夕まぐれ　凡兆　初句
蕗の芽採りに行燈《あんど》揺り消す　芭蕉　二句目
道心のおこりは花のつぼむ時　去来　三句目
能登の七尾の冬は住み憂き　凡兆　四句目
（初折）

〔炭俵―七部集の第六。元禄七年刊。野坡・孤屋・利牛編。素竜序。蕉風最後の「かるみ」の風体を示す撰集。
*芭蕉―松尾氏。伊賀上野の人。江戸俳壇で名を成すも隠退、庵住と行脚にくらし蕉風を開く。季吟門。一六四四～一六九四。
*野坡―志太氏。越前福井の人、江戸の越後屋に勤務。宝永元年辞職して大坂移住、西国俳壇を経営。家集に『野坡吟草』。一六六三～一七四〇。
〔猿蓑―七部集の第五。元禄四年刊。芭蕉監修、去来・凡兆編。其角序、丈草跋。「奥の細道」行脚後の蕉風の円熟を示す撰集。「俳諧の古今集」と称された。掲出の歌仙は「市中は」の巻。
*凡兆―野沢氏。金沢の人、京住。医師。元禄六年入獄、晩年は大坂住。？～一七四一。妻は羽紅尼。

*去来―向井氏。長崎の人、京住。嵯峨に落柿舎を結ぶ。福岡藩を浪人、学を以て堂上に仕える。編著に『去来抄』『旅寝論』『俳諧問答』等。一六五一〜一七〇四。一族とも俳諧に親しむ。

魚の骨しはぶるまでの老を見て　芭蕉　五句目
待人《まちびと》入れし小御門《こみかど》の鎰《かぎ》　去来　六句目
立ちかかり屏風を倒す女子《をなご》ども　凡兆　七句目
湯殿は竹の簀子《すのこ》侘しき　芭蕉　(月の出所)八句目
茴香《うゐきやう》の実を吹き落す夕嵐　去来　九句目
僧やや寒く寺に帰るか　凡兆　十句目
猿引《さるひき》の猿と世を経る秋の月　芭蕉　(花の定座)十一句目
年に一斗の地子《ぢし》はかるなり　去来　十二句目

―裏―

○冬の日―七部集の第一。貞享元年刊。荷兮編。甲子吟行中の芭蕉が名古屋連衆と興行した尾張五歌仙。掲出の歌仙は「狂句木枯の」の巻。
*重五―加藤氏。材木商。一六五四〜一七一七。
*荷兮―山本氏。医師。以前貞門、以後尾張蕉門の中心。のち蕉風を離反、晩年は連歌師に転向。編著に『春の日』『曠野』『曠野後集』『橋守』等。一六四八〜一七一六。
*杜国―坪井氏。町代をつとめた富裕な米商。この翌年領分追放となり三河保美村に謫居、三十余歳で没。芭蕉の愛弟子。?〜一六九〇。

冬の日

乗物に簾《すだれ》透く顔おぼろなる　重五　初　句
今ぞ恨みの矢を放つ声　荷兮　二句目
盗人の記念《かたみ》の松の吹き折れて　芭蕉　三句目
しばし宗祇の名を付けし水　杜国　四句目
笠脱ぎて無理にもぬるる北時雨　荷兮　五句目
冬枯れ分けてひとり唐苣《たうちさ》　野水　六句目
しら〳〵と砕けしは人の骨か何　杜国　七句目

―表―

烏賊《いか》は夷《えびす》の国の占形《うらかた》　重五　八句目
あはれさの謎にも解けじ郭公　野水　九句目
秋水一斗もり尽くす夜ぞ　芭蕉　十句目
日東《じっとう》の李白が坊に月を見て　重五　(月の定座)十一句目
巾《きん》に木槿《むくげ》をはさむ琵琶打ち　荷兮　十二句目

――名残の折

虚　栗

哀れいかに宮城野のぼた吹き凋《しほ》るらん　芭蕉　初　句
陸奥《みちのく》の夷知らぬ石臼　其角　二句目
武士《もののふ》の鎧の丸寝枕貸す　芭蕉　三句目
八声の駒の雪を告げつつ　其角　四句目
詩商人《しあきんど》花を貧ル酒債《さかて》かな　同　(花の定座)五句目
春－湖日暮れて駕《ノル》レ興ニ吟　芭蕉　揚　句

――裏

【参考】　三冊子

夫《それ》俳諧といふ事はじまりて代々利口のみにたはむれ、先達終に誠を知らず。中頃難波の梅翁、自由をふるひて世上に広しといへども、中分以下にしていまだ詞を以てかしこき名なり。しかるに亡師芭蕉翁、この道に出て三十余年、俳諧初めて実を得たり。師の俳諧は名むかしの名にして、むか

*野水―岡田氏。清洲越の名家で惣町代をつとめた呉服商。以前貞門。のち茶道に転じた。一六五八～一七四三。

○虚栗―天和三年刊。其角編。芭蕉跋に李杜・寒山・西行・楽天の真髄を継承する文芸意図を宣揚。談林から蕉風への過渡期を示す漢詩文調の撰集。掲出の歌仙は「詩あきんど」の巻。去来は「先師の変風におけるも、虚栗生じて次韻かれ、冬の日出て虚栗落ち、冬の日は猿蓑におほはれ、猿蓑は炭俵に破られたり」(俳諧問答)という。

*其角―榎下氏、のち宝井氏。江戸の人。蕉門の筆頭、洒落風の祖。編著に『続虚栗』『花摘』『類柑文集』『五元集』等多数。一六六一～一七〇七。

○三冊子―伊賀蕉門の服部土芳(一六五七～一七三〇)が師説を中心に祖述した蕉風俳論書。元禄末・宝永初年の成立、下って安永五年初版。

*梅翁―宗因。「先師常に曰、

しの俳諧に非ず。誠の俳諧なり。

詩歌連俳はともに風雅なり。上三のものは余す所も、その余す所まで俳はいたらずと云ふ所なし。花に鳴く鶯も、餅に糞する縁の先とまだ正月もをかしきこの比《ころ》を見とめ、又水に住む蛙も、古池にとび込む水の音といひはなして草にあれたる中より蛙のはいる響に俳諧を聞付けたり。見るにあり、聞くにあり、作者感ずるや句と成る所は則ち俳諧の誠なり。

師の風雅に万代不易あり。一時の変化あり。この二つに究り、その本一なり。その一といふは風雅の誠なり。不易をしらざれば、実に知れるにあらず。不易といふは、新古によらず変化流行にもかゝわらず、誠によく立ちたる姿なり。(中略) また、千変万化するものは自然の理《ことわり》なり。変化にうつらざれば風あらたまらず。是に推移らずと云ふは、一端の流行に口質時を得たるばかりにて、その誠をせめざる故なり。せめず心をこらさざるもの、誠の変化を知るとばかり云ふ事なし。唯、人にあやかりて行くのみなり。せむるものはその地に足をすゑがたく、一歩自然に進む理なり。行末いく千変万化するとも、誠の変化は皆師の俳諧なり。

「高くこころを悟りて俗に帰るべし」との教へなり。常に風雅の誠をせめさとりて、今なすところ俳諧に帰るべしと云へるなり。常風雅にゐるものは、思ふ心の色物となりて句姿定まるものなれば、取る物自然にして子細なし。心の色うるはしからざれば、外に詞をたくむ。是、則ち常に誠を勤めざる心の俗なり。

「松の事は松に習へ、竹の事は竹に習へ」と師の詞のありしも、私意をはなれよといふ事なり。(中略) 習へと云ふは、物に入りてその微の顕れて情感ずるや句となる所なり。たとへ物あらはに云ひ出でても、そのものより自然に出づる情にあらざれば、物と我二つになりて、その情誠にいたらず。私意のなす作意なり。

上に宗因なくむば我々が俳諧今以て貞徳が涎れをねぶるべし。宗因は此道の中興開山也となり」(去来抄)。

*花に鳴く鶯も―「花に鳴く鶯、水にすむかはづの声をきけば」(古今集・序)。

*餅に糞する―芭蕉発句「鶯や餅に糞する縁の先」。

*古池にとび込む―芭蕉発句「古池や蛙とび込む水の音」。

*せむるものは―「新しみは俳諧の花なり。(中略) せめて流行せざれば新しみなし。新しみは常にせむるがゆゑに一歩自然にすすむ地より顕るる也」(三冊子)。

*外に詞をたくむ―「他流と蕉門と第一案じ所に違ひ有りと見ゆ。蕉門は景情ともに其ある所を吟ず。他流は心中に巧まるると見えたり」(去来抄)。

*句となる―「句作になるとするとあり。内をつねに勤めて物に応ずれば、その心のいろ句となる。内をつねに勤めざるものは、ならざる故に私意にかけてする也」(三冊子)。

武玉川初篇

〔武玉川初篇〕寛延三年（一七五〇）紀逸撰、万屋清兵衛刊。小本型の前句を省いた高点付句集。好評で、以下宝暦六年（一七五六）までに十篇、翌年『燕都枝折』と改題して同十一年までに五篇刊行。没後、二世紀逸が十六〜十八篇を復刊。紀逸は慶氏。江戸の御用鋳物師。不角・白峯・祇空・珪琳・二世湖十に師事、元文五年立机して其角座側をかまえ、四時庵を号する。編著に『平河文庫』等多数。一六九五〜一七六二。

取付き安い顔へ相談

間夫《まをとこ》の命拾うて蚊に喰はれ

付ざしを渡すと直にあちら向き

若衆《わかしゆ》は声に出づるうら枯れ

転んだ跡の青い淡雪

笠の雪崩れぬやうに脱いで見る

異見した日の戸が早くたつ

関守の淋しい日には物とがめ

うそが溜つて本堂がたつ

吉原の屋根かと聞いて伸上り

*取付き安い―『柳樽三篇』に「談合は取付き安い顔へ言ひ」。

*間夫の―『柳樽三十篇』に「間夫は首を拾て蚊に喰はれ」。

*関守の―『柳樽三十篇』に「関守も淋しい日にはもの咎め」。

*吉原の―『柳樽初篇』に「国者に屋根をおしへる中たんぼ」。

発句

松永貞徳

花よりも団子やありて帰る雁　（犬子集）

しほるるは何かあんずの花の色　（同）

皆人の昼寝のたねや秋の月　（同）

野々口立圃

源氏ならで上下に祝ふ若菜かな　（同）

松江重頼

やあしばらく花に対して鐘つく事　（佐夜中山集）

安原貞室

これは〳〵とばかり花の吉野山　（一本草）

西山宗因

ながむとて花にもいたし頸の骨　（懐子）

里人のわたり候か橋の霜　（同）

世の中よ蝶々とまれかくもあれ　（小町躍）

さればここに談林の木あり梅の花　（談林十百韻）

ほととぎすいかに鬼神も慥《たしか》に聞け　（当世男）

きつたり此つつけりかな蘭秀づる花　（滑稽太平記）

井原西鶴

長持に春ぞくれ行く更衣《ころもがへ》　（歌仙大坂俳諧師）

軽口に任せて鳴けよほととぎす　（大坂独吟集）

〇立圃―名、親重。京の人、雛屋。三都を転住、福山城主にも仕える。貞門。編著に『はなひ草』『河船徳万歳』『そらつぶて』等多数。一五九五〜一六六九。

〇重頼―別号、維舟。京の人。貞門七俳仙の一。編著に『犬子集』『毛吹草』『佐夜中山集』等多数。一六〇二〜一六八〇。

*やあしばらく―「やあ暫く狂人の身にて何とて鐘をば撞くぞ」（謡曲・三井寺）。

〇貞室―名、正章。京の人。貞門。編著に『正章千句』『玉海集』『貞徳終焉記』等多数。一六〇六〜一六七三。

*ながむとて―西行「眺むとて花にもいたく馴れぬれば散るわかれこそ悲しかりけれ」（新古今集）。

*里人の―「いかにこのあたりに里人のわたり候か」（謡曲・景清）。

ししし〳〵し若子《わこ》の寝覚の時雨かな　（両吟一日千句）

大晦日定めなき世の定めかな　（三ヶ津）

浮世の月見過しにけり末二年　（西鶴置土産）

【参考】『生玉万句』自序

或問《あるひととふ》、「何とて世の風俗《ならはし》を放れたる俳諧を好まるるや」。答曰《こたへていはく》、「世こぞつて濁れり。我ひとり清めり。何としてかその汁を啜り、その糟をなめんや」。問曰《とひていはく》、「文盲にしてその功成りがたし」。答曰、「六祖は一文不通にしてその伝を継ぐ。如何《いかに》してかその分ちあらん」。朝に夕に聞くうたは、耳の底にかびはえて口に苔を生じ、いつきくも老のくりごと益なし。故に、遠き伊勢国みもすそ川の流を三盃くんで、酔のあまり賎《やつがれ》も狂句をはけば、世人阿蘭陀流《おらんだりう》などさみして、かの万句の数にものぞかれぬ。されども生玉の御神前にて一流の万句催し、すきの輩《ともがら》出座、その数をしらず。十二日にしてこと畢れり。指さして嘲る方の興行へ当る所にして、その功ならずと聞きしは、予がひが耳にや。ともいへかくもいへ、則座の興を催し、髭をとこをも和らげるは此の道なれば、数奇にはかる口の句作、そしらば誹れわんざくれ、雀の千こゑ鶴の一声と、みづから筆を取りてかくばかり。

【参考】『西鶴大矢数』自跋

そも〳〵老いて二度大矢数四千句をおもひ立つ日は、延宝八年中夏初の七日、所は生玉の寺内に堂前を定む。西は淡路嶋、海は目前の硯、東は葛城、雲紙《くもがみ》かさなつて山のごとし。北は高津の宮、郭公その日名誉の声を出す、諸人目覚まして聞くに、南は難波の大寺、晩鐘《いりあひ》告げて、十二の大蠟燭次第に立ちのぼれば天も酔へり。四本の奉幣颯々の声をなし、八人の執筆、五人の指合見座《さしあひみざ》すれば、数千人の聴衆、庫裏《くり》・方丈・客殿・廊下を轟かし、三日懸けて以前より花莚・毛氈、高雄を爰に移す。時こそ今、目付木《めつけぎ》三尺しさつて即座の筆句を待吟し、あくるといなや口ひやうしたがはず、仕

*ほととぎす—「いかに鬼神もたしかに聞け、昔もさるためしあり」（謡曲・田村）、「目に見えぬ鬼神をもあはれと思はせ」（古今集・序）。

〇生玉万句—鶴永（西鶴）の処女編著。寛文十三年刊。

*世こぞつて濁れり—「屈原曰、世挙皆濁、我独清」（古文真宝後集・漁父辞）。

*伊勢の国みもすそ川の流—守武流。

*髭をとこをも—「男女の中をも和らげ、猛き武士の心をも慰むるは歌なり」（古今集・序）。

〇西鶴大矢数—延宝九年四月刊。

*二度—初度は延宝五年五月の一日一夜独吟千六百句で、『大句数』と題して刊行。その後、紀子の千八百句、三千風の二千八百句があった。西鶴はこの後、貞享元年六月に二万三千五百句を興行。

*十二の大蠟燭—脇座十二人に益翁・惟中・宗円・不琢・桂葉・柳翠・友雪・松意・清勝・梅吟・豊流・賀子。

*四本の奉幣—千句ごとに白・紅・銀・金の幣を奉る役は、西花・西虎・武仙・一水。

舞三百韻はまくりを望まれ、線香三寸より内にしてあやまたず、仕すましたりと千秋楽を颯《うた》へば、座中よろこびの袖をかへす。是迄なりや万事を捨坊主《すてばうず》、世の人ゆるし給へ。この後、大矢数のぞみの人あらば、この掟を守るべし。諸吟《もろぎん》じにして作法すこしももるる事なし。

高野幽山　花をふんで鑪鞴《たたら》うらめし暮の声　（江戸八百韻）

菅野谷高政　目にあやし麦藁一把飛ぶ蛍　（中庸姿）

【参考】随流の評言（破邪顕正）

この発句を評判するに、趣向は祇園の社にかかれる平の忠盛の絵馬より思ひ付きたると見えたり。その事、平家物語に委し。然れども「目にあやし麦わらの光とぶ蛍」としたらば、かの火とぼしの古事にもあひ、又一句もきこえ侍るべきを、麦わらを飛ばせねば嬉しうないと思ひ、無理に麦わらを飛ばせたり。是、当風邪誹の作意なり。それゆゑ、一句何とも埒あかず、おらんだの島ものなり。

富尾似船　粤《コヽニ》薬子嫦娥《ジヤウガ》ツタヘテ──五位　六位　（安楽音）
　屏風　峙《ソバダ》テリ是レ雛《ヒナ》の世界桃ノ林　（同）

三井秋風　をどりは嶋原馬町《マチ》よし田　（打曇砥）
　稲磨歌妹《イネスリウタイモガ》乎鶏塒《トヤ》乃《ノ》羽多々幾《ハタタキ》明奴良弁加毛《アケヌラムカモ》　（同）
　十月廿六日は長閑なる湖水の寒さにて　（吐綬鶏）
　吉野にて花花花花花花花かな　（同）

伊藤信徳　和ラカなるやうにて弱からず水仙は花の若衆たらん（五百韻三歌仙）

*八人の執筆―桜山子・鶴流・定方・元重・親延・松林・宗及・意楽。
*五人の指合見―遠舟・旨恕・宗貞・来山・由平。
*目付木―百韻ごとに標示の木札を立てる役は、西長・西里。
*仕舞三百韻は―最終の三百韻は全力あげての速吟で、各百韻が巻線香二寸八分・三寸・二寸六分で成就した。線香見の役は西戎・悦重。
*諸吟じ―独吟に対する多数吟をいう。四十の百韻の表八句は八吟で、初裏一句目が執筆、以下が西鶴の独吟。
○幽山―京の人、江戸移住、のち久居城主に仕える。重頼門。編著に『江戸八百韻』『誹枕』等。?〜一七〇二。
*花をふんで―「花を踏んで同じく惜しむ少年の春」（謡曲・西行桜）。
○高政―惣本寺伴天連社を称し、京談林の中心。宗因門。編著に『中庸姿』『是天道』『天朗立』等。
○破邪顕正―中島随流著。延宝七年刊。同年刊の『中庸姿』に対する貞門側からの論難書。以後、『返答』『返答之評判』『評判之返答』『猿黐』『綾巻』『二つ盃』『頼政』『備前海月』等の論難書を輩出せ

雨の日や門提げて行くかきつばた　（一　橋）

椎本才麿

笹折って白魚のたえ〴〵青し　（東日記）

しら雲を吹き尽したる新樹かな　（難波の枝折）

上島鬼貫

によつぽりと秋の空なる富士の山　（大悟物狂）

そよりともせいで秋立つ事かいの　（とてしも）

池西言水

来ぬ人よ炉中に煙る椎のから　（一字題）

凩《こがらし》の果はありけり海の音　（新撰都曲）

小西来山

お奉行の名さへおぼえずとし暮れぬ　（今宮草）

白魚やさながらうごく水の色　（続今宮草）

松尾芭蕉

枯枝に鳥のとまりたるや秋の暮　（天朗立）

芭蕉野分して盥に雨を聞く夜かな　（武蔵曲）

髭風ヲ吹て暮秋歎ズルハ誰ガ子ゾ　（虚　栗）

野ざらしを心に風のしむ身かな　（甲子吟行）

山路来て何やらゆかし菫草　（　同　）

旅人と我が名よばれん初しぐれ　（笈の小文）

初しぐれ猿も小蓑をほしげなり　（猿　蓑）

しめた。

*平家物語―祇園女御の章の故事。

◯似船―庵号、芦月庵。京の人。安静門。編著に『安楽音』等多数。一六二九～一七〇五。

◯秋風―京の富豪。室町通りに邸、鳴滝に別荘をもち、文人しきりに来往した。梅盛門、のち宗因門。編著に『打曇砥』『吐綬鶏』等。一六四六～一七一七。

◯信徳―京俳壇の中心。梅盛門。編著に『信徳十百韻』『江戸三吟』『七百五十韻』等多数。一六三三～一六九八。

◯才麿―大和の人、江戸俳壇で名を成し、元禄二年以降大坂俳壇の中心。西武門、のち西鶴門。編著に『坂東太郎』『椎の葉』等多数。一六五六～一七三八。

◯鬼貫―伊丹の人。伊丹風から開眼し、貞享二年春「誠の外に俳諧なし」と悟る。重頼門、のち宗因門。編著に『大悟物狂』『仏の兄』『独言』等多数。一六六一～一七三八。

◯言水―奈良の人、江戸俳壇で名を成し、貞享以降京俳壇の中心。重頼門。編著に『江戸新道』『東日記』『初心もと柏』等多数。一六五〇～一七二二。

○来山―大坂俳壇の中心。雑俳点者としても活躍。由平門、のち宗因直門。家集に『今宮草』『津の玉柏』等。一六五四〜一七一六。
*髭風ヲ吹テ―「憶老杜」と前書。「藜ヲ杖テ世ヲ嘆ズル者ハ誰ガ子ゾ」(杜甫・白帝城最高楼)。
*花守や―芭蕉評「さび色よくあらはれ悦び候」(去来抄)。
○路通―漂泊の乞食で、蕉門の異色。編著に『勧進牒』『芭蕉翁行状記』等。一六五一?〜一七三九。
*鳥どもも―芭蕉評「この句細みあり」(去来抄)。
○許六―彦根藩士。蕉門の論客。編著に『篇突』『宇陀法師』『本朝文選』等。一六五六〜一七一五。
*十団子も―芭蕉評「この句しほりあり」(去来抄)。
○支考―美濃の人。蕉門、美濃派の祖。編著に、『葛の松原』『続五論』『俳諧十論』『本朝文鑑』等多数。一六六五〜一七三一。
○惟然―美濃関の人。諸国行脚、元禄十四年京岡崎の風羅坊に芭蕉像を奉安、風羅念仏を唱える。蕉門の異色。
○乙由―庵号、麦林舎。伊勢の御師。蕉門、のち涼莵に師事、支考に親炙、伊勢派を組

夏草や兵《つはもの》どもがゆめの跡　(同)
此の道や行く人なしに秋の暮　(其便)
旅に病んで夢は枯野をかけ廻る　(笈日記)

向井去来

花守や白きかしらを突き合はせ　(炭俵)
応〱といへど敲くや雪の門　(句兄弟)

斎部路通

鳥どもも寝入つてゐるか余吾《よご》の海　(猿蓑)

森川許六

十団子も小粒になりぬ秋の風　(韻塞)

野沢凡兆

鷲の巣の樟の枯枝に日は入りぬ　(猿蓑)
はなちるや伽藍《がらん》に枢《くるる》おとし行く　(同)
市中は物のにほひや夏の月　(同)
下京や雪つむ上の夜の雨　(同)

各務《かがみ》支考

馬の耳すぼめて寒し梨の花　(葛の松原)
船頭の耳の遠さよ桃の花　(夜話狂)

志太野坡

長松が親の名で来る御慶かな　(炭俵)

広瀬惟然

梅の花あかいは〱あかいはな　(去来抄)

中川乙由

うき草や今朝はあちらの岸に咲く　(麦林集)

諫鼓鳥《かんこどり》われもさびしいか飛んで行く　（同　）

榎下其角

あれきけと時雨来る夜の鐘の声　（猿　蓑）

此木戸や鎖のさされて冬の月　（同　）

越後屋にきぬさく音や衣更　（浮世の北）

蚊柱にゆめのうき橋かかるなり　（葛の松原）

香薷散《かうじゆさん》犬がねぶつて雲の峰　（焦尾琴）

水間沾徳

のがるると欠落《かけおち》と花一重かな　（沾徳随筆）

炭《たん》　太祇

やぶ入の寝るやひとりの親の側　（太祇句選）

盗人に鐘つく寺や冬木立　（同　）

与謝蕪村

凧《いかのぼり》　きのふの空のありどころ　（蕪村句集）

遅き日のつもりて遠きむかしかな　（同　）

春雨や同車の君がささめごと　（同　）

肘白き僧のかり寝や宵の春　（同　）

御手討の夫婦なりしを更衣　（同　）

地車のとどろとひびく牡丹かな　（同　）

寒月や衆徒の群議の過ぎて後　（同　）

織する。編著に『伊勢新百韻』『麦林集』等多数。一六七五〜一七三九。息は麦浪。

○沾徳—庵号、合歓堂。露沾門。其角の洒落風をつぐ江戸俳壇の中心。編著に『一字幽蘭集』『余花千句』『後余花千二百句』等。一六六二〜一七二六。

＊のがるると—沾徳随筆に「吉野は古来より遁るる山なり。人の遁るるに世上にあきて遁るるあり、世にあかれて遁るるあり。あかれて遁るるは欠落なり。物一重の違ひなり。彼吉野の花もみな一重なり。是とり合せていへば吉野と言はずして吉野にかぎるなり」と自解。

○太祇—江戸の人。水国門、のち紀逸門。宝暦初年に京移住、島原に不夜庵を結び、蕪村の三菓社に参加。家集に『太祇句選』。一七〇九〜一七七一。

○蕪村—摂津毛馬村の人。江戸で沾山、のち巴人に入門、師の没後は結城中心に放浪十年、宝暦元年に京移住。その後、丹波・讃岐へも赴き、画俳二道に大成。明和三年に三菓社を結成、同八年に師の夜半亭をつぐ。編著に『新花摘』『夜半楽』『桃李』等。一七一六〜一七八三。

葱買うて枯木の中を帰りけり　（同）
易水にねぶか流るる寒さかな　（同）
しら梅に明くる夜ばかりとなりにけり　（同）

黒柳召波　寺深く竹伐る音や夕時雨　（春泥句集）
陽炎に美しき妻の頭痛かな　（同）

【参考】『春泥句集』蕪村序

余、曽《かつ》て春泥舎召波に洛西の別業に会す。波、すなはち余に俳諧を問ふ。答へて曰く、「俳諧は俗語を用ひて俗を離るるを尚ぶ。俗を離れて俗を用ゆ。離俗の法最も難し。かの何がしの禅師が、隻手の声を聞けといふもの、則ち俳諧禅にして離俗の則也」。波、頓悟す。却って問ふ。「叟が示すところの離俗の説、その旨玄なりといへども、なほ是れ工案をこらして我よりして求むるものにあらずや。若《し》かじ、彼も知らず我も知らず、自然に化して俗を離るるの捷径ありや」。答へて曰く、「あり。詩を語るべし。子もとより詩を能《よ》くす。他に求むべからず」。波、疑ひて敢へて問ふ、「夫《それ》詩と俳諧といささかその致を異にす。さるを、俳諧を捨てて詩を語れと云ふ。迂遠なるにあらずや」。答へて曰く、「画家に去俗論あり。曰く、画去《ルコト》レ俗無《シ》二他《ノ》法一。多読《クメバ》レ書《ヲ》則書巻《ノ》気上升、市俗《ノ》気下降《ス》矣。学者其慎《ムベキ》レ旃《ヲ》哉。それ、画の俗を去るだも、筆を投じて書を読ましむ。況んや、詩と俳諧と何の遠しとする事あらんや」。波、すなはち悟す。

堀　麦水　椿落ちて一僧笑ひ過ぎ行きぬ　（落葉揺）
静けさや蓮の実の飛ぶあまたたび　（樗庵麦水発句集）

加藤暁台　蚊ばしらや棗《なつめ》の花の散るあたり　（暁台句集）

〇召波―庵号、春泥舎。京の人。南郭門の詩人柳宏として立つも、同門蕪村の三菓社に加盟、俳諧に専念する。離俗の生活を喜び、支麦の俗調を嫌う。家集に『春泥句集』。？～一七七一。
〇春泥句集―召波の句集。その子の維駒編。安永六年（一七七七）刊。
＊何がしの禅師―白隠。臨済中興の祖。明和五年没、八四歳。
＊去俗論―清の王概編『芥子園画伝初集』。
〇麦水―金沢の蔵宿主人。宝暦十一年隠退して小松に樗庵を結ぶ。美濃派、のち伊勢派の麦浪に師事するも、『虚栗』に傾倒し支麦を否定、貞享正風を鼓吹して革新運動につくす。編著多数。一七一八～一七八三。
〇暁台―名古屋の人。尾張藩士、のち脱藩して暮雨巷を営む。美濃派の巴雀・白尼父子に師事するも、『冬の日』に傾倒して蕉風復帰につくす。『秋の日』等の編著、『去来抄』等の覆刻多数。一七三二～一七九二。

九月尽遥かに能登の岬かな　（同　）

高桑闌更

枯芦の日に〳〵折れて流れけり　（半化坊句集）

加舎《かや》白雄

人恋し灯ともしごろをさくらちる　（白雄句集）

夏目成美

ふはとぬぐ羽織も月のひかりかな　（成美家集）

のちの月葡萄に核《さね》のくもりかな　（同　）

魚くうて口なまぐさし昼のゆき　（同　）

小林一茶

夕暮や膝を抱けば又一葉　（享和句帖）

けろりくわんとして鴉と柳かな　（一茶発句集）

菜の花のとつぱずれなり富士の山　（七番日記）

これがまあ終の栖か雪五尺　（同　）

めでたさも中位なりおらが春　（おらが春）

成田蒼虬

我がたてるけむりは人の秋の暮　（訂正蒼虬翁発句集）

ものたらぬ月や枯野を照るばかり　（同　）

桜井梅室

鶯や耳の果報を数ふ年　（梅室家集）

名月や草木に劣る人のかげ　（同　）

○闌更―金沢の人、天明以降京に移住し芭蕉堂を営む。伊勢派の希因に師事、支麦の枠内で蕉風復帰を計る。『有の儘』等の編著、『三冊子』等の覆刻多数。一七二六～一七九八。

○白雄―江戸の人、兄は信州上田藩士。青峨、のち鳥明に師事、その師烏酔にも親炙。但し、後年離反。諸国遍歴の後、安永九年に春秋庵を開く。「かざりなし」を提唱、編著多数。一七三八～一七九一。

○成美―江戸浅草の札差。二世祇徳、のち蓼太、さらに白雄・暁台とも交わるが、流派に属さぬ遊俳。『随斎諧話』『成美家集』『四山藁』等、編著多数。一七四九～一八一六。

○一茶―信州柏原の人。少年にして出郷、老年にして帰郷、生涯不遇。その間、江戸で竹阿に入門、成美に頼る。記録癖あり多くの句日記を残す。一七六三～一八二七。

○蒼虬―金沢の人、京住。闌更門で芭蕉堂二世をつぐ。編著に『蒼虬翁句集』等。一七六一～一八四二。

○梅室―金沢の人、文化四年に京移住。一時、江戸住。馬来門、のち闌更門。編著に『梅室家集』等。一七六九～一八五二。

俳文

風羅坊記

松尾　芭蕉

百骸九竅《きうけう》の中に物あり、かりに名付けて風羅坊といふ。誠にうすものの風に破れやすからん事をいふにやあらむ。かれ狂句を好むこと久し、終に生涯のはかりごととなす。ある時は倦《う》んで放擲せん事をおもひ、ある時は進んで人にかたん事をほこり、是非胸中にたたかうて、これがために身安からず。しばらく身を立てん事を願へども、これがためにさへられ、暫《しばら》く学んで愚を暁《さと》らん事をおもへども、これがために破られ、つひに無能無芸にして只この一筋に繋がる。西行の和歌における、宗祇の連歌における、雪舟の絵における、利休が茶における、その貫道する物は一なり。しかも風雅におけるもの、造化にしたがひて四時を友とす。見るところ花にあらずといふ事なし。像《かたち》花にあらざる時は夷狄にひとし。心花にあらざる時は鳥獣に類す。夷狄を出で、鳥獣を離れて、造化にしたがひ、造化にかへれとなり。(笈の小文)

おくのほそ道

松尾　芭蕉

月日は百代《はくたい》の過客にして、行きかふ年もまた旅人なり。舟の上に生涯を浮かべ、馬の口とらへて老いを迎ふる者は、日々旅にして旅を栖《すみか》とす。古人も多く旅に死せるあり。予もいづれの年よりか、片雲の風に誘はれて漂泊の思ひやまず、海浜にさすらへ、去年《こぞ》の秋、江上の

*百骸九竅―「百骸九竅六蔵ソナハリテ存ス」(荘子・斉物論)による。

*笈の小文―宝永六年刊。近江蕉門の乙州が、芭蕉の貞享四・五年の旅に関する遺稿を編集した俳諧紀行。掲出の風羅坊記(仮題)はその冒頭部で、元祿三・四年時の執筆。

〇おくのほそ道―芭蕉の元祿二年の奥羽加越行脚に基づく俳諧紀行。同四年構想成り、推敲を重ねて同七年素竜筆の清書本完成、没後の同十五年刊。

*月日は百代の過客―李白「春夜宴桃李園序」の「夫レ天地ハ万物ノ逆旅、光陰ハ百代ノ

過客ナリ、而シテ浮生夢ノゴトシ」（古文真宝後集）による。

*杉風―杉山氏。江戸小田原町の鯉屋主人。蕉門最古参で芭蕉のパトロン。深川に別荘採茶庵があった。編著に『常盤屋句合』『冬かつら』『杉風句集』等。一六四七〜一七三二。

*月は有明にて―「月は有明にて光をさまれるものから、影さやかに見えて」（源氏物語・箒木）。

*又いつかはと―「かしこまるしでに涙のかかるかな又いつかはと思ふ心に」（山家集）。

破屋に蜘蛛の古巣を払ひて、やや年も暮れ、春立てる霞の空に、白河の関越えんとそぞろ神のものにつきて心を狂はせ、道祖神の招きにあひて取るもの手につかず、股引の破れをつづり、笠の緒付けかへて、三里に灸すうるより、松島の月まづ心にかかりて、住めるかたは人に譲り、杉風が別墅《べつしょ》に移るに、

草の戸も住み替る代ぞ雛の家

表八句を庵の柱に掛け置く。

弥生も末の七日、あけぼのの空朧々として、月は有明にて光をさまれるものから、富士の峰幽《かす》かに見えて、上野・谷中の花の梢、またいつかはと心細し。むつましき限りは宵よりつどひて、舟に乗りて送る。千住といふ所にて船を上がれば、前途三千里の思ひ胸にふさがりて、幻の巷に離別の涙をそそく。

行く春や鳥啼き魚の目は涙

これを矢立の初めとして、行く道なほ進まず。人々は途中に立ち並びて、後影の見ゆるまではと見送るなるべし。

（中略）

旅のものうさもいまだやまざるに、長月六日になれば、伊勢の遷宮拝まんと、また舟に乗りて

蛤のふたみに別れ行く秋ぞ

【参考】 芭蕉の言説（去来抄）

世上の俳諧の文章を見るに、或は漢文を仮名に和らげ、或は和歌の文章に漢字を入れ、詞あしく賤しくいひなし、或は人情をいふとても今日のさかしきくま〴〵まで探り求め、西鶴が浅ましく下れる姿あり。我が徒の文章は慥《たしか》に作意を立て、文字は譬ひ漢字を借るともなだらかに言ひつづけ、事は鄙俗の上に及ぶとも懐しくいひとるべし。

蓑虫説

山口　素堂

みのむし〳〵、声のおぼつかなきをあはれふ。ちちよ〳〵となくは、孝に専らなるものか、いかに伝へて鬼の子なるらん。清女が筆のさがなしや。よし鬼なりとも、瞽叟《こそう》を父として舜あり。汝は虫の舜ならんか。

みの虫〳〵、声のおぼつかなくて、かつ無能なるをあはれふ。松虫は声の美なるがために、籠中に花野を鳴き、桑子は糸を吐くにより、からうじて賎《しつ》の手に死す。

みのむし〳〵、無能にして静かなるをあはれふ。胡蝶は花にいそがしく、蜂は蜜をいとなむにより、往来おだやかならず。誰がためにこれを甘くするや。

みのむし〳〵、かたちの少しきなるを憐ふ。わづかに一滴を得れば、その身をうるほし、

○去来抄―去来著の蕉風俳論書。先師評・同門評・故実篇・修行教の四部より成る。下って安永四年、暁台により初版。但し、故実篇を省く。

○蓑虫説―貞享四年秋、芭蕉が知友に呼びかけた「蓑虫の音を聞きに来よ草の庵」に応えた作品。右の発句に、英一蝶画、素堂文、芭蕉跋を以て一巻とした。

*素堂―名、信章。甲斐の人。江戸で林家に学び仕官。延宝七年致仕後は不忍池畔、のち葛飾に隠棲、諸芸に遊び文人と交わる。季吟門、芭蕉の盟友、葛飾蕉門の祖。編著に『江戸両吟集』『とくとくの句合』等。一六四二～一七一六。

*清女が筆の―『枕草子』の「虫は」の条による。

*幾度か―葉唐卿「鑑裏魚無ク酒銭ヲ欠ク、酒家門外漁船ヲ繋グ、幾回カ蓑衣ヲ把リテ当

一葉を得れば、これがすみかとなれり。竜蛇のいきほひあるも、おほくは人のために身をそこなふ。しかじ、汝が少しきなるには。

蓑虫々々、漁父が一糸をたづさへたるに同じ。漁父は魚を忘れず、風波にたへず、幾度かこれをときて、酒にあてむとする。太公すら文王を釣るの謗《そしり》あり、子陵も漢王に一味の閑をさまたげらる。

みのむし〳〵。玉虫ゆゑに袖ぬらしけむ。田蓑の島の名にかくれずや。生けるもの誰かこの惑ひなからん。鳥は見て高くあがり、魚は見て深く入る。遍照が蓑をしぼりしも、ふるづまを猶忘れざるなり。

蓑虫々々、春は柳につきそめしより、桜が塵にすがりて、定家の心を起し、秋は荻ふく風に音をそへて、寂蓮に感をすすむ。木がらしの後は、空蟬に身をならふや。骸《から》も身もともに捨つるや。

又タ以テ㆓男文字ヲ㆒述ブ㆓古風ヲ㆒

蓑虫々々　落テ入ル㆓牕中ニ㆒　一糸欲ス㆑絶ント　寸心共ニ空シ
似テ㆓寄居状《ガウナノカタチ》ニ㆒　無シ㆓蜘蛛ノ工《タクミ》㆒　白露甘ク㆑口ニ　青苔粧フ㆑躬ヲ
従容トシテ侵シ㆑雨ヲ　飄然トシテ乗ズ㆑風ニ　栖鴉莫レ㆑啄《ツイバムコト》　家童禁ズ㆑叢ヲ
天ハ許《ユルス》作スコトヲ㆑隠ヲ　我憐ハム称スルコトヲ㆑翁ト　脱シ㆓蓑衣ヲ㆒去テ　誰カ識ン㆓其終リヲ㆒

（本朝文選）

テント欲シ、又恐ル明朝是レ雨天ナランコトヲ」。

*太公すら…—周の文王が渭水で釣をしていた太公望を見つけて師としたという故事（蒙求）。

*子陵も…—後漢の光武帝が即位するや、折から釣をしていた学友の子陵を強いてよび迎えて諫議大夫にしたという故事（後漢書・逸民伝）。

*玉虫ゆゑに—『玉虫草紙』による。

*田蓑の島の—「雨により田蓑の島をけふゆけど名にはかくれぬものにぞありける」（古今集）。

*鳥は見て—「毛嬙麗姫ハ人ノ美トスル所ナリ、魚コレヲ見レバ深ク入リ、鳥コレヲ見レバ高ク飛ブ」（荘子・斉物論）。

*定家の心を—「春雨の降りにし里に来て見れば桜の塵にすがる蓑虫」（夫木抄）。

*寂蓮に感を—「契りけむ荻の心も知らずして秋風たのむ蓑虫の声」（夫木抄）。

*寄居—やどかり。

*本朝文選—宝永三年刊。許六編。改訂版から風俗文選と改題。蕉門二十九家百十六篇から成る最初の俳文集。古文真宝後集に倣った二十一類の文体別編集。李由・去来・支考・許六の序に編集意図、俳文理念がうかがえる。

奈良団賛

横井　也有

青によし奈良の帝の御時、いかなる叡慮にあづかりてか、この地の名産とはなれりけむ。世はただその道の芸くはしからば、多能はなくてもあらまし。かれよ、かしこくも風を生ずる外は、たえて無能にして、一曲一かなでの間にもあはざれば、腰にたたまれて公界《くがい》にへつらふねぢけ心もなし。ただ木の端と思ひすてたる雲水の生涯ならむ。さるは桐の箱の家をも求めず。ひさごがもとの夕涼み、昼寝の枕に宿直《とのゐ》して、人の心に秋風たてば、また来る夏をたのむとも見えず、物置の片隅に紙屑籠と相住みして、鼠の足にけがさるれども、地紙をまくられて野ざらしとなる扇にまさりなむ。我汝に心をゆるす。汝我に馴れて、はだか身の寝姿を、あなかしこ、人に語る事なかれ。

袴着る日は休まする団《うちは》かな

（鶉衣）

北寿老仙をいたむ

与謝　蕪村

君あしたに去ぬゆふべのこころ千々に
何ぞはるかなる
君をおもうて岡のべに行きつ遊ぶ
をかのべ何ぞかくかなしき
蒲公《たんぽぽ》の黄に薺《なづな》のしろう咲きたる

*也有―尾張藩士、家領千二百石。美濃派。多芸にして句集『蘿葉集』等家集多数。一七〇二〜一七八三。

*多能は―「多能は君子の恥づる所なり」（徒然草）。

*ただ木の端と―「思はむ子を法師になしたらむこそ心苦しけれ。ただ木の端などのやうに思ひたるこそいといとほしけれ」（枕草子）。

*鶉衣―也有遺稿の俳文集。天明七年、南畝・六林編、蔦屋重三郎等刊、三冊四十七篇。以下、同八年に後編、文政六年に続編・拾遺と続き、全十二冊二百二十余篇に及ぶ。

*北寿老仙―早見晋我。下総結城の名家で酒造業。其角門。巴人（一六七七〜一七四二）没後、失意放浪中の蕪村を扶けた。一六七一〜一七四五。

見る人ぞなき
雉子のあるかひたなきに鳴くを聞けば
友ありき河をへだてて住みにき
へげのけふりのぱとうち散れば西吹く風の
はげしくて小竹原真すげはら
のがるべきかたぞなき
友ありき河をへだてて住みにけふは
ほろろともなかぬ
君あしたに去ぬゆふべのこころ千々に
何ぞはるかなる
我が庵のあみだ仏ともし火もものせず
花もまゐらせずすご〱と佇める今宵は
ことにたふとき
（いそのはな）

＊いそのはな―晋我五十回忌集。寛政五年刊。晋我二世の桃彦編。

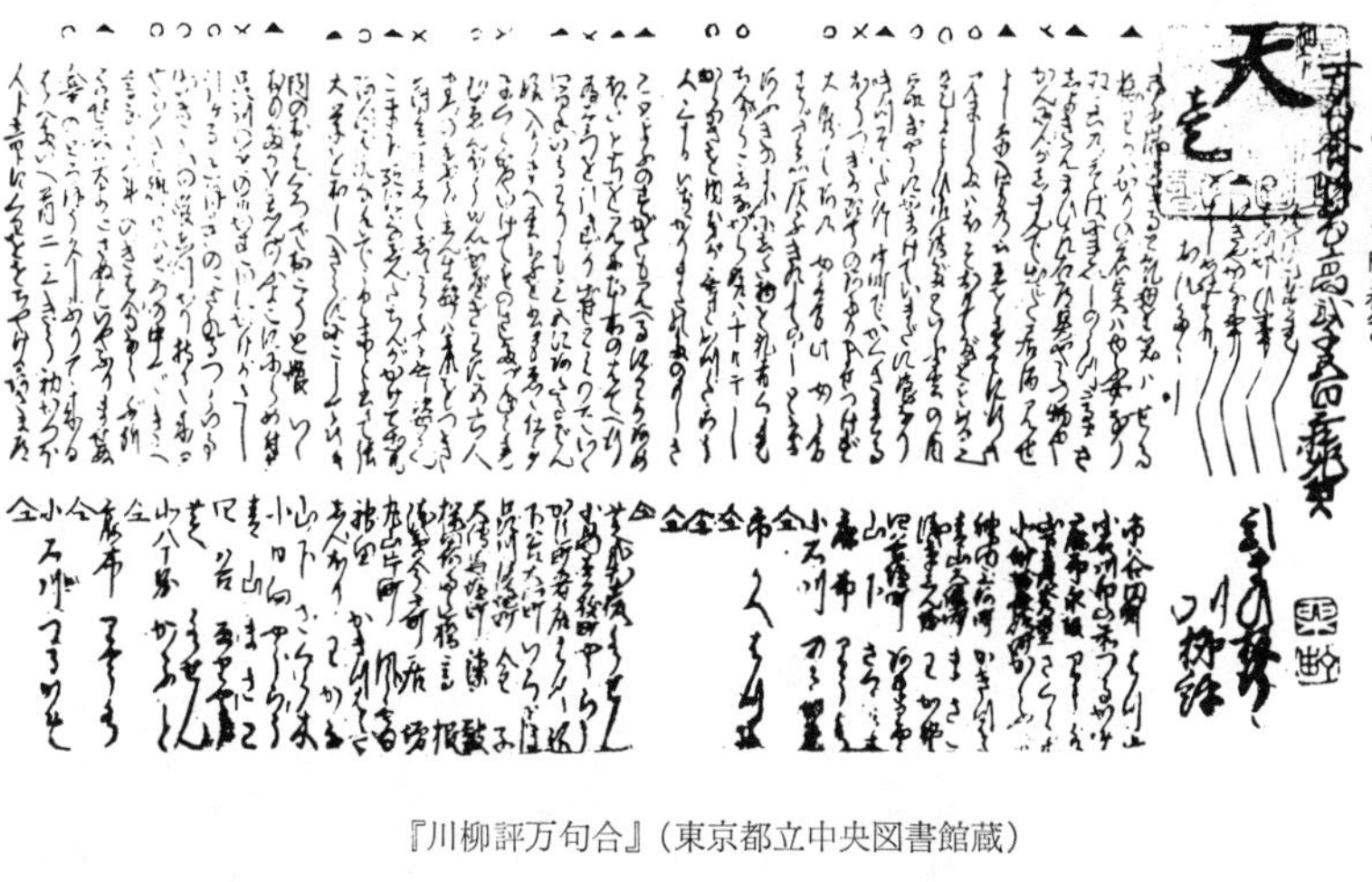

『川柳評万句合』（東京都立中央図書館蔵）

四、雑俳

前句付

不角評　障子に穴を明くるいたづら
這へばたて立てば走れと親ごころ　（千代見草）

不角評　思はせぶりよ生けつ殺しつ
戸をさしてお留主と言ふも君が声　（一　息）

収月評　まちかねにけり〳〵
尋ぬるをこつちから出るかくれんぼ　（口よせ草）

収月評　つい埒があく〳〵
たらぬ殿でも家老さへ急度《きつと》すりや　（　同　）

川柳評　長い事かな〳〵
役人の子はにぎ〳〵をよく覚え　（万句合・宝暦九年）

川柳評　こわい事かな〳〵
かみなりを似せて腹かけやつとさせ　（万句合・宝暦九年）

*不角―立羽氏。江戸の書肆。雑俳点者として時めき、享保十年法眼位にのぼる。元禄三年以来多数の雑俳撰集を自家出版。同五年『千代見草』はその第三集、同六年刊『一息』は第四集。一六六二～一七五三。

*収月―江戸の雑俳点者。前句付中興の祖。?～一七四〇。

*川柳―柄井氏。江戸龍宝寺門前町名主。宝暦七年から万句合の点者となり、人気を独占する。一七一八～一七九〇。長男が二世、五男が三世をつぐ。

*役人の―以下五句とも『柳樽初篇』に入集。ただし、この

句は改刷本では別の句に挿しかえられた。

*源左衛門―佐野源左衛門尉常世。謡曲「鉢木」の主人公。鎌倉武士。

〔柳多留初篇―明和二年刊。前句を省いた前句付専門集の最初。川柳万句合の宝暦七年八月二十五日開〜同十三年九月十五日開から抜いた七百五十六句。好評で以下、初代川柳点で二十四篇、天保九年まで百六十七篇も続刊。

*何某―江戸下谷竹町二丁目の星運堂花屋久治郎。菅裏と号して作句もした。？〜一八一七。

*可有―江戸下谷の呉眼商。木綿と号し、前句付に活躍。二十二篇まで編集。？〜一七八八。

*春過ぎて―「春過ぎて夏来にけらし白妙の衣ほすてふ天の香具山」の上五。このように百人一首の上五を題とする冠付を特に小倉付という。

川柳評　沢山な事〳〵

大名は一年おきに角をもぎ　（万句合・宝暦九年）

川柳評　尤もな事〳〵

源左衛門鎧を着ると犬がほえ　（万句合・宝暦十一年）

川柳評　あきらかな事〳〵

追い出されましたと母へそつと言ひ　（万句合・宝暦十二年）

【参考】『柳多留初篇』序

五月雨のつれづれに、あそこの隅ここの棚よりふるとしの前句付の摺物をさがし出し、机の上に詠むる折ふし、書肆何某来りて、この儘に反古になさんも本意なしといへるにまかせ、一句にて句意のわかり安きを挙げて一帖となしぬ。なかんづく当世風の余情をむすべる秀吟等あれば、いもせ川柳樽と題す。干時明和二酉仲夏、浅下の麓、呉陵軒可有述。

笠付

春過ぎて・蚊屋が戻れば夜着が留守　（媒　口）

よびかけて・知つた顔する茶屋女　（もみぢ笠）

やわらかに・母がかわつて問ひ落す　（三尺の鞭）

それはその・乗る人も人かくも人　（　同　）

さかさまに・夫に出いといふ女ぼう　（同）

折句

都　水浪の柳をくぐる小石川　（雪の虎）

難波　夏山や匂ひ吹出す橋の月　（同）

チニナ　珍客が有つて女房と仲直る　（折句式大成）

ナタカ　泣いた眼の互に光る記念《かたみ》分け　（同）

ヨスマ　夜通しにする物ナアニ枕かな　（同）

＊雪の虎—宝永六年刊。京の鞭石点の雑俳書。

＊折句式大成—宝暦三年刊。大坂点者の高点折句から抜粋した秀逸千余句。巻頭に折句作法を説く。

五、狂詩・狂歌・狂文

二大家風雅

遥寄二寝惚先生一

銅脈先生

客莫レ如二坊主一　客ハ坊主ニ如《シ》クハ莫《ナ》ク
仏無レ貴二随求一　仏ハ随求ヨリ貴キハ無シ
茶屋悉受悪　茶屋悉ク受《ウケ》悪ク
借銭積如レ丘　借銭積リテ丘ノ如シ
道楽異見重　道楽異見重ナリ
親類相談催　親類相談催ス
直行其夜短　直行《ズイイキ》其ノ夜短ク
朝飯過未レ回　朝飯過ギテ未ダ回《カヘ》ラズ
何日見二勘当一　何《イツ》レノ日カ勘当セラレテ
出向二関東一之　出デテ関東ニ向ヒテ之《ユ》カン
戯気尽又尽　戯気《タハケ》尽シテ又尽サバ

〇二大家風雅―寛政二年刊。二巻一冊。東西の二大家、寝惚・銅脈の狂詩集。
*銅脈先生―畠中観斎。名は驥。京の人。那波魯堂門。聖護院宮の侍。滅方海・太平館主人とも号し、『太平楽府』等の狂詩集多数。一七五二～一八〇一。

*寝惚先生―大田南畝。名は覃。江戸の人、牛込住。幕臣。蜀山人・四方赤良とも号し、和漢雅俗の学に通じ狂詩・狂歌・洒落本・滑稽本等の編著多数。一七四九〜一八二三。

偶有二寝惚知一　偶《タマタマ》寝惚ノ知ル有ラン

和二答銅脈先生見一レ寄　寝惚先生

狂詩無二和者一　狂詩和スル者無ク
年来且相求　年来且《カ》ツ相求ム
門番留二老子一　門番老子ヲ留メ
泥坊叱二孔丘一　泥坊孔丘ヲ叱ル
従レ知二四角字一　四角ナル字ヲ知リショリ
貧乏転相催　貧乏転《ウタタ》相催ス
文盲多二大才一　文盲大才多ク
腹筋日九回　腹筋《ハラスヂ》日ニ九回ス
偶読二太平楽一　偶《タマタマ》太平楽ヲ読ム
御作又有レ之　御作又之《コ》レ有リ
始識我姓名　始メテ知ル我ガ姓名
君能御存知　君能ク御存知

古今夷曲集

百首歌の中に初逢恋《はじめてあふこひ》

暫《しば》くはむな騒ぎしてじは〱とふるひ声なる新枕かな

雄　長老

葵

ふか〴〵と葵の上に置く露や御息所《みやすどころ》のなみだなるらん

松永　貞徳

大仏餅

上もなき大仏餅の本来をさとれば米の菩薩なりけり

石田　未得

親しく語る人の（中略）瓜たたりて

赤き腹煩ひければ申しつかはしける

腹中は赤地のにしきひたたれにくだし給ふは瓜のさねもり

半井　卜養

（前略）消息の奥に

なにぬねの馳走せぬ間にたちつてと咄しも申しさしすせそ哉

信　海

野にたてり夜風ひきてや撫子《なでしこ》のはなたれたりとみゆる朝露

行　風

〇古今夷曲集―寛文六年刊、行風編。寛文十二年刊、同編『後撰夷曲集』とともに貞門狂歌を集大成した。

*雄長老―武田永雄。京の建仁寺如是院の長老。母は細川幽斎の妹。天正十七年「詠百首狂歌」があり中院通勝が加判した。？〜一六〇二。

*未得―貞門江戸五俳哲の一。家集に『吾吟我集』。一五八八〜一六六九。

*卜養―堺の人、幕府御番医となって江戸に移る。江戸五俳哲の一。家集に『卜養狂歌集』『同拾遺』。一六〇七〜一六七八。

*さねもり―斎藤実盛。平安末期の武将。寿永二年、篠原合戦に向うとき、平宗盛が「赤地の錦の直垂を下し賜はりぬ」（謡曲・実盛）という。

*信海―男山八幡豊蔵坊の社僧。松花堂昭乗に学ぶ。家集に『狂歌鳩の杖』。一六二六〜一六八八。

*行風―大坂高津の真宗僧。重頼門。編著は他に『銀葉夷歌集』『河内国名所鑑』等。

〇万載狂歌集―天明三年刊、赤良編。赤良・菅江序、橘千蔭跋。歌数、七百余。千載集の部立にならい、三河万歳の寿を利かせた書名。同編『徳和歌万載集』『狂歌才蔵集』が続刊、天明狂歌を集大成した。

＊貞柳―永田言因。大坂の菓子商鯛屋。信海門で、浪花風の大成者。紀海音の兄。編著に『家土産』正続・『貞柳翁狂歌全集類題』等。一六五四〜一七三四。

＊橘洲―小島謙之。田安家の臣、四谷住。酔竹連をひきいる。編著に『狂歌若菜集』『酔竹集』等。一七四三〜一八〇二。

＊うかりける―俊頼「憂かりける人を初瀬の山おろしはげしかれとはいのらぬものを」。

＊僧正―遍照。「名にめでてをれるばかりぞをみなへしわれ落ちにきと人にかたるな」(古今集)。

＊東作―立松懐之。内藤新宿の馬宿・煙草商。編著に『狂歌師細見』。一七二六〜一七八九。

＊あかつきばかり―忠岑「有明けのつれなくみえし別れよりあかつきばかり憂きものはなし」(古今集)。

＊菅江―山崎景貫。幕府御先手与力、牛込住。妻は、節松

万載狂歌集

由縁斎貞柳

はらひにもならぬものからせはしやな大つごもりの入相のかね

唐衣　橘洲

としのくれに百人一首によそへて人々歌よみけるとき

このくれはいつのとしよりうかりけるふる借銭の山おろしして

四方　赤良

女郎花

をみなへし口もさが野にたつた今僧正さんが落ちなさんした

平秩　東作

別恋《わかるるこひ》

そしてまたおまへいつきなさるの尻あかつきばかりうき物はなし

朱楽　菅江

歳暮

借金も今はつつむにつつまれずやぶれかぶれのふんどしの暮

元　木網

吉原花

中の町塩がまざくらうつし植ゑてそばをとほるの大臣もあり

智恵　内子

十五夜雨ふりければ

名月の雲間にひかる君まさでさえぬ雨夜の物がたりかな

波切不動の堂の前なるそば座にて、そばを食うべて　酒上　不埒
うちよする客にそばやのいとまなみ切りし手ぎはのふとうこそあれ

万代狂歌集

志賀山越を　馬場　金埒
雪ならばいくら酒手をねだられん花の吹雪の志賀の山駕

顔見せの日五代目団十郎がもとへ申しつかはす　宿屋　飯盛
周の春ここにみますの顔見世はおよそ役者の王の正月

不二山　鹿都部真顔
立てばつかへ立てばつかへて天に近きふじのけぶりや立たずなりけん

郭公を　つむりの光
ほととぎす自由自在にきく里は酒屋へ三里豆腐やへ二里

嫁々。編著に『狂言鶯蛙集』『狂歌大体』等。一七四〇〜一八〇〇。
*木網—京橋北紺屋町の湯屋業大野屋喜三郎。のち西ノ久保神谷町に移る。落栗連をひきいる。編著に『浜のきさご』『新古今狂歌集』等。一七二四〜一八一一。
*とほるの大臣—河原左大臣源融。
*内子—金子通女。元木網の妻。節松嫁々とともに天明狂歌女流の双璧。一七四五〜一八〇七。
*不埒—恋川春町。親友朋誠堂喜三二（手柄岡持）とともに活躍。
〇万代狂歌集—文化九年刊、飯盛編。蜀山人・飯盛序、清澄跋。歌数、一千二百余。『万載集』を踏襲した編集で、天明狂歌集増補を意図した。
*金埒—数寄屋橋外の銭両替業大坂屋甚兵衛。木網の落栗連に属し、のち真顔らとスキヤ連を結成。狂歌四天王の一。編著に『金撰狂歌集』。一七五一〜一八〇七。
*雪ならば—「雪ならばいくたび袖を払はまし花の吹雪の志賀の山越」（謡曲・志賀）。
*五代目団十郎—狂歌名、花道つらね。堺町連をひきいる。家集に『狂歌友なし猿』。一七

飛花落葉

両国橋の辺、新店ひらき仕り候「清水餅《きよみづもち》」口上

世上の下戸様がたへ申上げ候。それも我が朝の風俗《ならはし》にて、めでたき事にもちひの鏡、子もち、金もち、屋敷もち、道具に長もち、魚に石もち、廓に座もち、たいこもち、家持《やかもち》は歌に名高く、惟茂《これもち》は武勇にかくれなし。かかるめでたき餅ゆゑに、この度おもひつきたての、器物もさつぱり清水餅、味は勿論よい〳〵と、御贔屓《ごひいき》御評判の御取りもちにて、私身代もち直し、よろしき気もち、心もち、嬶《かか》もやきもち打忘れ、尻もちついて嬉しがるやう、重箱のすみから隅まで木に餅がなる御評判願ひ奉り候。以上

末四月　　回向院前　音羽屋多吉

四一〜一八〇六。
*飯盛—石川雅望。日本橋小伝馬町の旅宿業。赤良に学んで伯楽連（のち五側と称す）を結成した。四天王の一。『万代狂歌集』等の外に国学の著書もある。一七五三〜一八三〇。
*周の春—中国古代の周王朝では子の月（十一月）を正月と定めた。
*みます—市川家の家紋三桝。
*真顔—北川嘉兵衛。数寄屋橋外の汁粉屋・大屋業。赤良に学んでスキヤ連を結成、のち四方側の頭目となる。狂歌四天王の一。一七五三〜一八二九。
*光—岸誠之。日本橋亀井町の町代。伯楽連の中心。狂歌四天王の一。『狂歌四本柱』『晴天闘歌集』等。一七五四〜一七九六。
◎飛花落葉—天明三年刊。風来山人平賀源内（一七二二〜一七七九）の狂文集。赤良・喜三二・菅江・東作序、三平二満蔵・天放山人・天竺老人跋。
*惟茂—平安末期の武将。平貞盛の十五番目の養子で余五の将軍と称された。

六、仮名草子

うらみのすけ

そも〳〵比《ころ》はいつぞの事なるに、慶長九年の末の夏、上の十日の事なれば、清水《きよみづ》の万灯とて、袖を連らねて都人、四条五条の橋の上、老若男女貴賤都鄙《とひ》、色めく花衣、げにおもしろき有様なり。

こゝに、葛《くず》の恨《うらみ》の介、夢の浮世の介、松の緑の介、君を思《おもひ》の介、中空《なかぞら》恋の介とて、その比《ころ》都に隠れもなく、色深き男どもあり。なかにも葛の恨の介と申せし人は、一段心細き者なりしが、これももとより観世音の御誓《ちかい》あらたに思ひける事なれば、友とする人も誘はず、たゞ一人清水へ参り、仏の御前にて祈誓《きせい》申し、その欄干《らんかん》に腰を掛け、参りの道者《だうしや》を眺むるに、その数さらに知らざりき。こゝやかしこに集りて、思ひ〳〵の物語。「これよりすぐに豊国《とよくに》へ」、「いざや我等は祇園殿」、さては「北野へいざ行きて、国が歌舞妓を見ん」といふ人あり。「東福寺の橋にて踊らばや」、「五条にて慰まん」と、我に等しき友人を引き連れ〳〵、「いづれかよからましかは」と、「心の慰みは浮世ばかり」とうちしげる。何を言はんも語らんも、恨の介は唯一人参りたる事なれば、いづくといふもたし難し。恨余りの事なれば、音羽の滝

○うらみのすけ—作者未詳。慶長十七年以後間もないころの成立と推定される。葛の恨の介と、木村常陸の遺児雪の前との中世的な悲恋物語が、近世初頭の世相、風俗を背景に展開される。近世小説成立への過渡的位相を示した仮名草子。ここに採ったのはその冒頭の一節。なお本文は、古活字版十行本を底本とする日本古典文学大系『仮名草子集』によった。

*慶長九年……—一六〇四年六月十日。

*四条五条—以下「…花衣」まで謡曲「熊野(ゆや)」の文句取り。

*豊国—豊臣秀吉をまつる豊国大明神。京都東山阿弥陀が峰の麓にあった。

*祇園殿—今の八坂神社。

*北野—北野天満宮。

*国—出雲大社のみこと称したおくに。

*五条—五条大橋の河原付近。

*たし難し—未詳。写本は「いづくと……なれば」の部分なし。寛永整版本は「こと葉なし」とする。

*音羽の瀧—清水寺奥の院の崖下にある滝。

に立寄りて見るに、落ち来る水に盃を浮べ、さもいつくしき女房たち、又は若衆も打交り、手まづ遮る盃《さいぎ》を、彼方此方《かなたこなた》と取り交《かは》し、遊山《ゆさん》ばかりと聞えける。「夢の浮世をぬめろやれ、遊べや狂へ皆人」と、世にあり顔は羨まし。何につけても数ならぬ恨の介は、わが身の程を案ずるに、電光朝露、石の火の光の内を頼む身の、しばし慰む方も無し。よしそれとても力無し。過去の因果と思へば、歴然の道理に任せ、我と我が身を慰むるばかりなり。

かゝりける所に、田村堂の辺《ほとり》にして、花染の袖色めきて、ほの〴〵と明石《あかし》の浦にあらねども、見え隠れする人々の、あまた見ゆるは何やらんと、立寄り音を聞きぬれば、酒宴半《なか》ばと見えける。「とても籠らば清水へ、花の都を見下して」、「とゞろ〳〵と鳴神も、こゝは桑原」などといふ、当世流行《はや》る小歌共、しどろもどろに歌いなし、「浜松の音はざゝん〳〵」、今を盛《さかり》と聞えける。柳桜をこきまぜて、錦を飾る座敷の体《てい》、散りも始めぬ風情かやと思へば、峯の嵐か松風か、それかあらぬか尋ぬる人はあらねども、琴の音《をと》かすかに聞えける。

きのふはけふの物語

○むかし天下を治め給ふ人の御内に、傍若《ばうじやく》なる者どもあつて、禁中へ参り、「陳《ちん》にとらう」といひて、槍の石突をもつて御門をたゝく。御局《つぼね》たち出あひ給ひて、「是は内裏様《だいりさま》とて、下々のたやすく参る所にてはないぞ。はや〳〵何方《いつかた》へも参れ」と仰せければ、「此家を陳にとら

*手まづ遮る……—「索流遄過手先遮」(和漢朗詠集・上)を引く謡曲「鷺」の文句取り。

*夢の浮世を……—当時流行の小歌。

*田村堂—坂上田村麿ほかをまつる清水寺境内の堂。

*ほの〴〵と……—「ほのぼのと明石の浦の朝霧に島隠れ行く船をしぞ思ふ」(古今集・九)

*柳桜を……—謡曲「遊行柳」の文句取り。

*峯の嵐か……—謡曲「小督」の文句取り。

○きのふはけふの物語—作者未詳。寛永元年ごろ刊。その後も広く行なわれ諸種の異版がある。安土桃山時代から江戸時代初頭にかけて語られた滑稽な笑話など百五十余話を収録する。なお本文は、古活字十一行本を底本とする日本古典文学大系『江戸笑話集』によった。

せぬといふ理窟《りくつ》のあらば、亭主罷り出て、きつと断り申せ」といふた。（上の1）

○物ごとに心をつくる人の申されしは、「当代、法度《はつと》なきとて、竹の子を根引にしてたくさんにもてあつかう事、惜しき事ぢや。三年目には、見事の竹になるに」と申されければ、みな〳〵聞きて、「これは仰《おほせ》のごとく惜しき事ぢや」といはれける。又そばなる人のいふ、「そうじて松茸《まつだけ》なども、むさと食ぶるはいらざる事ぢや。二三年おいたらば、大木にならふ物を」と申された。（上の11）

○顔色をとろへ、いかにもらう〳〵としたる人、竹田法眼《ほふげん》へ参り、「ちときこんの落つる御薬を申しうけたき」よし申せば、法眼不審に思ひ、「見かけにちがうたる御のぞみぢや」と申されければ、「御意のごとく、我らが用ではござらぬ。女どもにあたへ候」と申した。（上の66）

○博奕《ばくち》にうちまけたる者、寒《かん》の中に丸はぎにあふて、内へ帰る事はならず、辻堂の縁の下にかゞみ居たる。折ふしゐのころ一疋《ぴき》来るをとらへて抱《いだ》き、是《これ》にて少し腹をあたゝめてゐける所へ、又一人赤裸にて来《きた》り、「其は何ぞ」と問ふ。「されば、是《これ》にて少し腹をぬくめて息をつく。是にこりて、采《さい》を手にとりもせまひ」といふ。一人の者、「ちと借りたい」といへ共貸さず。「さらばその犬かけに、一番参らふ」とて、髪の分け目から采をとり出し、やがてうつて、ひつたくつた。（下の64）

*天下を治め給ふ人―室町幕府の将軍をさしていうか。
*陣―戦の陣地。
*物ごとに―この話はすでに『戯言養気集』『醒睡笑』に類話がある。前者を引く。
○まつだけ年をへて松になる故事
よく物に心得たる人いふやうは、「竹のこなど、むざと食はうことでは御座なひ。なぜになれば、二とせの内には用木になり候ほどに」といふたれば、かたへの人聞きて、「尤なる仰せられやうじや。あの松だけをも、いたづらに食べんも、惜しきことにてある。十五、六年もしたらば、大木にならんほどに」といふた。（日本小咄集成・上）
*顔色をとろへ―『戯言養気集』『醒睡笑』に類話がある。
*竹田法眼―室町時代の医家。法眼は、医師第二位の称。

仁勢物語

（第一段）

をかし、男、頰被《ほうかぶ》りして、奈良の京春日の里へ、酒飲みに行きけり。その里にいと生臭き魚、腹赤《はらか》といふ有りけり。此の男、買ふて見にけり。おもほえず、古巾著《ふるきんちゃく》に、いとはした銭もあらざりければ、心地まどひにけり。男の着たりける借り着る物を脱ぎて、魚の価《あたひ》にやる。其の男、渋染の着る物をなむ着たりける。

　春日野の魚に脱ぎし借り着物酒飲みたれば寒さ知られず

となむ。又つぎて飲みけり。酔ひて、面白き事ともや思ひけん。

　道すがらしどろもぢずり足元は乱れそめにし我奈良酒に

といふ歌の心ばへなり。昔人は、かくいらちたる飲みやうをなんしける。

（第四段）

をかし、東の五条に扇屋の嬶《かか》煩ふ有りけり。西の洞院に医師《くすし》有りけり。それは本道にはあらで、針に心深かりける故に、行きとぶらひけるを、正月の十日ばかりの程に、ほかと腫《は》れにけり。腫れ所は聞けど、人の見るべき所にもあらざりければ、なを憂しと思ひつゝなむありける。またの年の正月には、目と鼻との間に出で腫れて、立ちてみ居てみ、見れど、去年《こぞ》

○仁勢物語―作者未詳。寛永十六年ごろの成立。寛永末年刊。『伊勢物語』の流布本百二十五段を、奥書まで含めてことごとくもじった作品。古典的な雅の世界を俗に転じたパロディである。本文は、寛永末年の第一次整版本を底本とした日本古典文学大系『仮名草子集』によった。以下対照の便のため、流布本系『伊勢物語』の同一段の本文をかかげる。

（第一段）むかし、男、初冠して、奈良の京春日の里に、しるよしして、狩にいにけり。その里にいとなまめいたる女はらからすみけり。この男かいまみてけり。思ほえず、ふる里にいとはしたなくてありければ、心地まどひにけり。男の着たりける狩衣の裾をきりて、歌を書きてやる。その男、信夫摺の狩衣をなん着たりける。

　春日野の若むらさきのすりごろもしのぶのみだれかぎりしられず

となむおひつきていひやりける。ついでおもしろきことともや思ひけむ。

　みちのくのしのぶもぢずりたれゆゑにみだれそめにし我ならなくに

といふ歌の心ばへなり。昔人

は、かくいちはやきみやびをなむしける。
（第四段）むかし東の五条に、大后の宮おはしましける西の対にすむ人ありけり。それを本意にはあらで、心ざしふかかりける人、ゆきとぶらひけるを、正月の十日ばかりのほどに、ほかにかくれにけり。あり所は聞けど、人のいき通ふべき所にもあらざりければ、なほ憂しと思ひつつなむありける。またの年の正月に、梅の花ざかりに、去年を恋ひていきて、立ちて見、ゐて見、見れど、去年に似るべくもあらず。うち泣きて、あばらなる板敷に、月のかたぶくまでふせりて、去年を思ひいでてよめる。

月やあらぬ春やむかしの春ならぬわが身ひとつはもとの身にして

とよみて、夜のほのぼのと明くるに、泣く泣くかへりにけり。
（第一二段）むかし、男ありけり。人のむすめを盗みて、武蔵野へ率てゆくほどに、ぬすびとなりければ、国の守にからめられにけり。女をば草むらのなかに置きて、逃げにけり。道来る人、この野はぬすびとありとて、火つけんとす。女わびて、

に似るべくもあらず。うち笑ひて、肋骨《あばらぼね》も痛きに、面《つら》の歪《ゆが》むまで笑ひて、去年を思ひ出て詠める。

面《つら》やあらぬ鼻や昔の鼻ならぬわが身一つは本の身にして

と詠みて、夜のほの〴〵と明くるに、泣く泣く起きにけり。

『仁勢物語』第一段挿絵（東京都立中央図書館蔵）

（第一二段）

をかし、男ありけり。吉利《きり》支丹《したん》の御《ご》法度《はっと》ありて、武蔵野《むさしの》へ連れて行くほどに、咎《とが》人なれば町奉行に搦《から》められにけり。女も男も、草村の中に置きて、火付けんとす。女侘《わ》びて、

武蔵野は今日はな焼きそ浅草や夫《つま》も転《ころ》べり我も転べり

と詠みけるを聞きて、夫婦ながら扶《たす》けて放ちけり。

武蔵野は今日はな焼きそ若草のつまもこもれりわれもこもれり

とよみけるを聞きて、女をばとりて、ともに率ていにけり。

〇浮世物語―浅井了意作。寛文五年ごろ刊行か。五巻五冊。主人公浮世房の一代記という構想をとりつつ、その浮世遍歴を叙し、浮世への処し方を教訓し、世相・風俗を批判する。本文は、所在不明の初版の後印と思われる平野屋版を底本とする日本古典文学全集『仮名草子集・浮世草子集』によった。

*浅井了意―仮名草子の代表作者。本書の外『東海道名所記』『堪忍記』『御伽婢子』その他二十部をこえる著作がある。?～一六九一。

*百姓どもは―以下『可笑記』巻三に見られる近年の鷹狩批判「当世の人々は……きびしき法度をたて、小鳥の一つも取りたる者あれば、はりつけ火あぶりなどに行ひ……さあれば百姓どもは、田畠を鳥獣にそこなはるれども、法度をおぢおそれて鳥獣を追ひ立つる事をさへもせず、田畠を皆つひやす」を継承した論述。

浮世物語

鳫鴨の稲を喰ふ難義の事（巻三の七）

今はむかし、ある時主君の仰せに、「鳫はおもしろき物なり。生きながらとりよせて庭に飼ひ置くべし」とありければ、代官に仰せ付けて百姓に取らせらるゝに、そのまゝとりて奉りぬ。「はやく取りてまゐらせたる事神妙なり。やがて年貢をも未進《みしん》なく皆済《かいせい》すべし」との御事なり。浮世坊申すやう、「年貢の事は鳫鴨にはからせらるべし。そのゆゑは、早稲《わせ》晩稲《おくて》の穂《ほ》並《なみ》出づるより、北風にさそはれて鳫鴨南にかけり、田に下《お》りて稲をくらふ事いふばかりなし。百姓どもは迷惑がりて追ひたてんとすれば、御鷹狩のためとて所々に鳥見《とりみ》を置かれ、過銭を掛けて取らるゝ故に、追ひたつる事もならず。追はねば稲を一夜の中にも皆くらひつくす。さるほどに百姓どもは、この鳫を代官のごとく地頭のごとく恐しがりて、田のあぜにたたずみ、血の涙とともに、『いかにお鳫様、お立ちなされて給はれ。さやうに稲をあがりては、我らは水牢に入れらるゝか、妻子を沽却《こきやく》いたすに』といへども、常喰《ひたぐら》ひにくらふ程に、一畝《ひとほ》二畝は今の間に藁《わら》ばかりになす。これを刈りとる時の悲しさ、思ひやるもあはれなり。さらばとて主君よりその宥免《いうめん》もなく、こき取りねぢ取り取り上げられて、たらぬ所を未進になし給ふ。しかるにそれがし思ふには、御鷹狩もいにしへより三国にわたりてある事なれば、とどめられよと申すにはあらず。ただし唐土《もろこし》の鷹狩は、国主みづからその民《たみ》百姓のよしあしを見そなはし、政道《せいたう》正しくせんがためなり。けだもの狩もかくのごとし。今の鷹狩、鹿狩《ししがり》は、ただ慰みのため、遊びのためにして、田ともいはず畠《はたけ》ともいはず、鳥をだにとりぬれば、踏み倒し推しふせて、田畠《でんばく》をそこなふ事、百姓のためにはいくばく恨めしかるらん。その御ためとて鳥見を置き、田をくらふ鴈鴨を追ひたつる事をもさせねば、年貢はとかく鴈鴨にはからさせ給へ。むかし唐土の晋といふ国の大王、鴈をおもしろがりて多く飼はせらるるに、糠《ぬか》を餌にあたへらる。糠すでに皆になりしかば、市に行きて買ひ求む。後には米と糠との直段《ねだん》同じ物になる。臣下申すやう、『米と糠と同じ直段ならば、糠を求めずともすぐに米をくはせよ』と申されしを、君仰せありけるは、『米は人の食物《しよくぶつ》なり。糠を食《じき》する事かなはず。鴈は糠をくらふことなれば、米と糠と同じ直段なりとも、米にかへて鴈にあたへよ。百姓のためよき事なり』と仰せられし。米を出だして糠に替へしかば、国中にぎはひてよろこびけり。これを思ふに、国主の好み給ふ物ありとも、国家のために費《つひえ》ならず、百姓の痛み愁へにならざるをこそ、仁政ともいふべきを、わが面白き遊びのため、人を痛むる政《まつりごと》は、よき事にあらず」と申しければ、主君大に甘心ありて、その年の免《めん》ゆるく、年比《としごろ》の未進を許されたり。

【参考】　浮世といふ事（巻一の一）

「今はむかし、国風《こくふう》の歌に、『いな物ぢや、心は我がものなれど、まゝにならぬは』と、高きも賤

*むかし唐土の晋といふ国の大王―以下の説話は、劉向の『新序』巻六の「刺奢」に載せる話を出典とするか（前田金五郎「仮名草子用語考」―『近世文学論叢』所収―）。ただし、以下の話にかなりふくらみがあることを考えると、それを直接の出典と見るより、本書と『新序』との間に別の一書が存在していると考えるべきかもしれない。

○浮世といふ事―「憂世」の思想から享楽的な「浮世」の思想への転換をはかったものと

して著名な部分。その解釈・位置づけに関しては現在問題なしとしないが、これは『浮世物語』の主人公浮世房の行動理念を提示する役割をもはたしている。

しきも、男も女も、老いたるも若きも、皆歌ひ侍る。『思ふ事かなはねばこそうき世なれ』といふ歌も侍り。よろづにつけてこゝろにかなはず、まゝにならねばこそ、浮世とはいふめれ。沓《くつ》をへだてゝ跟《あなうら》を掻《か》くとかや、痒《かゆ》きところに手のとゞかぬごとく、当るやうにしてゆきたらず、沈気《しんき》なものにて、我ながら身も心も我がまゝにならで、いな物なり。まして世の中の事、ひとつも我が気にかなふことなし。さればこそうき世なれ」といへば、「いや、その義理ではない。世に住めば、なにはにつけて善し悪しを見聞く事、みな面白く、一寸さきは闇なり、なんの糸瓜《へちま》の皮、思ひ置きは腹の病《やまひ》、当座〳〵にやらして、月、雪、花、紅葉《もみぢ》にうちむかひ、歌をうたひ、酒のみ、浮きに浮いてなぐさみ、手前のすり切りも苦にならず、沈みいらぬこゝろだての、水に流るゝ瓢箪《へうたん》のごとくなる、これを浮世と名づくるなり」といへるを、それ者は聞きて、「誠にそれ〳〵」と感じけり。

○御伽婢子—浅井了意作。寛文六年刊。十三巻十三冊。六十七篇の奇事異聞を集めた怪異小説集。古今和漢に材をとるが、中でも瞿佑の『剪燈新話』所載説話の翻案と見るべきものが十七話に及ぶ。近世怪異小説の源流の一として注目すべき作品である。本文は日本名著全集『怪談名作集』によった。

*牡丹灯籠—『剪燈新話』所載の「牡丹燈記」を翻案した作品。

*天文戊申—天文十七年（一五四八）。

*荻原新之丞—「牡丹燈記」の

御《お》伽《とぎ》婢《ばふ》子《こ》

牡丹《ぼたんの》灯《とう》籠《ろう》（巻三の三）

年毎の七月十五日より廿四日までは、聖霊《しやうりやう》の棚をかざり、家々これを祭る。又いろ〳〵の灯籠を作りて、或は祭の棚にともし、或は町家《まちや》の軒にともし、又、聖霊の塚に送りて石塔の前にともす。其の灯籠のかざり物、或は花鳥、或は草木、さま〳〵しほらしく作りなして、其の中にともし火ともして、夜もすがらかけおく。是《これ》を見る人、道もさりあへず。又、其の間に踊子どもの集り、声よき音頭に頌歌《しようが》出させ、振《ふり》よく踊る事、都の町々、上下かくの如し。

天文戊申《つちのえさる》の歳《とし》、五条京極に荻原新之丞といふ者あり。近きころ妻に後れて、愛執の涙袖

主人公喬生を翻案した人物。

に余り、恋慕の焔胸をこがし、ひとり淋しき窓のもとに、ありし世の事を思ひ続くるに、いとゞ悲しさかぎりもなし。聖霊祭りの営みも、今年はとりわき、此の妻さへ無き名の数に入りける事よと、経読み回向《ゑかう》して、終に出ても遊ばず、友だちのさそひ来れども、心たゞ浮立《うきた》たず、門にたゝずみ立ちてうかれをるより外はなし。

　いかなれば立ちもはなれず面影の身にそひながらかなしかるらん

と、うちながめ涙を押拭ふ。

　十五日の夜いたく更けて、遊びありく人も稀になり、物音も静かなりけるに、一人の美人、その年廿《はたち》ばかりと見ゆるが、十四五ばかりの女の童《わらは》に、美しき牡丹花の灯籠持たせ、さしもゆるやかに打過る。芙蓉《ふよう》のまなじりあざやかに、楊柳の姿たをやかなり。かづらのまゆ、みどりの髪、いふばかりなくあてやか也。荻原、月のもとに是を見て、是はそも天津乙女の天降りて、人間《じんかん》に遊ぶにや、竜の宮の乙姫のわたつ海より出て慰むにや、誠に人の種ならずと覚えて、魂飛び心浮かれ、みづからをさへとゞむる思ひなく、めで惑ひつゝ後に随ひて行く。前《さき》になり後になりなまめきけるに、一町ばかり西のかたにて、かの女うしろに顧みて、すこし笑ひていふやう、「みづから人に契りて待ち侘びたる身にても侍らず。唯今宵《こよひ》の月に憧れ出て、そゞろに夜更け方、帰る道だにすさまじや。送りて給《た》べかし」といへば、荻原、やをら進みていふやう、「君帰るさの道も遠きには、夜深くして便《びん》なう侍り。某《それがし》のすむ所は、塵塚たかく積りて見苦しげなるあばらやなれど、たよりにつけてあかし給はゞ、宿かし参らせん」と戯《たはぶ》るれば、女打笑みて、「窓もる月を独り詠めてあくる侘しさを、嬉しくもの給ふ物かな。情によわるは人の心ぞかし」とて立ちもどりければ、荻原喜びて、女と手を取組みつゝ家に帰り、酒とり出し、女の童に酌とらせ少し打飲み、傾く月にわりなき言の葉を聞くにぞ、今日を限りの命ともがなと、兼ての後ぞ思はるゝ。

荻原、

「また後のちぎりまでやは新枕《にひまくら》たゞ今宵こそかぎりなるらめ」

と云ひければ、女、とりあへず、

「ゆふな〳〵まつとしいはゞこざらめやかこちがほなるかねごとはなぞ」

と返しすれば、荻原いよ〳〵嬉しくて、互にとくる下紐の、結ぶ契《ちぎり》や新枕《にひまくら》、交す心も隔《へだて》なき、睦言《むつごと》はまだ尽きなくに、はや明方にぞなりにける。

荻原、「その住み給ふ所はいづくぞ。木の丸殿にはあらねど名のらせ給へ」といふ。女聞きて、「みづからは藤氏《ふぢうぢ》のすゑ二階堂政行の後也。其の比《ころ》は時めきし世もありて家栄え侍りしに、時世移りてあるかなきかの風情にて、かすかに住み侍り。父は政宣、京都の乱れに打死し、兄弟皆絶えて家をとろへ、我が身独り女《め》のわらはと万寿寺《まんじゆじ》のほとりに住み侍り。名のるにつけては、恥かしくも悲しくも侍る也」と、語りける言の葉優しく、物ごしさやかに愛敬《あいぎやう》

*今日を限りの…―「忘れじの行末までは難ければ今日を限りの命ともがな」（新古今・十三）

*木の丸殿―「朝倉や木のまろどのにわがをれば名のりをしつつ行くはたがこぞ」（新古今・十八）

*万寿寺―もと禅宗五山の一として京都市下京区五条通間之町を中心に広大な地域を擁した寺。永享六年（一四三四）

の大火に類焼した後は、天正年間、東山東福寺の塔頭三聖寺に合併された。

あり。すでに横雲たなびきて、月山の端に傾き、ともし火白うかすかに残りければ、名ごり尽せず起き別れて帰りぬ。

それよりして、日暮るれば来り、明がたには帰り、夜毎に通ひ来ること更に約束を違へず。荻原は、心惑ひてなにはの事も思ひ分けず、唯此の女のわりなく思ひかはして、契りは千代も変らじと通ひ来る嬉しさに、昼といへども又こと人に逢ふ事なし。斯《か》くて廿日余りに及びたり。

隣の家に、よく物に心得たる翁のすみけるが、荻原が家にけしからず若き女の声して、夜毎に歌うたひ笑ひ遊ぶ事の怪《あや》しさよと思ひ、壁の隙間《すきま》より覗きて見れば、一具の白骨と荻原と、灯《ともしび》のもとに差向ひて坐したり。荻原物云へば、かの白骨手あし動き、髑髏《しやれかうべ》うなづきて、口とおぼしき所より、声響き出て物語す。翁大に驚きて、夜の明るを待ちかねて、荻原を呼びよせ、「此の程夜毎に客人ありと聞ゆ、誰人ぞ」といふに、更に隠して語らず。翁のいふやう、「荻原は必ずわざはひあるべし。何をか包むべき。今夜壁より覗き見ければ、かう〳〵侍り。凡そ人として命生きたる間は、陽分至りて盛《さかり》に清く、死して幽霊となれば、陰気はげしくよこしまに穢るゝ也。此の故に、死すれば忌《いみ》深し。今汝は幽陰気の霊《りやう》と同じく坐して是を知らず。穢れてよこしまなる妖魅《ばけもの》と共に寝て悟らず。忽《たちまち》に真精の元気を耗《へら》し尽して精分を奪はれ、わざはひ来り病出で侍らば、薬石鍼灸《しんきう》の及ぶ所にあらず。伝尸《でんし》癆瘵《らうさい》の悪症を受け、まだもえ出る若草の年を、老先長く待たずして、俄《いはか》に黄泉《よみぢ》の客となり、苔の下に埋もれなん。諒《まこと》に悲しき事ならずや」といふに、荻原始めて驚き、恐ろしく思ふ心づきて、ありの儘に語る。翁聞きて、「万寿寺のほとりに住むといはば、そこに行きて尋ね見よ」と教ゆ。

荻原それより五条を西へ、万里小路《までのこうぢ》よりこゝかしこを尋ね、堤の上柳の林に行きめぐり、人に問へども知れるかたなし。日も暮がたに万寿寺に入りて暫《しばら》く休みつゝ、浴室の後ろを北にゆきて見れば、物ふりたる魂屋《たまや》あり。差寄りて見れば、棺の表に、二階堂左衛門尉政宣が息女弥子《いやこ》吟松院冷月禅定尼とあり。かたはらに古き伽婢子《とぎばふこ》あり。うしろに浅茅《あさぢ》といふ名を書きたり。棺の前に牡丹花の灯籠の古きを懸けたり。疑ひもなく是ぞとおもふに、身の毛よだちて恐ろしく、跡を見返らず、寺を走り出て帰り、此の日比《ひごろ》めで惑ひける恋もさめ果て、我が家も恐ろしく、暮るるを待ちかね明くるを恨みし心もいつしか忘れ、今夜もし来らばいかがせんと、隣の翁が家にゆきて宿を借りて明しけり。

「さていかゞすべき」と愁へ歎く。翁教へけるは、「東寺の卿公《きやうのきみ》は、行学兼備《かねそな》へて、しかも験者《げんじや》の名あり。急ぎゆきて頼み参らせよ」といふ。荻原かしこにまうでて対面を遂げしに、卿公仰せけるやう、「汝は妖魅《ばけもの》の気に精血を耗散《がうさん》し、神魂を昏惑《こんわく》せり。今十日を過ぎなば命は有るまじき也」とのたまふに、荻原ありの儘に語る。卿公すなはち符《ふ》を書きて与へ、門へおさせらる。それより女二《ふた》たび来らず。

五十日ばかりの後に、或る日荻原東寺に行きて、卿公に礼拝して酒に酔ひて帰る。流石《さすが》に女の面影恋しくや有りけん、万寿寺の門前近く立寄りて、内を見いれ侍りしに、女忽《たちま》ちに前に顕はれ、甚《はなはだ》恨みていふやう、「此の日比契りし言の葉の、早くも偽りになり、薄きなさけの色見えたり。初は君が心ざし、浅からざる故にこそ我が身を任せて、暮に行きあしたに帰り、何時《いつ》まで草のいつ迄も、絶えせじとこそ契りけるを、卿公とかや、なさけなき隔《へだて》のわざはひして、君が心を余所《よそ》にせし事よ。今幸に逢ひまゐらせしこそ嬉しけれ。此方《こなた》へ入り給へ」とて、荻原が手を取り門より奥に連れてゆく。召連れたる荻原が男は、肝を消し恐れて逃げたり。家に帰りて人々につげければ、人皆驚き行きて見るに、荻原すでに女の墓に引込まれ、白骨と打重りて死してあり。寺僧たち大に怪《あや》しみ思ひ、やがて鳥部山に墓を移す。

その後、雨降り空曇る夜は、荻原と女と手を取組み、女《め》の童に牡丹花の灯籠ともさせ出てありく。是に行き逢ふ者は重く煩ふとて、あたり近き人は恐れ侍りし。荻原が一族これを歎きて、一千部の法華経を読み、一日頓写の経を墓に納めてとぶらひしかば、重ねて現はれ出でずと也。

○牡丹燈記―『御伽婢子』の「牡丹灯籠」の原拠となった「牡丹燈記」の一節をかかげる。両者の比較により、了意の翻案ぶりをうかがい知ることができる。

【参考】　牡丹燈記（剪燈新話）

方氏ノ浙東《せっとう》ニ拠《よ》ルヤ、毎歳元夕《げんせき》、明州ニ於テ燈ヲ張ルコト五夜、傾城ノ士女皆縦観《じうくわん》スルヲ得。至正庚子ノ歳《とし》、喬生トイフ者アリ、鎮明嶺下ニ居ル。初メ其ノ耦《つま》ヲ喪《うしな》ヒ、鰥居無聊《くわんきよぶれう》、復《ま》タ出遊セズ。

できよう。また、これは『雨月物語』の「吉備津の釜」の原拠ともなっているので、ともに参照されたい。『剪燈新話』は明の瞿佑作の二十編よりなる怪異小説集。本文は、国訳漢文大成本によった。

タダ門ニ倚《よ》リテ佇立《ちよりつ》スルノミ。

十五夜三更《さんかう》尽キ、遊人漸《やうや》ク稀ナリ。一丫鬟《あくわん》、雙頭ノ牡丹燈ヲ挑《かか》ゲテ前導シ、一美人後ニ随フヲ見ル。約《およそ》年十七八、紅裙翠袖《こうくんすいしう》、婷婷嫋嫋《ていていでうでう》迤《い》邐《り》トシテ西ヲ投《さ》シテ去ル。生、月下ニ於テ之ヲ視ルニ、韶《せう》顔稚《がんち》歯《し》、真ノ国色ナリ、神魂飄蕩《へうたう》シテ、自ラ抑フル能ハズ。乃《すなは》チ之ニ尾《び》シテ去リ、或ハ之ニ先ダチ或ハ之ニ後《おく》レ、行クコト数十歩ニシテ、女忽チ回顧シ微哂《ほほゑ》ミテ曰ク、「初メヨリ桑中《さうちゆう》ノ期《き》ナク、乃チ月下ノ遇アリ。偶然ニ非ザルニ似タリ」ト。生即チ趨《はし》リ前《すす》ンデ之ニ揖《いう》シテ曰ク、「弊居《へいきよ》咫《し》尺《せき》、佳人能ク回顧スベキヤ否ヤ」ト。女難《はば》ム意ナシ。即チ丫鬟ヲ呼ンデ曰ク、「金蓮、燈ヲ挑ゲテ同《とも》ニ往クベシ」ト。是《ここ》ニ於テ金蓮復《ま》タ回《かへ》ル。生ト女ト、手ヲ携《たづさ》ヘテ家ニ至リ、其ノ歓昵《よろこび》ヲ極ム。自ラ以為《おもへ》ラク、「巫山洛浦《ふざんらくほ》ノ遇モ是ニ過ギザルナリ」ト。生其ノ姓名居址《きよし》ヲ問フ。女曰ク、「姓ハ符、麗卿ハ其ノ字、淑芳ハ其ノ名、故《もと》ノ奉化州判ノ女ナリ。先人既ニ歿シテ家事零替ス。既ニ弟兄ナク仍《よ》ツテ族党鮮《すくな》シ。タダ妾一身遂ニ金蓮ト湖西ニ僑居《けうきよ》スルノミ」ト。生之ヲ留メテ宿セシム。態度妖妍《えうけん》、詞気婉媚《あんび》、幃《とばり》ヲ低《た》レ枕ヲ暱《ちか》ヅケ、甚ダ歓愛ヲ極ム。天明ケ辞シ別レテ去ル。暮ニ及ビ則チ又至ル。是《かく》ノ如クスルコト将《まさ》ニ半月ナラントス。

隣翁焉《これ》ヲ疑ヒ壁ニ穴シテ之ヲ窮《うかが》ヘバ、則チ一粉粧髑髏ノ生ト燈下ニ並ビ坐スルヲ見、大イニ駭《おどろ》キ、明旦《みやうたん》之ヲ詰《なじ》ル。秘シテ肯《あへ》テ言ハズ。隣翁曰ク、「嘻《ああ》子禍《わざはひ》アラン。人ハ乃チ至盛ノ純陽、鬼ハ乃チ幽陰ノ邪穢《じやわい》ナリ。今子幽陰ノ魅ト同ジク処《ゐ》テ知ラズ、邪穢ノ物ト共ニ宿シテ悟ラズ。一旦真元耗尽《かうじん》シ災眚《わざはい》来リ臨《のぞ》マバ、惜シイカナ青春ノ年ヲ以テ遽《にはか》ニ黄壌《くわうじやう》ノ客トナラン。悲シマザルベケンヤ」ト。生始メテ驚キ懼《おそ》レ備《つぶさ》ニ厥《そ》ノ由《よし》ヲ述ブ。隣翁曰ク、「彼レ湖西ニ僑居スト言ヘバ当《まさ》ニ往イテ之ヲ物色セヨ、則チ知ルベシ」ト。

生其ノ教ノ如クシ、逕《ただ》チニ月湖ノ西ヲ投《さ》シ、長堤ノ上高橋ノ下ニ往来シ、居人ニ訪ヒ過客ニ詢《と》フ。並《とも》ニ有ルナシト言フ。日将ニ夕ナラントス。乃チ湖心寺ニ入リテ少憩《せうけい》シ、東廊ヲ行キ遍《あまね》クシ復《ま》タ西廊ニ転ズ。廊ノ尽クル処ニ一暗室ヲ得タリ。則チ旅櫬《りよしん》アリ。白紙モテ其ノ上ニ題シテ曰ク、「故《もと》ノ奉化符州判ノ女麗卿ノ柩《ひつぎ》」ト。柩ノ前ニ一雙頭ノ牡丹燈ヲ懸《か》ク。燈下ニ一明器婢子《ひし》ヲ立ツ。背上ニ二字アリ、金蓮トイフ。生之ヲ見テ毛髪尽ク竪《た》チ寒粟《かんぞく》体ニ遍《あまね》ク、奔走シテ寺ヲ出デ敢テ回顧セズ。是ノ夜、宿ヲ隣翁ノ家ニ借ル。憂怖ノ色掬《きく》スベシ。隣翁曰ク、「玄妙観《げんめうくわん》ノ魏法師ハ故ノ開府王真人ノ弟子ニシテ、符籙《ふろく》当今第一タリ。汝宜《よろ》シク急ニ往《ゆ》イテ求ムベシ」ト。明旦《みやうたん》、生観内ニ詣《いた》ル。法師其ノ至ルヲ望見シ驚イテ曰ク、「妖気甚ダ濃《こまやか》ナリ。何為《なんす》レゾ此ニ来ル」ト。生座下ニ拝シ具《つぶさ》ニ其ノ事ヲ述ブ。法師朱符二道ヲ以テ之ニ授ケ、其ノ一ハ門ニ置キ一ハ榻《ねだい》ニ懸ケシメ、仍ツテ戒ム、「再ビ湖心寺ニ往クヲ得ズ」ト。生符ヲ受ケテ帰リ、法ノ如ク安頓ス。此《これ》ヨリ果シテ来ラズ。

一月有余ニシテ、袞繡橋《こんしうけう》ニ往キ友ヲ訪ヒテ留リ飲ム。酔フニ至リテ都《すべ》テ法師ノ戒メヲ忘レ、逕《ただ》チニ湖心寺ノ路ヲ取リ以テ回リ、将ニ寺門ニ及バントス。則チ金蓮迎ヘテ前ニ拝スルヲ見ル。曰ク、「娘子《ぢやうし》久シク待テリ。何ゾ一向薄情ナルコト斯《かく》ノ如キ」ト。遂ニ生ト倶《とも》ニ西廊ニ入リ直《ただち》ニ室中ニ抵《いた》ル。女宛然《ゑんぜん》トシテ坐ニ在リ。之ヲ数《せ》メテ曰ク、「妾君ト素《もと》ヨリ相識ルニアラズ、偶々《たまたま》燈下ニ於テ一タビ見《まみ》エ、君ノ意ニ感ジ遂ニ全体ヲ以テ君ニ事《つか》ヘ、暮ニ往キ朝ニ来ル。君ニ於テ薄カラズ。奈何《いかん》ゾ妖道士ノ言ヲ信ジテ遽《にはか》ニ疑惑ヲ生ジ、便《すなは》チ永ク絶タント欲スル。薄倖《はくかう》是《かく》ノ如シ。妾君ヲ恨ムコト深シ。今幸ニ見ルヲ得。豈《あに》能ク相捨テンヤ」ト。即チ生ノ手ヲ握リ柩《ひつぎ》ノ前ニ至ル。柩忽チ自ラ開ク。之ヲ擁《よう》シテ同《とも》ニ入レバ、随ツテ即チ閉ヂヌ。生遂ニ柩中《きうちゆう》ニ死ス。

隣翁、其ノ帰ラザルヲ怪ミ、遠近ニ尋ネ問フ。寺中柩ヲ停《とど》ムルノ室ニ至ルニ及ビ、生ノ衣裾《いきよ》、微《かす》カニ柩外ニ露《あらは》ルルヲ見、寺僧ニ請ヒテ之ヲ発《ひら》ケバ、死シテ已ニ久シク、女ノ屍ト俯仰シテ内ニ死ス。女ノ貌《かたち》生ケルガ如シ。寺僧嘆ジテ曰ク、「此《これ》ハ奉化州判符君ノ女ナリ。死セシ時年十七。権《かり》ニ此ニ厝《お》キ家ヲ挙《あ》ゲテ北ニ赴《おもむ》キ、竟《つい》ニ音耗《いんかう》ヲ絶ツ。今ニ至リテ十有二年ナリ。意《おも》ハザリキ、怪ヲ作《な》スコト是《かく》ノ如クナラントハ」ト。遂ニ屍柩《しきう》及ビ生ヲ以テ西門ノ外ニ欑《さん》ス。

コノ後雲陰ノ昼、月黒キ宵、往往生ト女ト手ヲ携ヘテ同ジク行キ、一丫鬟《あくわん》雙頭ノ牡丹燈ヲ挑《かか》ゲテ前導スルヲ見ル。之ニ遇《あ》フ者輙《すなは》チ重疾ヲ得テ寒熱交々《こもごもおこ》作ル。（以下略）

七、浮世草子

好色一代男

けした所が恋のはじまり（巻一の一）

桜もちるに歎き、月はかぎりありて入佐山《いるさやま》、爰《ここ》に但馬の国、かねほる里の辺《ほとり》に、浮世の事を外になして、色道ふたつに、寝ても覚めても夢介と、かへ名よばれて、名古や三左・加賀の八などと、七ツ紋のひしにくみして、身は酒にひたし、一条通り、夜更けて戻り橋、或る時は若衆出立《でたち》、姿をかへて墨染の長袖、又は、たて髪かつら、化物が通るとは、誠に是ぞかし。それも彦七が顔《かほ》して、願はくは咀《か》みころされてもと通へば、なほ見捨て難くて、其の比《ころ》名高き中にも、かづらき・かほる・三夕《さんせき》、思ひ〳〵に身請して、嵯峨に引込み、或は東山の片陰、又は藤の森、ひそかにすみなして、契りかさなりて、此のうちの腹よりむまれて、世之介と名によぶ。あらはに書きしるす迄もなし。しる人はしるぞかし。

ふたりの寵愛、てうち〳〵、髪振《かぶり》のあたまも定り、四つの年の霜月は髪置、はかま着の春も過ぎて、疱瘡の神いのれば跡なく、六の年へて、明くれば七歳の夏の夜の、寝覚の枕をのけ、かけがねの響、あくびの音のみ。おつぎの間に宿直《とのゐ》せし女、さし心得て、手燭ともして、

〔好色一代男〕—井原西鶴作。天和二年刊。八巻八冊。京の上層町人の二世世之介の一代記の形で、その好色遍歴を描いた作品。主人公世之介の体験や見聞を通して、好色の世界に生きるさまざまな人間の心情や風俗をとらえ、それを俳諧的文体で描破した。その発想、現実認識、方法・文体などは、それ以前の小説類（仮名草子）と明確に一線を画している。

以下西鶴作品の本文は定本西鶴全集本によった。

*井原西鶴—本名は平山藤五。大坂の町人として生まれ、二十代より俳諧の点者として活躍。「生玉万句」（一六七三）以後談林の一方の旗頭として活躍し、とりわけ、一昼夜の独吟でスピードと量をきそう矢数俳諧にその力量を示した。四一歳の時の「一代男」以後、俳諧師としての生活を続けながらも散文の世界に力を入れ、浮世の人情・風俗を精細に描きあげる多くの傑作を書いている。一六四二〜一六九三。

*入佐山—但馬の国の歌枕。参考「里わかぬかげをば見れど行く月のいるさの山を誰かたづぬる」（源氏物語・末摘花）。

*名古屋三左—近世初頭の歌舞

伎者の武士、名古屋山三郎。

*加賀の八―未詳。

*七歳の…―「七つになりたまへば、読書始めなどせさせたまひて、世に知らずさとうかしこくおはすれば」（源氏物語・桐壺）をふまえる。

『好色一代男』巻一の一挿絵

遥《はるか》なる廊下を轟かし、ひがし北の家陰に南天の下葉しげりて、敷松葉に御しともれ行きて、お手水《てうず》のぬれ縁、ひしぎ竹のあらけなきに、かな釘のかしらも御こゝろもとなく、ひかりなを見せまいらすれば、「其の火けして、近くへ」と仰せられける。「御あしもと大事がりてかく奉るを、いかにして闇《くら》がりなしては」と、御言葉をかへし申せば、うちうなづかせ給ひ、「恋は闇といふ事をしらずや」と仰せられける程に、御まもりわきざし持ちたる女、息ふき懸けて、御のぞみになしたてまつれば、左のふり袖を引きたまひて、「乳母はいぬか」と仰せらるゝこそおかし。是《これ》をたとへて、「あまの浮橋のもと、まだ本の事もさだまらずして、はや御こゝろざしは通ひ侍る」と、つゝまず奥さまに申して、御よろこびのはじめ成るべし。

＊おほくは……―「多くて見苦しからぬは文車のふみ塵塚の塵」（徒然草）のもじり。

＊へうぶきやう―兵部卿。香の名。

＊一年に…―「ひととせにひと夜と思へど七夕の逢ひみる秋の限なき哉」（拾遺集一二二）。

＊井筒によりて……―「井筒によりてうなゐ子の、友だち語らひて互に影を水鏡」（謡曲・井筒）。

＊さても命は……―当時流行の投節「なげきながらも月日を送るさても命はあるものを」による。

＊其の面影は……―目録の題は「其の姿は初むかし」とある。

＊ふるき高橋―島原下之町大坂屋太郎兵衛かかえの太夫初代高橋。寛文十一年退廓。

次第に事つのり、日を追って、仮にも姿絵のおかしきをあつめ、おほくは文車《ふぐるま》もみぐるしう、「此の菊の間へは、我よばざるものまいるな」などと、かたく関するゝこそ、こゝろにくし。或る時はおり居《すゑ》をあそばし、「比翼の鳥のかたちは是ぞ」と給はりける。花つくりて梢にとりつけ、「連理は是、我にとらする」と、よろづにつけて、此事をのみ忘れず、ふどしも人を頼まず、帯も、手づから前にむすびてうしろにまはし、身にへうぶきやう、袖に焼《たき》かけ、いたづらなるよせい、おとなもはづかしく、女のこゝろをうごかさせ、同し友どちとまじはる事も、烏賊《いか》のぼせし空をも見ず、「雲に懸《かけ》はしとは、むかし天へも流星人《よばいど》ありや。一年に一夜のほし、雨ふりてあはぬ時のこゝろは」と、遠き所までを悲しみ、こゝろと恋に責められ、五十四歳まで、たはふれし女三千七百四十二人、少人のもてあそび七百二十五人、手日記にしる。井筒によりてうないごより已来《このかた》、腎水をかへほして、さても命はある物か。

其の面影は雪むかし（巻七の一）

石上《いそのかみ》ふるき高橋に、おもひ懸けざるはなし。太夫姿にそなはって、顔にあいきやう、目のはりつよく、腰つき、どうもいはれぬ能所《よきところ》あって、「まだよい所あり」と、帯といて寝た人語りぬ。そふなふてから、髪の結《ゆい》ぶり、物ごし利発、此の太夫風義を、万に付けて、今に女郎の鏡にする事ぞかし。

*上林の太夫―島原上之町の遊女屋上林五郎右衛門かかえの太夫。茶の縁で、宇治の公儀御用の茶師上林を出す。
*喜右衛門―島原の揚屋町の揚屋八文字屋喜右衛門。
*久次郎―下男の通名。

初雪の朝《あした》、俄に壷の口きりて、上林《かんばやし》の太夫まじりに、世之介正客にして、喜右衛門方の二階座敷をかこふて、懸物には、白紙を表具してをかれけるは、ふかき心の有りさうにみえ侍る。茶菓子は雛の行器《ほかい》に入れ、天目水翻《みづこぼし》も橘の紋付、つかひ捨《すて》の新しき道具も、所によりておもしろし。屢《しば》しありて、勝手より「久次郎が、宇治から唯今帰りました」と申す。水こしの僉《せん》義あり。さては三の間の水を汲みにやられしと、一入《ひとしほ》うれしく、御客揃へば、高橋硯をならし、「此雪、其のまゝ詠めたまふ事は」と、当座を望み、かの懸物にめい〳〵書の五句目迄、こと更に聞事《きゝごと》也。中立あってのをとづれに、獅子踊の三味線を弾かるゝ。いづれもころ玉にのつて、すこしうかれながら、囲《かこひ》に入れば、竹の筒計《ばかり》懸けられて、花のいらぬ事不思議に、此の心を思ひ合すに、「けふは太夫様方のつき合ひ、花は是《これ》にまさるべきや」と、おぼしめさるゝ事にぞ有りける。高橋其の日の装束は、下に紅梅、上には白繻子《しろじゆす》に三番叟の縫紋、萌黄の薄衣《うすぎぬ》に紅の唐房をつけ、尾長鳥のちらし形、髪ちご額にして、金の平髻《ひらもとゆひ》を懸けて、其の時の風情、天津乙女の妹などゝ是をいふべし。手前のしほらしさ、千野《せんの》利休も、此の人に生れ替られしかと疑れ侍る。ことすぎて、跡はやつして乱れ酒、いつにかはりてのなぐさみ、酔のまぎれに、世之介、金銭銀銭、紙入より打明けて、両の手にすくひながら、「太夫戴け、やらう」といふ。此中では戴かれぬ所ぞかし。初心なる女郎は、脇からも赤面してゐられしに、高橋しとやかに打笑ひ、「いかにも戴きます」と、そばにありし丸盆に請けて、

*丸屋―島原揚屋町西側の揚屋丸屋七左衛門。

「今目の前でいたゞくも、内証にて状で戴くも、同し事」と申して、禿《かぶろ》を呼びよせ、「なふて叶はぬ物ぢや、取つてをけ」と申されし、其の見事さ、いつの世か又有るべし。
する程の事笑《をか》しく、女郎も客もかんたんの一日、暮惜しむ所へ、丸屋方より、「尾張のお客様、先程から御出」と、せはしき使かさなりぬ。初めてなれば、もらひもならず。「何の因果にけふの約束はしたぞ」と、高橋泪《なみだ》ながら、勤むる身の悲しさは、「先《まつ》まいりて断《ことはり》を申して今くるうち、世之介様の淋しさは皆様を頼む」と、門口へ出さまに、二三度も小戻りして、「わが居ぬうちは、小盃で進ぜませい」と、禿も残して丸屋に行き、すぐに座敷へはゆかず、台所につい居て、世之介方へのとゞけの、かぎりもなく書く程に、亭主も内義も、色々わびて、「先すこしの間奥へ」と申せど、それは耳にも聞きいれぬ内、「お膳が出まする、二階へ御出」と、太鼓持ども、肝煎顔《きもいりがほ》に申せば、「おの〳〵は太鼓持ならば、爰《ここ》の女郎のやうすも、しらりやう事じや。それ程急な人には、あふて面白からず」と、喜右衛門方に戻りぬ。七左方より、呼立つれ共帰らず。世之介も恋は互とおもひ、太夫をいさめ、「是非行《ゆ》け」と申せば、「けふにかぎつて、日本の神《しん》ぞ〳〵ゆかぬ」と申す。「能々《よく〳〵》分別きはめ。よもやさきにも、此のまゝはをかじ。抓《つか》みにくる時、腰半分切つてやつて、かしらは此方《こなた》にをくが」と申す。「いかにも覚悟」と、世之介に引かせて、膝枕して、「さても命は」と投節。「聞いてゐられぬ所ぞ」と、尾張の大臣、刀ぬきながら、切つて懸かれども、目もやらず、まして声もふるはせずうたひける。めい〳〵取付き、さま〴〵あつかへ共聞かず。両揚屋《あげや》、町中袴着て、両方のわび事、入り乱れて、親方かけ付け、「今日は、尾張のお客へも、世之介殿へも売らぬ」とて、高橋たぶさをとつて、宿にかへる。それにもあかず、「世之介様、さらば」といふこそ、こゝろつよき女、此の男にあやかり物ぞかし。

【参考】『好色一代男』跋

二柱のはじめは鏡台の塗下地とおぼえ、稲負鳥《いなおほせどり》は羽のない牛の事かと、吾がすむ里は津国《つのくに》桜塚の人にたづねても、空耳《そらみみ》潰して、天に指さし地に土け放れず、臂《ひぢ》をまげて桔槔《はねつるべ》の水より外をしらず。ひろき難波の海に手はとゞけ共、人のこゝろは斟みがたくてくまず。或る時、鶴翁の許に行きて、秋の夜の楽寝、月にはきかしても余所《よそ》には漏れぬむかしの文枕と、かいやり捨てられし中に、転《てん》合書《がうがき》のあるを取り集めて、荒猿《あらまし》にうつして、稲臼を挽く藁口鼻《わらがい》に読みてきかせ侍るに、娌謗田《よめそしりだ》より闕《かけ》あがり大笑ひ止まず、鍬をかたげて手放つぞかし。

好色五人女

身の上の立聞（巻三の五）

あしき事は身に覚えて、博奕《ばくち》打《うち》まけてもだまり、傾城買《けいせいかひ》取りあげられてかしこ顔するものなり。喧嘩し、ひけとる分かくし、買置《かひおき》の商人《あきんど》損をつゝみ、是《これ》皆闇《くら》がりの犬の糞《くそ》なるべし。中にも、いたづらかたぎの女を持ちあはす男の身にして、是程なさけなき物はなし。

○跋—『一代男』の本文の版下筆者水田西吟の手になる。『一代男』の成立事情を推察させると同時に、『一代男』に対する西吟の批評としての意味をも持つ一文である。

○好色五人女—井原西鶴作。貞享三年刊。五巻五冊。巻一はお夏清十郎、巻二はおせん長左衛門、巻三はおさん茂右衛門、巻四はお七吉三郎、巻五はおまん源五兵衛の五組の男女の恋愛、姦通事件等をとりあげたモデル小説。ここに採ったのは、巻三「中段に見る暦屋物語」の最終章である。本章までのあらすじは、以下のようである。「大経師の美

「おさん事も死にければ是非もなし」と、其の通りに世間をすまし、年月のむかしを思ひ出して、にくしといふ心にも僧をまねきて、なき跡を弔《とぶら》ひける。哀や物好《ものずき》の小袖も旦那寺のはたてんがいと成り、無常の風にひるがへし、更に又なげきの種となりぬ。

されば世の人程だいたんなるものはなし。茂右衛門そのりちぎさ、闇には門《かど》へも出ざりしが、いつとなく身の事わすれて、都ゆかしくおもひやりて、風俗いやしげになし、編笠ふかくかづき、おさんは里人にあづけ置き、無用の京のぼり、敵《かたき》持つ身よりはなをおそろしく、行くに程なく広沢のあたりより暮《くれ》〳〵になつて、池に影ふたつの月にもおさん事を思ひやりて、おろかなる泪《なみだ》に袖をひたし、岩に数ちる白玉は、鳴滝《なるたき》の山を跡になし、御室《おむろ》北野の案内しるよしして、いそげば町中に入りて、何とやらおそろしげに、十七夜の影法師も、我ながら我をわすれて折〳〵胸をひやして、住み馴れし旦那殿の町に入りて、ひそかに様子を聞けば、江戸銀《えどがね》のおそきせんさく、若ひもの集りて頭つきの吟味、木綿着物《きるもの》の仕立《したて》ぎはをあらためける。是も皆色よりおこる男ぶりぞかし。

物語りせし末を聞くに、さてこそ我が事申し出し、「さても〳〵茂右衛門めは、ならびなき美人をぬすみ、おしからぬ命、しんでも果報」といへば、「いかにも〳〵一生のおもひ出」といふもあり。また分別らしき人のいへるは、「此の茂右衛門め、人間たる者の風うへにも置くやつにはあらず。主人夫妻をたぶらかし、彼是《かれこれ》ためしなき悪人」と、義理をつめてそし

婦」として知られたおさんは、夫の留守中手伝いに来た実家の手代茂右衛門と、はからずも姦通することになり、二人はかけおちをする。途中、琵琶湖で狂言入水を行なってのがれ、二人は丹後の切戸のあたりに身をかくしている。

*はたてんがい―幡・天蓋。

*広沢―京都嵯峨の東方にある広沢の池。

*池に……―「月は一つ影はふたつみつ汐の……」（謡曲・松風）を生かした行文。

*鳴滝―京都市右京区、仁和寺の西北にある山。

*御室―仁和寺の付近一帯。

*北野―北野天満宮の付近。

りける。茂右衛門立聞きして、「慥《たしか》今のは大文字屋の喜介めが声なり。哀をしらず、にくさげに物をいひ捨てつるやつかな。おのれには預り手形にして銀八拾目の取替《とりかへ》あり。今のかはりに首おさへても取るべし」と歯ぎしめして立ちけれ共、世にかくす身の是非なく、無念の堪忍するうちに、又ひとりのいへるは、「茂右衛門は、今にしなずに、どこぞ伊勢のあたりに、おさん殿をつれて居るといの。よい事をしほる」と語る。

是を聞くと身にふるひ出て、俄《にはか》にさむく、足ばやに立ちのき、三条の旅籠《はたご》屋に宿かりて、水風呂《すいふろ》にもいらず休みけるに、十七夜代待《だいまち》の通りしに、十二灯を包みて、「我が身の事すへ〲しれぬやうに」と祈りける。其の身の横しま、あたご様も何としてたすけ給ふべし。

明くれば都の名残とて、東山しのび〱に四条川原《がはら》にさがり、「藤田狂言づくし、三番つゞきのはじまり」といひけるに、何事やらん、見てかへりて、おさんに咄《はな》しにも」と、円座《ゑんざ》かりて遠目をつかひ、「もしも我をしる人も」と心元なくみしに、狂言も人の娘をぬすむ所、是さへきみあしく、ならび先のかた見れば、おさん様の旦那殿、たましゐ消へてぢごくの上の一足飛び、玉なる汗をかきて木戸口にかけ出で、丹後なる里にかへり、其の後は京こはかりき。

折節《おりふし》は菊の節句近付きて、毎年丹波より栗商人の来りしが、四方山《よもやま》の咄しの次手《ついで》に、「いや、こなたのお内義様は」と尋ねけるに、首尾あしく返事のしてもなし。旦那にがい顔して、

*しほる—原本のまま。「しをる」に同じ。
*あたご様—右京区上嵯峨愛宕山上の愛宕権現。
*藤田狂言づくし—当時の立役藤田小平次の物真似狂言づくし。

「それはてこねた」といはれける。栗売重ねて申すは、「物には似た人も有る物かな。是の奥様にみぢんも違はぬ人、又若人《わかうど》も生きうつしなり。丹後の切戸《きれと》の辺《あたり》に有りけるよ」と、語り捨てて帰る。

亭主聞きとがめて、人遣《つかは》し見けるに、おさん茂右衛門なれば、身うち大勢もよふしてとらへに遣し、其の科《とが》のがれず、様々のせんぎ極《きは》め、中の使せし玉といへる女も同じ道筋にひかれ、粟田口の露草とはなりぬ。九月廿二日の曙《あけぼの》のゆめ、さら〳〵最期いやしからず、世語りとはなりぬ。今も浅黄の面影見るやうに名はのこりし。

本朝二十不孝

今の都も世は借物（巻一の一）

世に身過《みすぎ》は様々なり。今の都を清水《きよみづ》の西門《さいもん》より詠《なが》め廻せば、立ちつゞきたる軒ばの内蔵《うちぐら》の気色《けしき》、朝日にうつりて、夏ながら雪の曙《あけぼの》かと思はれ、豊《ゆたか》なる御代の例《ためし》、松に音なく千年《ちとせ》鳥は雲に遊びし。かぎりもなく打闢《うちひら》き、九万八千軒といへる家数は、信長時代の事なり。今は土手の竹藪も洛中になりぬ。それ〳〵の家職《かしよく》して朝夕《てうせき》の煙立てける。

千軒あれば友過《ともすぎ》といへるに、爰《ここ》にて何をしたればとて渡り兼ぬべきか。五条の橋弁慶が七つ道具の紙幟《かみのぼり》を年中書ける人も有り。又子を思ふ夜の道、手を打振つて当所《あてど》なしに、「疳《かん》の

*丹後の切戸—京都府宮津市の五台山九世戸寺のあたり。

*玉—巻三の二では「りん」として登場する下女。ここでは実説の「玉」の名を用いている。

*粟田口—京都市東山区粟田口にあった刑場。

*九月廿二日—天和三年九月二十二日。

○本朝二十不孝—井原西鶴作。貞享三年刊。五巻五冊二十章。不孝者がやがて天罰を受けるという常套的なストーリーのわく組の中で、さまざまな不孝者のイメージを誇張しつつ具体化し、同時に浮世の諸相、当世の人の心のありようを浮び上らせた短篇集。

*信長時代—ずっと昔の意。厳密に信長の存生中をさすわけではない。

*千軒あれば友過—諺。

*借盛物―当時「借」と「貸」は通用。

*新町通―御霊辻から七条までの京都の南北の通り。「下る」は南へ行く方向。

*替名―遊里では実名を呼ばず、姓名の頭字をとって替名でよぶことが多い。笹六は、笹屋六兵衛などの替名。

虫を指先から鏨《ほり》出します」と云ふも有り。鉋《かんな》を持ちて真那板《まないた》しらげに廻る、大小に限らず三文宛《づゝ》なり。念仏講の借盛物《かしもりもの》、三具《さんぐ》に敲鉦《たゝきがね》を添へて一夜を十二文、産屋《さんや》の倚懸台《よりかゝりだい》、大枕迄揃へ七夜の内を七分《ふん》、餅突比《もちつきごろ》の井楼《せいろう》、昼は三分、夜は弐分、薬鍋一七日十文。大溝の掃除、熊手・竹箒・塵籠《ぢんこ》まで持ち来り一間を一文づゝ。木鋏《きばさみ》かたげて立木《たちき》によらず作るを五分、継木《つぎき》一枝を壱分づゝ。一時大工《いつときだいく》六分。行水の湯湧《わか》して壱荷《か》を六文。夏中《げちゆう》の借簾《かしすだれ》、世智かしこき人の心見えすきて、始末を所帯の大事といへり。徒居《ただゐ》なく手足動かせば、人並に世は渡るべし。

爰に、新町通四条下る所に、格子作りの奇麗なる門口に、丸にみつ蔦《つた》の暖簾《のうれん》かけて、五人口を親にかゝりの様に緩《ゆる》りと暮しぬ。しらぬ人は医者かと思ふべし。長崎屋伝九郎とて、京中の悪所銀《あくしよがね》を借り出す男なり。かたり半分共云ふに、是は、元日から人のよる年を、「若ふならしやりました」と嘘をつき初めて、大晦日《おほつごもり》迄、ひとつも真言《まこと》はなかりき。され共、さし詰りたる時、人の為にもなる者なり。

又、室町三条の辺《ほと》りに、かくれもなき歴々の子に、替名は笹六と云ふ人、いかに若ければとて、七年此のかたに、請取りし金銀を若女《ちやくぢよ》ふたつにつゐやし、隠居の貯《たくはへ》有るに極りし分限なれ共、まゝならず、俄《にはか》に浮世もやめがたく、手筋聞出し、長崎屋伝九郎を頼み、死一倍《しにいちばい》のかり金千両才覚させけるに、都は広し、是《これ》に借す人も有りて、かり手の年の程を見に遣《つかは》しける。笹六、美男を俄に逆鬢《さかびん》にして身を見ぐるしうなし、今年廿六なるを、「三十一になります」と、しれて有る年をまざ〳〵と五つ隠されし。世上のならひにて年若に云ふを悦びしに、さりとては不思議晴れざりし。

銀かす人の手代、熟《つく〳〵》見定め、「御歳はいくつにもせよ、こなたの御親父なれば、いまだ五十の前後なるべし」といへば、「わたくしは年よられましての子なり。もはや親仁は七十に程ちかし」と云ふ。手代合点せず、「此の中《ちゆう》も見ますれば、見世に御腰をかけられ、根芋をねぎり給ふ言葉つき、大風の朝《あした》ちり行く屋根板を拾はせらるゝ心づかひ、あれならば御養生残る所有るまじ。まだ十年や十五年に灰よせはなるまじ。死一倍はかされまじき」と云ふ。「それは大きに思し召しの違ふた事。持病に目舞、殊に次第肥《しだいぶと》りは中風下地《したぢ》、長うとつて五年か三年、外にしまふてやる思案も有り。ぜひに借りて給はれ」と云ふ時、もろ〳〵の末社口を揃へ、「我々が思ひ入れにてながうは有るまじ。是に相詰めし者共は、あの親仁様の葬礼を頼みに此の大臣に御奉公申せば、時節を待たず埒の明けさしましやう御座る」と云ふ。「さもあらば手形の下書《したがき》」と云ひ捨てて帰る。

抑《そも〳〵》死一倍、金子千両かりて、其の親相果つると三日がうちにても弐千両にてかへすなり。手形は弐千両の預りにして、小判壱両月壱匁の算用に、壱年の利金計首《ばかりかしら》に取るなり。千両の弐百両引きて八百両にて渡しける。此の内借次《かりつぎ》の長崎屋、世並《よなみ》にて百両取ってしめ、手代への礼とて弐十両とられ、相判《あひはん》に家屋敷の有る人頼みしに、此の二人に判代《はんだい》とて利なしに弐

*世並―世間並。仲介者の手数料は扱い高の一割というのが当時の慣例。

百両かられ、此の程此の事に入用銀とてとられ、「此の座に居賃《ゐちん》」と云ふ人も有り。「大分事首尾してお祝」ともらはれ、はらりと切りほどきて千両の物を、手取りは四百六拾五両残りしを、余多《あまた》の太鼓持いさめて、「是は目出たし、大臣御立ち」と、すぐに御供申し、四条の色宿にて硯紙取出し、払方《はらひかた》の覚書、久敷《ひさしく》埋れたる揚屋のとゞけ、弥郎《やらう》の花代、茶屋の捌《さば》き、「大臣の御意にて二階の天井仕りました。万事の払ひ十両迄は入らず」と、遣《つか》ひ日記を御目にかくる。二三年以前に旅芝居の時損した事申すやら、覚えもなき奉加帳《ほうがちやう》に取出し、無縁法界六親眷属《けんぞく》までに書立てられ、かなしや此の金、物の見事に皆になし、壱両三歩残りしを、「さもしや旁々《かた〴〵》、大臣に金子《きんす》など持たしますは」と、とつてからりと銭箱に抛入《なげい》れられ、うか〳〵と酒になる時、あの夢の覚めぬうちにと、独々《ひとり〳〵》立退き、残るものとて内よりつきし六尺壱人、「お宿の戸をしめ時」と、つれまして帰りける。

いよ〳〵親仁の無事を歎き、江州多賀大明神に参り、親の命を短く祈れど、何をか聞きし、此の神は寿命神なれば、なを長生を恨み、諸神諸仏をたゝきまはし、七日がうちにと調伏すれば、願ひに任せ、親仁眩瞑《めまひ》心にて各々走《か》けつけしに、笹六、うれしき片手に年比拵《としごろこしら》へ置きし毒薬取出し、「是《これ》気付あり」と、素湯《さゆ》取りよせ嚙み砕き、覚えず毒の試《こゝろみ》して、忽《たちま》ち空《むな》しくなりぬ。さま〴〵口をあかすに甲斐なく、酬立所《むくひたちどころ》をさらず、見出す眼《まなこ》に血筋引き、髪縮みあがり、骸躰《からだ》常見し五つ嵩《がさ》程になりて、人々奇異の思ひをなしける。そののち親仁は、諸《もろ》

*四条の色宿—京都四条の芝居町周辺の野郎宿。
*弥郎—野郎のあて字。
*奉加帳に—「奉加帳を」とあるべき所。
*多賀大明神—滋賀県犬上郡多賀町の神社。長命を祈る神として尊崇されていた。

*子は先立ちけるを……息子が(自分を殺そうとして)先立ったのを知らないで、の意。

息《いき》かよひ出で、子は先立ちけるをしらで、是を歎き給へり。欲に目の見えぬ金の借《かし》手は、今思ひあたるべし。

【参考】『本朝二十不孝』序

雪中の笋八百屋にあり。鯉魚は魚屋の生船にあり。世に天性の外祈らずとも、夫〱の家業をなし、禄を以て万物を調へ教を尽せる人、常也。此の常の人稀にして、悪人多し。生きとしいける輩、孝なる道をしらずんば、天の咎を遁るべからず。其の例は、諸国見聞するに、不孝の輩、眼前に其の罪を顕はす。是を梓にちりばめ、孝にすゝむる一助ならんかし。

○日本永代蔵―井原西鶴作。貞享五年刊。六巻六冊三十章。商業資本主義成立期の町人たちの致富や没落の過程を叙しつつ、経済社会の実相を把握し、町人の生き方、世相、人心のありようを述べた短篇集。

*藤市―京都室町に住し、長崎商いなどによって、その身一代で二千貫目の分限者となった初代藤屋市兵衛。寛文十年ごろ没。その徹底した始末ぶりが著名であった。なお、『永代蔵』出版以前に記されていると思われる『犬著聞集』(天和四年序)巻五の記事を以下にかかげる。

「室町 御池町 藤屋市兵衛は、朝夕の火を焼くより外には湯茶も沸さず、咽喉渇く時は、

日本永代蔵

世界の借屋大将(巻二の一)

借屋請状《しゃくやうけじゃう》之事　室町菱屋長左衛門殿借屋《しゃくや》に居申され候藤市と申す人、慥《たしか》に千貫目御座候。

「広き世界にならびなき分限我なり」と自慢申せし、子細《しさい》は、二間口の棚借《たながり》にて千貫目持《もち》、都のさたになりしに、烏丸通《からすまどほり》に三十八貫目の家質《かじち》を取りしが、利銀つもりておのづから流れ、始めて家持となり、是を悔みぬ。今迄は借屋に居ての分限といはれしに、向後《きやうこう》家有るからは、京の歴々の内蔵《うちぐら》の塵埃《ちりほこり》ぞかし。此の藤市、利発にして、一代のうちにかく手まへ富貴になりぬ。第一人間堅固なるが身を過ぐる元なり。此の男、家業の外に、反故《ほんご》の帳をくゝり置きて、見世をはなれず、一日筆を握り、両替の手代通れば銭小判の相場を付け置き、米問屋の売買《うりかい》

を聞合せ、木薬屋・呉服屋の若ひ者に長崎の様子を尋ね、繰綿《くりわた》塩酒は江戸棚《えどだな》の状日《じやうび》を見合せ、毎日万事を記し置けば、紛れし事は爰《ここ》に尋ね、洛中の重宝になりける。不断の身持、肌に単《ひとへ》襦袢《じゆばん》、大布子《おほぬのこ》綿三百目入れて、ひとつより外に着る事なし。袖覆輪《そでふくりん》といふ事、此の人取りはじめて、当世の風俗、見よげに始末になりぬ。革足袋に雪踏《せった》をはきて、終に大道をはしりありきし事なし。一生のうちに、絹物とては紬《つむぎ》の花色、ひとつは海松茶染《みるちやぞめ》にせし事、若ひ時の無分別と、廿年も是を悔しく思ひぬ。紋所を定めず、丸の内に三つ引、又は壱寸八分の巴を付けて、土用干にも畳の上に直《ぢき》には置かず。麻袴に鬼綟《おにもじ》の肩衣《かたぎぬ》、幾年か折目正しく取置かれける。町並《まちなみ》に出る葬礼には、是非なく鳥辺山におくりて、人より跡に帰りさまに、六波羅の野辺にて奴僕《でつち》もろ共苦参《たうやく》を引いて、「是を陰干にしてはら薬なるぞ」と、只《ただ》は通らず、跪《けつまづ》く所で燧石《ひうちいし》を拾いて袂に入れける。朝夕《てうせき》の煙を立つる世帯持は、よろづか様に気を付けずしてはあるべからず。

此の男、生れ付きて吝《しは》きにあらず。万事の取りまはし、人の鑑《かがみ》にもなりぬべきねがひ、かほどの身袋《しんだい》まで、としとる宿に餅搗《つ》かず、閙敷《いそがはしき》時の人遣ひ、諸道具の取置《とりをき》もやかましきとて、是も利勘《りかん》にて大仏の前へあつらへ、壱貫目に付き何程と極《きは》めける。十二月廿八日の曙《あけぼの》、いそぎて荷ひつれ、藤屋見せにならべ、「うけ取り給へ」といふ。餅は搗《つき》たての好もしく、春めきて見えける。旦那はきかぬ㒵《かほ》して十露盤《そろばん》置きしに、餅屋は時分柄にひまを惜み、幾度

隣家に行きて呑みつ。髪も五日六日に一度づゝ結はせ、夏は帷子一つを洗ひ返して、着換も持ち侍らず。冬は木綿布子の古き二つ三つの外は無し。喰物とて黒米飯に糠味噌汁、焼塩の外は添へず。独り娘のあるを、下女奉公させしかば、心憂しとて三十余才にて首をくゝりて死ぬ。それをも哀れとやは思ふ。去る程に、一代千七百貫目の分限に成つて死にぬ。拙き哉。金銀を積み置き、使ふことなくば、瓦礫に同じ。嗚呼無漸や、餓鬼の苦患此世に受けて、来世猶哀れにこそ侍れ」

*鳥辺山—京都市東山区清水坂の南の山腹にある火葬場兼墓地。

*六波羅—今の東山区興善町の六波羅密寺の略称。鳥辺山の西北。

*身袋—身代に同じ。

*大仏の前—方広寺大仏殿の前にあった餅屋。

*東寺あたり—京都市下京区西九条にある東寺付近。
*七十五日の齢—俗説に、初物を食えば七十五日命がのびるという。
*多田の銀山—兵庫県川辺郡猪名川町にあった銀山。

か断りて、才覚らしき若い者、杜斤《ちぎ》の目りんと請取りてかへしぬ。一時《いつとき》ばかり過ぎて、「今の餅請取ったか」といへば、はや渡して帰りぬ。「此の家に奉公する程にもなき者ぞ。温《ぬく》もりのさめぬを請取りし事よ」と、又目を懸けしに、思ひの外に減《かん》のたつ事、手代我《が》を折って、喰ひもせぬ餅に口をあきける。

其の年明けて夏になり、東寺あたりの里人、茄子《なすび》の初生《はつなり》を目籠《めかご》に入れて売り来るを、七十五日の齢《よはひ》、是たのしみのひとつは弐文、二つは三文に直段《ねだん》を定め、何れか二つとらぬ仁《ひと》はなし。藤市はひとつを二文に買いていへるは、「今一文で盛《さかり》なる時は大きなるが有り」と、心を付る程の事あしからず。屋敷の空地に、柳・柊《ひらぎ》・楪葉《ゆづりは》・桃の木・はな菖蒲・薏苡仁《じゆずだま》など取りまぜて植ゐ置きしは、ひとり有る娘がためぞかし。よし垣に自然と朝顔のはへかゝりしを、「同じ詠《なが》めにははかなき物」とて、刀豆《なたまめ》に植ゐかへける。

何より我が子をみる程面白きはなし。娘おとなしく成りて、頓《やが》て娌入《よめいり》屏風を拵《こしら》へとらせけるに、「洛中尽《づくし》を見たらば、見ぬ所を歩行《ありき》たがるべし。源氏・伊勢物語は、心のいたづらになりぬべき物なり」と、多田の銀山《かなやま》出盛りし有様書かせける。此の心からはいろは哥《うた》を作りて誦《よま》せ、女寺へも遣らずして筆の道を教へ、ゐひもせす京のかしこ娘となしぬ。親の世智《せち》なる事を見習ひ、八才より墨に袂をよごさず、節句の雛遊びをやめ、盆に踊らず、毎日髪かしらも自《みつか》ら梳《す》きて丸曲《わげ》に結ひて、身の取廻し人手にかゝらず、引きならひの真綿も着丈《きだけ》の堅横《たてよこ》を出かしぬ。いづれ女の子は遊ばすまじき物なり。

折ふしは正月七日の夜、近所の男子を藤市かたへ、「長者に成《な》りやうの指南を頼む」とて遣《つかは》しける。座敷に燈《ともしび》かゝやかせ、娘を付け置き、「露路の戸の鳴る時しらせ」と申し置きしに、此の娘しほらしくかしこまり、灯心を一筋にして、㖐《ものもう》の声する時、元のごとくにして勝手に入りける。三人の客座に着く時、台所に摺鉢の音ひゞきわたれば、客耳をよろこばせ、是を推して「皮鯨の吸物」といへば、「いや〳〵はじめてなれば雑煮なるべし」といふ。又ひとりはよく考へて、「煮麺《にうめん》」とおち付きける。必ずいふ事にしておかし。藤市出でて、三人に世渡りの大事を物がたりして聞かせける。一人申せしは、「今日の七草《なゝくさ》といふ謂《いはれ》はいかなる事ぞ」と尋ねける。「あれは神代の始末はじめ、増水《ぞうすい》と云ふ事を知らせ給ふ」。又壱人、「掛鯛を六月迄荒神《くわうじん》の前に置きけるは」と尋ぬ。「あれは朝夕《てうせき》に肴を喰はずに、是をみて喰うた心せよ、と云ふ事也」。又、太箸《ふとばし》をとる由来を問ひける。「あれは、穢《よご》れし時白げて、一膳にて一年中あるやうに、是も神代の二柱を表すなり。よく〳〵万事に気を付け給へ。扨《さて》、宵から今まで各々咄《はな》し給へば、最早《もはや》夜食の出づべき所なり。出さぬが長者に成る心なり。最前の摺鉢の音は、大福帳の上紙に引く糊を摺らした」といはれし。

武家義理物語

死なば同じ浪枕とや（巻一の五）

人間定命《じやうみやう》の外、義理の死をする事、是《これ》、弓馬の家のならひ、人みな魂にかはる事なく、只その時にいたりて覚悟極《きは》むるに見ぐるしからず。

其の比《ころ》、摂州伊丹《いたみ》の城主荒木村重につかへて、神崎式部といへる人、横目役を勤めて、年久しく此の御家をおさめられしは、筋目たゞしきゆへなり。有る時、主君の御次男村丸、東国夷《えぞ》が千嶋の風景御一覧の覚《おぼ》しめし立《たち》、式部も御供役仰付けられしに、一子の勝太郎も御供の願ひ叶ひて、父子ともに其の用意して、東路《あづまぢ》にくだりぬ。

比《ころ》は卯月のすへ、日数かさねて、けふの旅泊《たびどまり》は、駿河《するが》なる嶋田《しまだ》の宿に兼ねて定めしに、折ふしの雨ふりつゞき、殊に其の日は、佐夜の中々をだやみなく、菊川わづかの道橋も白浪越すかと見えて、しかも松吹く嵐にすへ〴〵の者は、袖合羽の裙《すそ》かへされて、難義の山坂越へて、金谷《かなや》の宿に人数《にんじゆ》を揃へ、大井川の渡りをいそがせられしに、式部は跡役あらため来つて、川の気色を見渡し、水かさ次第につのれば、「けふは是に御一宿あれ」と、様ざま留《とど》めまいらしけれども、血気さかんにましまして、是非をかんがへ給はず、御心のまゝに「越せよ」との仰せ、いづれも大浪に分け入り、流れて死骸の見えぬもあまたにて、渡りかゝらせての

○武家義理物語―井原西鶴作。貞享五年刊。六巻六冊二十七章。武家の義理にまつわる新奇な話題を取り上げつつ、武士階級の心情、生活感覚などを町人的視点から描き上げた短篇集。

*荒木村重―安土桃山時代の武将。信長に属し一時摂州一円を領したが、天正六年信長にそむき翌年伊丹をのがれる。?～一五八六年。

*嶋田―静岡県島田市。東海道の宿駅。

*佐夜の中々―歌枕の佐夜の中山と「なかなか」をかけた。

*金谷―静岡県金谷町。大井川の西岸。

御難義、跡へかへらず、漸《やうく》先の宿にあがらせ給ひぬ。

式部は跡より越へけるが、国元を出し時、同役の森岡丹後、一子に丹三郎十六歳成るが、「はじめての旅立《たびだち》、諸事頼む」との一言、爰《ここ》の事なりと、我が子の勝太郎を先にたて、次に丹三郎を渡らせ、人馬ともに吟味して、其の身は跡よりつゞきしに、程なく暮におよび、川越《かはごし》瀬を踏み違へて、丹三郎馬の鞍かへりて、よこ浪に掛けられ、はるか流れて沈み、是をなげくに、はや行方《ゆきがた》しれず成りにき。しかも岸根今すこしに成りて、ことに歎《なげ》き深し。我が子の勝三郎は子細なく、汀《みぎは》にあがりぬ。

式部、十方《とはう》にくれて、暫《しばら》く思案しすまして、一子の勝三郎をちかづけいひけるは、「丹三郎儀は、親より預り来り、爰にて最後を見捨て、汝世に残しては、丹後手前武士の一分《いちぶん》立ちがたし。時刻うつさず相果てよ」といさめければ、流石《さすが》武士の心ね、すこしもたるむ所なく、引きかへして、立つ浪に飛入り、二たび其の俤《おもかげ》は見えずなりぬ。

式部は暫く世を観じ、「まことに人間の義理程かなしき物はなし。故郷を出でし時、人もおほきに我を頼むとの一言、其のまゝには捨てがたく、無事に大川を越へたる一子を、態《わざ》と最後を見し事、さりとてはうらめしの世や。丹後は外にも男子《むすこ》をあまた持ちぬれば、歎きの中にも忘るゝ事も有りなん。某《それがし》はひとりの勝三郎に別れ、次第による年のすへに何か願ひの楽しみなし。殊に母がなげきも常ならず。時節外なる憂き別れ、おもへばひとしほかなしく、

＊幡州の清水―兵庫県加東郡鴨川村御嶽山にある清水寺。

＊山の端の月―「暗きより暗き道にぞ入りぬべきはるかに照らせ山の端の月」（拾遺集・二〇）による行文。

此の身も爰に果てなん」と思ひしが、主命の道をそむくの大事と、面《おもて》に世間を立てて、内意は無常の只中を観念して、若殿御機嫌よく御帰城を見届け、何となく病気にして取り籠《こも》り、其の後御暇《いとま》を乞いて、首尾よく伊丹を立ちのき、幡州の清水《きよみづ》に山ふかくわけ入り、夫婦形をかへて、仏の道を願ひ、それまでは子細を人もしらざりしが、勝三郎最後の次第、丹後つたへ聞きて、其の心ざしを感じ、是も俄に御隙《ひま》乞請け、妻子も同じ墨衣、式部入道の跡をしたひて、其の山にたづね入り、憂世の夢を松風に覚し、泪《なみだ》を子どもの手向水《たむけみづ》となし、ふしぎの縁にひかれて、ぼだいに入りし山の端《は》の月、心の曇らぬかたらひ、たぐひなき後世《ごせ》の友、おこなひすまして年月をおくりしに、其の人ものこらず、今又世に有る人ものこらず。

【参考】『武家義理物語』序

それ人間の一心、万人ともに替れる事なし。長劔させば武士、烏帽子をかづけば神主、黒衣を着すれば出家、鍬を握れば百性、手斧つかひて職人、十露盤《そろばん》をきて商人《あきうど》をあらはせり。其の家業、面々一大事をしるべし。弓馬は侍の役目たり。自然のために知行をあたへ置かれし主命を忘れ、時の喧嘩・口論、自分の事に一命を捨つるは、まことある武の道にはあらず。義理に身を果せるは至極の所、古今その物がたりを聞きつたへて、其の類を是に集むる物ならし。

○万の文反古―井原西鶴の第四遺稿集。元禄九年刊。五巻五冊十七章。各章とも一通の独立した書簡という設定で、それぞれに恥多く生きるこの世の人々の生活の一断面を鋭く切りとっている書簡体短篇集。

*高野参り―高野山金剛峯寺への参拝。

*はんじ物の団屋―『人倫訓蒙図彙』の「団師」の項に「当世大坂長町につくる。野人童子の持領として判じ物さま〳〵のゑをかく。代物(だいもつ)三銭にして涼をもとむ。まことに軽行(かるゆき)の調法なり」とある。

*十文字紙子―和歌山県東牟婁郡で産した花井紙、一名十文字紙で製した紙子。

万の文反古

百三十里の所を拾匁の無心（巻一の三）

此の鎌倉屋清左衛門殿と申すは、爰元《ここもと》にて我らあい棚《だな》のさし物細工いたされ候人にて御座候。別して念比《ねんごろ》に申合《まうしあはせ》候。此の度御親父《しんぷ》の十七年にあたり、高野参りの次手《ついで》に堺大坂をも見物なされたきよし、幸ひのたよりに存じ一筆申上候。弥《いよ〳〵》御無事に御座なされ候や、御ゆかしく奉ㇾ存候。わたくし義も不仕合《ふしあはせ》ゆへ、其の後は状もしんじ申さず御ぶさたに罷成《まかりなり》候。其の段は御ゆるしくださるべく候。

先《まづ》もつて吉太良・小次良・およし、いづれもそく才に御座候や。定めて吉太良は手習《てならひ》などいたし、貴様の御気だすけにも成り申すべく候。将又其元《はたまたそこもと》も近年は商ひ事御座なく、屋敷も御売りなされ、長町五丁目に宿御替へなされ、はんじ物の団屋《うちはや》をあそばし候よし、借屋《かしや》の住ひさぞ〳〵御不自由さつし申候。我等も只今御異見の事ども、切目に塩のしむやうにぞんじ出し、其のまゝ其元にて肴屋をいたし居申候はゞ、緩々《ゆる〳〵》と口過《くちすぎ》は気遣ひ御座なく候を、わかげゆへ爰元には抓取《つかみど》りもあるやうにぞんじ、ふら〳〵と罷りくだり、さて〳〵後悔仕《つかまつり》申候。

はじめはすこしの銀子《ぎんす》にて十文字紙子を請売《うけうり》いたし候へども、是も春に罷成り一円埒明き

*高崎たばこ―群馬県高崎市山名町辺で産した煙草。

*朝の間は……―同趣向の記述が『永代蔵』五の四にある。「朝は酢醤油を売り、昼は塩籠を荷ひ、夕暮は油の桶に替り、夜は沓(つく)を作りて馬方に商ひ……」。

*身体―身代に同じ。

申さず、それより高崎たばこ売り候へども、是も掛《かけ》に罷成り、半年ばかりいたし取置き申候。重き物肩に置き申す事も成りがたく、印肉の墨をあはして売り申候が、是もはかどらず、今程は、一日暮しに、朝の間は仏の花を売り、昼は冷水《ひやみづ》を売り、くれかたより蚊ふすべの鋸屑《おがくづ》を売り、宿に帰りて夜は百を八文づゝにて茶うりの紙袋つぎ申し、すこしも油断なくかせぎ申候得ども、さりとは世間かしこく利徳をとらせず、日に壱匁五分と申す銀子は、中々もうけかね申候。

去冬忰子《せがれ》をもうけ、三人口に罷成り、此の渡世おくりがたく候。其元《そこもと》へ罷りのぼり、日用《ひよう》はたらきとも仕《つかまつり》度《たく》候。家普請《やぶしん》はやり申候様に承り申候。今程は以前の形気《かたぎ》は捨て申候。菟《と》角《かく》生国《しやうこく》なつかしく、皆々様へ御出入り申し、せめて雨風火事などといふ時分かけつけ、御用に立ち申度《まうしたく》候。前の事御ゆるしくださるべく候。皆酒ゆへ身体《しんだい》取り乱し、おの〱様にも御やつかいかけ申候。只今は五節句にもたべ申さず候。其の段は此の清左衛門殿に御たづねくださるべく候。壁の隣《となり》事に御座候へば、内証御ぞんじに候。

又爰元にて女房持ち申候事、夢々ゑようにて持ち申さず。さる屋敷がたのお物師、針手きゝ申候て、めい〱かせぎにいたしかぬるものにては御座なく候。殊に始末ものにて、数年《すねん》給銀を溜め置き、八百目敷銀《しきがね》、是にて持ち申候。此の女も随分はたらき申候へども、近年何商ひも御座なく勝手さしつまり、さん〲の体《てい》に罷成り、其元へのぼり申候も路銀に迷惑仕申候。兄弟の御慈悲とおぼしめし、銀拾弐匁程、此のたよりに御越し頼上候。是を遣ひ銀にいたし、爰元仕舞ひ、罷りのぼり申度候。

女房が義は、忰子《せがれ》其のまゝ付け置き、暇《いとま》の状を残し沙汰なしに仕候てくるしからず候。金杉と申す所に歴々の姉、縄筵《なはむしろ》の買置《かひおき》仕居り申候。これが方へ引取りかたづけ申候。私の身の取置《とりおき》、何とも成り申さず候。たとへ鉢開き坊主に罷成候とも、大坂の土に成り申度《まうしたき》願ひに御座候。いよ〳〵銀拾弐匁か銭壱貫、此の人に御こし頼み申上候。一日も爰元に居申す程かつへ申候。

なを〳〵爰元にて持ち申候女房、わたくし上気《うはき》にて持ち申さず候証拠には、我等より十二三も年寄にて御座候。万事此の清左衛門殿御物語御聞きなされくださるべく候。　以上。

五月廿八日　　江戸白かね町

源右衛門判

大坂長町五丁目

団屋《うちはや》源五左衛門様

此文の子細を考へ見るに、此の男手前をしそこない、兄にも談合《だんかふ》なしに江戸へくだるとしれたり。何国《いづく》にても、今の世、金がかねをもうける時になりぬ。朝夕《てうせき》其の覚悟して、それ

*金杉―東京都港区芝一、二丁目のあたり。

*なを〳〵―手紙のおつて書き（なを〳〵書き）の型を生かした書き方。

*白がね町―東京都中央区日本橋本石町と日本橋本町との間の町。

〳〵の家業情《せい》に入るべし。ない所には壱匁ない物は銀なり。日本国の金銀あつまり、瓦石のごとく見えし江戸より、わずか拾匁あまりに手づまり、長々と無心申し越すも、いまだ兄弟のよしみなればなり。他人のかたへ銭壱文の事にてもいひ難し。世は大事也。

【参考】『万の文反古』序

見ぐるしからぬは文車《ふぐるま》の文と、兼好が書き残せしは、世々のかしこき人のつくりおかれし諸々の書物、是皆人の助けとなれり。見ぐるしきは、今の世間の状文《じやうぶみ》なれば、心を付けて捨つべき事ぞかし。かならず其の身の恥を人に二たび見さがされけるひとつ也。すぎし年の暮に、春待つ宿のすゝ払ひに、鼠の引き込みし書き捨てなるを小笹の葉ずゑにかけてはき集め、是もすたらず求める人有り。それは、高津《かうづ》の里のほとりにわずかの隠家、けふをなりわひにかるひ取置、今時花《はやる》張貫きの形《すがた》女を紙細工せられしに、塵塚のごとくなる中に女筆も有り。または芝居子の書けるも有り。おかしき噂、かなしき沙汰、あるひは嬉しきはじめ、栄花終り、なが〳〵と読みつゞけ行くに、大江の橋のむかし、人の心も見えわたりて是《これ》。

〇西鶴置土産―井原西鶴作。元禄六年刊。五巻五冊十二章。好色の世界におぼれて没落した人々のさまざまなありようを描いた短篇集。門人の北条団水編。西鶴の第一遺稿集。

西鶴置土産

人には棒振むし同前におもはれ（巻二の二）

うへ野の桜かへり咲《ざき》して、折ふしの淋しきに、是《これ》は春の心して、見にゆく人袖の寒風《さむかぜ》をいとはず、何ぞといへば人の山、静かなるお江戸の時めきける。黒門より池のはたをあゆむに、

*しんちう屋—東京都台東区下谷池の端にあった金魚屋。『江戸惣鹿子』によれば、名は重左衛門とある。

*伊勢町—もと中央区伊勢町。現在この町名はないが、当時は、米問屋・塩問屋などがあった。

しんちう屋の市右衛門とて、かくれもなき金魚銀魚を売るものあり。庭には生舟《いけぶね》七八十もならべて、溜水《ためみづ》清く、浮藻をくれなゐくゞりて、三つ尾はたらき詠《ながめ》なり。中にも尺にあまりて鱗の照りたるを、金子五両七両に買いもとめてゆくをみて、また遠国《をんごく》にない事なり。是なん大名の若子《わこ》様の御なぐさびに成るぞかし。なに事も、見た事なくては咄《はなし》にも成りがたし。「莵《と》角《かく》人のこゝろも武蔵野なれば広し」と沙汰する所へ、田夫《でんぶ》なる男の、ちいさき手玉のすくひ網に小桶を持ち添へ、此の宿にきたりぬ。何ぞとみれば棒ふり虫、是金魚のゑばみなるが、一日仕事に取りあつめて、やうやう銭二十五もんに売りて、「又明日もってまいるべし」と、下男どもにけいはくいひて帰る。

またこれをみれば、「爰《ここ》もかなしく世をおくれる人有り」と、物あはれげに其の者をみれば、是はくゝ伊勢町の月夜の利左衛門といへる大臣、我が家を立ちのき、何国《いづく》に暮せしもしらざりしに、さりとてはみにくいすがたにはなりぬ。「いづれもむかし語りし友達中間《なかま》に汝をしとふ事、大かたならず。しらぬ事とて、それよりの年月、かく浅ましく暮させし事は是非なし。此の後は我々請取り、貧楽に世をわたらすべし」といひけるに、まだ此の身になりても、過ぎにしぜいやまずして、「女郎買の行くすへ、かくなれるならひなれば、さのみ恥かしき事にもあらず。いかなくをのくの御合力《かふりよく》はうけまじ。利左ほどの者なれども、其の時にしたがひて、悪所の友のよしみに、けふをおくるといはれしも口惜し。面々の心ざしは千盃《せんばい》なり。久しぶりにあふ事、又かさねて出合ふ事も有るまじ。一盃の茶碗酒、しばしの楽しみなるべし」と、先立つて出で、茶屋に腰をかけて、「これ切《きり》」と、彼《かの》廿五文をなげ出しぬ。しかも此の銭は、宿なる妻子のゆふべをいそぎ、鍋あらふて待ちけるに、すこしもひけぬ心根、皆々泪《なみだ》に袖口をひたし、「時雨《しぐれ》もしれぬ空なれば、いざそなたの侘《わび》ずまひに行きて、万《よろづ》をかたりながら酒を呑むならば、ひとしほ慰《なぐさみ》にも成りぬべし。今の内義はさだめて吉州とよい中か」といへば、「此の女郎ゆへにこそ、かくはなりぬ。けいせいもまことの有る時あらはれて、四年あとより男子《むすこ》をもふけ、とゝさまかゝさまといふをたよりに、けふまでは暮しける」と、夢のごとく語るを、現《うつゝ》のやうに聞きて、谷中の入相比《いりあひごろ》にくれ竹のざはつき、とまり雀の命もあしたをしらぬ、ゐさし町のひがしのはづれにつきぬ。

「此のうらにかすか成るすまひ、三人ながらはいり給はば、中々腰のかけ所も有るまじ。それもよし〳〵、何かつゝむべし」と、案内してゆくに、よし垣に秋をすぎたる朝顔の、すへ葉も枯々になりけるつるをさがし、七十あまりのばゞの、その実をひとつ〳〵取りて、又来年の詠めをしたひけり。「されば人間は露の命ともいふに、此の老人は」と、顔がながめられて、「ばゞさま爰を通ります」と、有体《ありてい》の礼義をのべて、埋れ井のはた、越《こゆ》るもあぶなく、影ぼしのたばこの、引きはへたる細縄のしたゆく程に、窓より親のおもかげをみて、「とゝさまの銭もつてもどらしやつた」と、いふ声もふびんなり。内義はむかしの目かしこ

*ゐさし町—文京区小石川二丁目のあたりの町名。

く、同道せし人々を見しより、「お三人の中にも、伊豆屋吉郎兵衛様、是へいらせ給ふまじ。のこる御両人はくるしからず」といふ。あるじをはじめ、をの〳〵ふしぎを立て、「いかにしてあればかりをとがめ給へるぞ」といへば、「是非なきは勤めの身、あなたには只一度かりなる枕物がたりせし事、いまもつて心にかゝりぬ。あるじにかくす事もよしなし」と、玉なる泪をこぼしぬ。聞くに理《り》をせめていたはしく、亭主もまことなるを満足して、「女郎の身はそのはづの物なるに、是はやさしきことはり」と、時に胸を晴し、「是はわれらが客なり」と、三人ともに内へまねき、「先《まつ》御茶」といふに薪なく、釣仏棚《つりほとけだな》の戸びら、はづれて有りけるを幸に菜刀《ながたな》にてうち割り、間をあはせけるもかしこし。「扨《さて》御ひそうの男子《むすこ》は」といへば、十四五色もつぎあつめたるふとんにまきて、裸身の肩をすくめて嵐をいとふ風情をみて、殊更《ことさら》に哀なり。「さむひに是は」といへば、内義うちわらひて、「着物は捨て、あのごとく、かゝと無理なる口説《くぜつ》」といひもはてぬに、「大溝へはまつたれば、はだかになされてさむい。着物《きるもの》がひあがつたらば着たひ」と泣きける。あるじも女も随分心づよかりしが、今は前後を覚えずなみだに成りぬ。いづれもしばしは物もいはれず。扨はあの子がひとつ着物かはりもなくてや。親の身として子をかなしまざるはなかりしに、よく〳〵不自由なればこそ、かゝる憂きめをみするなれ。何かたるべきもなげきさき立ち、をの〳〵かへる時、三人ながら小話《ささや》きて、持合せたる少金《せうきん》を取りあつめて、一歩三十八、こまがね七十目ばかり、立ちさまに天目《てんもく》に入れて、是とは理《ことはり》なしに出だせしが、亭主もおくりて出でしが、「さらば〳〵」と夕暮ふかき道を急ぎしに、又跡より彼の金銀を持ちて追つかけ、「是はどふしたしかた。神《しん》ぞ〳〵筋なき金をもらふべき子細なし」と、人のことはりもきかず、なげ捨てて立帰りぬ。

是非なくとつて戻り、それより二三日過ぎて、色品かへて、内義のかたへもたせつかはしけるに、はや其の人は在郷《ざいがう》へ立ちのき、明家《あきいへ》となりぬ。色々せんさくすれども、其の行方《ゆきがた》しれず。三人ともに是をなげき、「おもへば女郎ぐるひもまよひの種」と、いひ合せてやめける。世は定めなし、いな事がさはりと成りて、其の比《ころ》のうす雲・若山・一学、三人の女郎の大分そんといひおはりぬ。

*うす雲……—ともに延宝末から天和ごろの吉原の実在の遊女。

【参考】『西鶴置土産』序

世界の偽《うそ》かたまって、ひとつの美遊《びゆ》となれり。是をおもふに、真言《まこと》をかたり揚屋に一日は暮しがたし。女郎はなひ事をいへるを商売、男は金銀を費しながら気のつきぬるかざりごと、太鼓はつくりたはけ、やりてはこはい顔、禿《かぶろ》は眠らぬふり、宿のかゝは無理笑ひ、かみする女は間ぬけの返事、祖母《ばば》は腰ぬけ役に酒の横目、亭主は客の内証を見立てけるが第一、それ〴〵に世を渡る業《わざ》おかし。去程《さるほど》に女郎買、さんごじゅの緒じめさげながら、此の里やめたるは独《ひとり》もなし。手が見えて是非なく身を隠せる人、其のかぎりなき中にも、凡《およそ》万人のしれる色道のうはもり、なれる行末あつめて此の外になし。是を大全とす。

浮世親仁形気

金を楽しむ高利の親父（巻二ノ一）

都の繁昌、清水《きよみづ》の西門《さいもん》よりながめ回せば、建ち続きたる軒端輝き、内蔵《うちぐら》の気色《けしき》朝日にうつりて、夏ながら雪のあけぼのかと思はれ、豊かなる御代の例《ためし》、松に音なく、千年鳥《ちとせどり》は雲に遊び、限りもなく打ち開き、九万八千軒といへる家数は、とつと昔の事にして、今は土手の竹やぶも洛中《らくちゆう》になりぬ。それ〴〵の家職《かしよく》努めて、その透きを楽しみ、遊山・遊芸に年を寄らせぬ事にして、これ家業のお陰にて、相応に金銀をまうけるゆゑに、妻子も楽に養ひ、その身も心を慰みて、よろづに自由なる京に住めば、何を習はうと諸芸の達人多き中に、ただ無芸にしてかねためる事ばかりを楽しみに、その生れつき堅き事、巌《いはほ》に根をあらはせし、松永貞徳、花咲町に年久しく住まれしその隣に、小石屋又右衛門といふ、銭見世《ぜにみせ》出して、身過ぎ大事と心得たる親父あり。春見る桜ぎらひにて、身は花色布子《はないろぬのこ》の強きを考へ、明け暮れのもてあそびに、二十五桁《けん》の算盤《そろばん》を枕にして、四十年このかた同町にゐながら、貞徳の俳諧せらるるとは、諸国の目安の談合《だんかふ》いたさるる分別者とばかり合点し、「近い隣殿なれども、一代公《く》事《じ》訴訟いたさねば、貞徳を頼み、俳諧書いてくだされいと御無心申す事もなし」と、花の都に住みながら、かかる親父もあれば、まして田舎人は、たとへ衛士《ゑじ》籠《かご》を雛《ひな》の綿の塵よる物か

〇浮世親仁形気―江島其磧作。享保五年刊。五巻五冊十五章。気質物（かたぎもの）浮世草子の代表作。『世間子息気質』で確立した気質物の手法で、世間一般の親仁たちの諸相を、いささか誇張してとりあげた短篇集。本文は日本古典文学全集『仮名草子集・浮世草子集』による。

＊江島其磧―京都の大仏餅を商う富家に生まれ、青年時より歌舞伎浄瑠璃に興味を持つ。八文字屋の専属作者として、『傾城色三味線』以下のいわゆる八文字屋本の浮世草子を執筆。一時、八文字屋と仲たがいするが、その間に『世間子息気質』で気質物の方法を創始する。西鶴以後の浮世草子界の代表作者。一六六六〜一七三五。

＊清水の西門―以下「それ〴〵の家職……」のあたりまでは、『本朝二十不孝』巻一の一冒頭部を剽窃して利用。西鶴本よりの剽窃・流用・応用などは、其磧の常套的な手法。

＊松永貞徳―貞門俳諧の祖松永貞徳（一五七一〜一六五三）。以下「……笑ふまじ」まで、『西鶴名残の友』巻一の三前半部の流用。

＊桁（けん）―振り仮名原本のまま。

＊捨つる塵塚―『諸艶大鑑』巻八の三「捨(す)る塵塚迄も銭さしに拵へ、年来命をつなぎため」の応用。

＊常住香の物菜―以下「……かまはず」まで、『日本永代蔵』巻二の二の一文を流用する。ただし、『永代蔵』では「松茸一斤二分」。

＊都の富士の……―『伊勢物語』に富士の高さを「比叡の山を二十ばかり重ねあげたらんほどして」というのによる。

といふとも笑ふまじ。

この親父、年の寄るに従ひ、身は干鮭《からざけ》の抜け目のない男、後生《ごしやう》よりは始末を第一に心掛け、若い時からただ居せず、めげたるきせるの皿をたたいて百銭の足《た》しとなし、捨つる塵塚までも銭ざしにこしらへ、年来銭をつなぎため、今都にて大名貸する、上《かみ》から二番目の銀持《かねもち》、世間から三万貫目の身代とさすに違ひはなし。かかる分限《ぶんげん》になつても、そのまま親から譲り受けたる、取葺《とりぶき》屋根の二間口の家を建て直さず、今に小さい小者《こもの》と、いたづらに気づかひげのない、六十に近き下女とを使ひ、常住香《じやうぢゆう》の物菜《ざい》のほかには、いかな〳〵三月の鯛一枚、松茸《まつだけ》十本三分《ぶん》する時も、目に見るばかり、のどがかわけば白湯《さゆ》にこがし、油火もまん中にひとつともして、これを寝さまに消して、鼠の荒るるをかまはず。絹の下帯さへせずに、不断古《ふる》布子《ぬのこ》で暮し、町振舞、大名貸の相談の有徳人《うとくじん》と、二菜講《にさいかう》の付き合ひには、この心にても少しは世間を思ひて、銀を貸したる古手屋にて、権付《けんづ》けに裄丈《ゆきたけ》のあはぬ絹物を借りて、その家から身ごしらへして、鼻紙までもらひ行き、帰りにはすぐにまたここに来りて、もとの古布子に着替へて戻り、ただ利銀取る事を、世の色人《いろびと》の傾城狂《けいせいぐる》ひするほどに、おもしろく思ひ込みて、橋東の茶屋・役者に五割の利を取り、しかも三箇月づつの切《きり》にきはめて、その切に返弁《へんべん》せぬ者には、盆でなうても利足を一踊《をどり》づつ踊らせ、一年十二箇月に十七箇月の利を取って、ただ金銀のたまる事のみを喜び、頭《かしら》には雪をいただき、都の富士の二十《はたち》に足らぬ若い者より

*念仏講の……以下「……欲人なり」まで『世間胸算用』巻四の二「いかに欲の世にすめばとて、念仏講仲間の布に利をとるなどは、まことに死ねがな目くじろの男なり」を応用して増幅。

*杯持ちながら―以下「……返答」まで『西鶴織留』巻一の二「盃持ちながら呑みもきらずかみもきらぬ返事」を流用。

気丈に、毎日貸付と催促にかけ回り、念仏講の同行《どうぎやう》の死なれたる、葬礼の輿《こし》あつらへに行くにも、一割の口銭《こうせん》はねて、鬼の目をもくじり、仏の箔《はく》でもはがしてなりとも、ただは通さぬ欲人なり。世間の人の金銀ほしき願ひは、身を安らかに、相応の遊山・遊興に心を慰み、身の楽しみを思うての欲なるに、この男、第一妻子は世帯の費えと見限り、女房持たねば子もなく、「たれに取らすべきとて金をためけるぞ。とても死ぬる時持つては行かぬものを。養子をして、なき跡弔《とむら》ひをせらるる思案あれかし。死ぬれば他人の物になるが」と、旦那寺の和尚《をしやう》の教化《けうげ》に、少し心つきけるにや、甥《をひ》を養子ときはめながら、それも内へは入れず、そのまま外にでつち奉公させて、「われら死ぬると、皆おのれに取らすれば、冥加《みやうが》のために盆正月の礼に、銭百づつ持つて来れ」と、なかなか何ひとつ存命のうちにやる気はなくて、仕着せでゐるでつちの物までせぶりぬ。

ある時、旅役者の立者《たてもの》、この親父に金子五両の無心いはんため、何かなしに呼び込み、そばきり振舞うて、追従《ついしやう》のあるほどいひてのあげくに、五両の願ひを申し出しければ、親父杯持ちながら、のみもきらずかみもきらずの返答。「この金とてのはずしては、舞台衣裳の質を出す事なりがたく、さすれば抱へられし旅芝居へ行く事ならず」と、傍輩《はうばい》の役者頼みて、また〳〵親父へいひ込みければ、「晩ほど参りて談合せう」との返事。「のみ込まぬ事に参らうとはいはぬはず。今宵《こよい》は少し馳走《ちそう》に気を張り、痛み入らして、いやといはせぬ仕掛の網にかけて」、鯉《こひ》の吸物、小付飯《こづけめし》に饅の焼物、筍《たけのこ》に串貝《くしがい》の煮物など取りあへ、おいでなさるると、お主あしらひにしてもてなし、あたまから盞《さん》替へてしひつけ、「お肴《さかな》には、先日申せし五両の事、ひとへにお取り立てとおぼし召し、ぜひお貸しなされてくだされ」と、手をついて頼めば、「旅役者衆には貸したる事はなけれども、先度から余儀ないお頼み、貸しても進ぜうが、こなたのいはせらるる霜月切にしては、当五月より七箇月の利足を、あたまで引いて渡しますが、合点でござるか」といへば、迷惑ながら、いやといはば、もとからやめにもしをらうかと、「どうぞ御了簡《れうけん》がなりませう事ならば、利足は霜月に元利ともに、一緒にお取りなされてくださりませ」と頼めど、情《なさけ》といふ事をずいぶん知らぬ親父なれば、「いかないかならぬ事。算盤《そろばん》持ってござれ。算用して、とても事に早う役に立って進ぜう」といふ。「これはかたじけなし。すべて役者は不算《ぶさん》なる者なれば、いかやうともよろしきやうに頼み奉る」と、算盤を渡せば、親父引き取り置き立てて、借り手の役者にのみ込ませ、「まづ利足は小判一両に付き六匁づつと合点なさるべし。金一両六十匁替へにして元銀三百目、この利一箇月に三十匁づつ。これに一割口銭三十匁、ただ今元銀の内へ引き落しつかはせば、高二百七十匁といふもの。それに二箇月に一度づつ踊りをかけて、霜月までの月数十箇月なれば、一箇月の利分三十匁づつ、合せて利足高三百目を、あたまで引いて渡す約束なれども、元銀二百七十匁なれば、どうも引かれず。まだ銀三十匁足りませぬほどに、そなたからただ今三十匁の不足銀お渡しなされ」と、算盤置き立てて見せける。借り手の役者肝をつぶし、「一文も借らぬ先に、三十匁足らぬとてこなたから出しましては、今何をお貸しなされてくださる事ぞ」と、腹を立つれば、親父不審顔して、「算盤が物を申す。不算な人を相手にすれば、のみ込みが悪い」と、つぶやきて帰りぬ。さりとは借らぬのみならず、気骨を折って、このごろ両度の振舞、食はれ損になつて済みけり。

八、読本

英《はなぶさ》草《さう》紙《し》

白水翁が売卜《まいぼく》直言奇を示す話《こと》(巻五)

泉州堺の売卜者白水翁に、今夜中に死ぬと予言された茅渟(ちぬ)官平は、その深夜にとび起き、橋上から入水して死ぬ。その後、妻の小瀬(こせ)は、再婚のすすめを始めは拒むが、家を立てるためにと、権藤太という男を呼び入れ夫婦となり、権藤太が官平の名をつぐ。以下本文につづく。

夫婦のあひだもよろしく、「前《さき》の官平は年少し耄《ふ》けたるに、是《これ》は似合敷《にあはし》き夫婦なり。女房は徳とりたり」と、人々申し合ひける。或る夜夫婦寝《い》ねんとして、睡りがちなる使女《めしつかひ》を呼びて、酒を温《あたた》めさせける。安眠《やすねむ》たきままに、不肖《ふせう》ながら竈《かまど》の辺《ほとり》によりしに、俄に此の竈ゆるめきて、地を離るること一尺ばかり、人ありて竈を頭《かしら》にいただき、頭髪《かしらがみ》を披《ふ》りかけ、舌をはき、眼《まなこ》に血の涙を注ぎ、「安《やす》、安」と呼ぶ。使女《しぢょ》是を見るより、大いに叫んで地に倒れ、面皮《めんぴ》《かほいろ》黄に変じて起き上らず。夫妻急にたすけおこして、水をそそぎ、わづかに甦《よみがへ》りたり。「儞《なんぢ》、何に驚きてかくのごとくなるや」。安いふ、「われ何心なく火を焼《た》く所に、先主人《せんしゆじん》かしらがみを乱し、めのうち血を流して、我をよび給ふと見て、其の後は覚えず」といふ。小瀬《こせ》大いに

〇英草紙―「古今奇談英草紙」とも。都賀庭鐘作。寛延二年刊。五巻五冊。中国の白話小説集『古今小説』(喩世明言)などを翻案した、九編よりなる怪奇談的な短篇小説集。原話を中世の史実などにあてはめて作りかえ、作者の思想・主張をもり込み、知的な方法と技巧を駆使している。初期読本のさきがけであり、秋成の『雨月物語』などを生むきっかけとなった。なお、本文は日本古典文学全集本によった。

*都賀庭鐘―本名は都賀六蔵。医家・筆道者であり、中国の白話文学に精通。『英草紙』の外『繁野話(しげしげやわ)』『莠句冊(ひつじぐさ)』その他の著作がある。一七一八(?)～?。

*白水翁…―本編は『警世通言』所収の「三現身包竜図断冤」の翻案。

いかり、「儞《なんぢ》夜中にかまどを焼くことを嬾《ものう》がり、わざと物恐《ものおそれ》をなすと見えたり。酒温むるに及ばず、早く睡《ね》よ」と叱りて、夫妻臥室《ぐわしつ》《ねま》に入る。小瀬独《ひと》り言して、「此の使女《しぢよ》も年比《としごろ》経ぬれば、斯く嬾嬬《らんだ》《ぶしやう》になりて、物の用にたたず。我道理《しかた》あり」と。それより急に安《やす》をいづかたへも嫁《か》《よめらする》せんと欲し、よきころの家をききよりしに、しかるべきえにしにや、早くも事なりて、櫛笥《くしげ》など調へあたへて、同じ郡《こほり》の段介《だんすけ》といへる商人《あきうど》に嫁しやりぬ。此の段介酒をこのみ賭《かけ》《ばくち》をこのみ、三月《みつき》を過ぎざるに、臥被《ぐわひ》《ねだうぐ》までも売りつくして、安をせめて、「茅渟《ちぬ》の家に行きて助力《じよりき》《かふりよく》を乞ひ来れ」といふ。一両度は行きて、三五両の銀子《ぎんす》を乞ひ請けぬれ共、後はあたへず。わづかの銀子尽くれば、また安をせむる。ある夜おのが酔《ゑ》へるままに、夜中をも安をせめののしりて、「すこしの銭を乞ひ来れ」といふ。安も所詮此の家に住みはてがたし、よしよし乞ひ得ずば、ここへは帰らじものと、茅渟《ちぬ》の家をこころざして、門前にいたりしが、時刻深《ふ》けたれば、敲《たた》き起して怒《いかり》に触れんもいかがと、立ちもとほる折ふし、「儞《なんぢ》に金子《きんす》をあたふべし」といふ声に、ふり返り見れば、屋のうへに立ちたる人あり。「我は是《これ》先《せん》官平なり。此の袋の内に金子あり。儞にあたへて貧《ひん》を助く。また此の紙にうつしたるは、我が末期の一句也」と、地下に投げあたへて消えうせぬ。安恐しながら、貧窮の時節、金子の二字に肝《きも》つよく、ひろひかへりて、不思議に金子を得たることをつとにかたり、「此の金子を入れたるは、先主人の常に腰につけられたる火打袋なり。思へば入水《じゆすい》の時も、これを帯びられたりと覚ゆ」。段介も、つねづね女房が、竈の下に先主人を見たるといふを、あやしく思ひくらすうへなれば、いよいよ不審《いぶかし》く思へども、指《さ》しておもひよるべきこともあらねば、なまじひなる問はずがたりして、適《たまたま》得たる金子まで、手につかぬことも出で来なんと、この故に段介も人にかたらず。

しかるに、国守の或る夜夢み給ひしは、髪を披《かうむ》り、頭に井《ゐ》げたをいただきたる人、眼中血の涙をながし、一紙の願状《ねがひじやう》を奉る。其の文唯二句あり。

要《えうせば》レ　知《しらんと》二　三更事《さんかうのことを》一　可《べし》レ　開《ひらく》二　火《くわ》下《かの》水《みづを》一

国守夢覚めて、此の両句を忘れず吟じ給へども、其の意《こころ》を解《げ》せず。ここにおいて、此の二句を書き付けて、市《し》門《もん》《いちのいりくち》に掛けしめ、能く此の意《こころ》を解くものあらば、賞金《しやうきん》《ほうび》を与ふべしとなり。国中村落《そんらく》《むらざと》の小文才《こもんさい》あるものどもあつまりて、兎《と》や角《かく》と論ずれ共、字はよく解《げ》しながら、何の為《ため》に此の句あることを知らず。

段介此の掛札《かけふだ》を見て、大きにおどろき、是こそ妻女安《さいぢよ》が、金子《きんす》と共にもらひかへりし、先主人の末期《まつご》の言葉に差《たがひ》なしと、やがて国守の門に上りて、此の句のあやしきことを申し上ぐれば、「其の書きたるものを持ち来れ」との御意《ぎよい》に、畏《かしこま》りて立ちかへり、入れ置きし所より尋ね出し見るに、こはいかに、ただ一張《いつちやう》の素紙《しらかみ》のみにて、一字も見えず。如斯《かくのごと》くにては、我麁忽《そこつ》を申し出でたる落度ともなるべし。然れども初《はじめ》よりの事を申し上げて開《ひらき》とせんと、此の素紙《しらかみ》を持ち出でて、妻女が見たるあやしみのあらましを演《の》べけるに、「爾《なんぢ》が妻の出身は」と尋ねられて、「かれは幼少より茅渟《ちぬ》官平の家に生ひ立ち、今それがしが妻女に倶《ぐ》しぬ。妻女、主人の許《もと》にあるときも、竈《かまど》のもとに怪《あやしみ》を見たるよし申せし」とかたる。国守打ち点頭《うなづ》かせ給ひ、此のあやしみ、かならず茅渟官平が家のことなるべしと、官平夫婦を召し出だして、「心おぼえなきや」とたづね給ふ。夫婦とも「かつて思寄《おもひより》なし」と申し上ぐる。国守ひそかに官平が宅へ数人をつかはして、竈を毀《こぼ》ち見させられけるに、衆人《しゆうじん》何事にやといぶかしながら、官平が留守の家に行き、竈を取りのけぬるに、其の下に一塊《いつくわい》の石あり。是を舁《か》きのけて見れば、一ツの井なり。井の内をさぐり見るに、一ツの屍《しかばね》ありて生けるがごとし。見知りたるものありていふ、「これこそ先《さき》の官平なり」といふ。衆人此の屍《から》を舁《か》きかへりて、上覧《しやうらん》に備ふ。官平夫婦是を見て、唬《おそ》れ得て面色《めんしよく》土のごとく変ず。国守、「死骸をあらためよ」とあるに、死骸の項《くびすぢ》に布をまとひて、絞《し》めころしたる有《あり》さまなれば、衆人皆駭然《がいぜん》《おどろく》たり。やがて当《たう》官平夫婦に、此の事を責め問はれければ、つひには白状しける。

此の当官平、権藤太《ごんとうだ》と申せし時、小瀬《こせ》とひそかに不儀《ふぎ》をなし、人知るものなし。先《せん》官平卦《くわ》をうらなうて家にかへる時、権藤太彼の家にかくれ居て、三更の前後、酔《ゑ》ひふしたるをうかがひ勒《し》め殺して井の中に隠し沈め、権藤太髪を披《ふりか》けて、面をかくし走り出で、橋の辺《ほとり》にいたりて、大石《たいせき》一塊《くわい》を把《と》って、橋のうへよりなげ下《くだ》し、身を投げたる体《てい》にもてなし、其の身はかくれかへり、ひそかに小瀬《こせ》と計《はか》りて、竃を井のうへにうつさせ、井を別所《べつしよ》にうがちて、人の思ひがけなく、彼の家に入贅《にふぜい》《いりむこ》して、夫婦となりしまで、二人の白状死罪のがれず。段介には一枚の金子を賜《たまは》りて、賞すべしとの詞の信をたがへず。権藤太が悪計は、人のいましめの古《ふる》語《こと》となりぬ。

○雨月物語—上田秋成作。明和五年序、安永五年刊。全九篇の怪奇談よりなる短篇小説集。和漢の諸作品に原拠を求めうる翻案小説集であるが、原拠は十分に消化され、秋成独自の世界を確保している。この、「吉備津の釜」は一部に『剪燈新話』中の「牡丹燈記」を生かしている。一四一頁参照。なお、本文は日本古典文学大系『上田秋成集』によった。

*上田秋成—近世中期の代表的な文人の一人。はじめ浮世草子『諸道聴耳世間猿』『世間妾形気』を書いて文壇に登場するが、『雨月物語』以後は、歌人・国学者としてのすぐれた仕事が多い。最晩年の『春雨物語』と『胆大小心録』(随想)とは未刊のままで残された。一七三四〜一八〇九。

雨月物語

吉備津の釜（巻三）

吉備津神社の御釜祓の占で凶と出たにもかかわらず、井沢正太郎と磯良とは結婚する。磯良は新妻として必死に正太郎につくすが、正太郎は鞆の遊女袖に馴染み、磯良を裏切って駆落ちし、播磨国荒井の里で、袖の従弟彦六の世話になる。が、まもなく袖は、風の心地から物に狂ったようになって死ぬ。以下、本文につづく。

正太郎今は俯《ふ》して黄泉《よみぢ》をしたへども招魂の法をもとむる方《すべ》なく、仰ぎて古郷《ふるさと》をおもへば、かへりて地下よりも遠きこゝちせられ、前に渡りなく、後に途《みち》をうしなひ、昼はしみらに打臥して、夕《よひ》〳〵ごとには壠《つか》のもとに詣で見れば、小草《をぐさ》はやくも繁《しげ》りて、虫のこゑすゞろに悲し。此の秋のわびしきは我が身ひとつぞと思ひつゞくるに、天雲のよそにも同じなげきありて、ならびたる新壠《あらつか》あり。こゝに詣づる女の、世にも悲しげなる形《さま》して、花をたむけ水を灌《そゝ》ぎたるを見て、「あな哀れ、わかき御許《おもと》のかく気疎《けうと》きあら野にさまよひ給ふよ」といふに、女かへり見て、「我が身夕《よひ》〳〵ごとに詣で侍るには、殿はかならず前《さき》に詣で給ふ。さりがたき御方に別れ給ふにてやまさん、御心のうちはかりまいらせて悲し」と潸然《さめざめ》となく。正太郎いふ、「さる事に侍り。十日ばかりさきにかなしき婦《つま》を亡《うし》なひたるが、世に浅りて憑《たの》みなく侍れば、こゝに詣づることをこそ心放《やり》にものし侍るなれ。御許《おもと》にもさこそましますなるべし」。女いふ、「かく詣でつかふまつるは、憑《たの》みつる君の御迹にて、いつ〳〵の日こゝに葬り奉る。家に残ります君のあまりに歎かせ給ひて、此の頃はむつかしき病にそませ給ふなれば、かくかはりまいらせて、香花をはこび侍るなり」といふ。正太郎云《い》ふ、「刀自《とじ》の君の病《や》み給ふもいとことわりなるものを。そも古人は何人にて、家は何地《いづち》に住ませ給ふや」。女いふ、「憑《たの》みつる君は、此の国にては由縁《ゆゑ》ある御方なりしが、人の讒《さかしら》にあひて領所《しるところ》をも失ひ、今は此の野の隈《くま》に侘《わび》しくて住ませ給ふ。女君は国のとなりまでも聞え給ふ美人《かほよびと》なるが、此の君によりてぞ家所領をも亡《なく》し給ひぬれ」とかたる。此物がたりに心のうつるとはなくて、「さてしもその君のはかなくて住ませ給ふはこゝちかきにや。訪《とぶ》らひまいらせて、同じ悲しみをもかたり和《なぐ》さまん。倶し給へ」といふ。「家は殿の来らせ給ふ道のすこし引き入りたる方なり。便《たよ》りなくませば時々《をりをり》訪はせ給へ。待侘び給はんものを」と前《さき》に立ちてあゆむ。

二丁あまりを来てほそき径《みち》あり。こゝよりも一丁ばかりをあゆみて、をぐらき林の裏《うち》にちいさき草屋《かやのや》あり。竹の扉《とぼそ》のわびしきに、七日あまりの月のあかくさし入りて、ほどなき庭の荒れたるさへ見ゆ。ほそき灯火《ともしび》の光り窓《まど》の紙をもりてうらさびし。「こゝに待たせ給へ」とて内に入りぬ。苔《こけ》むしたる古井のもとに立ちて見入るに、唐紙すこし明けたる間《ひま》より、火影《ほかげ》吹きあふちて、黒棚のきらめきたるもゆかしく覚ゆ。女出で来たりて、「御訪らひのよし申しつるに、入らせ給へ、物隔ててかたりまいらせんと、端《はし》の方へ膝行《いざり》出で給ふ。彼方《かしこ》に入らせ給へ」とて、前栽《せんざい》をめぐりて奥の方へともなひ行く。二間《ふたま》の客殿を人の入るばかり明けて、低き屏風を立つ。古き衾《ふすま》の端出でて、主《あるじ》はこゝにありと見えたり。正太郎かなたに向ひて、「はかなくて病にさへそませ給ふよし、おのれもいとをしき妻を亡《うし》なひて侍れば、おなじ悲しみをも問ひかはしまいらせんとて推して詣で侍りぬ」といふ。あるじの女屏風すこし引きあけて、「めづらしくもあひ見奉るものかな。つらき報ひの程しらせまいらせん」といふに、驚きて見れば、古郷《ふるさと》に残せし礒良《いそら》なり。顔の色いと青ざめて、たゆき眼《まなこ》すざましく、我を指《さ》したる

「吉備津の釜」挿絵

『雨月物語』巻三

手の青くほそりたる恐しさに、「あなや」と叫《さけ》んでたをれ死す。

時うつりて生き出づ。眼をほそくひらき見るに、家と見しはもとありし荒野の三昧堂《さんまいだう》にて、黒き仏のみぞ立たせまします。里遠き犬の声を力に、家に走りかへりて、彦六にしか〳〵のよしをかたりければ、「なでふ、狐に欺《あざむ》かれしなるべし。心の臆《おく》れたるときはかならず迷はし神の魘《おそ》ふものぞ。足下《そこ》のごとく虚弱《たよはき》人のかく患《うれひ》に沈みしは、神仏に祈りて心を収《をさ》めつべし。刀田《とだ》の里にたふとき陰陽師《おんやうじ》のいます。身禊《みそぎ》して厭符《ゑんぷ》をも戴き給へ」と、いざなひて陰陽師の許《もと》にゆき、はじめより詳《つばら》にかたりて此の占《うら》をもとむ。陰陽師占《うら》べ考《かうが》へていふ。「災《わざはひ》すでに窮《せま》りて易からず。さきに女の命をうばひ、怨み猶尽きず。足下《そこ》の命も旦夕《あさゆふ》にせまる。此の鬼世をさりぬるは七日前《さき》なれば、今日より四十二日が間戸を閉《た》てておもき物斎《ものいみ》すべし。我が禁《いま》しめを守らば九死を出でて全《まった》からんか。一時を過《あやま》るともまぬがるべからず」と、かたくをしへて、筆をとり、正太郎が背より手足におよぶまで、篆籀《てんりう》のごとき文字を書《か》く。猶朱符《しゆふ》あまた紙にしるして与へ、「此咒《じゆ》を戸毎《ごと》に貼《お》して神仏を念ずべし。あやまちして身を亡《ほろ》ぶることなかれ。」と教ふるに、恐れみかつよろこびて家にかへり、朱符《しゆふ》を門に貼し、窓に貼して、おもき物斎にこもりける。

其の夜三更《さんかう》の比《ころ》おそろしきこゑして、「あなにくや。こゝにたふとき符文《ふもん》を設けつるよ」とつぶやきて復《ふたゝ》び声なし。おそろしさのあまりに長き夜をかこつ。程なく夜明けぬるに生き出でて、急ぎ彦六が方の壁を敲《たゝ》きて夜《よべ》の事をかたる。彦六もはじめて陰陽師が詞を奇《き》なりとして、おのれも其の夜は寝ずして三更の比を待ちくれける。松ふく風物を僵《たふ》すがごとく、雨さへふりて常《ただ》ならぬ夜のさまに、壁を隔《へだ》てて声をかけあひ、既に四更にいたる。下屋《しもや》の窓の紙にさと赤き光《ひかり》さして、「あな悪《にく》や、こゝにも貼しつるよ」といふ声、深き夜にはいとゞ凄《すざま》しく、髪も生毛《うぶげ》もこと〴〵く聳立《そばだ》ちて、しばらくは死入《しにい》りたり。明くれば夜のさまをかたり、暮るれば明くるを慕ひて、此の月日頃千歳《ちとせ》を過るよりも久し。かの鬼も夜ごとに家を繞《めぐ》り、或は屋《や》の棟《むね》に叫《さけ》びて、忿《いか》れる声夜ましにすざまし。

かくして四十二日といふ其の夜にいたりぬ。今は一夜にみたしぬれば、殊に慎《つゝし》みて、やゝ五更の天《そら》もしら〳〵と明けわたりぬ。長き夢のさめたる如く、やがて彦六をよぶに、壁によりて、「いかに」と答ふ。「おもき物いみも既に満てぬ。絶えて兄長《このかみ》の面《おもて》を見ず。なつかしさに、かつ此の月頃の憂《う》さ怕《おそろ》しさを心のかぎりいひ和《なぐ》さまん。眠《ねぶり》さまし給へ。我も外《と》の方に出で

○胆大小心録—上田秋成の随想。文化五年〜六年に執筆された。縦横の語り口によって当時の文化界を論じ、自らの思想・主張・回想などを語

ん」といふ。彦六用意なき男なれば、「今は何かあらん。いざこなたへわたり給へ」と、戸を明くる事半《なかば》ならず、となりの軒に、「あなや」と叫ぶ声耳をつらぬきて、思はず尻居《しりゐ》に座す。こは正太郎が身のうへにこそと、斧引提《をのひつさ》げて大路に出づれば、明けたるといひし夜はいまだくらく、月は中天《なかぞら》ながら影朧〱《ろうろう》として、風冷やかに、さて正太郎が戸は明けはなして其の人は見えず。内にや逃げ入りつらんと走り入りて見れども、いづくに竄《かく》るべき住居にもあらねば、大路にや倒《たふ》れけんともとむれども、其のわたりには物もなし。いかになりつるやと、あるひは異《あや》しみ、或は恐る〱、ともし火を挑《かか》げてこゝかしこを見廻《みめぐ》るに、明けたる戸《と》腋《わき》の壁に腥《なまなま》〱しき血灌《そゝ》ぎ流れて地につたふ。されど屍《しかばね》も骨《ほね》も見えず。月あかりに見れば、軒の端《つま》にものあり。ともし火を捧げて照し見るに、男の髪の髻《もとどり》ばかりかゝりて、外には露ばかりのものもなし。浅ましくもおそろしさは筆につくすべうもあらずなん。夜も明けてちかき野山を探しもとむれども、つひに其の跡さへなくてやみぬ。

此の事井沢が家へもいひおくりぬれば、涙ながらに香央《かさだ》にも告げしらせぬ。されば陰陽師が占《うら》のいちじるき、御釜《みかま》の凶祥《あしきさが》もはたがはざりけるぞ、いともたふとかりけるとかたり伝へけり。

【参考】　胆大小心録

翁商戸の出身、放蕩者ゆへ、家財をつみかねたに、三十八歳の時に、火にかゝりて破産した後は、

なんにもしつた事がない故、医者を先《まつ》学びかけたが、村居して先《まつ》病をたんさくに見習ふた事じやあつた。四十二で城市へかへりて、業をひらいたが、不学不術のはつの事故、人の用いぬ事はしつてゐる故、たゞ医は意じやとこゝろへて、心切《しんせつ》をつくす趣向がついて、合点のゆかぬ症と思へば、たのまぬに日に二三べんも見にいた事じや。いや〳〵と思へば、外の医士へ転じさせても、相かわらず日々見まふた事じや故、病人もよろこぶ、家族もとかくうけがよかつたで、四十七の冬、家を買うてさつぱり建て直して、四十八の春うつつた。十六貫目入つたが、なんでやら出きた事じや。医になる始めに、願心を立て、金口入《くにふ》・たいこ持・仲人・道具の取つぎはせまいといふて、一生せなんだ事じや。それ故癇症がくるしめて、五十五の春から又医をやめて、二たびの村居、母が前へひたいをつけて、「不孝の罪此の上なし」と申したれば、「はて、なんとしやう」とあつて、姑母《しうとめ》もひとつにして、草庵つくりて住んだ事じや。母は五年すんで、大坂の別家へ七月から遊びに出られて、老病で霜月になれた。年は七十六。姑母は母よりさきに六月にしなれた。ソレカラ夫婦の心甚だめつさうになつて、髪をおろして尼になりしが、瑚璉《これん》と名を付けた。いかにと問うた故、「字はまゝの皮じや、コレ〳〵とよぶに、かつてがよさじや」とこたへた。

姑母の物も母の物も、無益なは売払うて、三四百目あつたを、ふところにして、度々京へ遊びにのぼつた事じや。尼はもと京のうまれじや故、「住みたい」と云ふ故、まあこゝろみに、ちよと智おんいんの前へこしかけて、あそび初めたが、軒のむかいは村瀬嘉右ヱ門、月溪《げつけい》がよろこんで、出会互にしきり也。酒は尼が好く故、月子とのみ友だちで、豆麩《とうふ》・つくしの酒もり、又南ぜんじの庵をかりて移つたが、こゝもいわくがあつて、東洞院の月溪と同じ長屋ずみになつたが、ちといわくあつて、又衣の棚の丸太町、そこにも尻がすわらず、もとのちをゐん門前のふくろ町のふくろへはいつていたが、尼が頓死の後は、目が見へぬやら何じややら、不幸づくしの世を、又一年余くらして、羽倉といふたくらう人《ど》の所へ、ちよとこしかけたは、ついしぬであろの覚悟であつたが、しなれぬ故、又南ぜんじの昔の庵のあつた所へ、小庵をたてて、七十三さいの春うつり申した。大坂から金五十両で上つたが、ことしで十六年、なんでやらくらした。蘆庵がすゝめる人よせしたら、用

る。ここに採ったのは、日本古典文学大系本の69段。『雨月物語』執筆後から死の直前までの生涯を、回顧したものである。

*三十八歳―明和八年。

*たんさくに―「たくさんに」の誤記か。

*五十五―天明八年。

*霜月―寛政元年十一月。

*六月―寛政元年六月。

*智おんいん―知恩院。

*村瀬嘉右衛門―村瀬栲亭。儒者で、秋成の煎茶道の友であった。一七四四〜一八一八。

*月溪―松村月溪。蕪村の友人であり画家。秋成晩年のもっとも親しい友の一人。一七五一〜一八一一。

*羽倉―羽倉信美。小沢蘆庵門の国学者。?〜一八二七。

*七十三さい―文化三年。

*蘆庵―小沢蘆庵。秋成と親交

意金は一二年になくすべし。麦くたり、やき米の湯のんだりして、をしからぬ命は生きた事じやが、書林がたのむ事をして、十両十五両の礼をとつて、十二三年は過したが、もう何もできぬゆへに、煎茶《せんちや》のんで死をきわめている事じや。

南総里見八犬伝　第四輯巻之一第三十一回

○南総里見八犬伝—曲亭馬琴作。文化十一年〜天保十二年刊。長篇読本。九十八巻百六冊。里見家の娘伏姫と八房(やつぶさ)という犬との間に生まれた、犬の文字を名前にもつ八人の勇士が、仁義礼智忠信孝悌の八つの徳目を象徴する行動の中で、里見家を再興発展させる物語。勧善懲悪の思想を基調として、雄大緻密な構想と華麗な文体によって虚構の世界を作り出している。なお、本文は日本名著全集本により、岩波文庫本を参照して校訂した。

いにしへの人いはずや、禍福は糾《あざな》ふ纆《なは》の如し。人間万事往くとして塞翁が馬ならぬはなし。そは福《さいはい》の倚《よ》る所、将《はたわざはひ》禍の伏《ふく》する所、彼にあれば此《これ》にあり、とは思へども予《かね》てより、誰かよくその極《きはみ》を知らん。

憐《あはれ》むべし、犬塚《いぬづかし》信乃《の》は、親の遺言《ゆいげん》、紀《かたみ》の名刀、心に占めつ、身に伝《つ》けつ、艱苦《かんく》の中に年を経て、得がたき時を得てしかば、はるぐ滸我《こが》へ齎《もたら》して、名を揚げ、家を興すべかりし、その福は禍と、ふりかはりたる村雨《むらさめ》の、刃《やいば》は旧《もと》の物ならで、わが身を劈《つんざ》く讐《あた》とぞなりし、憾《うらみ》をこゝに釈《と》くよしもなく、綷《こと》急にして意外にあり。僅《はつか》に当座の辱《はづかしめ》を避けばやと、思ふばかりに、夥《あまた》の囲《かこみ》を殺開《きりひら》きて、芳流閣《はうりうかく》の屋《や》の上に、攀登《よぢのぼ》れども左右《とにかく》に、脱《のが》れ去るべき道のなければ、其処《そこ》に必死を究めたる、心の中はいかなりけん、想像《おもひや》るだにいと痛まし。

のあった歌人。一七二三〜一八〇一。

*曲亭馬琴—本名滝沢解。江戸に生まれる。はじめ、京伝門人として黄表紙を書くが名をなすに至らず、『高尾船字文』『月氷奇縁』が好評であったところから読本にもっとも力をそそぐようになる。『椿説弓張月』『八犬伝』『近世説美少年録』をはじめ多くの読本を精力的に書き、また合巻の著作も多い。一七六七〜一八四八。

*禍福は…—『史記』南越伝に見える言葉。

*塞翁が馬—『准南子』人間訓に見える故事。

*福の倚る所…—「禍兮福所レ倚、福兮禍所レ伏、孰知ニ其極一」(老子第五十八章)。

*犬塚信乃—八犬士の一。滸我(古河)の成氏朝臣に名刀村雨丸を奉ろうとするが、すでにそれは網干左母二郎にすりかえられた偽物であり、信乃は間諜と疑われて絶対絶命の窮地におちいっている。

*芳流閣—滸我の御所にもうけられている、遠見のための三層の楼閣。

*犬飼見八—八犬士の一。のちに現八。獄舎長を命ぜられた見八は、執権横堀の不義をいとい辞職を願い出て、その怒りにふれて獄舎につながれていた。

*坂東太郎—利根川の異称。

されば又、犬飼見八信道《いぬかひけんぱちのぶみち》は、犯せる罪のあらずして、月来《つきごろ》獄舎《ひとや》に繋《つな》がれし、禍は今思赦の福、我が縛《いましめ》の索《なは》解けて、人にぞかゝる捕手《とりて》の役義、犬塚信乃を搦《から》めよとて、愸《なまじひ》に択《えら》み出《いだ》されつ。他《よそ》の憂《うれひ》を自《み》の面目に、今更用ひられん事、願はしからず、と思へども、推辞《いなみ》て許さるべくもあらぬ、君命重く、弥《いや》高き、彼楼閣《かのろうかく》は三層也。その二層《ぢゆう》なる檐《のき》の上まで、身を霞ませて登りて見れば、足下《あしもと》遠く、雲近く、照る日烈《はげ》しく堪《た》へがたき、時《ころ》は六月《みなづき》廿一日、きのふもけふも乾蒸《からむし》の、歊熱《ほてり》をわたる敷瓦《しきがはら》は、凸凹隙《うねりひま》なく、波濤《なみ》に似て、下には大河《だいが》焰々《たう〳〵》たる、こゝ生死《いきしに》の海に朝《い》る、溯洄《ながれ》は名に負ふ坂東太郎《ばんどうたらう》、水際《みぎは》の小舟楫《をぶねかぢ》を絶えて、進退既に谷《きはま》りし、敵にしあればいかでわれ、繋《つな》ぎ留めん、と鼯《むさゝび》の、樹伝《こづた》ふ如くさら〳〵と、登り果てたる三層の、屋背《やね》には目柴翳《まぶしさ》すよしもなく、迭《かたみ》に透《すき》を窺《うかが》ひつゝ、疾視《にらま》へあふて立つたる形勢《ありさま》、浮図《ふと》の上なる鸛《かう》の巣を、巨蛇《おろち》の窺《ねら》ふに似たりけり。

広庭には成氏《しげうじ》朝臣、横堀史《ふひと》在村等の、老党若党囲繞《ゐにゆう》せし、床几《せうぎ》に尻をうち掛けて、勝負怎《いか》に、と向上《みあげ》たる、亦只閣《かく》の東西には、身甲《はらまき》したる許多《あまた》の士卒、鎗長刀《やりなぎなた》を晃《きらめ》かし、或は箭《や》を負ひ、弓杖《ゆんづゑ》突き立て、組んで落ちなば撃ち留めんとて、項《うなぢ》を反《そら》してこれを観る。如旃《しかのみならず》、外面《とのかた》は、綿連《めんれん》として杳《はるか》なる、河水遶《めぐ》りて砌《みぎり》を浸せば、借使《たとひ》信乃、武事長《た》け、膂力《ちから》衰へず、よく見八に捷《か》ち得るとも、墨氏《ぼくし》が飛鳶《ひえん》を借らざれば、虚空を翔《か》けるべくもあらず、魯般《ろはん》が雲梯《くものかけはし》なければ、地上に下るべくもあらず。渠鳥《かれ》ならずも、羅《あみ》に入りぬ。獣《けもの》ならずも、狩場にあり。

＊膳臣巴提便―『日本書記』巻十九・欽明天皇六年の項に「既而其虎進レ前、開レ口欲レ噬。巴提便、忽申二左手一、執二其虎舌一、右手刺殺、剝二取皮一還。」とある。

＊富田三郎―鎌倉時代の武士。和田義盛の乱の時生捕りにされたが、鹿の角二本を一度に折る強力を示して、囚をめんぜられた。（『吾妻鑑』建暦三年七月十一日の条の記事による。）

三寸息絶ゆれば、縡《こと》みな休《や》まん。脱《のが》れ果てじと見えたりける。

当下《そのとき》信乃おもふやう、初層《しよぢゆう》の屋の上まで、追ひ登らんとせし兵《つはもの》等を、砍《き》り落しつる後は、絶えて近づくものもなきに、今只ひとり登り来ぬるは、よにおぼえある力士ならん。這奴《しやつ》は是、膳臣巴提便《かしはでのおみはてべ》が、虎を暴にする勇ある歟、又富田三郎が、鹿角《しかのつの》を裂く力ある歟。遮莫《さもあらばあれ》、一個《ひとり》の敵也。引き組んで刺し迭《ちが》へ、死するに難きことやはある。よき敵にこそ、ごさンなれ。目に物見せん、と血刀を、袴《はかま》の稜《そば》もて推《お》し拭ひ、高瀬の如き方桴《はこむね》に、立つたる儘《まゝ》に寄するを俟《ま》てば、見八も亦思ふやう、彼の犬塚が武芸勇悍《かん》、素《もと》より万夫無当《ばんぶぶたう》の敵也。然《さり》とても搦《から》めかねて、他《ひと》の援《たすけ》を借ることあらば、獄舎《ひとや》の中よりこの役義《やくぎ》に、択《えら》み出されし甲斐もなし。搦《から》め捕るとも、撃たるゝとも、勝負を一時に決せんものを、とおもひにければ、些《ちつと》も擬議《ぎぎ》せず、御諚《ごぢやう》ざふ、と呼びかけて、拿《も》つたる十手《じつて》を閃《ひらめ》かし、飛ぶが似《ごと》くに方桴《はこむね》の、左のかたより進み登りて、組まんとすれども寄せつけず、こゝろ得たり、と鋭き大刀風《たちかぜ》に、撃つを発石《はつし》と受け留めて、払へば透《すか》さず数《こ》む刀尖《きつさき》を、柱《ささ》へて流す一上一下《いちじやういちげ》、辷《すべ》る甍《いらか》を踏み駐《と》めて、頻《しきり》に進む捕《とり》手《て》の秘術。彼方《かなた》も劣らぬ、手練の働き、岌《かさ》よりおとす大刀筋を、あちこち外《はつ》す虚々実々。いまだ勝負を判《わ》かざれば、広庭なる主従士卒は、手に汗握らざるもなく、瞬《またたき》もせず気を籠めて、見るめもいとゞ迥《はるか》なる。

さる程に、犬塚信乃は、侮《あな》どりがたき見八が武芸に、敵を得たりけり、と思へば勇気弥倍《いやまし》して、刀尖《きつさき》より火出づるまで、寄せては返す、大刀音被声《かけごえ》、両虎深山に挑《いど》むとき、錚然《しやうぜん》として風発《おこ》り、二竜青潭《じりようせいたん》に戦ふ時、沛然《はいぜん》として雲起るも、かくぞあるべき。春ならば、峯の霞歟《かすみか》、夏ならば、夕の虹《にじ》歟、と見る可《ばかり》なる、いと高閣《たかきや》の棟《むね》にして、死を争ひし為体《ていたらく》、よに未曽有《みぞうう》の晴業《はれわざ》なれば、見八は被籠《きこみ》の鏁《くさり》、肱当《こて》の端《はづれ》を裏欠《か》くまでに、切り裂かれしかど、大刀を抜かず。信乃は刀の刃も続かで、初《はじめ》に浅痍《あさで》を負ひしより、漸々《しだいしだい》に疼《いたみ》を覚ゆれども、足場を揣《はか》りて、撓《たゆ》まず去らず、畳みかけて撃つ大刀を、見八右手《めて》に受けながして、かへす拳《こぶし》につけ入りつゝ、ヤツと被《か》けたる声と共に、眉間《みけん》を望みて碬《はた》と打つ、十手を丁《ちやう》と受け留むる、信乃が刃《やいば》は鍔際《つばぎは》より、折れて遥かに飛び失せつ。見八、得たり、と無手《むづ》と組むを、そが随左手《まゝゆんで》に引き著《つ》けて、迭《かたみ》に利腕《ききうで》楚《しか》と拿《と》り、捩《ね》ぢ倒さん、と曳声《えいごゑ》合して、揉《も》みつ援《も》まるゝちから足、此彼斉《これかれひと》しく一踏み辷《すべ》らして、河辺《かはべ》のかたへ滾々《ころころ》と、身を輾《まろば》せし覆車《ふくしや》の米苞《たわら》、坂より落すに異ならず。高低険《かうべりけは》しき栈閣《がけつくり》に、削《けづ》り成したる甍《いらか》の勢ひ、止《とゞま》るべくもあらざめれど、迭《かたみ》に拿《と》ったる拳《こぶし》を緩《ゆる》めず、幾十《と》尋《ひろ》なる屋の上より、末遥かなる河水の底には入らで、程もよし、水際《みぎは》に繋《つな》げる小舟《こぶね》の中へ、うち累《かさ》なりつゝ撞《だう》と落つれば、傾《かたぶ》く舷《へり》と、立つ浪に、炎《ざんぶ》と音す水烟《みづけぶり》、纜《ともづな》丁と張り断《き》りて、射る矢の如き早河の、真中《ただなか》へ吐き出《いだ》されつ。爾《しか》も追風《おひて》と虚潮《ひくしほ》に、誘ふ水なる洄舟《くだりふね》、往方《ゆくへ》もしらずなりにけり。

○第九輯中帙附言―馬琴のいわゆる稗史七法則として著名であり、馬琴読本の造型技法を問題にする上で、重要なものである。

【参考】『南総里見八犬伝』第九輯中帙附言

唐山《からくに》元明《げんみん》の才子等が作れる稗史《はいし》には、おのづから法則あり。所謂《いはゆる》法則は、一に主客、二に伏線、三に襯染《しんせん》、四に照応、五に反対、六に省筆《せうしつ》、七に隠微《いんび》、即《すなはち》是《これ》のみ。主客は、此の間の能楽にいふシテワキの如し。その書に一部の主客あり。又一回毎に主客ありて、主も亦客になることあり。客も亦主にならざることを得ず。譬へば象棋《せうぎ》の起馬《こま》の如し。敵の馬《こま》を略《と》るときは、その馬《こま》をもて彼を攻め、我が馬を喪《うしな》へば、我が馬をもて苦しめらる。変化安《いづく》にぞ疆《かぎ》りあらん。是主客の崖略《がいりやく》也。又伏線と襯染は、その事相似て同じからず。所云《いはゆる》伏線は、後に必ず出すべき趣向あるを、数回以前に些《ちよと》墨打《すみうち》をして置く事也。又襯染は下染にて、此の間にいふしこみの事也。こは後に大関目の妙趣向を出さんとて、数回前より、その事の起《き》本《ほん》来歴をしこみ措《お》く也。金瑞《きんずい》が水滸伝の評注には、縇染《せんぜん》に作れり。即襯染とおなじ。共にしたそめと訓むべし。又照応は、照対ともいふ。譬へば律詩に対句ある如く、彼と此と相照らして、趣向に対を取るをいふ。かゝれば照対は、重復に似たれども、必ず是同じからず。重復は、作者謬《あやま》ちて、前の趣向に似たる事を、後に至りて復出《またいだ》すをいふ。又照対は、故意《わざと》前の趣向に対を取りて、彼と此とを照らす也。譬へば本伝第九十回に、船虫媼内《おばない》が、牛の角をもて戮《りく》せらるゝは、第七十四回、北越二十村なる、闘牛《うしあはせ》の照対也。又八十四回なる、犬飼現八が、千住河にて繫舟《つなぎぶね》の組撃《くみうち》は、第三十一回に、信乃が芳流閣上なる、組撃《くみうち》の反対也。這《この》反対は、照対と相似て同じからず。照対は、牛をもて牛に対《つい》するが如し。その物は同じけれども、その事は同じからず。又反対は、その人は同じけれども、その事は同じからず。信乃が組撃は閣上にて、閣下に繫舟あり。千住河の組撃は、船中にして楼閣なし。且《かつ》、前《さき》には現八が、信乃を搦捕《からめと》らんと欲りし、後には信乃と道節が、現八を捉《とら》へんとす。情態《アリサマ》光景《くわうけい》、太《いた》く異也。こゝをもて反対とす。事は此彼相反きて、おのづから対《つい》を做《な》すのみ。本伝にはこの対多かり。枚挙《かぞへあぐ》るに遑《いとま》あらず。余は倣《なぞ》らへて知るべきのみ。又省筆は、事の長きを後に重ねていはざらん為に、必ず聞かで称《かなは》ぬ人に、偸聞《たちぎき》させて筆を省き、或は地の詞をもてせずして、その人の口中より説出《ときいだ》すをもて脩《なが》からず、作者の筆を省くが為に、看官《みるひと》も亦 倦《たいくつせ》《ウマ》ざるなり。又隠微は、作者の文外に深意あり。百年《ももとせ》の後知音を俟《ま》ちて、是を悟らしめんとす。水滸伝には隠微多かり。李贄《りし》金瑞《きんずい》等、いへばさら也。唐山《からくに》なる文人才子に、水滸を弄《もてあそ》ぶ者多かれども、評し得て詳《つまびらか》に、隠微を発明せしものなし。隠微は悟りがたけれども、七法則すら知らずして、綴《つづ》るものさぞあらん。及ばずながら本伝には、彼の法則に倣《なら》ふこと多かり。又但本伝《ただほんでん》のみならず、美少年録、侠客伝、この余も都《すべ》て法則あり。看官《みるひと》これを知るやしらずや。子夏が曰《いへりき》、小道といへども見るべき者あり。嗚呼《ああ》談《だん》何ぞ容易ならん。これらのよしは知音の評に折々答へしことながら、亦看官《みるひと》の為に注しつ。

九、洒落本・黄表紙・滑稽本・人情本

〇遊子方言―田舎老人多田爺(丹波屋利兵衛か)作。明和七年ごろ刊。通人ぶった男が、うぶな若旦那をさそって吉原に遊び、その半可通ぶりが暴露されるまでの一夜の遊興のさまを描く。会話を中心としたその精細な写実的描写は、以後の江戸洒落本の基調となり、洒落本史上、画期的な意味を持っている。なお、本文は日本古典文学全集『洒落本滑稽本人情本』によった。

遊子方言

発端

小春のころ柳ばしで三十四五の男。すこしあたまのはげた、大本多大びたい。八端がけと見へる羽織に、幅の細き嶋の帯むなだかに、細身のわきざし柄まへ少しよごれ、黒羽二重の紋際《もんぎは》もちとよごれし小袖。あゐ着は小紋無垢《こもんむく》の、片袖ちがひのやうに見へ、いろのさめた緋《ひ》縮緬《ちりめん》のじゆばん。はきにくそふな、幅びろのひく下駄、やまおか頭巾かた手に持ち、鼻紙袋はなしと見へ、小菊の四ツ折すこし出しかけ、我より外に色男はなしと、高慢にあたりをきろ〱と見まはして、あてどなしにぶら〱と行くむかふより、二十才《はたち》ばかりの人柄よき柔和そふな子息《むすこ》。わきざし立派に黒縮緬の綿入羽織。五ツ紋しろ〱と、丹後嶋の小袖。した着は御納戸《おなんど》茶《ちゃ》縮緬の両めん。琥珀《こはく》じまの袴。なかぬき草履をはき、供にかゐきの風呂敷づゝみと生花をもたせ扇子《あふぎ》かざして来る。

(ここで出あった通り者と息子は、猪牙《ちょき》船《ぶね》で山谷堀の船宿まで行き、吉原へとくりこむ。通り者の半可通ぶりを暴露しつつ、他の遊客をも登場させて、吉原の「夜のけしき」「宵の程」を描き、以下の「更《ふけて》の体《てい》」につづく。)

更の体

女郎さし合、名だい、廻り部や [平]あゝ今夜も又、此やうなせまい所へ、とう〳〵入れられた。いつその事ねようぞ。あゝ酔もさめる。あぢな心持に成《なっ》た と夜着半ぶん程着てねころび、ね入(いり)もせずにね入(いっ)たやうにしてゐる。新ぞう、けちな三味線にて、ぽち〳〵とひく。客、目のさめた顔 [平]ううう。これ〳〵三味線をひかずと、こゝへ入《いっ》て、ね給へ。[新ぞう]いいゐ こうして置《おい》ておくんなんし。又しかられんす。[平]其《その》やうな大きな声をするからわるい。こそ〳〵と、ちよッと といふて、手を取て引ぱる [新ぞう]おがみんすにへ 引とむきに成ていふ。しかたなく手をはなし、しばらく腹のたつおもいれ有。すつと立て、帯を〆なをし、かしこまり、しあんをして居る。[平]これ さっきの、どこへか持てゐってしまった花がん袋と羽織を持て来てくれろ[新ぞう]どうなんすへ[平]帰る

[新ぞう]今ごろつゐど帰りなんせんに、なぜ帰りなんす。[平]いゃもふ七ツ過《すぎ》でもあろ[新ぞう]いゃまだそらほどではおざんせん。今におゐらんでお出なんす。ぬしのいゝなんすには、「必《かならず》ちよっとでも、ぬしをいごかせ申《まうす》なといゝなんしたから、いごかせ申事は成《なり》ぃせん。じっとしてゐなんし。[平]今に来るか[新ぞう]たつた今お出なんす。気を短くせずと、もちとゐなんし。

[平]でもあまりおもしろないぞ。今来るか と、またよこになる。

[隣座敷] 客は田舎座頭。女郎は新ぞう。たわいなくねてゐる。手を打ても、だれも来ず。ひとりごとに、「あゝおもしろくない事だ」と、たばこ盆をいぢりゐて、「七ツを打て、よほど過るに、さきにからおこすが、とかく埒があかん」といゝいゝ、枕をほちほちはぢきながら [座頭]これ〳〵おきなさい〳〵。大事がある〳〵。枕もとへ火をこぼした。おきなさい〳〵

[新ぞう]こは なんだへ と、ねむたそふなこゑ [座頭]何にもせ、ちよッとおきなさい[新ぞう]おきて よく、いびりなん

*さし合―目当ての女郎に先客があること。

*名だい―名代。新造が代理で出ること。

*廻り部や―遊女の座敷や部屋がふさがっているときに用いられる代理の部屋。

*平―「男ぶり大きく、人柄よく、合(あはせ)びんにて黒羽二重のあたらしき小袖、黒縮緬五所紋白〴〵と鼠縮緬のあるぎきれゐに」と、前に紹介された武士客。

*部屋持—遊女の階級の一。自分の部屋を持つ女郎の意だが、座敷持ちの下、廻り女郎の上位。

す 座頭 宵から大体《たいてい》おこしたこッちやない。もう七ツ半でもあろ 新ぞう びやうぶをおしあけ、方々のやうすを見るふりあり もふ夜が明《あけ》たそふな 座頭 いやく まだ夜は明《あけ》ん。七ツを打て、半時ほどだ。新ぞう おまへは見《みえ》なんせんからでおざんす。とふにからりと明《あけ》んした 座頭 でも、まだ烏がなかん 新ぞう 座頭のあたまくらわすまねをして、口のうちにてゐゝ。すかん といふ 座頭 きゝ付て 何がすかぬへ 新ぞう 隣座敷の客人の事《こ》ッておざんす。いつそ、も、しやれて、どうもすきんせん。

隣座敷 通り者 これ新《しん》ゃ、どこへいってゐる。これ新く 新ぞう なんでおざんす。あんまり、其《その》やうに、大たばにいッておくんなんすな 通り者 あのさつきのむすこを、おこしてきてくれろ 新ぞう 今きなんす ○むすこ、ねむたそふな顔で来る 通り者 色男どふだ。とんださへないじやないか むすこ はづかしそふな顔で どふも、ねかさないで。何かねむふ御座ります 通り者 そりや、とんだ仕合だ。此しんなんざ、宵にちよッきり、頬《つら》をつん出したまゝ、やうく今に成ッて来た。もふ吉原も、ふたゝびないわいく むすこ 又あさッて、お出なんせんかい 通り者 なぜ むすこ わたしや、あさッて約束いたしました 通り者 すとんだ事《こ》ッたの。おそろしいわいく。こゝの内は、とんだわるい内だによ ○むすこが女郎は部屋持にて、よほど人がらよき女郎にて、ねむたそふにしんぞうとならびゐて 部屋持としんぞう すかん といふてにらめる 通り者 これ新や。茶づらせろ 新ぞう 何、けづらせろとかへ 通り者 これさ そんなにしやれずと、はやく持て来やな。のう色男。ちッくり茶づッてゐこじやないか むすこ あいよう御座りましょ 部屋持 もう、お帰りなんすのかへ むすこ あい 部屋持 もちッとゐなんせ。まだはやうおざんす 通り者 もしわたしをばなぜとめ

○江戸生艶気樺焼―山東京伝自画作。天明五年刊。上中下三冊。荒唐無稽な筋の中に、誇張をまじえた描写や絵の面白さを生かして時世を諷する黄表紙の代表作。みにくい顔の大金持のひとり息子仇気屋艶

なさんせん 部屋持 おまへをば、ぬしがとめなんしよから、わたしがとめ申さずとようおざんす 新ぞう なに すかない。ぬしのやうなものを、とめ申《まうす》もんでおざんすか。はやく、出てゐきなんせ。夜があけんす 通り者 此《この》新は、おれをば人間じゃないとおもふそうな 新ぞう その新が、宵からすかなくてなりんせん 通り者 それはそふと、奥座敷の女郎衆にことづけをしてくれたか 新ぞう あい そふもうしんしたなれば、ぬしゃ、「そんなおかたはしらん」と、いゝなんした 通り者 はて にくゝするの。それでも廊下座敷の女郎衆は、よもや、おれをわすれはせまい 新ぞう あい これも、さッきそう申《まうし》んしたなれば、おまへの小ようにいきなんすとき、あとから見てゐなんして、そふいゝなんした。「どうも、おもひ出されない」と、いゝなんした 通り者 さすれば爺《ぢぢい》に成ッたか。何事もさへぬ〳〵。只《ただ》々帰りましよ〳〵 新ぞう はてさて もちゐと お出なんし。おまへが帰りなんすとわッちや死にんす といゝながら、廊下へ送り出ル むすこ 部屋持 あとへ残り、ほち〳〵はなしをしてゐる 通り者 色男きたないぞへ〳〵 新ぞう 人の事にかまはずと、早く階子《はしご》を下《を》りなんし〳〵。

(以下、平と馴染の女郎の応対を描写する「しのゝめのころ」の項で終る。)

江戸生艶気樺焼

さいごのばも、いきなぱっとしたところとの事にて、三めぐりのどてときめ、よがふけてはきみがわるいから、よいのうちのつもりにて、ゐん二良につとめたるちやや、ふなやど、

二郎は、うぬぼれて色男をきどり、世間に浮名を流そうという望みをおこす。金にあかして、さまざまの愚行を行なうが浮名は立たず、そのあげくににせ心中を思いつき、浮名という女郎を相方にして、にせ心中を行なおうとする。以下本文参照。なお、図版は、山東京伝作『江戸生艶気樺焼』、東京都立中央図書館加賀文庫の蔵本。翻字は、句読点・濁点を加え、発話者を(　)内に記した。

*山東京伝—戯作者。浮世絵師。初め北尾政演の名で黄表紙のさし絵を描いていたが、黄表紙『御存商売物』『江戸生艶気樺焼』、洒落本『通言総籬』『傾城買四十八手』などで、江戸戯作界の第一人者としての地位を固めた。寛政改革の風俗粛正で手鎖五十日の処罰をうけて以後は、読本、考証随筆などに力を入れている。一七六一—一八一六。

*三めぐりのどて—向島の三囲稲荷の前の土手。

*大川ばし—吾妻橋。

*たゞのやくし—東京都墨田区東駒形にあった玉島山明星院東江寺。本尊の薬師仏は多田満仲の持仏と伝える。

たいこ、まつしや、げいしやども、だい〳〵こうのおくりのやふに、はかまはおりにて、大川ばしまでおくり申、たゞのやくしのあたりにて、みな〳〵にわかれ、ゑん二良は日ごろのねがいかないしと、こゝろうれしく道行をしてゆき、こゝこそよきさいごばと、はくおきのわきざしをぬいて、すでにこふよとみへ、なむあみだぶつといふをあいづに、いなむらのかげより、くろしやうぞくのどろぼう二人あらわれいで、ふたりをまつぱだかにしてはぎとる。

(泥坊一)　わいらは、どふでしぬものだから、おいらがかいしやくしてやろう。

(艶二郎)　これ〳〵、はやまるまい。われ〳〵はしんぢうではない。こゝへとめてがでるはづだ。どふまちがつたかしらん。きものはみんなあげましやうから、いのちはおたすけ〳〵。

(泥坊二)　此いごこんなおもひつきは、せまいか〳〵。

*道行興鮫肌―浄瑠璃の道行の文をまねた戯文。
*朝に…―「朝ニ道ヲ聞カバ夕ニ死ストモ可ナリ」(論語・里仁篇)のもじり。
*ぶんご―豊後。享保ごろ宮古路豊後掾が始めた浄瑠璃の一派豊後節。
*むすびしひも…―「二人して結びし紐をひとりしてあひ見るまでは解かじとぞ思ふ」(伊勢物語)。
*さんさん―「さん」は衍。

(艶二郎) もうこれにこりぬ事はござりません。
(浮　名) どふでこんなことゝおもいんした。

仇気やゑん二良
浮名やうきな　道行興鮫肌《きやうがさめはだ》

〽朝《あした》に色《いろ》をして夕《ゆふべ》に死《しす》とも可《か》なり、とは、さてもうはきなことのはぞ、それはろんごのかたいもじ、これはぶんごのやわらかな、はだとはだかのふたりして、むすびしひもをひとりして、とくにとかれぬうたがひは、ふしんの土手のたかみから、とんとおちなば名やたゝん、どこの女郎しゆかしらみひも、むすぶのかみもあちらむかさんしよじやうゆのやきずるめ、ぴんとひぞるも今ははや、むかしとなりし中の丁、その八もんじもこふなれば、うち七もんじにたどりゆく、なみだにまじる水ぱなに、ぬらさんさんそではもたぬゆへ、下たのおびをぞしぼりける。身にしみわたるこちかぜ

に、とりはだだちし此すはだ、とのごのかほはうすゞみに、かくたまづさとみるかりに、たよりきかんとかくふみの、かなでかなてこすそもよふ、ゆかりのいろも七ツやの、なになかれたるすみだ川、たがいにむりをいをざきの、かねは四ツ目や長命寺、きみにはむねをあくる日の、また四ツ過のひぢりめん、ふんどしながきはるの日の、日高のてらにあらずして、はだかのてやい、いそぎ行 引三重。

（艶二郎）　おれはほんのすいきやうでした事だからぜひがないが、そちはさぞさむかろう。せけんの道行は、きものをきてさいごのばへ行が、こつちのは、はだかでうちへ道行とは、大きなうらはらだ。ひぢりめんのふんどしが、ここではへたもおかしい〳〵。

（浮　名）　ほんのまきぞへで、なんぎさ。

うしはねがいからはなをとふすと、ゑん二良がわるあんじのしんぢう、此とき世上へぱつとうきなたち、しぶうちはのゑにまでかいていだしけり。

（この後、艶二郎が家に帰ると、盗賊にとられた着物がある。実は、親仁たちが、艶二郎をいさめるために狂言強盗をしたのであった。かくて、さすがの艶二郎も改心し、話はめでたく落ちとなる）

*いをざき—五百崎。向島辺の古称。
*四ツ目や—時の鐘の四ツに、閨房薬長命丸を売り出す四ツ目屋をかけた。
*長命寺—向島五丁目の隅田川ぞいの天台宗の寺。
*日高の…—「日高の寺に着きにけり」（謡曲・道成寺）をふまえ、日高と裸の語呂合せを行なった。
*引三重—引は、のばしてうたうための印。三重は、浄瑠璃終末部の三味線の手。
*はへた—映えた。
*うしは……—諺。みずからの心ゆえ災を招くの意。

東海道中膝栗毛　三編上

爰《ここ》を出て行くほどに、大井川の手前なる、島田の駅《ゑき》にいたりけるに、川越《かはごし》ども出むかひて、「だんなしゆ川アたのんます 弥二「きさま川ごしか。ふたりいくらで越す 川ごし「ハイ今朝がけに、あいた川だんで、かたくま《肩車》じアあぶんない《浮雲》。蓮台《れんだい》でやらずに、おふたりで八百下さいませ 弥二「とほうもねへ。越後新潟《にがた》じやアあんめへし、八百よこせもすさまじい 川ごし「ヲ、川なが《流》りやア弐百つけて寺へやるから、なんならそふさつしやい。ながれたほうが、やすくあがらア。ハヽヽヽ 弥二「ばかアぬかせ。問屋にかゝつておこしなさるハ トいゝすてゝあしばやにゆきすぎ 弥二「ナント北八、あいつらにからかうがめんだうだから、いつそのこと、とい屋へかゝつて越そふ。手めへの脇指を借しやれ 北八「なぜ、どふする 弥二「侍になるハ トきた八がわきざしをとつてさし、おのれがわきざしのひきはだを、あとのほうへのばし、長くして大小さしたよふに見せかけて 弥二「ナント出来合《できやい》のお侍よく似合《にやつ》たろふ。此ふろしき包を手めへいつしよに持って供になってきや 北八「こいつは大わらひだハヽヽヽ ト弥次郎兵へがにもつをいつしよにして、きた八かたにひつかけ、やがて川問屋にいたり、弥次郎兵へ、おくにことばのこはいろにて「コンリヤとん屋ども、身ども大切な主用《しゆよう》で罷《まかり》通る。川ごし人足を頼むぞ といや「さやうでござります。旦那はお駕《かご》かおむまか。お荷物はいく駄ほどござります 弥二「本馬《ほんま》がつがう十五駄ほどありおるが、道中邪魔だからゐどおもてにおいてきた。其かわり身ども駕の陸尺《ろくしやく》が八人、そこへしるしめさろ といや「ハイお侍衆は 弥二「侍供

○東海道中膝栗毛―十返舎一九作。享和二年〜文化六年刊。東海道を経て、伊勢・奈良・京都・大坂を見物する主人公弥次郎兵衛・喜多八の見聞や失敗などを、生彩に富んだ筆致で描き上げた一九の代表作。正編の東海道につづき一九は、金毘羅道中・木曽街道・中仙道などを経て江戸へ帰るまでの続編を著しているが、正続合せた執筆期間は二十一年に及んでいる。なお、本文は日本古典文学大系『東海道中膝栗毛』によった。

*十返舎一九―本名重田貞一。駿河の国府中に生まれ、はじめ大坂に出て、近松余七の名で浄瑠璃を書くが、のち江戸に移り、書肆蔦屋の食客となって黄表紙などを多作する。膝栗毛ものの大当りで一躍流行作家となり、合巻、洒落本、滑稽本、狂歌などを続々と発表し続けた。一七六五〜一八三一。

*島田の駅―島田の宿。静岡県島田市。

*越後新潟…―新潟の遊女を俗に八百八後家と称したことによる洒落。

*ひきはだ―蟇皮革（ひきはだがわ）で作った鞘の袋。

*麻疹―享和三年に流行した。

*みをのや四郎―三保谷四郎。源平屋島の合戦における景清との錣（しころ）引きで有名な人物。

が十二人、やりもち、はさみ箱、ぞうり取、よいかく\／\、かつぱかご、竹馬、つがう上下三拾人あまりじや　といや「ハイ\／\、その御どうぜいはどこにおります　弥二「イヤサ江戸表しゆつたつのせつは、のこらずめしつれたが、途中でおい\／\麻疹《はしか》をいたしおるから、宿《しゆく》\／\へのこしおいた。そこでたゞ今、川をこそふといふどうぜいは、上下あはせてたつた弐人じや。台ごしにいたそう。なんぼじや　といや「ハイおふたりなら蓮台で四百八拾文でござります　弥二「それは高直《かうちよく》じや、ちとまけやれ　といや「エ、此川の賃銭にまけるといふはないヤア。ばかアいはずとはやく行くがよからずに　弥二「イヤ侍にむかつて、ばかアいふなとはなんじや　といや「ハ、、、がいにづないお侍だヤア　弥二「こいつ武士を嘲弄《てうらう》しおる。ふとゞきせんばんな　といや「こんた武士か。刀の小じりを見さつしやい　トいはれて弥次郎兵へ、ふりかへりうしろを見れば、かたなの小じり、はしらにつかへて、ひきはだばかりのところ、ふたつにおれている。みなく\／\どつとわらひ出せば、さすがの弥次郎めんぼくなく、しよげかへつてだんまり　といや「かたなのおれたのをさす武士がどこにあるもんだ。こんたしゆ、問屋をかたりに来たな。そんではハイ、すませないぞ　弥二「イヤ身どもは、みをのや四郎国俊《くにとし》の末孫《ばつそん》だから、それで刀のおれたのをさしおるて　といや「たはごといふと、くゝしあげるぞ　北八「コウ弥次さんおさまらねへ。はやくいかふ　ト手をとつて引づられ、弥次郎兵へそれをしほに、こそこそとにげ出す　といや「ハ、、、、、とほうもない気ちがひだ　弥二「ツイやりぞこなつた。いまく\／\しい。ハ、、、、

出来合のなまくら武士のしるしとてかたなのさきの折れてはづかし

此狂歌に双方大笑ひとなり、弥次郎兵衛北八爰《ここ》をのがれ、いそぎ川ばたにいたり見るに、往来の貴賎すき間もなく、此川のさきを争ひ越《こへ》行く中に、ふたりも直段とりきはめて、蓮台に打乗り見れば、大井川の水さかまき、目もくらむばかり、今やいのちをも捨《すて》なんとおもふほどの恐しさ、たとゆるにものなく、まことや東海道第一の大河、水勢はやく石流れて、わたるになやむ難所ながら、ほどなくうち越して蓮台をおりたつ嬉しさいはんかたなし

蓮台にのりしはけつく地獄にておりたところがほんの極楽

浮世風呂　三編巻之下

本居信仰にていにしへぶりの物まなびなどすると見えて、物しづかに人がらよき婦人二人。おの〳〵玉だれの奥ふかく侍るだらけの文章（もんざう）をやりたがり、几帳のかげに檜扇（ひあふぎ）でもかざしてゐさうな気位なり

けり子「鴨子《かもこ》さん。此間は何を御覧《ごらう》じます　かも子「ハイ、うつぼを読返さうと存じてをる所へ、活字本《うゑじぼん》を求めましたから幸《さいは》ひに異同を訂《ただ》してをります。さりながら旧冬は何角《なにかと》用事にさへられまして、俊蔭《としかげ》の巻を半《なかば》過るほどで捨置《すておき》ました　けり子「それはよい物がお手に入《いり》ましたね　かも子「鳧子《けりこ》さん。あなたはやはり源氏でござりますか　けり子「さやうでござります。加茂翁の新釈で、本居大人《うし》の玉の小櫛《をぐし》を本《もと》にいたして、書入《かきいれ》をいたしかけましたが、俗《さとび》た事にさへられまして筆を採《と》る間《いとま》がござりませぬ　かも子「先達《せんだつ》てお噂申《まうし》た庚子《かうし》道《みち》の記は御覧《ごらう》じましたか　けり子「ハイ、見ました。中〳〵手際《てぎは》な事でござります。しかし疑《うたがは》しい事は、あの頃にはまだひらけぬ古言《こげん》などが今の如《ごと》

〇浮世風呂―式亭三馬作。文化六年〜文化九年刊。四編九冊。髪結床とともに庶民の社交場でもあった銭湯に集まる人々の会話を中心に描写し、江戸庶民の生活・人情を写実的に描いた滑稽本の代表作の一。
*式亭三馬―本名菊地久徳、俗称西宮太助。売薬店を家業としながら、処女作の黄表紙『天道浮世出星操』を発表。以後、合巻『雷太郎強悪物語』以下の草双紙、『浮世風呂』『浮世床』『酩酊気質』などの滑稽本等を多作した。一七七六〜一八二二。
*俊蔭の巻―『宇津保物語』の第一巻。
*加茂翁の新釈―賀茂真淵の『源氏物語新釈』。
*玉の小櫛―本居宣長の『源氏

ひらけて、つかひざまに誤《あやまり》のない所を見ましては、校合者《きやうごふしや》の添削《てんさく》なども少しは有《あつ》たかと存ぜられますよ　かも子「何にいたせ、女子《をなご》であの位な文者《ぶんしや》は珍らしうございます。先日も外《ほか》で消《せう》息文《そこぶみ》を見ましたが、いにしへぶりのかきざまは、手に入《いつ》た物でござります　けり子「さやうでござります。何ぞ著述《ちよじゆつ》があったでござりませうネ。世に残らぬは惜《をし》いことでございます。ホンニ怜《れい》野《や》集《しふ》をお返し申すであつた。永〳〵御恩借《ごおんしやく》いたしました。有《あり》がたうござります　かも子「いへもう、おゆるりと御覧なさりませ。わたくしはうけらが花を一冊かし失ひましたが、トント行方《ゆくへ》がしれませぬ　けり子「イヱ、どうもかし失ふでこまりますよ。此間《このあいだ》はお歌はいかゞでござります　かも子「何か埒明《らちあき》ませぬ。先日どなたにか承りましたが、あなたはひなぶりをもお詠みなさるさうでございますネ　けり子「ハイサ、もう、お恥かしい事でござります。あまり本歌で対屈《たいくつ》いたす時は、なぐさみがてら俳諧歌《はいかいうた》をいたしますが、何もうお恥《はつ》かしい。お耳に入《いつ》てはおそれ入《いり》ます　かも子「イヱサ、万葉の中にも、大寺の餓鬼のしりへにぬかづきの歌。ヱ、、夫《それ》から夏痩によしといふものむなぎとりめせのたぐひ。その外あまた見えますし、殊には続万葉《しよくまんえふ》に俳諧体《はいかいてい》と申す体《てい》がわかりましたから、無心体《てい》の歌もおなぐさみには宜《よろし》うござります　けり子「イヱモウ、松のおもはん事もはづかしでござります。此間ネ、あまりいやしい題でござりますが、おかちんをあべ川にいたして、去る所でいたゞきましたから、とりあへず一首致《いたし》ました

うまじものあべ川もちはあさもよしきな粉まぶして昼食ふもよし

物語玉の小櫛』。寛政十一年刊。

*庚子道の記—武女作。享保五年の尾張から江戸への紀行。清水浜臣の注を加え、文化六年に刊行。

*怜野集—『類題怜野集』。清原雄風編。十二巻十二冊。文化三年刊。

*うけらが花—橘千蔭の歌文集。七巻四冊。享和二年刊。

*大寺の—「あひおもはぬ人を思ふは大寺の餓鬼のしりへに額づくがごと」(万葉集)。

*夏痩に—「石麻呂に我物申す夏痩によしといふ物ぞむなぎとり食せ」(万葉集)。

*続万葉—『古今集』をさしていう。巻十九には俳諧歌をのせる。

*松のおもはん—「いかでなほありとしらせじ高砂の松の思はん事も恥かし」(古今和歌六帖)。

といたしました。ヲホ、、、 かも子「ヲホ、、、、、冠辞《くわんじ》をふたつ立入《たていれ》て、至極面白《しごくおもしろ》うけ給はります。まぶしてなどが、どうか古言のやうにきこえまして、ヲホ、、、 けり子「イヱ、もう、ほんのなぐさみでござります。先生などのお耳に入《いっ》たらお叱り遊《あそば》すでござりませうよ かも子「何おまへさん。いづれ雅《みやび》の道でござりますものを、ヲホ、、、。うまじものあべ川とかゝり、あさもよし、きとうけて、昼くふもよし、どうもいへません。ヲホ、、、。あなたお這入《はいり》なさりますか けり子「ハイ、まづおさきへ トざくろ口へはいる

春色梅児誉美

初編第二齣

遠くて近きは男女の中とは、清女が筆の妙なるかな。抑《そも》丹次郎と米八は、色の楽屋に住ながら、いつしか契りしかね言《ごと》をたがへぬみさほの頼母《たのも》しく、尋ねて深き中の郷、九尺二間の破畳《やれだゝみ》病の床に敷《しき》ものも、薄き縁《えに》しとかこちたる、恨み泪《なみだ》の玉のこし捨《すて》貧苦をいとはじと、誓ふ寔《まこと》の恋の欲、これぞ流れの里にある、人の意地とは知られけり 主(あるじ)丹次郎はかほをしかめ 丹「米八その薬を茶碗へついでくんな。胸がどき〲するから よね八はさしぐしで男の髪をとかしながら よね「ヲヤそふかへどふせうねト、びつくりして薬を持来《もちきた》る 丹「何サ何でもねへが トにつこりわらふ よね「わりい事をしたねへ トこれもにつこりわらふ 丹「そりやアそふとアノお長はどふしたのふ よね「お長さんかヱあの子も寔《まこと》に苦労しますヨ。それに鬼兵衛どんが、何かおかしらしいそふだから、猶《なを》心づかひしてゐるやうすサ。随

○春色梅児誉美—為永春水作。初・後編は天保三年、三・四編は天保四年刊。主人公丹次郎に米八、お長などの女性をからませ、そこに生まれる義理と人情の錯綜したいきさつを会話中心に描く、人情本の代表作。春水は、以後も続編として『春色辰巳園』以下、『春色恵の花』『春色英対暖語』『春色梅美婦弥』を書き、いわゆる梅暦シリーズを完成させている。なお、本文は日本古典文学大系本によった。

＊為永春水—本名佐々木貞高、通称越前屋長次郎。はじめ書肆を経営していたが、『明烏後正夢』(文政二年)以後戯作者生活にはいる。「人情本の元祖」と称し、門人たちの作品

をも利用して人情本を多作。梅暦シリーズ、『春告鳥』などが代表作。天保の改革で筆禍をこうむり、憂悶のうちに没した。一七九〇〜一八四三。
*遠くて…—「遠くて近きもの、極楽。舟の道、男女の仲」(枕草子)。
*清女の筆—清少納言の文章。『枕草子』をさす。
*中の郷—現在の墨田区吾妻橋、東駒形のあたり。
*わりい事—初編第一齣参照。
*お長—梅暦シリーズの女主人公の一。唐琴屋のあととり娘で丹次郎の幼馴染。のち、丹次郎のために実意をつくす。
*鬼兵衛—お長の後見役でありながら唐琴屋をわが物にする悪役。
*これをみし—「ほれこみし」の誤りか。

分わちきも側《そば》で気を付《つけ》てゐますけれども、何をいふにもおまへはんのことを少《ちつと》はかんくつて居る このかんくるとはすいりやうしてゐるといふぞくごなり ものだから実にしにくふございますアな 丹「そふサあれも幼年中《ちいさいとき》からあのよふに育合《そだちあつ》たから、かはひそふだヨ トすこしふさぐ よね「さよふサネ、おさな馴染《なじみ》は格別かわいゝそふだから、御尤《ごもつとも》でございますヨ トつんとする 丹「何さ別にかはいゝといふのではねへはな。マアかわいそふだといふことヨ よね「それだから無理だと言やアしませんはネ トすこしめじりをあげりんきするもかわゆし 丹「まぬけめへ直《ぢき》に腹アたつから、何でも聞《きか》れやアしねへ よね「さよふサ私《わちきや》ア間抜《まぬけ》サ。お長さんといふ寔《まこと》にいゝなづけのあるおまへさんに、こんなに苦労するから、間抜の行留《いきどま》りでありますのサ 丹「よくいろ〳〵なことをいふヨ。そんならどふでも勝手にしろ トよこをむく よね「ヲヤおまはんは腹をたゝしつたのかへ 丹「腹をたつてもたゝねへでも、打捨《うつちやつ》ておくがいゝ よね「それだつてもアレサおまはんがお長さんのことをかわいゝとお言《いひ》だから、ツイそふいつたんでありまさアな 丹「ナニおいらがそふいふものか。かわいゝではねへ、かわいそふだと言《いつ》たんだ よね「ヲヤかわいゝもかわいらしいもかわいそふだも、同《おんな》じことじやアありませんかへ。そんなら私《わちき》がわりいから、堪忍しておくんなさいナ 丹「どふでもいゝわな トいはれてもとよりこれをみし男はとかく気がおかれ、あいそづかしもされんかとなみだぐみ よね「アレサほんとに私《わちき》がわりいから、どふぞ堪忍して、機嫌を直してお呉《くん》なさいな トおろ〳〵する。丹次郎はにつこりとわらひ 丹「そんなら堪忍するが、最《もふ》おそくなるだろふから、おれがことを案じずに、宅《うち》へかへつたら、座敷を大事に勤めなヨ トやさしきことばにむねいっぱい、わずかなことがしみ〳〵とかなしくなつたり嬉しきは、ほれたどうしの恋中也 よね

*わすれねばこそ……『一話一言』巻三「〇遊女三浦屋高尾ふみ」の項に「けさの御わかれなみのうへの御帰路やかたの御しゆびいかゞ御あんじ申候。わすれねばこそおもひ出さずかしく」とある。

「もう若旦那おまはんが、そんなにやさしく言《いっ》て呉《くれ》さつしやると、また猶《なを》のこと皈《かへ》るのが否《いや》になりまさアな。急度《きっと》もうどんなことがあっても変る心を出しておくんなさいますナヨ 丹「何べらぼうめへ よね「わちきやアそればつかり、案じられてならないヨ。斯《かう》して居さしってもどふぞ時節《とき〴〵》は、私《わちき》のことを思ひ出してお呉《くん》なさいヨ トあどけなきこそなをゆかし

〽わすれねばこそ思ひ出さず候、とは名妓高雄が金言ながら、互に思ひおもはるゝ、深き中ほど愚智になり、少しはなれて在《ある》ときは、もしや我身《わがみ》をわすらるゝ、ことあらんかと幾度《いくたび》か、思ひ過《すご》しも恋の癖、其身《そのみ》にならねばなか〳〵に他目《よそめ》に見てはいとゞしく、阿《あ》房《ほう》らしくも馬鹿らしく、笑ふは実に恋しらず哀れも知らぬ人といふべし

丹「おもひ出す所か、わすれる間《ま》があるものか よね「それでもアノお長さんのことを思ひ出しちやア否だヨ トおとこの顔をみる 丹「ばかばかり言《いっ》てゐずとも皈《かへ》る支度をしなな よね「何の支《し》たくがありますものか。着物を端折《はしょる》ばかりだはネ。それじやア最《もう》何も用はありませんかへ。アノネ私《わちき》がまた来るまで、不自由なものがあるならどふかして、使をよこしてお呉《くん》なさいヨ。是非わちきやア住《すみ》かへする心だから、そふなるとまたどふでも出来るから案じずに御在《おいで》なさいヨ。少しは胸に法もありますヨ トいひながらそこいらをかたづける 丹「まためつたな業《こと》を仕《し》出来《でか》して、後《あと》へも前《さき》へも行かねへよふなことをしてくれるなヨ よね「ナニサおあんじなさんなよ。どふも時節《ときよ》じせつで心にもねへ悪法も、おまはんゆゑなら身を粉《こ》にしても 丹「米八やいゝ咄《はなし》を聞《きか》して呉《くん》なヨ よね八はたちかゝりしがまたす

はりよね「おまはんナゼそんな顔をしてお呉《くん》なはるのだへ　○さんといふをはんといひ、さるといふをはるといふ、すべてかたことはさつしたまへ　わちきやア猶《なを》心が残つて皈《かへ》られないはねへ　トなく　丹「なんだか心ぼそくなつてどふも皈《けへ》しともねへようだが、どふしても皈《かへ》らざアなるめへのウ　トいはれて見れば、よね八もしんそこほれた男の心、おもひやるほどいたわしく　よね「いツそのことこれから直《すぐ》に　丹「ナニ〳〵それじやアわりい。そふすると鬼兵へがなか〳〵すべよく、くらがへさせるこつちやアねへ。サア〳〵機嫌よくして皈《けへ》んなヨ。ヨ米八　よね「そふさねへ。どんなことでかおまはんに難義をかけるよふなことになつちやアわりいから、気を鬼にして皈《けへ》りませう　丹「そふよ、なんでもすべよく出るならよし、無理なことして手《て》めへの身に、どんなことでもあつた時は、なを〳〵おいらがちからがねへから、どふぞおれを思つて呉《くれ》るなら、ひどい胴居《どきよう》は　ちかごろはらをすへてぜんあくともにいちづにすることをどきやうといふ。いと〳〵はしたなければつかふべからず　しねへがいゝヨ　よね「アイ私《わちき》だつておまはんの為にすることだから、どふなつてもとはいふものの、二人が身にとつて末のつまらない動居《どきやう》はしやアしませんから、案じずにちつとも早く能《よく》なつておくんなさいヨ。そんなら私《わち》きやア最行《もふいき》ますヨ　トしほ〳〵として立あがりしが、しがみついてしげしげと顔をながめ　よね「急度《きつと》でございますヨ　丹「何を急度だ　よね「ほかの気を出すといやだと申すことサ　丹「ム、ヨ承知だからもう道よりをしねへで皈《けへ》んなヨ　よね「ナニ途中寄《みちより》をする所がありますものか　丹「そして先剋《さつき》の手紙を手めへ裏前《うらまい》へ頼んでやるのじやアねへか。だれにかおれが頼んでやらふ　よね「アイそふだツけネ。夫《それ》じやアそふしてお呉《くん》なさいヨ。よく気が付《つい》て呉《くれ》さしツたね　トあがつて来てふみをわたす　○下されしといふをくれさツしやる、くれさしツたのたぐひ、これみな里のことばのくせなり　よね「いつまで居ても限《かぎ》りはねへから、もふ思ひきって往《いき》ませう トあがり口へおりてはきものをはく。丹次郎はおくりいでて 丹「ア、コウ米八 よね「あい 丹「なにかまだ用があるやうだツけ。イヤいゝ〳〵急《いそい》で行《いき》なヨ よね「アイそんなら トなごりおしげにいでてゆく。そのうしろかげを丹次郎は見おくりながらひとりごと 丹「かわいそふにあんなに苦労させるのも、何の因果だらう トなみだほろりア、モウ〳〵ふさぐめへ〳〵 トふとんの上にすはりしが ホイこれはしたり頭巾をわすれて行《いつ》た。ア、こまるだらふ。まだ遠くはいくめへ。ア、おれが欠《かけ》ていかれる身だといゝがじれツてへ ト頭きんを手にもつてうろ〳〵してゐる

よね「若旦那へ 丹「ヲイ米八か よね「私《わち》きやア頭巾を落して 丹「いまおゐらもそふ思つてまごついて居る所《とこ》だ ト頭きんを手にわたし 何所《どこ》までいつた よね「なんだか武家地《おやしき》のよふな所《とこ》まで往《いつ》たけれど何、そして頭巾はなくツてもいゝけれども 丹「いゝけれどもどふした よね「鳥渡《ちよつと》飯《かへ》りたくなつたものを 丹次郎はうれしそふににつこりわらひ 丹「そんならいゝからはやく飯《けへ》んなヨ よね「こんどこそ実《ほんとふ》に飯《かへ》るヨ トおもひきつて出て行うしろかげを見おくりてこゝろのうちに 丹「ア、憎くねへやつだ しやうじをぴつしやりとしめ、ためいきをつくおりから、ひるあきんどのこゑ

あきうど 〽豆腐《とうーふ》ウーイ

嗟《ああ》愚智なるに似たれども、またその人の身にとりては、他《よそ》に知られぬ恋の道、此おもむきにはかはるとも実《まこと》は同じ男女《なんによ》の情《ぜう》、色は思案の外とはいへど、物の哀れをこれよりぞ、しらば邪見の匹夫をして、心をやわらぐ一助とならんか。

老婆《らうば》心人《しんじん》

狂訓筆記

*物の哀れを—「恋せずは人は心もなからまし物のあはれもこれよりぞしる」(藤原俊成)。
*邪見の…—「目に見えぬ鬼神をもあはれと思はせ、男女の中をも和らげ、たけきものゝふの心をもなぐさむるは歌なり」(古今集・序)。
*狂訓—狂訓亭は春水の号。

十、浄瑠璃・説経

浄瑠璃物語

○浄瑠璃物語―浄瑠璃姫を主人公とする物語。「浄瑠璃」「十二段草子」などとも呼ばれた。牛若が金売吉次に従って奥州に下る途中、三河国矢作（やはぎ）の宿で長者の娘浄瑠璃姫と契ること、牛若が姫に別れて旅するうち、吹上の浜で重病に倒れていると、八幡の導きで姫がかけつけて介抱し本復させること、後に義経が兵を率いて西に向う時、死んだ浄瑠璃姫の菩提を弔うことなどを語る語り物で、室町中期ごろにはその源流となる語りが行われていたと見られる。現存諸本は中世末期から近世初期のものであるが、ここに採ったのは、操りにかけられるようになった時期の古浄瑠璃の詞章と考えられている絵巻『上瑠璃』（寛永頃成立か）の詞書きの一節である。本文は『浄瑠璃物語研究』によった。

忍び入りの段（忍びの段）

扨も其の後、御曹司は情《なさけ》の深き十五夜と御喜ばせ給ひつゝ、上るり御前の御座近き一間《ひとま》所《どころ》に立ち寄りて、心静かに見給へば、片戸をば押し立てて、いまだ片戸は鎖《さ》さざりけり。御曹司は御覧じて、是《これ》ぞ結ぶの神の引き合せぞと思し召し、少し扉《とぼそ》を忍び入り、座敷のていを見給へば、七重《ななへ》の屏風、八重《やへ》の几帳、九重《ここのへ》の御簾《みす》を掛け、錦華瓔珞《きんくわやうらく》結び下げ、十三所《ところ》の油火に、

*忍び入りの段―牛若が浄瑠璃姫の寝所に入るところを語る部分。普通「忍びの段」と呼ばれ、本によっては牛若が姫に言葉をかけるところを含むものもある。ここに採ったのは普通の「忍びの段」の一節。
*御曹司―源牛若。
*十五夜―浄瑠璃姫の侍女の一人。牛若を導き入れる。

九所《ここのところ》の蠟燭《らつそく》をば、昼かと疑ふばかりなり。御曹司は御覧じて、それ油火と申すは、そも神や仏の惜しませ給ふと聞きぬれど、今夜ばかりは此の冠者《くわじや》に許させ給へとのたまひて、皆《みな》紅《くれない》の扇をば中《なか》の間《ま》三間《げん》押し開き、一々次第にうちしめし、一燈ほのかに掻き立てて、上るり御前のおはします奥の座敷を見給へば、柱をば金襴と緞金《どんきん》にてぞ巻かれける。天井をば錦にて五色の糸をより合せ、四方へさらりと吊られける。畳にとりてはどれどれぞ。繧繝縁《うんげんべり》に高麗縁《かうらいべり》、華氈《くわせん》毛氈 紫縁《むらさきべり》、綾や錦を縁《へり》に取り、群雲《むらくも》をかたどりて、まはり敷きにぞ敷かれける。

枕問答の段

扨も其の後、御曹司は重ねて言葉を掛けられける。いかにや申さん上るり君《ぎみ》、こゝに譬《たとへ》の候ぞや。竹の林が高きとて忉利天《たうりてん》へも届かぬもの、谷の大木高いとて峯の小杉に蔭さざず。皆人は九重《くぢゆう》の塔が高いと申せど、いかなるいやしき鳥類翼《つばさ》も下に見る。たんだ人には情《なさけ》あれ。情と言へば、風に揉まるゝ呉竹《くれたけ》も小鳥に一夜の宿を貸す。水に揉まるゝ川柳も千鳥に一夜の宿を貸す。水の上なる浮草も水をたよりにゐるぞかし。これも又、枝葉に光を包むとて蛍火《ほたるび》に一夜の宿をば貸す。さのみ心な猛《たけ》かれそ。今夜一夜《いちや》はなびかせ給へや上るり君とぞ仰せける。

*枕問答の段―姫の寝所に入った牛若と姫との問答。牛若はさまざまに言葉を掛けるが姫はなかなか靡かない。ここに採ったのはその一節。

〇さんせう太夫―古説経の代表曲の一。説経正本としては数種の版が伝わるが、ここには初めに、年代が古くかつ冒頭を存する佐渡七太夫正本の語り出しの部分を採った。明暦二年六月刊。次につし王丸姉弟が丹後のさんせう太夫のもとから逃亡をはかるところを、現存最古の正本である説経与七郎正本から採った。寛永年代の末の刊行と推定されている。本文はともに『説経正本集』によった。

*安楽寺―福岡県筑紫郡太宰府町にあった。

*あらいたはしや―説経の常套句。

*伊達の郡、信夫の庄―福島県北部の地。

*柴の庵―さんせう太夫は、姉弟がいつも泣き顔をしているのを、正月を迎えるのに不吉だといって、「三の木戸の脇に柴の庵を作つて」そこで姉弟に越年させた。

さんせう太夫

ことば　たゞいま語り申す御物語、国を申さば、丹後の国、金焼《かなやき》地蔵の御本地を、あら〳〵説きたてひろめ申すに、これも一度《ひとたび》は人間にておはします。人間にての御本地を尋ね申すに、国を申さば、奥州、日の本の将軍、いわきの判官正氏《まさうじ》殿にて、諸事のあはれをとゞめたり。此の正氏殿と申すは、情《じやう》の強《こは》ひによつて、筑紫安楽寺へ流され給ひ、憂き思ひを召されておはします。フシ　あらいたはしや御台所は、姫と若、伊達の郡《こほり》、信夫《しのぶ》の庄へ、御浪人をなされ、御嘆きは理《ことわり》也。

（佐渡七太夫正本）

フシクドキ　あらいたわしやな姉弟《きやうだい》は、さて去年《こぞ》の正月までは、御浪人とは申したが、伊達の郡、信夫の庄で、殿原たち上臈《じやうらふ》たちの破魔《はま》胡鬼《こぎ》の子の相手となつて、寵愛なされてある物を、今年の年の取り所、柴の庵で年を取る。われらが国の習ひには、忌みや忌まるゝ者をこそ、別屋《べちや》に置くとは聞ひてあれ、忌みも忌まれもせぬ者を、これは丹後の習ひかや。寒いかよつし王丸、ひもじなるよつし王丸。やあいかにつし玉丸、此の太夫殿に遂《と》げての奉公はなるまいぞ。此の国の初山《はつやま》が正月十六日と聞ひてあり。初山に行くならば、姉にいとまを乞わず共、山からすぐに落ちさいよ。落ちて世に出てめでたくは、姉が迎いに参らひよ。つし王丸は聞こし召し、姉御の口に手を当てて、なふ〱いかに姉御様、今当代の世の中は、岩に耳、壁の物言ふ□（ごカ）とき也。自然此の事を太夫一門聞くならば、さて身は何と成るべきぞ。落ちたくは姉御ばかり落ち給へ。さてそれがしは落ちまいよの。姉御此の由《よし》聞こし召し、みづから落てう（おちょう）は易けれど、女に氏《うぢ》はないぞやれ。又御身は家に伝はりたる系図の巻物お持ちあれば、一度は世に出で給ふべし。いや姉に落ちよ、弟《おとと》に落ちよ、落ちい落ちじと問答を、邪見成る三郎が、藪に小鳥を狙ひいて立ち聞きこそはしたりけり。

（説経与七郎正本）

*三郎―さんせう太夫の三男。

小栗判官

〇小栗判官―古説経の代表曲の一。説経正本としては数種の版が伝わるが、ここには操りにかけられた説経の古い詞章を伝えるものとされている絵巻『をくり』の詞書きの一部を採った。寛永後期かそれよりあまり下らぬ時期の成立と見られる。物語は小栗が大蛇と契ったため父二条大納言によって常陸に流されること、武蔵・相模の豪族横山の娘照手姫のもとに押し入ってこれを妻とすること、これを知った横山は鬼鹿毛という荒馬に食わせて小栗を殺そうとはかるが、小栗がこれを乗りこなしてしまうので、毒酒によって小栗を殺すこと、照手は横山の命により川に沈められるところを危く助かり、流浪して美濃国青墓（おおはか）の宿の長者のもとで水仕奉公するに至ること、冥途の小栗は閻魔大王によって餓鬼の姿でこの世に送り返され、藤沢の上人の手で土車に乗せられ、東海道を熊野湯の峯に向って多くの人の手で引かれて行くこと、と語り進められる。青墓の宿でこの餓鬼阿弥は照手と巡りあう。照手はそれを夫とは知らず、胸札に「この者を一引き引いたは千僧供養、二引き引いたは万僧供養」と書いてあるのを見て、夫の菩提のために土車を引く。ここにはこの一節を採ったが、このあと餓鬼阿弥は湯の峯の湯に浴してもとの英雄の姿に復し、父に会って勘当を許され、美濃国の国主となって国入りし照手と再会、横山に復讐し、また常陸に帰り栄華に暮し、死後は照手とともに神に祭られたと語り納める。近世、浄瑠璃・歌舞伎の題材となって多くの小栗物の戯曲を生んだ。本文は『説経正本集』によった。

照手この由《よし》聞し召し、あまりのことの嬉しさに、徒歩《かち》や跣《はだし》で走り出で、車の手縄にすがり

*この由―照手が餓鬼阿弥の車

を引くため三日の暇を乞うたのに対して、長者（長殿・長の君）が五日の暇を与えたこと。

*十人の殿原―小栗とともに毒酒で殺された小栗の家来。

*姫が涙は……―以下岐阜県大垣から滋賀県大津に至る道行。

絵巻『をくり』の図

つき、一引き引いては千僧供養、夫《つま》の小栗の御ためなり、二引き引いては万僧供養、これは十人の殿原たちの御ためとて、よきに回向をなされてに、承ればみづからは、なりとかたちが良いと聞くほどに、町や宿《しゆく》や関々で、徒名《あだな》取られてかなはじと、また長殿《ちやうどの》に駈け戻り、古き烏帽子を申し請け、さんての髪に結びつけ、丈《たけ》とひとせの黒髪を、さつと乱ひて面《おもて》には、油煙の墨をお塗りあり、さて召したる小袖をば、裾を肩へと召しなひて、笹の葉に幣《しで》をつけ、心は物に狂はねど、姿を狂気にもてないて、引けよ引けよ子供ども、物に狂ふて見せうぞと、姫が涙は垂井《たるゐ》の宿、美濃と近江の境なる、長競《たけくらべ》　二本杉　寝物語を引き過ぎて、高宮川原に鳴く雲雀《ひばり》、姫を問ふかよ、やさしやな。御代は治まる武佐《むさ》の宿、鏡の宿に車着く。照手この由聞し召し、人は鏡と言はば言へ、姫が心はこのほどは、あれと申し、これと言ひ、あの餓鬼阿弥に心の闇がかき曇り、鏡の宿をも見も分かず、姫が裾に露は浮かねど草津の宿、野路《のぢ》　篠原を引き過ぎて、三国一の瀬田の唐橋を、ゐいさらえひと引き渡し、石山寺の夜の鐘、耳に聳《そび》へて殊勝なり。馬場　松本を引き過ぎて、お急ぎあれば程もなく、西近江に隠れなき、上《のぼ》り大津や関寺や、玉屋の門《かど》に車着く。

照手この由御覧じて、あの餓鬼阿弥に添ひ馴れ申さうも、今夜ばかりと思し召し、別屋《べちや》に宿をも取るまひの、この餓鬼阿弥が車の輪立《わだて》を枕となされ、八声《やこゑ》の鳥はなけれども、夜すがら泣ひて夜を明かす。

五更《ごかう》の天も開くれば、玉屋殿へ御ざありて、料紙　硯をお借りあり、この餓鬼阿弥が胸札に、書き添へこそはなされけり。海道七か国に、車引ひたる人は多くとも、美濃の国青墓の宿、よろづ屋の君の長殿の下水仕《しもみづし》、常陸《ひたち》小はぎと言ひし姫、さて青墓の宿からの、上り大津や関寺まで、車を引いて参らする。熊野本宮湯の峯に御入りあり、病本復《やまふほんぶく》するならば、必ず下向《げかう》には、一夜の宿を参らすべし、かへす〴〵と御書きある。

なにたる因果の御縁やら、蓬萊の山の御座敷で、夫《つま》の小栗に離れたも、この餓鬼阿弥と別るゝも、いづれ思ひは同じもの。あはれ、身がな二つやれ。さて一つのその身は、君の長殿に戻したや。さて一つのその身はの、この餓鬼阿弥が車も引いてとらせたや。心は二つ、身は一つ、見送り、たゝずんで御ざあるが、お急ぎあれば程もなく、君の長殿にお戻りあるは、諸事の哀れと聞えける。

*青墓の宿―岐阜県大垣市青墓付近にあった。

*熊野本宮湯の峯―和歌山県東牟婁郡本宮町にある。温泉として名高い。小栗をこの世に返す時、閻魔大王は「この者を藤沢のお上人の明堂ひじりの一のみ弟子に渡し申す。熊野本宮湯の峯に御入あって給はれや云々」と小栗の胸札に書いた。

*蓬萊の山の…―小栗が横山に蓬萊の山の見物に招かれた時、照手は不吉な夢を見たと言って切に止めたが、それが最後の別れとなったことをさす。

公平末春軍論《きんぴらすゑはるいくさろん》　四段目

○公平末春軍論―作者不詳。万治三年三月刊。六段。京都の山本九兵衛版で、井上大和少掾の正本と推定され、上方の公平浄瑠璃としては最古の現存作品。大和少掾は江戸の和泉太夫の語り物をしきりに継承して語った、上方における本格的な公平語りの一人である。橘左大将は右大将源頼義を亡ぼすため、筑紫の菊池弾正をかたらって謀叛を起こさせる。頼義は軍勢をさし向け、卜部末春を軍大将に命ずるので、公平はこれを不服とし、自分が行くと言って末春と争う（題名はこれによる）。左大将は、頼義のもとに竹綱と公平が残っていて手が出せないので、この二人を仲たがいさせようとするが、竹綱が思慮深いため成功しない。そこで左大将は帝に讒奏して頼義を逆臣とし、頼義の屋敷を攻める。公平らが奮戦するが、頼義はいったん摂津多田の庄に難をさける。頼義はそこで重病に倒れ、源氏は危機に陥るが、四天王らの努力で勢を盛り返す。帝は左大将の讒奏を信じて頼義を疑ったことを悔い、左大将は捕えられて天下はおさまり、源氏はいよいよ栄えることとなる。ここに採ったのは四段目の公平奮戦の場面。本文は『金平浄瑠璃正本集』によった。

扨も其の後、坂田の平太公平はたび〳〵打つて出でけれども、公平と見るからに向ふ者のあらざれば、兜を深くうちかぶり、面頬《めんぼほ》　頬当《ほほあて》押し当てて、薙刀《なぎなた》をうち担《かた》げ、作り名して名乗りけるは、たゞ今打つて出でたるは、平井の一丸《いちまる》が伯父《をぢ》、美濃の国の住人、きし田の左衛門ためつぐ也。我と思ふ者あらば、押し並べて首打ちせよと、老後の思ひ出に討ち死にせんとぞ呼ばはりける。寄せ手の者共是《これ》を聞き、一丸が伯父ならば手取りにせんと言ふまゝ、我先にと打つてかゝる所を、引き寄せつらぬき、ねぢ首　人つぶて、当るを幸《さいはひ》にはらり〳〵と投げ捨てける。

寄せ手は是に肝を消し、怖ぢて左右《さう》なく進み得ず。新藤左衛門ゆきたゞ、采《ざい》振り上げ言ふやうは、あのきし田一人に何程の事が有るべき。かゝれや〳〵と下知《げぢ》すれば、爰《ここ》に陸奥《みちのく》の住

*公平―「金平」とも書く。坂田金時の子。坂田兵庫守とも称し、剛勇無双だが単純で短気でいささか滑稽味のある豪傑。

*平井の一丸―源頼光の家臣平井保昌の孫。

*新藤左衛門ゆきたゞ―左大将の謀臣。

人しかまの蔵人ありくに、下総《しもふさ》の住人とげの七郎さだとし、力はつね〴〵自慢也、二人ともにうちうなづき、鬼神《おにがみ》成りともあまさじと飛んでかゝり、むずと組む。公平二人を左右《さう》に受け、弓手馬手《ゆんでめて》に掻《か》い挟《はさ》み、ゑいと言ふて絞めければ、目口よりも血を吐いて、たちまち空しく成りにけり。

新藤左衛門歯がみをなし、一文字に打つてかゝる。願ふ所のやつかなと、飛びかゝり、ひつ摑《つか》み、手の下におつ伏すれば、郎党のなり時すかさず駆け寄せ、きし田が兜を摑んでうしろへやつと引きければ、兜　面頬引き切れて、見れば坂田の公平也。やれ、きし田にてはなきぞ、公平なるはとて、どつと言ふてぞ逃げにける。其の内公平、新藤左衛門が首を掻き落し、公平と軍《いくさ》せまじきとは何事ぞ。いやと言ふ共、是非せんものをと、大手を拡げて追つかくれば、八方へ逃げ散りけり。

四《し》天王《てんわう》高名《かうみやう》物語《ものがたり》　一段目

〇四天王高名物語―作者不詳。寛文二年七月刊。六段。京都の鶴屋喜右衛門版であるが、題簽に「公平北国責／江戸いづみ太夫口伝正本也」とあって、公平語りの和泉太夫の語り口で語られた作品と思われる本格的な公平浄瑠璃。鎮守府将軍源頼義（本文頼吉）を亡ぼさんとするさわらの右大将が、国々の大名に東国北国で謀叛を起こさせる。右大将の計略とは知らず、頼義は四天王を平定にさし向ける。この間に都では右大将が頼義を攻め、頼義は数人の家臣と摂津の住吉神社に身をひそめるが、住吉の神主の尽力で再び四天王に逢い、その働きによって右大将を亡ぼし、天下はおさまる。ここに採ったのは一段目の一節、頼義の前で公平と竹綱が論争する場面。本文は『金平浄瑠璃正本集』によった。

*頼吉—源頼義。多田満仲の孫。源頼光の甥。

*竹綱—渡辺綱の子。沈着な智謀の士。公平と対照的性格で、二人が対立・論争するのは公平浄瑠璃の型になっている。

*四天王一人武者—頼光の家臣には四天王といわれた渡辺綱・坂田金時・碓氷定光・卜部季武と一人武者平井保昌の五人の勇士がいたが、公平浄瑠璃では四天王の子の竹綱・公平・定景・季宗（または末春）と一人武者の子（作品により名は一定しない）とを活躍させる。

中にも公平《きんぴら》は、御前近く謹んでかしこまり。近比《ちかごろ》恐れ多き申しごとにて候へ共、某《それがし》は此のたびの討手、御許されを蒙《かうむ》るべきと申し上ぐる。頼吉《よりよし》聞こし召し、黙然《もくねん》としてしばし上意はなかりけり。時に竹綱申すやう、いかに公平、御辺な例に変りたる訴訟を申さるゝものかな。軍《いくさ》とだに言へば、絵にかきたるを見ても喜び給ふに、此のたび辞退いたさるゝは、いかさま所存有りげに覚ゆる間、子細詳《くは》しく承《うけたまは》らんとぞ申しける。

公平聞いて、あふ《（おお）》御《ご》分《ぶん》共覚へぬ。公平が所存察し給はぬこそ愚か也。竹綱聞いて、あふいかにも御辺の心底察したり。此のたびの討手、僅かの小敵に、四天王一人武者五人迄に仰せ付けらるゝとのこと成るべし。しかしながら、一国一城に籠る敵《てき》にてもあらばこそ、東国と北国、数百里をへだて、又は所々に出張《でば》りを構へ、たゞ一度蜂起する敵《かたき》を、御辺一人が矛先《ほこさき》にて打ち鎮《しづ》めんとの所存、是《これ》前代未聞の大き成る働きにてやあらん。さりながら名人の言葉にも、深く計りて浅く渡れと言へば、御辺の所存、血気短智にして深きおもんばかりなき故《ゆゑ》也。

公平大きに立腹し、あふ竹綱の異見、尤《もつと》もさこそ有るべけれ。自体某は生れ付きたる烏滸《をこ》の者にて、知恵も分別もなければ、もとより御辺のやうに軍法　おもんばかりもいさ知らず。虎は畜類の頭《かしら》として、知恵なけれ共、無二無三に勢《いきほひ》猛《たけ》き物なれば、虎に立て合ふ獣《けだもの》なし。又畜類の中にも、兎は少し知恵あつて、猟師遭《あ》ひたらば、とやせんかくやあらんとかねてたくめども、その期《ご》に臨《のぞ》めば必ず猟師に捕らるゝとかや。是を兎兵法《ひやうはふ》　蔭《かげ》の舞と、下劣の言葉に申し習はしたり。まつそのごとく、某も虎の生れ付きかして知恵はなけれど、たとはば敵《てき》は異国本朝の間へだて、山があらふ共　海があらふ共、無二無三に、たゞひと押しに攻めほすことこそ、よつく習ひて候へと、あくまで過言をぞ申しける。

出世景清　四段目

〇出世景清―近松門左衛門が初めて竹本義太夫のために書きおろした作品。貞享二年大坂竹本座で二の替り興行として上演（ただし『操年代記』によれば貞享三年となる）。時代浄瑠璃。五段。平家滅亡後も頼朝を狙う景清は、東大寺再建の普請場でまず畠山重忠を討とうとしたが果さず、のがれて京都清水坂の遊女あこやの家に身を寄せる。あこやは景清とは二人の子をもうけた間柄であるが、正妻小野の姫への嫉妬に心乱れて、兄が景清を六波羅に訴人することを認めてしまう。一方、源氏は小野の姫父子を捕え、姫を拷問するので、景清は名乗って出てみずから捕えられる（以上三段目まで）。ここに採ったのは四段目の一節で、景清の牢の場面。五段目では景清は清水の観世音の加護により命たすかり、頼朝は景清に日向の国宮崎の庄を与える。景清は両眼をえぐって日向に下る。舞曲・古浄瑠璃の『景清』に拠りながら、そこから脱却して近世的な人間悲劇を形成したところが高く評価されている。本文は十行三十二丁の山本九兵衛・山本九右衛門版によった。

大宮司―小野の姫
　　　　　‖
　　　　景　清
　　　　　‖
　┬あこや
　└(兄)十蔵
　　　┌いや石
　　　└いや若

フシ是《これ》は扨置《さて》き。地色中あこやの前ハルいや石いや若諸共《もろとも》に。山ゥ崎山の谷蔭に深く隠れておはせ中しが。地色景清牢舎と聞くよりも我が身も有るにあらればこそ。六波羅に走り着き此の体《てい》を一目見て。上なふあさましの御風情や。やれあれこそ父よ我が夫《つま》と。牢の格子にすがり

*近松門左衛門―杉森信盛。号巣林子。延宝年間より京都の宇治加賀掾の浄瑠璃を書く。『出世景清』以後竹本義太夫のためにも書くようになるが、元祿年代はむしろ歌舞伎作者として活躍、宝永二年より大坂竹本座の座付作者となり浄瑠璃に専念することとなり、その名作の多くはこれより没するまでの約二十年間に書かれた。一六五三～一七二四。

*あこやの前―舞曲『景清』では「あこ王」とする。

*山崎山―京都府乙訓郡大山崎町にある山。

*景清―上総介平忠清の子で悪七兵衛と呼ばれ、平家の侍大将として屋島や壇の浦の戦で勇名を馳せた。景清説話は平家物語をはじめ、謡曲・舞曲・浄瑠璃・諸国の口頭伝承に広く語り伝えられ、歌舞伎戯曲の題材ともなっている。

*六波羅―京都市東山区の地

名。鎌倉時代ここに六波羅探題が置かれていた。

*大宮司―ここでは尾張の国熱田神社の神職の長をさす。
*小野の姫―原本「をのゝ姫」。景清の正妻。

つき中フシ泣くより。ほかのことぞなき。詞景清大《だい》の眼《まなこ》に角《かど》を立て　やれ物知らずめ。人間らしく言葉をかくるも無益《むやく》ながら。かほどの恩愛をふり捨て夫の訴人《そにん》をしながら。何の生面《なまづら》さげて今此の所へ来たりしぞ。地色をのれハル指一つかなひなば。つかみひしいで捨てんものをとスエテ歯がみを。してぞゐられける。地色中げに御恨みは　理《ことわり》なれども。わらはがことをも聞き給へ。兄にて候十蔵訴人せんと申せしを。再三止《とど》めて候色所に。中ゥ大宮司《だいぐじ》の娘ゥ小野の姫とやらんより。親しき御文《ふみ》参りしゆへゥ女心の　あさましさ　嫉妬の恨みに取り乱れ　あとさきの踏まへもなく。当座の腹立ちフシやるかたなく。地色ともかくもと申しつるゥ後悔先に立たばこそ。さはさりながらゥ嫉妬は殿御のいとしさゆへ。女のならひ誰《た》が身の上にも候中ぞや。申し訳けいたす程皆言ひ落ちにてハル候へ共。今迄のよしみにはゥ道理一つを聞きわけて。たゞ何事も御免有り　今生《こんじやう》にて上今一度。言葉をかけてたび給はばゥそれを力に自害して。我が身の言ひ訳け立て申さんとスエテ地にひれ伏してぞ泣きゐたり。

（この間に、いや石・いや若が景清にすがりつく場面、それを景清が無慈悲な母から生まれたと思えば汝らまで憎い、「父とも思ふな子とも思はじ」とつき放す場面がある。）

地ハルあこやはあまり堪へかねて。よし此の上はみづからはともかくも。かはいやな兄弟にやさしき言葉をたゞ一言《ひとこと》。さりとてはかけてたべ　なふ。子はかはゆうは覚《おぼ》さぬかとスエテ又せきあげてぞ歎かるゝ。詞景清重ねて。おことがやう成る悪人に返答もせじとは思へどもな。今の悔みをなど最前には思はざりしぞ。されば天竺に獅子といふ　獣《けだもの》有り。身は畜生にて有りながら知恵人間に越へたれば。狩人《かりうど》にも取られず　かへつて人を取り喰《くら》ふ。され共腹中にとゞくといへる虫有つて。此の虫毒を吐くゆへに体《たい》を破つて自滅す也。されば女の嫉妬の仇《あた》。人を恨むと思へ共　夫婦は同じ体なれば。皆是《これ》我が身を責むる理《ことわり》。我《わ》御《ご》前《ぜ》がやう成る我慢《がまん》愚《ぐ》癡《ち》の猿知恵を。獅子《しし》身中《しんぢゅう》の虫に譬へて仏も戒め給ふぞや。汝が心一つにて本望遂げず　あまつさへ。恥辱の上の恥辱を取り。今言ひ訳けして妻子が歎くを不便よとて。日本一の景清が二たび心をかへすべきか。何程言ふても汝が腹より出でたる子なれば景清が敵《かたき》也。妻共子共思はぬと思ひ切つてぞゐたりける。

地色 扨はいか程に申しても御承引《しよういん》有るまじきか。ヲヽ、詞 くどい〳〵　見苦しきにはや〳〵帰れ　思ひ切つたぞ。地ウ なふ　もはや長らへて何方《いつかた》へ帰らふぞ。やれ子供よ　母が誤りたればこそかく詫《わ》び言《こと》いたせ共。つれなき父御の言葉を聞いたか。親や夫に敵《かたき》と思はれおぬしらとても生きがひなし。此の上は父親《てておや》持つたと思ふな　母計《ばかり》が子成るぞや。みづからも長らへて非道の憂き名流さんこと未来をかけてなさけなや。いざ諸共《もろとも》に死出《しで》の山にて言ひ訳けせよ。詞 いかに景清殿。わらはが心底地ハル是迄也と。いや石を引き寄せ守り刀をずはと抜き。南無阿弥陀仏と刺し通せば　いや若驚き声を立て。いや〳〵我は母様の子ではなし。父上助け給へやと。牢の格子へ顔をさし入れ〳〵色 逃げ歩く。エヽ卑怯なりと引き寄すればわつと言ふて手を合せ。許してたべ　こらへてたべ。明日《あす》からはおとなしう月代《さかやき》も剃《そ》り申さん。灸《やいと》をも

〇曾根崎心中―近松門左衛門作。元禄十六年五月七日より大坂竹本座上演。この年四月七日に曾根崎天神の森で平野屋の手代徳兵衛と堂島新地天満屋の遊女お初が心中した事件を題材とする。近松の世話浄瑠璃の第一作。一段の短編で『日本王代記』(時代物)の切浄瑠璃として上演された。ここに採ったのは、冒頭のお

すへませふ。扨も邪見の母上様や。助けてたべ父上様とスエテ息をはかりに泣きわめく。地中ヲ、理《ことわり》よ　さりながら。地ハル殺す母は殺さいで助くる父御の殺さるゝぞ。あれ見よ　兄もおとなしう死したれば。おことや母も死なでは父への言ひ訳けなし。いとしい者よ　よう聞けと。すゝめ給へば聞き入れて　あ　それならば死にませふ。父上さらばと言ひ捨てて。兄が死骸に寄りかゝりうちあをのきし顔を見て上いづくに刀を立つべきぞと。あこやは目もくれ手も萎《な》へてフシ転《まろ》び。伏して歎きしが。エ、今はかなふまじ　必ず前世《ぜんぜ》の約束と思ひ母ばし恨むるな。おつつけ行くぞ南無阿弥陀と心もとを刺し通し。さあ今は恨みを晴し給へ　迎へ給へ御仏《みほとけ》と。刀を喉《のど》に押し当て兄弟が死骸の上にかつぱと伏し。共に空《むな》しくなり給ふフシ扨も是非なき風情《ふぜい》也。景清は身を悶へ泣けど叫べどかひぞなき。神や仏はなき世かの　さりとては許してくれよ。やれ兄弟よ我が妻よと鬼をあざむく景清も。スエテ声を上げてぞ泣きゐたり。フシ物の。ハルあはれの限りなり。

曾根崎心中　観音廻り

謡げにや安楽世界より。今此の裟婆に示現《じげん》して。我等がための下観世音仰ぐも高しハルフシ高き屋に。中ウ登りて民の賑ひを。契り置きてし難波津《なにはづ》や。スエテ三つづゝ十と三つの里。中ウ札所《ふだしよ》〳〵のウ霊地霊仏ヲクリ廻《めぐ》れば。罪もウ夏の雲あつくろしとてウ駕籠をはや。をりはのこひ

初観音めぐりの始めと中ほどと終りの部分である。本文は八行二十五丁の山本九兵衛・山本九右衛門版によった。
*三つづゝ十と……―西国三十三所にならった大坂三十三所の観音霊場。当時これをめぐる順礼（特に女順礼）が流行していた。早朝から夜におよぶ一日の行程である。
*フシヲクリ―道行に用いるヲクリ。この節の所で人物が姿を現わす（本作では駕籠から出る）。
*歌―当時の流行歌などの曲節で語ることを示す。
*波の淡路に……―近松は歌舞伎狂言『傾城壬生大念仏』（その項参照）で当時流行のちんちん節の替え歌を使った。「ありし辛さに懲りずも通ふ、土手の霜風身にしみ〴〵と……色にこごえて死なうなら、しんぞ此の身はなり次第、はてそれ迄。」ここはこの文句からの替え歌。
*慶伝寺―第十二番札所。

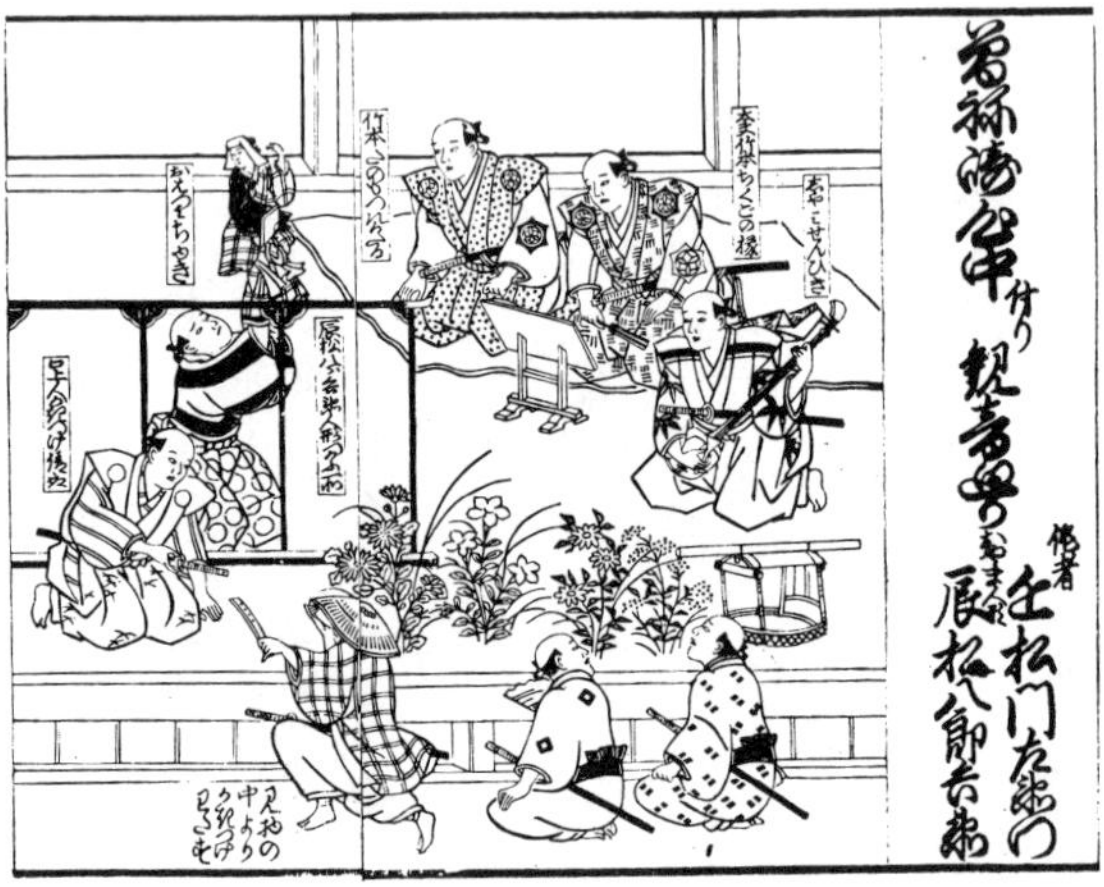
『牟芸古雅志』所収観音廻り舞台図

めゥ三六《さぶろく》の。ゥ十八九なるゥ顔佳花《かほよ》。フシヲクリ今咲き〳〵出しの。初花にハルフシ笠は着ず共。召さず共。中照る日の神も男神《をとこ》。よけてゥ日負けはフシよもあらじ。中ゥ頼み有りけるハル順礼道。西国《さいこく》卅ゥ三所にも中ヲクリ向ふと。聞くぞゥ有難き。

ゥ四方《よも》に眺めの果しなく下西に舟路のうゥみ深く引。歌ゥ中波の淡路《あはぢ》に下消えずも通ふ。キン沖の下潮風。中身にしむかもキンめ。汝《なれ》も下無常のゥ煙にむせぶ。ハル色に焦れて死なふなら。キンしんぞ中此の身はなりゥ次第。さて。げに良いハル慶伝寺。ハルフシ縁に引かれて。またいつか。中こゝに高津《かうづ》の遍明院《へんみやうゐん》。菩提の種やゥ上寺町《うへでらまち》の。下長安寺よりせゥい安寺。ゥ上《のぼ》りやすな〳〵下りやちよこ〳〵。ハルフシ上りつ下ゥりつゥ谷町筋を。歩みならはずフシ行きならはねば。中所体《しよてい》ゥくづをれア、恥かしの。もりて裳裾《もすそ》がハルはら〳〵。はつと返るをうち掻き合はせ。ゆるみし帯を引き締め。

〳〵。締めてゥまつはれフシ藤の棚。

仏神水波《ぶつしんすいは》のゥしるしとて甍並《いらか》べし新御霊《しんごりよう》に。拝み納まるさしも草　草のはすはな世に交り。

卅三に。ゥ御身を変へキン色で。道引き情《なさけ》で教へ。恋ゥをゥ菩提の橋となし。ゥ渡して救ふ　く

ゥはんぜ音　誓ひは。妙《たへ》に三重〽有難し

忠兵衛 梅川 冥途の飛脚　中之巻

○冥途の飛脚―近松門左衛門作。正徳元年三月五日より大坂竹本座上演。世話浄瑠璃。上中下三巻。大坂の飛脚屋亀屋忠兵衛が新町の遊女梅川となじみ、為替金を使いこんで処刑された事件を題材とする。上(亀屋)。金に詰まった忠兵衛が友人八右衛門に彼の為替金五十両を使いこんだ事を詫び、八右衛門はこれを許す。武家屋敷に届けるべき三百両の金を懐にした忠兵衛は、うかうかと新町に行ってしまう。中(新町の茶屋)。新町に来た忠兵衛は八右衛門が彼のことをそしっているのを立ち聞きし、激昂して三百両の封印を切り、五十両を八右衛門にたたきつけ、梅川を身請けする。下(道行―新口村)。追手の目をのがれながら忠兵衛と梅川が大和の国新口(にのくち)村に来て、忠兵衛の父孫右衛門に逢うが、その直後に捕えられる。のちに紀海音はこれを改作して『傾城三度笠』を書き、その後も浄瑠璃・歌舞伎で多くの改作が作られた。『けいせい恋飛脚』『恋飛脚大和往来』はその主なもの。ここに採ったのは中之巻の封印切りの場面。本文は七行五十四丁の山本九兵衛・山本九右衛門版によった。

地ハル忠兵衛元来悪い虫押さへかねてずんと出で。八右衛門が膝に色むんずと居かゝり。詞

是《これ》丹波屋の八右衛門殿。つね〴〵の口ほどあつて　ヲヽ男じや見事じや。三人寄れば公界《くがい》

忠兵衛が身代《しんだい》の棚卸《たなおろ》ししてくれる　忝《かたじけな》い。コリヤ此の水入《レ》も男同士《どし》。母の心を安めるた

*藤の棚―和勝院。第十六番札所。境内の藤が名高い。

*新御霊―御霊神社。第三十三番札所。

*忠兵衛―大坂淡路町の飛脚屋亀屋の養子。飛脚屋は通信の外に為替を扱い現金輸送をも行なった。

*梅川―大坂新町の端女郎(はしじょろう・下級の遊女)。忠兵衛とともに捕えられたが、罪なしとして放免されたという。

め受け取つてくれるかと。謎をかけて渡したを　此の忠兵衛が五十両。損かけふかと気遣ひさに廓三界《くるわさんがい》披露して。男の一分《ぶん》捨てさする。但し又島屋の客に賂《まひな》い取《り》て。梅川に薫を焚《た》き　あちらへやらふといふことか。措《お》ひてくれ気遣ひすな　五十両や百両。友達に損かける忠兵衛ではごあらぬ　アヽ。八右衛門様　八右衛門め。地色ハルサア金渡す手形戻せと。金取り出し包みを解かんとする所を。八右衛門押さへて　こりや待て色やい忠兵衛。詞よつぽどのたはけを尽せ。其の心を知つたるゆへ異見をしても聞《ク》まじと。廓の衆を頼んでこちらから避《よ》けてもらふたらば。根性も取り直し人間にもならふかと。男づくの念比《ねんごろ》だけ。五十両が惜しければ母御の前で言ふはいやい。転合《てんがう》な手形を書き無筆の母御を宥《なだ》めしが。是でも八右衛門が届かぬか。その金嵩《かねがさ》も三百両　手金《てがね》のあらふやうもなし。地色ハルさだめてどこぞの仕切金《しきりがね》。其の金に疵《きず》をつけ。ゥ八右衛門したやうに鬢水入《びんみづいれ》では色済むまいぞ。但しハル代りに首やるか上《のぼ》り詰める其の手間《てま》で。届ける所へ届けてしまへ　エヽゥ性根《しやうね》のすはらぬ気違ひ者と。割つつ砕いつ叱れ共　いや〱仁義立《じんぎだ》て色措《お》ひてくれ。詞此の金を余所《よそ》のとは　此の忠兵衛が三百両持つまいものか。地色ハル女郎衆の前といひゥ身代を見立《テ》られ。なを返《かや》さねば一分立たぬと。包みほどいて十廿三十。しじうつまらぬ五十両ゥくる〱と色引包《ひつつつ》み。これゥ亀屋ハル忠兵衛が人に損かけぬ証拠。サア受け取れと投げつくる　ゥ男の面《つら》へ色なんとする。詞忝《かたじけな》いと礼いふて返し直せと地投げ戻す。をのれになんの色礼いはふと。地色ハル又投げつけつ投げ返しフシ腕まくりして軋《ぎし》み合ふ。
地色ハルウ梅川涙にくれながら梯子《はしご》駆《か》け下《お》り　なふすつきりわしが聞きました。みな島ゥ八様のがおゥ道理じや　これ上手を合せる。梅川にゥ許して下さんせとフシ声を。上げて泣きけるが。地なさけなや忠兵衛様　なぜ其の様に上《のぼ》らんす。そもや廓へ来る人のゥたとへゥ持丸《もちまる》長中者でもゥ金に詰まるはフシ有るならひ。地こゝの恥は恥ならずゥ何をあてに人の金。ハル封を切つて撒《ま》き散らし詮議《せんぎ》にあふて牢櫃《らうひつ》の。縄かゝるのとゥいふ恥とゥ此の恥と替へらるか。恥かく計《ばかり》かゥ梅川は上何となれといふことぞ。とつくと心を落しつけゥ八様に詫言《わびこと》し。金を束《つか》ねて其の主《ぬし》へ　はゥやふ届けて下さんせ。わしを人手にやりともない　それは此の身も同じこと。ゥ身一つ捨てると思ふたら　皆ゥ胸に籠《こ》めてゐる。ゥ年《ねん》とてもまあ二年ン　下宮島《しもみやじま》へも身を仕切り。大坂《おほざか》の浜に立つてもゥこな様一人は養ふて。ゥ男に憂き目かけまいゥ物　気を鎮《しづ》めて下さんせ。ゥあさましい気にならんした　かふは誰《た》がした色わしがした。上皆梅川が故なれば　忝《かたじけな》いやらゥいとしいやら。心を推《すい》してゥ下さんせと。ゥくどき立て〳〵ゥ小判の上にはら〳〵とフシ涙は。井手《ゐで》の中山ぶ。きにノル露置き。添ふハルるごとく也。

*下宮島―広島県の宮島。繁華の地で遊廓もにぎわっていた。下(しも)は中国・四国・九州地方をさす。

*井手の山ぶき―井手は京都府綴喜郡井手町。山吹の名所であった。

*紀海音—榎並喜右衛門。号貞因、後に貞峨。俳人。また狂歌をよくした。若くして出家し(黄檗宗)、英才を認められたが、宝永初年還俗、やがて紀海音の名で豊竹座の浄瑠璃作者となり、竹本座の近松と相対峙して活躍した。代表作は『鬼鹿毛無佐志鐙』『心中二つ腹帯』等。一六六三～一七四二。

*傍へ—利右衛門の傍へ。

傾城三度笠《けいせいさんどがさ》　中之巻

〔傾城三度笠—紀海音作。明和版『外題年鑑』によれば正徳三年十月十二日より大坂曾根崎新地芝居上演。世話浄瑠璃。上中下三巻。近松作『冥途の飛脚』の改作。上(亀屋)。忠兵衛の許婚おとらは恋人新七をつれて来て、新七と結婚するために、伯母に当る亀屋の後家(忠兵衛の養母)に頼んで忠兵衛との縁を切ってもらう。江戸から帰った忠兵衛は、親友利右衛門が梅川を身請けしようとしていると聞き、憤激して為替金四百五十両を持ち廓に急ぐ。中(新町の茶屋)。忠兵衛は梅川と利右衛門とを面罵し不実をなじるが、真相は、忠兵衛が江戸に行った留守に梅川が他の客に身請けされそうになったので、それを防ぐ目的で利右衛門が手付け金を渡し、忠兵衛のために身請けしようとしていたのだということを知る。忠兵衛はその友情に感謝し、持って来た為替金で梅川を身請けし、二人して廓をのがれ出る。下(道行—新七内)。二人は忠兵衛の故郷大和の国へのがれ行き、新七おとら夫婦の家に隠れる。しかし追手はせまり、新七夫婦や新七の父の苦心にもかかわらず捕えられてしまう。近松作に比してずっと理詰めな、人情より義理によって葛藤をおし進める海音の作劇法がよく現われている。ここに採ったのは中之巻の一節。本文は八行三十三丁の西沢九左衛門版によった。

地色中忠兵衛傍《そば》へどうと坐り　扨も初心な御大臣。ゥ顔ふるのは梅川と口舌《くぜつ》を我に色取り持てか。詞ヤイそこな不届者《ふとどきもの》。義理差し合ひを弁《わきま》へるが傾城買ひの一徳ぞ。人の訳《わけ》くふ好色は面桶《めんつ》狂ひと名を付けて。人間なれば乞食の所作《しよさ》。畜生ならば犬と猫。地色ゥよい獣物《けだもの》もたしなむ事。お主《ぬし》も男のきれなれば。かく雑言《ざふごん》を言われては堪忍《かんにん》ならぬ筈。覚悟をせよと詰め掛くるを。ゥ利右衛門騒がず打ち笑ひ　あたら男に面目を。ゥ失はせたる我なれば当て言《こと》わふがたゝかふが。ゥさら〳〵腹は立たぬと言へば忠兵衛いよ〳〵むつとして。思ひのまゝに踏み付けて結構らしい挨拶は。我を嬲《なぶ》るかゥ乗せるのか。又気色《きしよく》に恐れつゝ此の場を逃げてゥ退《の》く為か。勤めなれ共女房と。契《ちぎ》つた中を知りながら目を盗んだは間男《まをとこ》よ。首並べんと脇

*親里―梅川の実家は京にあったと伝えられている。

差を。抜きかける手にすがりつき　やれ待てそれは了簡違い。詞そなたと我《われ》が懇切《こんせつ》は兄弟よりも深い中。身の大事をも語り合ひ心の底も知りながら。不義なんどとは曲がない。そちが留守に梅川が身請けと聞くと身が燃えて。小判の二百や三百は夜《よる》が夜中も調《ととの》ふと。地色中言ふを自慢にしかゝつて　かうしくさした事なれば。ゥ咄《はな》しをするも恥かしさに返答はうたぬなり。取り上《のぼ》したる心からゥ気の廻りたも道理じやと。紙入よりも一紙を出し。詞コリヤ此の手形はな。梅川が親里へ路銀をやりて呼び下《くだ》し。娘をそちにくれるとの証拠に取りし証文の。当て名は亀屋忠兵衛と書かせて置ひたもそちが為。地色ゥ是《これ》でもおれが誤りかと忠兵衛に投げ付くれば。はつと計《ばかり》におしいたゞき　かねての所存知りながら。持病の短気が差し起り悪《わる》口計《ばかり》言ひちらし。ゥ扨迷惑な　どふしやうと頭を掻いつ手を揉みつ。うしろへ向けば梅川はなんと我が身がゥいたづらかと。ゥ恨みかゝれば気の毒がり　はて忙《せは》しないどうじやいの。そちが恨みは内証事《ないしようごと》　片一方から詫び事の。取次ぎ頼むと戯れて利右衛門が膝に頭《かしら》を付け。たゞ堪忍と計《ばかり》にてスエテ手を合せてぞ拝みける。

地中利右衛門顔を和《やわ》らげて　お主《ぬし》と我《われ》がハル其の中に。ゥどうしたことを言ふたとて心に障《さは》ることはなし。中思案する程梅川を外へやりては其の方へ。ゥどふも一分立たぬ也　たとへ五年が十年でも。ゥ身請けの埒《らち》を明くる迄廓の門は出でまじとフシ思ひこんだる気色也。

地色中忠兵衛膝立てなをしゥ其の段ならば安堵《あんど》せよ。ゥ身請けの金子《きんす》余る程則ち持参致せし

＊槌屋―梅川の抱え主。

と。小判を出して見せければ利右衛門大きに色不審して。詞其の大分の金子をばそちが分にてなんとして。才覚はしたことぞ。されば是には咄し有り　天道人《てんたう》を殺さずじや。今度上《のぼ》りの道連れにさる歴々と連れ立ちしが。地色中長道中の憂さ晴し　一杯酒のハルお相手に。ウ上《じやう》り小歌色事の咄でとんと取り入つて。身の上の事話せしに二言も言わず此の金を。使へと言ふて貸されたとそくいつげなる間に合いも。ウ舌三寸の誤りにフシ五尺の身をば亡すと。地色知らで利右衛門悦んで。亭主々々と呼び立てて小判の山を見せければ。ヤレおめでたやお盃ウ勝手の行燈《あんどう》搔き立てて。ウ祝儀は鮒《ふな》の御吸《すい》物　下を焚《た》くやら椀拭《ふ》くやら。金で庭掃く槌《つち》屋へと亭主は急ぐ　利右衛門は。今宵は帰り我宿の。首尾繕《つくろ》うて明日ははや。駕籠を吊らせて両人を。ウ迎ひに来ふと戯れてヲクリ喜び〳〵我が家に帰りけり。

国性爺合戦　三段目

○国性爺合戦―近松門左衛門作。正徳五年十一月一日より大坂竹本座上演。時代浄瑠璃。五段。明が清に滅ぼされたのち、明朝回復の戦を続けて屈しなかった鄭成功(国姓爺。本作では国性爺。一六二四～一六六二)の事蹟を題材とする。初段。明が逆臣李蹈天の裏切りによって韃靼に滅ぼされる。二段目。明の皇女が九州平戸に漂着。ここに亡命していた鄭芝竜(老一官)と日本人の妻およびその子和藤内は、明朝回復のため唐土に渡る。三段目では鄭芝竜一行が将軍甘輝を味方につけ、四・五段目では和藤内・甘輝・呉三桂ら奮戦して韃靼を破り明朝を回復する。最大の山場は三段目切、甘輝館(やかた)の場。鄭芝竜一行は、彼が明に残した娘錦祥女が甘輝の妻となっている縁によって甘輝を味方につけようとするが、甘輝は妻にほだされて行動したとそしられるのを嫌って、錦祥女を殺した上で味方しようとし、和藤内の母は錦祥女を殺させては継子への義理が立たぬと言ってそれを必死で止めるので、葛藤は行き詰ってしまう。それがいかにして打開されるかを描くのが、ここに採った場面である。本作は全体としてもっとも整った時代物の構成を示すが、また興味ある見せ場をふんだんに盛りこみ、異国への興味や民族意識に訴えるところも多く、三段目は義理の悲劇として時代の好みにかなったので、十七か月続演の大当りをとり、以後再演を重ね、歌舞伎にも移されて今日に至る。浮世草子・読本等にも大きな影響を与えた。本文は七行五十丁の山本九兵衛・山本九右衛門版によった。

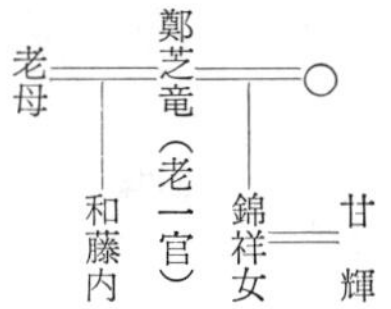

*和藤内―藤は唐で、「父は唐土(もろこし)母は日本」の意を表わす。実在の和藤内は幼名福松、中国名鄭森(ていしん)、後に鄭成功。

ハルフシ母は思ひに。中かきくれて。地色ウ思ふに違《たが》ふゥ世の中を　立ち帰りて夫《つま》や子に。ゥ何と語り聞かせんと思ひやる方《かた》涙中の色。紅《べに》より先のフシ唐錦《からにしき》。地色ウ錦祥女《きんしやうぢよ》は其のゥ隙《ひま》に瑠璃《るり》の鉢に紅《べに》溶《と》き入れ。是《これ》ぞ親と子がハル渡らぬ錦中《なか》絶ゆる。ゥ名残りはゥ今ぞと夕波の泉水にさらく〱。ゥ落ち滝津瀬のもみぢ葉と浮世の秋をせきくだし。共に染めたるうたかたも紅《くれなゐ》くゞる遣水《やりみづ》のフシ落ちて黄河のゥ流れの末。地色ハル和藤内はゥ岸頭《がんとう》に蓑《みの》打ちかづき座を占めて。ゥ赤白《しやくびやく》二つの川水にゥ心を付けて水の面《おも》。南無三宝紅《べに》が流るゝ。色扨は望《のぞ》みは叶はぬ。地ハル味方もせぬ甘輝《かんき》めに母は預《あづ》け置かれずと。踏み出す足の早瀬川ゥ流れをとめて行く先の。堀《ほり》を飛び越へ塀を乗り越へ籬透垣《まがきすいがき》踏み破り。甘輝が城の奥の庭フシ泉水にこそ着きにけれ。

地色中先づ母は安穏《あんをん》嬉しやとハル飛び上り。いましめの縄引きちぎりゥ甘輝が前に色立ちはたかり。詞五常軍《ごじやうぐん》甘輝といふ髭唐人《ひげたうじん》は我主《わぬし》よな。天にも地にもたつた一人の母に縄かけたは。おのれをおのれと奉つて味方に頼まん為成るに。もつてうすれば方図《はうづ》もない。味方にならぬは此の大将が不足なか。第一女房の縁《ゑん》といひ　そつちから随《したが》ふ筈《はず》。サア地色ハル日本無双《ぶさう》の和藤内

*国性爺—正しくは国姓爺。国王の姓を賜わった人への敬称。残明の皇帝隆武帝は鄭森に明朝の姓である朱姓を与え、成功と改名させた。

が直付《ちきづ》けに頼む　返答《へんたう》せいと。柄《つか》に手をかけ色つゝ立つたり。ヲ、詞女房の縁といへば猶ならぬ。御辺《ごへん》が日本無双なれば我は唐土《もろこし》希《き》代《たい》の甘輝。女にほだされ味方する勇士にあらず。女房を去る所もなし。病死する迄べん〳〵共待たれまい。追風次第にはや帰れ　但し置土産に首が置いて行きたいか。イヤサ日本の土産にうぬが首をと。地ハル両方抜かんとする所をゥ錦祥女声をかけ。色ア、〳〵是なふ〳〵病死を待つ迄もなし。詞只今流せし紅《べに》の水上《みなかみ》を見給へと。地色中衣裳の胸を押し開けば九寸五分のハル懐剣。乳《ち》の下より肝先《きもさき》迄横に縫ふて指し通し。朱《あけ》にそみたる其の有様　母は是はと計《ばかり》にて。かつぱと臥して正体なし中和藤内も動転し。覚悟を極《きは》めし夫さへノルフシそゞろに。中驚くゥ計《ばかり》也。

地色中錦祥女苦しげに。詞母上は日本の国の恥を思召し殺すまいとなさるれど。地色中我《われ》命をゥ惜しみて親ゥ兄弟をハルみつがずは。唐土《もろこし》の国の恥　とかう成る上はゥ女に心ひか中さるゝ。人のそしりはフシゥよも有るまじ。詞なふ甘輝殿　親兄弟の味方して。力共成つてたべ　父にもかくと告げてたべ。地色ゥもう物言はせてゥ下さるな上苦しいわいのとハル計《ばかり》にてノル中消へ〳〵。とこハルそゥ成りにけれ。地中甘輝涙を押し隠し　ヲ、色でかいた〳〵。自害ゥを無にはハルさせまいと。和藤内が前に色頭《かしら》を下げ。詞某《それがし》先祖は明朝《みんてう》の臣下。進んで味方申すべき身の　女の縁に迷ひしと俗難を憚《はばか》りしに。我が妻只今死を以義《テ》をすゝむる上は。心清く御味方大将軍と仰ぎ。諸侯王になぞらへ御名を改め。延平《えんぺい》王国性爺《こくせんや》鄭成功《ていせいこう》と号し。地色ゥ装束召さ

*章甫の冠―中国殷(いん)代の冠。儒者が多く用いた。
*莫耶の剣―中国春秋時代の刀工干将とその妻莫耶が作ったという伝説的な名剣の一つ。
*会稽山―中国浙江省にある山。春秋時代、越王勾践が呉王夫差に敗れて立てこもった所。ここは、後に勾践が呉を討って恥をそそいだ故事をふまえて、復讐戦に出で立つさまにたとえる。
*四百余州―中国全土。

せ奉らんとハル武運開くる唐櫃《からひつ》の。中二重《ふたへ》の錦《にしき》　羅綾《らりよう》の袂《たもと》　緋《ひ》の装束。ウ章甫《しやうほ》の冠《かんむり》　花紋《くわもん》の沓《くつ》。珊瑚《さんご》琥《こ》珀《はく》の石の帯　莫耶《ばくや》の剣金《こがね》をみがき。蓋《きぬがさ》さつと色さしかくれば。ウ十万余騎の軍兵《ぐんびやう》共　幢《どう》の旗幡《ばん》の旗。吹きぬき楯鉾《たてほこ》弓鉄炮　鎧の袖を連ねしは。会稽山《くわいけいさん》に越王のフシ二たび出たるごとく也。

地ハル母は大声高笑ひ。ア、ウ嬉しや本望やウあれを見や錦祥女。地色中御身が命を捨てしゆへ親子の本望達したり。親子と思へどハル天下の本望。ウ此の剣は九寸五分なれど四百余州をウ治める自害。此の上に母がながらへては始めの詞《ことば》虚言《きよごん》と成り。二たび日本のウ国の恥を引きおこすと。娘の剣を追つ取つてウ喉《のんど》にがはと突き立つる。人々是はと立ち騒げば　ア、色寄るまい〳〵とはつたとにらみ。詞なふ甘輝国性爺。母や娘の最期をも必ず歎くな悲しむな。

『国性爺合戦』第１丁表

地色中韃靼《たつたん》王は面々が母の敵《かたき》妻の敵と。思へば討つに力有り。気をたるませぬ母の慈悲　此の遺言を忘るゝな。ウ父一官《いつくわん》がおはすれば親には事を欠くまいぞ。中母は死して諫めをなし父はながらへ教訓せば。世に不足なき大将軍　浮世のハル思ひ出是迄と。肝のたばねを一ゑぐり色切りさばき。地ウサア錦祥女　此の世に心残らぬか。中何しに心ウ残らんとハル言へ共残る夫婦の名残り。親子手を取りゥ引き寄《せ》て　国性爺が出で立ちを見上げ。見おろしゥ嬉しげに。笑顔《ゑがほ》を婆婆の形見にてフシ一度に息は絶へにけり。

地ハル鬼をあざむく国性爺　竜虎《りようこ》と勇む五常軍。ゥ涙に眼《まなこ》はくらめ共中母の遺言そむくまじ。妻の心をハル破らじと国性爺は甘輝を恥ぢ。甘輝は又国性爺に恥ぢてしほるゝ顔かくす。亡《なき》骸《から》納む道のべに。地ゥ出陣の門出でと生死《しやうじ》二つを一道《ひとみち》の。母が遺言釈迦に経《きやう》。父が庭訓《ていきん》鬼に鉄棒《かなぼう》　討てば勝ち。攻むれば取るハル末代不思議の智仁の勇士。玉有る淵は岸破れず。竜棲《す》む池は水かれずノルかゝる。勇者の出生《しゆつしやう》すキン国々たり君々たる。日本の麒麟《きりん》是成るはと異国に。武徳を照らしけり

＊鬼をあざむく―以下段切れとなる。

心中天の網島

紙屋治兵衛
きいの国や小はる

○心中天の網島―近松門左衛門作。享保五年十二月六日より大坂竹本座上演。世話浄瑠璃。上中下三巻。大坂天満の紙屋治兵衛と曾根崎新地の紀伊国屋小はるが、網島の大長寺で心中した事件を題材とする。上(河庄)。治兵衛と小はるは深い仲を堰かれて逢はれぬ身となり、心中の約束をしていた。しかし、治兵衛の兄の孫右衛門が侍客に変装して来て小はるの心底を尋ねると、小はるは心中する気はないと言う。それを立ち聞きした治兵衛は怒って小はるを刺そうとするが、孫右衛門に異見されて小はるとの縁を切る。中(紙屋内)。おさんの母と孫右衛門は、天満の客が小はるを身請けすると聞いて治兵衛のことかと疑う。それに向って、治兵衛はその客は太兵衛に違いないと言い、小はるに心を残さぬと誓う。ここに採ったのはこれに続く場面である。このあとにおさんの父が来てまた曾根崎へ行くのかと激怒し、強引におさんを連れ帰ってしまう。下(大和屋―道行―心中)。十月十五夜の夜半曾根崎新地の大和屋を出た治兵衛と小はるは、網島の大長寺にたどり着いて心中する。本文には心中道行の一節をも掲げた。近松晩年の円熟した筆によって人情が味わい深く描き出されるとともに、おさんと小はるの「女同士の義理」が感動的に描かれている。本作は後世さまざまに改作され、それらの改作のうち『心中紙屋

治兵衛』と『天網島時雨炬燵(てんのあみじま しぐれのこたつ)』とを継ぎ合せたものが『心中天網島』として上演されて来たが、近年は原作尊重の気運が高まっている。本文は七行四十三丁の山本九兵衛・山本九右衛門版によった。

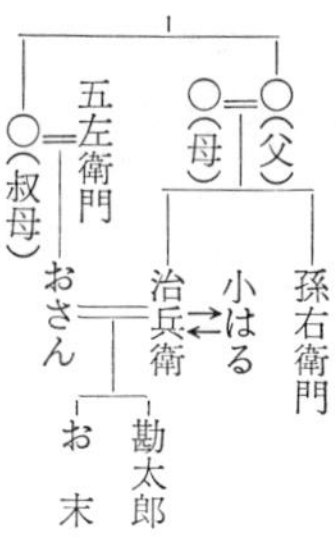

中之巻

地色ウ門《かど》送りさへそこ〳〵に敷居も越すやハル越さぬ中《うち》。炬燵《こたつ》に治兵衛又ころり　かぶる蒲団の格子嶋。まだ曾根崎を忘れずかとあきれながら立ち寄つて。蒲団を取つて引きのくればウ枕につたふ涙の滝フシ身も浮く計《ばかり》泣きゐたる。地色ハル引き起こし引き立て炬燵の櫓《やぐら》に突き据へ。顔つく〴〵と色うち眺め。詞あんまりじや治兵衛殿。それ程名残り惜しくば誓紙書かぬがよいわいの。一昨年《をととし》の十月中《なか》の亥《ゐ》の子に炬燵明けた祝儀とて。まあ是《これ》こゝで枕並べて此のかた。女房の懐には鬼が住むか蛇《じや》が住むか。地色中二年といふ物巣守《すもり》にして　やう〳〵母《はは》様ハル伯父《をぢ》様のおかげで。むつまじい女夫《めをと》らしいウ寝物語りもせう物と。楽しむ間もなくほんにむごいつれない　さ程心残らば泣かしやんせ色〳〵。詞其の涙が蜆川《しじみがは》へ流れて小はるの汲んで飲みやらふぞ。地色ハルエヽ、曲もない恨めしやと。上膝に抱き付きフシ身を投げ伏し中口説《くど》きハル立ててぞ嘆きける。

ハルウ治兵衛眼《まなこ》おしのごひ。詞悲しい涙は目より出で。無念涙は耳から成り共出るならば。

*曾根崎—曾根崎新地の色里。宝永年間に開かれた。

*母様伯父様の…—この前の場面でおさんの母と孫右衛門が来て、治兵衛に小はるを思い切ったという誓紙を書かせた。孫右衛門は子供たちの伯父に当るので伯父様と言ったもの。

*蜆川—曾根崎新地の南側を流れる川。

*身すがらの太兵衛—治兵衛の恋敵。「我等女房子なければ。舅なし親もなし叔父持たず。身すがらの太兵衛と名を取つ男」(上之巻)。

言はずと心を見すべきに。同じ目よりこぼるゝ涙の色の変らねば。心の見へぬは尤《もつとも》〱。人の皮着た畜生女が。名残りもへちまもなん共ない。遺恨有る身すがらの太兵衛。金は自由　妻子はなし　請け出す工面《ぐめん》しつれ共。地色中其の時迄は小はるめが太兵衛が心にハル従はず。少しも気遣《きづか》いなされな　たとへこなさんと縁切れ。添はれぬ身に成つ色たり共。詞太兵衛には請け出されぬ　もし金ぜきで親方からやるならば。物の見事に死んで見しよと。たび〱詞をはなちしが　これ見や　退《の》いて十日もたゝぬ中。地色ハル太兵衛めに請け出さるゝ腐《くさ》り女の四つ足めに。心はゆめ〱残ら色ね共。詞太兵衛めがいんげんこき。治兵衛身代《しんだい》行きついての金に詰つてなんどと。大坂《おほざか》中を触れ廻り問屋《とひや》中の付合ひにも。地色ハル面《つら》をまぶられ生恥《いきはぢ》かくゥ胸が裂ける身が燃へる。上エ、口惜しい無念なゥ熱い涙血の涙。ねばい涙をうち越へ熱鉄《ねつてつ》の涙がゥこぼるゝとスヱテどうと伏して泣き中けれぱ。

ハルはつとおさんが興色さめ顔。詞ヤアウハウそれなればいとしや小はるは死にやるぞや。ハテサテなんぼ利発でもさすが町の女房じやの。あの不心中者《ぶしんじゆうもの》なんの死なふ。灸《きう》をするゐ薬飲んで命の養生するはいの。いやそうでない　わしが一生言ふまいとは思へ共。地色中ウ隠し包んでむざ〱殺す其のハル罪も恐しく。大事のことを色うち明ける。詞小はる殿に不心中芥《け》子《し》程もなけれ共。二人の手を切らせしは此のさんがからくり。こな様《ン》がうか〱と死ぬる気《け》色《しき》も見へしゆへ地色中あまり悲しさ　女は相身《あひみ》ハル互《たがひごと》事。切られぬ所を思ひ切り夫の命を頼むく\と。かきくどいた文《ふみ》色を感じ。詞身にも命にも代へぬ大事の殿なれど。引かれぬ義理合ひ思ひ切《ル》との返事。わしや　是《これ》　守りに身をはなさぬ。是程の賢女がこなさんとの契約違へ。おめく\太兵衛に添ふ物か。地色ハル女子《をなご》は我人《われひと》一《ト》向きに思ひ返しのない物。ウ死にやるはいのく\。ア、ア、ウひよんなこと　サアサアサ　ウどうぞ助けてく\と。騒げば夫も敗《はい》中亡《まう》し。ウ取り返した起請《きしやう》の中《うち》　知らぬ女の文《ふみ》ハル一通。兄貴の手へ渡りしはお主《ぬし》から行《い》た文な。それなれば此の小はる死ぬるぞ。ア、ウ悲しや此の人を殺しては。女同士《どし》の義理立たぬ　まづこなさん早う行て。どうぞ殺してウ下さるなと中フシ夫にすがりハル泣き沈む。地色ウそれとても何とせん　半金《がね》も手付けを打ち。ハルつなぎ止めて色見る計《ばかり》。詞小はるが命は新銀七百五十匁飲まさねば此の世に止《とど》むることならず。今の治兵衛が四つ三貫匁の才覚。打ちみしやいでもどこから出る。地色ハルなふ仰山《ぎやうさん》な　それで済まばいとや中すしと。ウ立つて簞笥の小引出し明けて惜しげもなひハルまぜの。紐《ひぼ》付《キ》袋押し開き投げ出す一包み。治兵衛取り上げ色ヤ銀《かね》か。しかも新銀四百目。こりやどうしてと我が置かぬフシ銀に目覚むる計《ばかり》なり。詞その銀《かね》の出所《でどころ》も跡《あと》で語れば知れること。此の十七日岩国の紙の仕切銀《しきりがね》に才覚はしたれ共。それは兄御と談合《だんかふ》して商売の尾は見せぬ。小はるの方は急なこと　そこに四々の壱貫六百匁。ま壱貫四百匁と。地色ウ大引出しの錠《ぢやう》明けて簞笥をひらりとハルとび八丈。けふ縮緬《ちりめん》の明日《あす》はない夫の命白茶裏《しらちやうら》。娘のお末《すゑ》が両面のウ紅絹《もみ》の小袖に身を中焦《こ》がす。ウ是《これ》を曲げては勘太郎が

*取り返した……—上之巻の終りで、治兵衛はこれまで取りかわして来た起請を小はるから取り戻した。その中に女の手紙が一通あり、それは孫右衛門が治兵衛に見せずに懐に入れた。上之巻はこの手紙について次のように謎を残して終る。「不心中か心中か。まことの心は女房の其の一筆(ひとふで)の奥深く。誰(た)がふみも見ぬ恋の道別れて。こそは帰りけれ。」

*新銀七百五十匁—享保銀七百五十匁。小はるの身請け金の半額。

*四つ三貫匁—「四つ」は四つ宝銀。享保銀の四分の一の価値にしか通用しなかった。そこで四つ三貫匁は享保銀七百五十匁に相当する。

*岩国—山口県岩国。半紙の産地。

*四々の壱貫六百匁—新銀四百匁を四つ宝銀に換算して言う。

手も綿もない袖なしの。羽織も交ぜて郡内の始末して着ぬハル浅黄裏。黒羽《くろは》二重《ぶたへ》の一帳羅《ちやうら》定紋《ぢやうもん》丸に蔦《つた》の葉の。退《の》きも退かれもせぬ中は内《カ》裸《チはだか》でも外錦《そとにしき》。ゥ男飾りの小袖迄さらへて物数《ものかず》十五色。内《チ》ばに取つて新銀三百五十匁。ゥよもや貸さぬといふことはない物迄も有る顔に。夫の恥と我が義理をスヱテ一つに包む風呂敷のノル中中に。ハル情《なさ》けを籠《こ》めにける。

名残りの橋尽し

フシヲクリ比《ころ》は〽十月。十五夜のハルフシ月にも見へぬ。中身の上は。ゥ心の闇のしるしかや。フシ今置く霜は　あキンす消ゆる。ゥはかなき譬《たとへ》のそれよりも。先へ消へ行く閨《ねや》の内。いとしかはひとゥ締めて寝し。移り香もゥ何と。冷泉流れの。蜆川《しじみ》。フシ西に見て。フシハル朝夕渡る。中此の橋の天神橋はハル其の昔。菅　丞　相《くわんしようじやう》と申せし時　筑紫へ流さ中れ給ひしに。ゥ君を慕ひて太宰府へたつた一飛び梅田橋。跡《あと》おひ松のゥ緑橋。別れを嘆き。悲しみて。ゥ跡にこがるゝ。フシ桜橋。中今に咄《はな》しを聞き渡る。ゥ一首の歌のゥ御威徳。スヱテかゝる尊《たつと》きあら神の。ゥ氏子と生まれし身を持ちて。そなたも殺しゥ我も死ぬ。ウヲクリ元はと。問へばゥ分別のあのいたいけな貝殻に。一杯もなきハル蜆橋。短き物は我々が。歌此の世のゥ住《すま》ゐ。秋の日よ中十九と。廿八年の。キン今日のゥ今宵を限りにて。ゥ二人いの。ちの捨て所。ハルウ爺《ぢい》と婆《ばば》とのゥ末迄もまめでゥ添はんと契りしに。フシハル丸三年ハルも。中馴染まひで。ゥ此の災難にゥ大江橋　あれ見

*フシヲクリ―二三二頁注参照。
*冷泉―れいぜい。抒情的な文句につける優美な曲節。
*蜆川―二三三頁注参照。
*天神橋―淀川にかかる。治兵衛の家の真南にある。
*菅丞相―右大臣菅原道真。
*太宰府へ―以下、飛び梅・老松の故事をふまえる。梅田橋・緑橋・桜橋は蜆川にかかる。
*一首の歌―「梅は飛び桜は枯るる世の中に松ばかりこそつれなかりけれ」(伝道真作)。
*蜆橋―堂島橋。蜆川にかかる。
*歌―二三二頁注参照。
*大江橋―堂島川にかかる。

や難波《なには》小橋から。ゥ舟入《ふないり》橋のハル浜づたひ。ゥ是《これ》迄来ればゥ来る程はゥ冥途の道が近づくと。嘆けばゥ女も上すがり寄り。もう此の道が冥途かとゥ見交《みかは》す顔も見えぬ程。ゥ落つる涙にゥ堀川の中フシ橋も水にハルや浸《ひた》るらん。

*難波小橋—蜆川の東端にかかる。

*舟入橋—堂島川から鍋島藩蔵屋敷へ舟を入れる堀割にかかる橋といわれる。

仮名手本忠臣蔵　六段目

〇仮名手本忠臣蔵—竹田出雲・三好松洛・並木千柳（並木宗輔）作。寛延元年八月十四日より大坂竹本座上演。時代浄瑠璃。十一段。赤穂浪士の復讐事件を題材とする多くの戯曲・小説、特に近松作『碁盤太平記』・紀海音作『鬼鹿毛無佐志鐙（おにかげむさしあぶみ）』・並木宗助（後の千柳）等作『忠臣金短冊（ちゆうしんこがねのたんざく）』などの影響下に成立した四十七士劇の代表作。世界を「太平記」に採り、浅野内匠頭（たくみのかみ）を塩谷判官（えんやはんがん）、吉良上野介（こうずけのすけ）を高師直（こうのもろなお）とする。師直は塩谷の妻に恋慕して拒まれた腹いせに塩谷に意地悪く当るので、塩谷は師直を殿中で斬り、切腹を命じられてその家は断絶する。家老大星由良之助はそれとなく復讐の決意を家臣らに示して屋敷を明け渡す（以上四段目まで）。五段目（山崎街道）。塩谷浪人斧定九郎はおかるの父を殺し、おかるが身を売って作った金を奪うが、猟師となっている早の勘平は定九郎を猪と思って鉄砲で撃ち殺し、その金を取る。六段目（与市兵衛住家）。勘平は舅与市兵衛を殺した罪を負い、復讐の一味に加わることも許されないので、自責と絶望に自害する。七段目（一力茶屋）。由良之助の見せかけの遊蕩。遊女となったおかるは由良之助あての密書を読んだ。そのため、由良之助は身請けしてこれを殺そうとする。おかるの兄平右衛門はそれを察して妹を斬ろうとし、由良之助はその忠誠を認めて一味に加える。八・九段目には殿中刃傷の時塩谷を抱きとめた加古川本蔵とその妻・娘の筋、十段目には討入りの道具を提供する商人天河屋義平の筋が展開し、十一段目の討入りで終る。歌舞伎でも直ちにこれを上演し、以来操りに歌舞伎に上演を繰り返し、演劇のみならず広く近世の文学に大きな影響を与えた。ここに採ったのは六段目の一節。本文は七行九十九丁の山本九兵衛・山本九右衛門・鱗形屋孫兵衛版によった。左に主な登場人物の実名を示す。

大星由良之助（大石内蔵助）
早の勘平（萱野三平）
原郷右衛門（原惣右衛門）
千崎弥五郎（神崎与五郎）
寺岡平右衛門（寺坂吉右衛門）
加古川本蔵（梶川与惣兵衛）
天河屋義平（天野屋利平）

与市兵衛＝○
├平右衛門
└おかる＝早の勘平

*竹田出雲—二代目。名は清定。初め小出雲。別号千前軒。寛延・宝暦期の竹本座座本。作者としては千柳・松洛等と合作した。一六九一～一七五六。

*三好松洛—元文から明和に至る間の竹本座の作者。出雲・千柳・半二らと協力した合作者の一人。生没年未詳。

*並木千柳—初め宗助、後に宗輔と号して豊竹座作者を勤め、一時歌舞伎作者となったが再び浄瑠璃に復帰し、千柳の名で竹本座作者の中心となり、出雲・松洛等と『菅原伝授手習鑑』『義経千本桜』『仮名手本忠臣蔵』などを作った。後に豊竹座に帰って宗輔の名に復した。一六九五～一七五一（?）。

地ウ深編笠《ふかあみがさ》の侍ウ二人《ににん》　早《はや》の勘平ハル在宿《ざいしゆく》をし召《め》さるか。ウ原郷右衛門千崎弥五郎御意《ぎよい》得たしと色おとなへば。ウ折悪《ル》けれ共勘平は。ウ腰ふさぎハル脇挟《わきばさ》んで色出で迎ひ。詞コレハ〱御両所共に。見苦しきあばらやへ御出忝《かたじけな》しと。ハル頭を下ぐれば色郷右衛門。詞見れば家内に取込みも有るそふな。イヤもふ瑣細《ささい》な内証《ないしよう》事。お構《かま》ひなく共いざ先《ツ》あれへ。地ウ然《しか》らば左様に致さんとずつと通りハル座につけば。ウ二人が前に色両手をつき。詞此の度殿の御大事に外《はづ》れたるは。拙者が重々《ぢゆうぢゆう》の誤り。申し開かん詞《ことば》もなし。何とぞ某《それがし》が科《とが》御赦《ゆる》しを蒙《かうむ》り。亡君《ばうくん》の御年忌《ねんき》。諸家中諸共相勤《もろともあひつと》むる様に御両所の御執《と》り成《な》し。地ハル偏《ひとへ》にウ頼み奉るとフシ身をへりくだり述べければ。

地ハル郷右衛門色取りあへず。詞先《ヅ》以《ツ》て其の方貯《たくは》へなき浪人の身として。多くの金子《きんす》御石碑料に調進《てうしん》せられし段。由良助《ノ》殿甚《はなは》だ感じ入《ラ》れしが。石碑を営《いとな》むは亡君の御菩提《ぼだい》。殿に不忠不義をせし其の方の金子を以《ツ》て。御石碑の料に用ひられんは。御尊霊の御心にも叶《かな》ふまじと有《ツ》て。金子は封の儘相戻《ままあひもど》さると。地ウ詞の中《うち》より弥五郎懐中よりハル金取り出し。ウ勘平が前に差置《ケ》ば。はつとウ計《ばかり》に気も転動《てんどう》　母は涙と色諸共に。詞コリヤ爰《ここ》な悪人づら。今といふ今親の罰《ばち》思ひ知つたか。皆様も聞いて下され。親父《おやぢ》殿が年寄つて後生《ごしやう》の事は思はず。聟の為に娘を売《リ》。金調《ととの》へて戻らしやるを待伏《チ》せして。あのやうに殺して取つた金じやもの。天道《てんたう》様が無くば知らず。なんで御用に立《ツ》ものぞ。地ハル親殺しのいき盗人《ぬすびと》に。ウ罰を当《テ》て下されぬは。ウ神

*折悪けれ共—五段目で鉄砲で人を撃ち、金を取った勘平は、帰宅してみると、取った財布は与市兵衛の持っていたものとわかり、さては舅を殺したかと後悔する。そこへ与市兵衛の死骸がかつぎこまれるので、おかるの母も勘平のしわざと思い、勘平を恨み、責める。この取りこみの最中に原・千崎が来た。

*此の度殿の…—三段目で塩谷判官が高師直を斬って殿中に騒動が起こった時、勘平は判官の供をして登城していながら、腰元おかるとの逢瀬を楽しんでいたため、判官のもとに駆けつけることができなかった。この時勘平は切腹しようとするがおかるにとめられて、ともにおかるの親もとに身を寄せる。

*御石碑料—五段目で弥五郎は勘平に逢うが、その時復讐のくわだてを亡君の石碑建立(こんりゅう)の計画になぞらえて知らせたから、勘平は死骸から奪った金を石碑建立の御用金としてさし出したかたちになる。

*母—おかるの母。歌舞伎では役名「おかや」。

*娘を売り—与市兵衛はおかるを祇園町一文字屋に年期は五年、前渡しの給金百両で奉公

に出す契約をし、半金五十両を受け取り、縞の財布に入れて帰る途中を殺された。

*夜前弥五郎殿の……五段目で勘平は弥五郎に行き逢い、復讐の一味に加えられるよう取りなしを頼み、復讐の費用の一部を調達して渡そうと約束した。

や仏も聞へぬ。詞あの不孝者お前方の手にかけて。なぶり殺しにして下され。地ハルわしや腹がウ立つわいのと身をスヱ投げ。伏して泣き中居たる。

地ウ聞くに驚き両人刀追《ッ》取り。ウ弓手《ゆんで》馬手《めて》にハル詰めかけ〳〵。ウ弥五郎声を色あらゝげ。詞ヤイ勘平。非義非道の金取《ッ》て。身の科《とが》の詫《わび》せよとは言はぬぞよ。わがやうな人非人《にんぴにん》　武士の道は耳に入るまい。親同然の舅《しうと》を殺し金を盗んだ重罪人は。大身鑓《おほみやり》の田楽刺《でんがくざ》し。拙者が手料理振舞はんと。地ハルはつたと睨めば色郷右衛門。詞渇《かつ》しても盗泉《たうせん》の水を飲まずとは義者の誡《いまし》め。舅を殺し取つたる金。亡君の御用金に成るべきか。生得《しやうとく》汝が不忠不義の根性にて。調へたる金と推察有つて。突き戻されたる由良助《ノ》の眼力天晴《がんりきあつぱれ》〳〵。さりながら。ハア情けなきは此の事世上に流布《るふ》有《ッ》て。塩冶判官《えんやはんぐわん》の家来早の勘平。非義非道を行ひしと言はば。汝計《ばかり》が恥ならず。亡君の御恥辱《ちじよく》と知らざるか腔者《うつけ》。左程《さほど》の事の弁《わきま》へなき汝にてはなかりしが。いかなる天魔が見入《レ》しと。地ハル鋭《するど》き眼《コ》にウ涙を浮かめ事を分け理を中責むれば。ウ堪《たま》り兼ねて勘平ハル。諸肌《もろはだ》押《シ》脱ぎ脇指を。ウ抜くより早く腹にぐつと色突き立て。詞アヽいづれもの手前面目もなき仕合《しあは》せ。拙者が望み叶はぬ時は切《ッ》腹と兼ねての覚悟。我が舅を殺せし事亡君の御恥辱とあれば一《ト》通り申し開かん。両人共に聞いてたべ。夜前《やぜん》弥五郎殿の御目にかゝり。別れて帰る暗《くら》まぎれ　山越す猪《しし》に出合ひ。二つ玉にて打ち留《と》め。駈け寄つて探り見れば。猪にはあらで旅人。南無三宝過《あやま》つたり。薬はなきかと懐中を探し見れば。財布に入つたる此の金。道ならぬ事なれ共　天

*是は刀で抉った疵―この事から、与市兵衛を殺したのは斧定九郎で、勘平が鉄砲で撃ったのはその定九郎だったことがわかる。

▽このあと、身の潔白が明らかになった勘平は、復讐の同志の連判状に名を加えられ、「魂魄此の土に止まつて。敵討ちの御供する」と言い残して死ぬ。

*近松半二―本名穂積成章。儒者穂積以貫の子。宝暦・明和期の竹本座作者の中心として『本朝廿四孝』『新版歌祭文』『妹背山婦女庭訓』等を作り、人形浄瑠璃の衰運を一時盛り返した。一七二五～一七八三。

より我に与ふる金と。すぐに馳《は》せ行き弥五郎殿に彼《か》の金を渡し。立ち帰つて様子を聞《ケ》けば。打ちとめたるは我が舅。金は女房を売《ツ》た金。地上かほど迄する事なす事。ゥ鵙《いすか》の嘴《はし》程違ふとい
ふも。武ゥ運に尽きたる勘平が。ゥ身のなり行き推量 あれとスヱ血ばしる。眼《コ》に中無念 の涙。
地ゥ子細を聞くよりハル弥五郎ずんど中立ち上り。ゥ死骸引き上げ打ち返し ムウ〱と色疵口《きずぐち》
改め。詞郷右衛門殿是《これ》見られよ。鉄砲疵に似たれ共。是は刀で抉《あぐ》つた疵。エ、勘平早まりしと。
地ハル言ふに手負ひも見て悑《びつく》り。フシ母も驚 計《クばかり》也。

妹背《いもせ》山婦女庭訓《やまおんなていきん》

三段目

〇妹背山婦女庭訓―近松半二・近松東南・三好松洛等作。明和八年正月二十八日より大坂竹本座上演。時代浄瑠璃。五段。蘇我入鹿の叛逆と藤原鎌足による入鹿退治を縦筋として、三つの挿話をそれぞれ二・三・四段目に組み入れた構成である。三段目。天子の位を奪った入鹿は、大判事清澄には息子久我之助を臣下として出仕させよ、太宰の後室定高には娘雛鳥を后として入内させよと難題を命ずる。この両家は吉野川を境として領地を接し、久我之助と雛鳥は恋仲であるが、親同士は以前より互に遺恨を含んで不和の仲である。しかし清澄も定高も入鹿の心に従う意志はなく、涙ながらにわが子を死なせて節操を守らせる。川を隔てて互にそれを知った二人の親は、永年の遺恨を捨てて和解し、若い二人を来世で添わせることとなる。事件が上手の背山と下手の妹山で交互に並行的に進行する左右対称的手法が採られ、初演の時には背山（大判事側）を竹本染太夫、妹山（太宰側）を竹本春太夫が分担して掛合いで語った。太夫・三味線の床も上手と下手に設けられるのが慣例である。ここに採ったのはこの三段目の切、「山の段」の一節。清澄と定高が登場して、うわべは強いことを言いながら、心の底では相手の若者が死なずにすむようにと願いつつ、わが子が入鹿の命に従った時に川に流す桜の枝の合図を約束し合う場面である。本文は七行百丁の山本九兵衛・吉川宗兵衛・鱗形屋孫兵衛版によった。括弧内の「染」「春」の文字はそれぞれ染太夫・春太夫の分担を示す。

（染）地色ハル花を歩《あゆ》めど武士《もののふ》の心の嶮岨《けんそ》刀《ナ》して。削《けづ》るがごとき中物思ひ。思ひ逢瀬《あふせ》のゥ中《カ》を裂

*川辺伝ひに…―舞台中央に吉野川の流れがあり、上手が背山、下手が妹山で、大判事は上手に、定高は下手に登場する。
*御前―入鹿の前をさす。
*勅命―天子を僭称する入鹿の命令をさす。
*子供―大判事の息子久我之助と定高の娘雛鳥。

く。川辺伝ひにゥ大判事《だいはんじ》清澄《きよずみ》。(春)ゥこなたの岸よりゥ太宰《だざい》の後室。ゥ定高《さだか》ハルにそれとゥ道分《ケ》の石と意地とを向《カ》ひ合ふ。ゥ川を隔てて。詞大判事様。お役《ク》目御苦労に存じますと。地ハル声襠《うちかけ》をかい取《リ》のゥ夫《つま》の魂。フシ放さぬ式礼。(染)地ハル清澄も一揖《いちいふ》し。詞早かりし定高殿。御前《ン》を下《ガ》るも一《ツ》時《キ》　参る所も一《ト》つなれ共。此の背山《せやま》は身が領分。妹山《いもやま》は其元《そのもと》の御支配。川向《カ》ひの喧《けん》嘩《くわ》とやら睨み合《フ》て日を送《ク》る此の年《シ》月《キ》。心解けるか解けぬかは今日《けふ》の役《ク》目の落居《らつきよ》次第。二つ一《ト》つの勅命。地ゥうろたへた捌《さば》きめさるなと　まなじり。フシくしやつく茨道《いばらみち》。(春)地ゥ脇《キ》へハルかはして色仰せの通り。詞入鹿《いるか》様の御諚意《ちやうい》は。お互《イ》に子供の身の上《エ》　受け合ふては帰りながら。身腹《ラ》は分《ケ》ても心は別々。もしあつと申さぬ時《キ》は。マアお前にはどふせふ思し召《ス》。(染)知《レ》た事。御前《ン》で承《うけたまは》つた通り。首打《チ》放す分の事さ。不所存な躮《せがれ》は有《ツ》て益なく　無ふて事欠けず。身の中《チ》の腐りは殺《そ》いで捨つるが跡《あと》の養生。畢竟《ひつきやう》親の子のと名を付《ケ》るは人《ン》間《ン》の私《シ》。天地から見る時《キ》は同じ世界に涌《わ》いた虫。別《ツ》に不便《ン》とは存じ申さぬ。(春)ハテきつい思し切《リ》。私は又いかふ了簡が違ひます。女子《をなご》の未練な心からは。我《ガ》子が可愛うて成《リ》ませぬ。其のかはりにお前のお子息様の事は。真実何共《ン》存じませぬ。ただ大切なはこちの娘。忝《かたじけな》い入鹿様のお声のかゝつた身の幸《イ》。たとへどふ申さふ共。母が勧《すす》めて入内《じゆだい》させ。お后《きさき》様と多くの人に。敬ひかしづかそふと思へば　此のやうな嬉しい事はござりませぬ　ホヽヽヽとフシ空《そら》笑ひ。(染)詞ムヽ　シテ又得心《とくしん》せぬ時《キ》は。(春)ハテそりやもふ是非に及ばぬ。枝ぶり悪い桜木は。切《ツ》て継ぎ木を致さねば。太宰の家が立《チ》ませぬ。(染)ヲヽ、さふなくては叶《かな》ふまい。此の方の躮《レ》とても得心《ン》すれば身の出世《ッ》。栄花を咲かす此の一枝《ト》。川へ流すが知《ラ》せの返答《ン》。盛りながらに流るゝは吉左右《きつさう》。花を散らして枝計《ばかり》流るゝならば。躮《レ》が絶命と思はれよ。(春)いかにも。此の方も此の一枝《ト》。娘の命《いのち》生《ケ》花を。散らさぬやうに致しませふ。(染)ヲヽ、サ今一時《ト》が互《イ》の瀬越し。此の国境《くにざかひ》は生死《しやうじ》の境。返答《ン》の善悪《ンク》に寄《ッ》て。遺恨《ゐこん》に遺恨を重ぬるか。(春)サア是《これ》迄の意趣を流して。中《なか》吉野川と落ち合ふか。(染)先夫《ツレ》迄は双方の領分。(春)お捌きを待《ッ》ておりますと(二人)地ハル詞峙《そばだ》つゥ親と親。(染)ゥ山と(春)大和路ゥ分《カ》れても(二人)変らぬ紀の路恩愛の。(春)ゥ胸は霞に埋《うづ》もれしヲクリ庵《いほり》(染春染)の(春)フシ〽内に別れ入《ル》。

近松の言説

○往年 某《それがし》近松がもとに訪《とむら》ひける比《ころ》、近松言ひけるは、惣じて浄るりは人形にかゝるを第一とすれば。外《ほか》の草紙と違《たが》ひて、文句みな働きを肝要とする活物《いきもの》なり。殊に歌舞妓の生身《しやうじん》の人の芸と。芝居の軒を並べてなすわざなるに、正根《しやうね》なき木偶《にんぎやう》にさまぐ〵の情《じやう》をもたせて見物の感をとらんとする事なれば、大方《おほかた》にて妙作といふに至りがたし。某若き時、大内《おほうち》の草紙を見侍《はんべ》る中に。節会《せちゑ》の折ふし雪いたう降り積りけるに。衛士《ゑじ》に仰《おほ》せて橘《たちばな》の雪払はせられければ。傍《かたへ》なる松の枝もたはゝなるが、恨めしげにはね返りてと書けり。是《これ》心なき草木を開眼《かいげん》したる

*此の一枝—たずさえて来た桜の一枝。

*染春染—「の」を長く引いて、それを染太夫と春太夫が交互に語ることを示す。

○近松の言説—『難波土産』発端から採った。本書は浄瑠璃評釈書。上中下五冊。元文三年一月刊。大坂の儒者穂積以貫の著とも、岡山の人三木平右衛門の著とも言われるが、後者としても以貫の影響下に成立したと見られ、発端と題する一章は以貫の筆になると考えられている。以貫がかつて親しく接して耳にした晩年の近松の芸論を、聞き書き形式で六か条にまとめたもの。ここにはそのうちの二か条を採った。

*往年某……—某は穂積以貫。

*某若き時—某は近松。

筆勢也。その故は、橘の雪を払はせらるゝを、松がうらやみて、己れと枝をはね返して、たはゝなる雪をはね落して恨みたるけしき、さながら活《いき》て働く心地ならずや。是を手本として我が浄るりの精神《しやうね》をいるゝ事を悟れり。されば地《ぢ》文句せりふ事はいふに及ばず、道行なんどの風景をのぶる文句も、情《じやう》をこむるを肝要とせざれば、必ず感心のうすきもの也。詩人の興《きよう》象《しやう》といへるも同事《どうじ》にて、たとへば松島宮島の絶景を詩に賦《ふ》しても、打詠《うちながめ》て賞するの情をもたずしては、いたづらに画《ゑが》ける美女を見るごとくならん。この故に、文句は情をもとゝすと心得べし。

○浄るりは憂《うれひ》が肝要也とて、多く哀れ也なんど言ふ文句を書き、又は語るにも文弥節《ぶんやぶし》様《やう》のごとくに泣くがごとく語る事、我が作の行き方にはなき事也。某が憂はみな義理を専らとす。芸の六義《りくぎ》が義理につまりて哀れなれば。節も文句もきつとしたるほど、いよ〳〵哀れなるもの也。この故に哀れを哀れ也と言ふ時は、含蓄の意なうして、結句其の情《じやう》うすし。哀れ也と言はずして、ひとり哀れなるが肝要也。たとへば松島なんどの風景にても。アヽよき景かなと誉めたる時は、一口にて其の景象《けいしやう》が皆言ひ尽されて何の詮《せん》なし。其の景を誉めんと思はゞ、其の景の模様共《ども》をよそながら数々言ひ立つれば、よき景と言はずして、その景のおもしろさがおのづから知るゝ事也。此の類万事にわたる事なるべし。（浄瑠璃文句評註難波土産・発端）

＊文弥節—元禄ごろ大坂で流行した浄瑠璃の流派の一。岡本文弥が語り出した。泣き節といわれ、哀調を帯びた語り口が特色。

△文字譜解説（義太夫節）

曲節を示す文字を文字譜という。ここには基本的なもののみを示す。

地――地合（じあい）ともいう。浄瑠璃の基礎をなす語り方。三味線を伴奏として節まわしがあるが、「歌う」のでなくて「語る」ことを本意とする。いわゆる地の文に使われるが、会話を地で語ることもある。音の高低によって地中・地ウ・地ハルの別がある。地は広義には地色をも含めるが、文字譜の上では地色と区別する。

詞――ことば。節まわしのない日常の会話に近い語り方。ただし会話がすべて詞で語られるとは限らない。

色――広義の地と詞との中間で、節まわしはいくぶんあるが詞の要素の強い語り方。地から詞へ渡すところに使われることが多い。

地色――狭義の地と詞との中間で、三味線を伴奏として節まわしがあり、地の要素が強いが、狭義の地に比べると一般に抒情的・音曲的要素が少なく、叙事的に語り進める語り方といえる。

フシ――音を次第に下降させて終止感を与える曲節。文章の段落に多く使われる。

ハルフシ――張った音に始まる下降型の曲節。気分転換の語り出しに使われることが多い。

ヲクリ――下降型の終止感を与える曲節で、一般に終止感はフシより強い。人物の登場・退場・舞台上の移動があって舞台の雰囲気が変るところに多く使われる。

三重――下降型の終止感を与える曲節で、終止感はヲクリより強い。場面転換に多く使われる。

スヱテ・スヱ――強く押しつけるようにして語り、悲嘆や物を思いつめる感情を強調する曲節。音を次第に下降させ、どっしりと腰をすえた感じに語る。

中――ちゅう。なか。どっしりとした低い音の総称。

ウ――うく。うき。浮かした音の総称。

ハル――中・ウに対して声を張った音の総称。

十一、歌舞伎

参会《さんくわい》名護屋《なごや》　二番目

恵《ゑ》方《はう》男《おとこ》
勢梅宿《いきほひむめがやど》

こゝに太宰之丞は侍共を引きぐし、是《これ》も北野参り也。侍共「是よりはちと徒歩《かち》をひろふべい。」「北野の社に取り付いた。今日の奉納に此の雷《いかづち》と云ふ名剣をかくべし。見れば大福帳と有る絵馬が有る。是はたれが上げた。」主計《かずへ》申す様、「是は春王君《ぎみ》の奉納」と云ふ。太宰「扨《さて》は伴左衛門がはからひであるべし。めんだうな。売買人のやうな。みぐるしい。ひつぱがさん」ととびかゝり、おろさんとするに、「しばらく〳〵」ととゞむる。太宰「とめるはたれぢや。」軍平申す様、「あれは伴左衛門でござります。」「絵馬をかけかゆるに、なぜとめる。よび出せ。しさいを問はん」と有る。伴左衛門、大紋《だいもん》をたべ付け出る。まことに一花《け》ひらけてより、猶御めぐみの四方《よも》の春、寿《ことぶき》のせりふ有り。太宰「めでたい。しかし、身が絵馬をかけかへんとするにとめる。身が絵馬はかたじけなくも禁裏にて雷《いかづち》をしたがへたつるぎぢや。春王が奉納には是がよい。大福帳は上げられまい。又大福帳に威光でも有るか。」伴左衛門「おろか也。そも大福帳の威光、先づ大、万物の頭《かしら》、おほつて外なきを大《だい》とよませ、一を書き人を加へて天地乾坤宗廟是《けんこんぞうべうこれ》大とす。又、福とはさいはひとよませ偏《へん》には示すとかき、

〇参会名護屋――作者は中村明石清三郎と初代市川団十郎。元祿十年一月、江戸中村座上演。足利義政の子春王の叔父正親町太宰之丞がお家横領を企てるというお家騒動狂言で、四番続き。団十郎の荒事・実事を見せ場にし、「暫」「鞘当」などの歌舞伎十八番の源流ともいうべき趣向を見ることができる。ここに採ったのは二番目の「暫」の場。本文は絵入狂言本によった。主な配役は、不破伴左衛門（市川団十郎）、正親町太宰之丞（山中平九郎）。

*中村明石清三郎―中村座作者。初め中村明石という若衆方であった。

*初代市川団十郎―中村七三郎とともに元祿期江戸歌舞伎を代表する俳優。多くの狂言を自作自演した。当時の団十郎の評判は次のようであった。「第一実事武道のつめあひ愁嘆が得物也。世間に金平《きんぴら》、五郎時宗などの荒武者をする事、みな此の人を学ぶ也。すべて荒武者事の祖師といへり」（役者口三味線・江戸元祿十二年刊）。一六六〇～一七〇四。

*北野―京都市上京区の北野天満宮。

*伴左衛門―不破伴左衛門。豪

快な荒武者として以前から団十郎の当り役であった。本作では春王の忠臣。
*そも大福帳の威光—以下「大福帳のせりふ」として名高く、団十郎はこののちも「暫」の場で同じような大福帳の長ぜりふを演じている。

〇暫—明治十一年十一月、東京新富座で九代目市川団十郎が演じたもの。後世の「暫」の基本的な型をそなえているので、その一部を『参会名護屋』の参考として載せる。「暫」は江戸で毎年顔見せ狂言の中に組み入れられて上演されていた。本文は日本古典文学大系

旁《つくり》には一口の田と書けり。神のめぐみを下へ示すの理《ことわり》。是大福にあらずや。」「扨又、帳とは。」「知らずばことを問ひ給へ。帳は是長久のちやう。偏に巾《きん》と書いて旁には長。是をさと読ます。天地人の三才、法報応《ほつぱうおう》の三身、武家には弓矢の柱、仏法僧の三宝にあらずや。民家には大福帳。かゝる尊き絵馬《ゑんま》に上こす絵馬は、おりやうあるまいと思ふ。」太宰「尤《もつとも》ぢや。尾に尾を付けていへば、なんでも天地の内に威光のない物はない。身がつるぎに上こすはあるまい。夫《それ》を上げい。」軍平上げんとする。不破「おまちやれ〳〵。忝《かたじけな》くも春王君の代参なれば、身は主君よ。扨又大福帳はたがはづした。」弥市「太宰様がはづしやりました。」「たがはづした。」其の時太宰、「おれがはづした。伴左衛門、おれは粗相な。おれがはづした。侍共かけい。」不破「いや、はづした者がかけたがよい」とて、なんなく伴左衛門にしかられ、太宰絵馬をかける。「伴左衛門、とてものことにいがみはせぬか見てくれやれ。」太宰かける。

【参考】 暫

照忠《てるただ》　暫《しばら》く。
敵皆々　イヤア。
ト思入れ。将門、盃を落とす。
興世《おきよ》　待て〳〵。今君の勅命請け、違勅の罪人《つみびと》目の下に。

将頼《まさより》　首を打たんとなす折から、どうやら聞こえた初音の一声《ひとこゑ》、しばらくといつたぞよ。
敵皆々　イヤア。
興世　兼ねて覚期は致してをるが、今暫くの声を聞いて、首筋元がぞく〳〵いたし、流行風邪《はやりかぜ》でも引かにやアいゝ。
（この間、正面に居並ぶ敵役たちのこわがるせりふがある）
将門　我に敵たふやつばらを、刃《やいば》の錆となさんず折から。
平太　これぞ歌舞伎の吉例ながら。
八郎　耳をつらぬく今の一声《ひとこゑ》
軍蔵　そも暫くと。
千平　声をかけたは。
敵皆々　何やつだエ、。
照忠　暫く。
敵皆々　暫くとは。
照忠　暫く〳〵暫くウ。
ト大薩摩《おほざつま》。
〽かゝる所へ、館《たて》の金剛丸照忠は
トアリヤ〳〵の声、よせになり、向うより照忠、吉例暫の拵《こしら》へにて出で来る。
〽素袍《すはう》の袖のたぶやかに、げに鳳凰《ほうわう》の羽づくろひ、いさましかりける次第なり。
トこの文句にて、花道吉例の所に住まふ。
皆々　どつこい。
将門　今即位の儀式に、これなるやつばら違勅の刑に行はんと。

『歌舞伎十八番集』によった。主な配役は、館金剛丸照忠(市川団十郎)、御厨の三郎将頼(市川左団次)、武蔵九郎興世(中村仲蔵)。
*兼ねて覚期……毎年顔見せには「暫」が上演されるので、こういう台詞がいわれる。
*大薩摩―荒事の伴奏に使用される浄瑠璃の一種。薩摩外記の弟子大薩摩主膳太夫が享保初期に始めた。豪快な浄瑠璃であったが、文政九年には長唄に吸収された。
*よせ―寄せの合い方。下座音楽の一種。大小鼓入りで、人物の出入りに使用される。
*向う―花道揚げ幕のある所。
*暫の拵へ―赤の筋隈に、車鬢(くるまびん)の鬘、白く三升をぬいた柿色の素襖・長袴に大太刀を帯びた独特の扮装をするのがきまりである。
*花道吉例の所―花道の七三。揚げ幕から七分、本舞台から三分の所。

*自作のつらね―縁語・掛詞などを用いて滔々と述べたてる長ぜりふを「つらね」というが、「暫」のつらねは主演の役者が自作するのがきまりであった。

*受け―暫を受ける役。ここでは将門。金冠白衣の公家悪であるのが原則。

*赤いおぢい―赤っ面(つら)で肉襦袢の赤い腹を出している端敵の役々。「腹出し」ともいう。

*なまづ―鯰坊主。ここでは公綱妹ひさごの役名で女方の岩井半四郎が演じた女鯰をさす。

*神の守田の家の棟―神の守りと守田座をかけた。これを上演した新富座は守田座が改名した劇場なのでこう言う。

将頼　すかうべ落とす向うづら。
興世　暫くと声をかけ。
将平　のたくりつん出たわつぱしめ。
義秀　そもまづうぬは。
皆々　何やつだエ、。
将頼　いやさ。
皆々　何やつだエ、。

　トこれにて照忠、自作のつらねになる

照忠　荘子に曰く、北冥《ほくめい》に魚あり、その名を鯤《こん》といふ、化《くわ》して大鳥となる。そのつばさ垂天《すいてん》の雲の如く、一度南《ひとたびみなみ》せんと欲する時は、水撃《すいげき》三千里、扶揺《ふえう》に搏《はう》つて上がる事九万里とかや。柿の素袍の羽づくろひ、氷らぬ水の筋隈《すぢくま》は、根元金剛家《こんげんこんがういへ》の株、つよいが自慢負けぬが得手。そもそも姓は平氏の正統、常陸《ひたち》の掾貞盛が、股肱耳目《ここうじもく》とあまやかし、もてあましたる僕《やつがれ》は、館の金剛丸照忠、当年積つて十八年、も一つ歌舞伎の十八番、合せて三十六鱗《りん》の、鯉の荒磯《あらいそ》荒事師、やつとことつちやア運は天、てんとたまらぬ向うづら、並んで受けは名にし負ふ、音にひゞいた金冠白衣《きんくわんびやくえ》、赤いおぢいも顔揃ひ、動かぬ鹿島の要石《かなめいし》、鯰《なまづ》がうつゝい姉エゆゑ、しんぞ命を揚《あ》げ幕から、久しぶりでの寒《かん》顔見せ、雪にかぢけぬ寒牡丹《かんぼたん》、真先《まつさき》がけの手初めに、さまたげをする奴ばらは、神の守田の家の棟《や》から、伊豆と相模《さがみ》の鼻の穴へ、はふり込むぞと、ホ、、うやまつて白《まう》す。
皆々　どつこい。
将頼　サア、いづれも、暫くだく。根元歌舞伎始まつてより、東《あづま》の名物暫くの本店《ほんだな》、いづれも、そつ首の用心さつしやい。
皆々　イヤア。

傾城《けいせい》壬生《みぶ》大念仏《だいねんぶつ》　中之巻

○傾城壬生大念仏―近松門左衛門作。元禄十五年一月二十八日より京都万太夫座二の替りに上演。京都壬生地蔵の開帳を当てこんで、大念仏狂言（壬生狂言）と壬生地蔵の霊験を仕組んだのでこの外題がある。上中下三番続きで、お家騒動に廓場を仕組んだ典型的な二の替り狂言。上。高遠家の若殿民弥（坂田藤十郎）は傾城狂いのはてに家を出て、継母とその弟が家を横領しようとしている。民弥に恩を受けた侍三宅彦六が高遠家の姫と宝物を守る。民弥がおちぶれた糟買い姿で許嫁の邸に現われ、廓ばなしの独り狂言をする（藤十郎の芸として名高い）。中。民弥の愛する傾城道芝は鞆（とも）の遊女となっており、大尽七左衛門が身請けしようとしている。民弥のために金を調達しようと苦心する彦六は、禿の小伝を殺して金を奪うが、その禿は別れて久しいわが子であった。鞆の廓にいる民弥に彦六から金が届くが、そのため民弥は盗みの嫌疑を受ける。しかし真相が知れて人々は感動し、七左衛門は道芝を民弥に譲る。下。悪人は滅び、その上小伝が壬生の地蔵菩薩に助けられていたことがわかる。最後に開帳の法会があり、極楽の有様を舞台に現出する。当時の上方歌舞伎の技巧や見せ場の集大成ともいうべき狂言。藤十郎の民弥を中心とする傾城事の狂言と忠臣彦六の苦心の筋とが、お家騒動物の枠の中によくまとまっている。ここに採ったのは小伝殺しの場面。幼児殺し劇の型となって後世に伝えられ、歌舞伎・浄瑠璃に大きな影響を与えている。この場の配役は三宅彦六（中村四郎五郎）、女房おみつ（高島尾上）、長兵衛（金子吉左衛門）。本文は日本古典文学大系『歌舞伎脚本集(上)』所載の絵入狂言本（上本）によった。

禿《かぶろ》は「なう、嬉しや。其の銀《かね》を渡して下さんせ。」「いやく、小さい子は銀を持たぬものぢや。おれが持つて行《い》てやらう。」「そんならこちの所迄つれだつて行きませう。」「はて、先へ行けと云ふに」と睨《ね》めつくれば、「合点《がてん》がいかぬ。其の銀を取りやるの」と、阿呆《あはう》を見て、「なう、そなたは長兵衛殿か。是《これ》、此の人の、銀取りやる。取り返して下され」と言へば、彦六は「おのれは此の子と近付きか。」阿呆聞き、「先程是へ参ります道で、七左衛門様のお手代の佐兵衛殿が、其の子をつれて天王様へ参つてござつたゆゑ、あれで逢ひました。小伝《こでん》と云ふ廓《くるわ》の禿でござります」と言へば、彦六聞き、「こちらを知つた者なれば取られまい。

*禿は…―場面は鞆（今は広島県福山市に属する港町）の廓に近い街道。禿の小伝は実は彦六夫婦の娘。以前夫婦は高遠家の騒動のため離ればなれになり、女房は生活に窮して娘を養子にやったが、養子親はその娘を廓に売っていたのである。

*なう、嬉しや―小伝は七左衛門の言いつけで四貫匁の銀（かね）を廓に届ける途中、悪人に銀を奪われようとする。そこへ彦六が現われて悪人から銀を取り上げたので、小伝は喜ぶ。以下、小伝と彦六の会話。

*合点がいかぬ―小伝を演じた子役岩井歌町は、「彦六にも油断せられぬ思入れよし」（役者一挺鼓・京、元禄十五年刊）と評されている。

*阿呆―当時の歌舞伎では道化方がしばしば智恵の足りない召使いとして活躍した。「彦六禿を殺す時、いろくの身ぶりおかし」（役者二挺三味線・京、金子吉左衛門評。元禄十五年刊）。

*天王様―鞆の祇園社。

*是が無うては……「主人のために禿を殺して金を取らるゝ所迄の思入れ、どうも言へず」(役者二挺三味線・京、中村四郎五郎評)。

*死骸を……「禿を殺し金を取り、死骸を橋の下に隠さるゝ取廻し、いかにしても小取廻し(気転がきいてきびきびしていること)にしてよし。同じく血刀を足袋にて拭はるゝ思入れ共どうも〳〵」(狂言本所載の中村四郎五郎評)。

*女房―彦六女房おみつ。この場面の前の場で夫彦六に再会し、金策のため娘の養家をたずねに行ったもの。

返さん」と思ひ、銀を取り出せしが、「いや〳〵、是が無うては殿が死なうと言《い》やる。ほしうも有る」と思案をすれば、禿は「よい〳〵。返しやらぬからは、内へ戻つて七左衛門様に、長兵衛の連れが銀を取りやつたと云ふぞ」と、走り行くをひつとらへ、「盗みをしたと言はれては立たぬ」と、情《なさけ》なくも刺し殺す。「あゝ悲しや」とばかりにて空《むな》しくなれば、死骸を橋の下へ押し入れ、葭《よし》を切り、顔へかけ姿を隠し、刀の血糊《のり》を足袋をぬぎ拭《のご》ひ取り、着る物へ付きし血糊《のり》を手拭ひにてぬぐはせ共、まだ見えれば着る物ぬぎ、下の継《つぎ》布の当りし縞の着る物を上へ着かへ、「さあ、首尾はよい」と立ち帰る所へ、女房来たり、「こなさんはきつう顔の色が悪いぞや。扨《さて》、養子の親の所へ行き、なんぼ尋ねても云ひませぬゆゑ、其の隣へはいり尋ねたれば、憎い事ではないか、大名へ遣《や》つたと云ふはうそ、鞆《とも》の傾城町へ禿《かぶろ》に売つてやつたといの。大事の一人の娘を、なんの禿奉公させうぞ。詮議して取り返して下され」と言へば、彦六気味悪く、「して、娘はいくつに成る。」「ことしで十一なれ共。大柄な、むつくりとして美しい子に成りました。」「名は何と云ふ。」「今、禿では小伝と云ひますげな。」「はあ」と肝を消し、「是、たとへいかやうな事があらう共、取り乱すまいぞ。あの橋の下成るものを見ておじやれ。」女房は橋の下へ行き、「あゝむごや、女の子が殺して有る。」「其の顔を見知つてはゐぬか。」女房は「見たやうなが」とよく〳〵見、「なう悲しや、是、娘ぢやわいの。何者が殺した。やい長兵衛、小伝は誰《たれ》が殺したぞ。」阿呆泣き〳〵、「旦那様の殺さし

*先後を乱し嘆き―「娘の死骸を見て、夫彦六に取りついてのうれひ、あやめ殿（女方の名優芳沢あやめ）の風をうつされなか〳〵でかさるゝ」（役者二挺三味線・京、高島尾上評）。「彦六女房に成りてのうれひ、今少しかゆき所へ手の届かぬやうな所有り」（役者一挺鼓・京、同人評）。

*こなさんは…―「こなさまは金も持つてござらぬもの、なんの殺さしやろと言はれしは、誠に智恵なの言ひさうな事と感じておかし」（役者一挺鼓・京、吉子金左衛門評）。

*彦六心乱れつゝ―「我が子と聞いて愁嘆、もつともうつりよく（真に迫って）、いかな邪見な鬼婆も涙をこぼし侍る」（狂言本所載の中村四郎五郎評）。

『傾城壬生大念仏』挿絵

やつた」と言へば、彦六にしがみつき、「是、気違ひ、親が子を殺すと云ふ事が有る事か。娘を返しや〳〵」と、先後を乱し嘆き、「いつそおれを殺しや〳〵」と言へば、阿呆聞き、「こなさんは銀《かね》も持つてござらぬもの、なんの殺さつしやろ。」彦六心乱れつゝ、「あゝ、是非もない。先程殺す時、此の報いが民弥殿へ行かずばよからうがと案ぜしが、身が娘なれば、主《しゆう》のために子を殺すは習ひぢや。こりや女房、もはや嘆いても返らぬ事ぢや。やい長兵衛、そちは此の銀を持ち、殿は廓にゐ給ふと有る、あれへ持ち行き、此の銀を進ぜ。此のおみつを宿へつれて帰りてから行け。」長兵衛も涙ながら、「畏《かしこま》りました」と銀を受け取り、「お嘆きは御《ご》尤《もつとも》ぢや。先づお帰りなされませ」と手を取れ共、女房は「いや〳〵、娘を殺し、なんの往《い》なう。おれも死ぬる」と倒れ伏すを、長兵衛は引抱《ひんだか》へ、無理につれて帰りける。

扨、彦六は娘の死骸を膝へのせ、「扨々人は邪見《じやけん》なものじや。さいぜんそちを殺して銀を取つた時は嬉しかつた。我が子と知つて殺さうか。他人ぢやと思うて殺した。そちを他人にせよ。其の親が聞いたら此のごとくに悲しからう。人の心はむごいものじや。そちが平産したと聞いたれ共、今迄逢うた事もないに、我が手にかけ殺して、死に顔で対面するは何事ぞ」と、さしもの彦六心乱れ腰を抜かし、死骸を抱いて泣き沈む。げに世の哀れの至極也。

夕霧三番続　上之巻

〇夕霧三番続―作者未詳。宝永元年京都万太夫座の三の替りに上演。大坂新町の遊女夕霧（延宝六年正月没）をしのんで作られた多くの夕霧狂言の一。夕霧狂言の最初は夕霧の死んだ翌月大坂で上演された『夕霧名残りの正月』で、坂田藤十郎の藤屋伊左衛門が霧波千寿の夕霧を相手に演じた傾城事(けいせいごと)が大当りし、以来藤十郎は生涯に十八度夕霧狂言を演じたと伝えられる。本作は上中下三番続きで、上に夕霧と伊左衛門の傾城事、中に夕霧三年忌の趣向で伊左衛門と夕霧の妹女郎はぎのとの傾城事を仕組み、下は夕霧七年忌の趣向で追善の総踊りとなっている。ここに採ったのは、親に勘当されておちぶれた伊左衛門が、馴染みの揚屋吉田屋へ尋ねて来て夕霧に逢う傾城事の場面で、夕霧狂言の中核をなす部分。夕霧狂言は藤十郎没後も歌舞伎にたびたび演じられ、浄瑠璃にも作られていて、中でも近松門左衛門作『夕霧阿波鳴渡(ゆうぎりあわのなると)』(正徳二年カ）が名高い。本文は絵入狂言本によった。主な配役は藤屋伊左衛門(坂田藤十郎)、夕霧(山本かもん)、吉田屋喜左衛門（若林四郎右衛門)。

藤屋伊左衛門は紙子姿に古編笠、「たれぞ頼まう」と云へば、下男八介出れば、「吉田屋喜左衛門所はこゝか。会ひたい」と云へば、「見ぐるしい。謡うたひか。通れ〳〵。」「こいつはぞんざいな。さうでなくばどうする。」「さなくば紙くづ買ひであらう。旦那を呼うで、近付きでないとたゝくぞ」と、「旦那様〳〵、ねだれ者がおまへに会はうと申します。」「どこにゐる」と立ち出づれば、「是《これ》、おれぢや。」「笠で顔が見えませぬ。」「はて、声でも知れう」

*紙子姿に古編笠―和事師が零落した色男役で演ずる役を「やつし」というが、この扮装は「やつし」の典型的扮装。特にこの役の紙子は「年来夕霧にて名を取られし御家の紙子」(役者友吟味・京、宝永四年刊）といわれ、藤十郎のやつし芸の象徴でもあった。藤十郎については二七六頁注参照。

と見合へば、「伊左衛門様か。よう御出でなされました」と内へともなへば、「喜左、あいつがおれを紙くづ買ひとぬかした。」「是は〳〵。伊左衛門様を見知らぬか。お前ごぞんじでござりませう。廓の門番久兵衛がせがれでござります。」「むゝ、ちいさい時ぼん太と云つたそれか。門番に二代の朝臣《あつそん》ぢや」と云ふ所へ、喜左衛門が妹《いもと》おきさ、女房おさつ出で、「ようお出でなされました。此の蒲団の上にござりませ、お前は病後ぢや。」喜左衛門申すは、「お前は有馬でさん〴〵おわづらひと聞きましたが、御本復で御一段。」「されば〳〵。わづらひと云ふは、誓文《せいもん》の罰《ばち》で有つた。逢ふ程の女に、女房に持たう、二世かけてのと誓文を立てた。今度有馬で、とんと目が舞うてせつじした。［はなし上本に有り］それから物が言はれなんだ。大方なほつたが、まだろくにはなほらぬ。」

喜左衛門蓬萊《ほうらい》持つて出る。「是、何しやる。おれは客ではない。」「はて、年の初めの御祝儀、ひとつ上りませ。」「げに云やればさうぢや。先づめでたい。蓬萊がにぎやかな。いよ〳〵繁昌であろう。おれが正月をした時は橙《だいだい》が小さかつたが、播磨大尽程有つて、橙も大きな。此の伊勢海老に女郎はあやかつたがよい。」「それは色の赤う成るやうにと思し召してか。」「いやさうでない。此の海老の腰のかゞむ程、女郎を居腐《ゐぐさ》りにするやうにと云ふこと。」「又旦那の悪《わる》がう、面白い。さらば慮外。くわつ〳〵」と盃さす。伊左衛門ひとつ飲み、戻

*病後ぢや―坂田藤十郎がしばらく病気で休演し、この狂言から出勤したこととの当てこみ。

*されば〳〵―以下藤十郎の長ぜりふ。「藤屋伊左衛門と成り、有馬にての病気の言ひ立て、先年仏の原の格式なれど、けんがく此の度はよく見ゆる」（役者舞扇子・京、坂田藤十郎評。宝永元年刊）。

*はなし上本に有り―ここの長ぜりふは上本(じょうほん)に詳しく記載されているの意。上本は並本より詳細な狂言本で、当り狂言の場合出版されたと思われる（『傾城壬生大念仏』の狂言本がそれ）が、本狂言の上本はまだ発見されていない。

*まだろくにはなほらぬ―「去年御病後より、いまだ詞長(ことばなが)に物言はるゝ時は、舌内まはりかぬる所有り」（役者三世相・京、坂田藤十郎評。宝永二年刊）。

▽この間に喜左衛門は、播磨の国の大尽が夕霧に打ちこんで揚げ詰めにしているが、夕霧は伊左衛門の病気のことを聞いて病床に臥していると伊左衛門に告げる。伊左衛門は夕霧の心を疑い、よい大尽客がついたから自分の事など忘れたに違いない、逢いたくもな

いとすねる。喜左衛門はそれをなだめて自分の正月用の小袖を伊左衛門に着せ、夕霧を呼び出す。
*蓬萊—新年の祝いに三方の上に熨斗鮑(のしあわび)・昆布・橙(だいだい)・海老などを飾ったもの。
*先づめでたい—以下夕霧に聞かせるあてこすりのせりふ。このようなせりふを「当てこと」といい、傾城事にはつきものであった。
*此の伊勢海老…—「伊勢海老を見て、夕霧を泣かす。是も古きことなれ共、常盤(ときわ)の松の見あかね詠(なが)め」(役者舞扇子・京、坂田藤十郎評)。
*夕霧腹を立て…—「夕霧と成り、藤十郎との傾城の詰め開き、橙・海老にて当てこと言はれ、腹立てる思ひ入れ、しを〳〵とする体(てい)」が好評であった(役者舞扇子・京、山本かもん評)。
*小さん—夕霧の禿。

『夕霧三番続』狂言本（東京都立中央図書館蔵）

す。喜左衛門其の盃を太夫へ渡せば、夕霧取り上げ、伊左衛門へさす。いたゞき、酒飲まねば、喜左衛門は「こゝは一つ上りませ。」夕霧腹を立て、「はて、強《し》ひずとおかしやれ。酒が飲みとむなくば、飲まぬがよい。仔細らしい」と、土器《かはらけ》引つ取り打ちくだき、伊左衛門がたぶさを乱《みだ》き、腹立て、床へ入り、寝る。喜左衛門は「お肴がなうては参りにくい。さらば取りに参らん」と気を通し、奥へ入る。

伊左衛門は「是《これ》喜左、そなたと話さうばかりぢや。やはり居《ゐ》よ」と独りごと云ひ、「是は、床の飾り物はいつも変らぬ三味線ぢや。」小さん聞き、「それは太夫様のでござんす。」「さこそ。御全盛の太夫様の御道具程有つて、見事。太夫様お三味線を借ります。やい小さん。いかう淋しい。弄斎《らうさい》を歌へ。」畏《かしこま》り、そばへ寄り歌ふ。太夫床より出で、三味線をとらへ、弾

*口舌―口説とも書く。痴話喧嘩。その演技を口舌事といい、傾城事では必ず演じられた。「此の人傾城買ひの名人とは第一口舌事上手成る故也」(役者略請状・京、坂田藤十郎評。元祿十四年刊)。

かせぬ。「殿の馬も借れば三日。お放しなされ。」「いや、やかまし、弾かさぬ。」「推参な。犬傾城めが」とつかみ合ひ、「物云ふもやかましい。寝たがよい」と、太夫が床に入り、夜着引きかづき、寝る。太夫そばへ寄り、足にて起こす。伊左衛門腹を立て、「慮外千万な。おのらがやうな次郎の分として、脛《すね》で起こすはどうぢや。ほだ打ち折る」と、さんぐ〳〵に踏み、口舌《くぜつ》する。

しばしして太夫は、「申し伊左衛門様。いかに云ひたいとても、海老の腰のかゞむ程居腐りにせよの、橙が大きなのとは、あまり胴欲《どうよく》な事を言はんす。わしが心はそうした事ではござんせぬ」と嘆けば、伊左衛門聞き、「やい小さん。橙が大きなと云へば太夫の気に入らぬ。来年からは金柑にしておけ。」太夫聞き、「是伊左様。次郎と言はんしたはたれが事ぞ。」「それは、いつはりを云ふ者をうそつき与次郎と云ふ。そちが事ぢや。」「扨はうそつく者が次郎ならば、こなたが次郎ぢや。わしはこなたの身代が悪うならしやつたと聞き、此のごとくわづらひます。それに、聞いたとは違ひ、其のごとく結構な衣裳着てござるからは、勘当の身で江戸へござつたはうそ。皆次郎ぢや」と恨み嘆けば、「そちが口から次郎とは。おれがいつうそをついた。是は喜左衛門が着る物を貸した。紋所を見よ。誠の姿は是ぢや」と着る物をぬげば、紙子一枚あさましき体《てい》なれば、「なう、おいとをしや」とたがひに取り付き、泣き給ふ。

東海道四谷怪談　中幕

〇東海道四谷怪談―四代目鶴屋南北（大南北）作。文政八年七月二十七日より、江戸中村座で『仮名手本忠臣蔵』を一番目狂言とし、本作を二番目狂言として、それぞれを前半後半の二つに分け、二日がかりで上演した。そのため、民谷伊右衛門が塩谷（えんや）家の浪人で、隣家に住む高野（こうの）家の家臣伊藤喜兵衛を手づるとして高野家に仕官しようとしているなど、「忠臣蔵」の世界になっている。伊右衛門は妻お岩の父四谷左門に悪事を知られたので左門を殺し、お岩には舅の敵を討ってやるといつわっている。伊藤喜兵衛は孫娘お梅が伊右衛門に恋慕するので、邪魔になるお岩に血の道の薬と称して毒薬を与え、伊右衛門は今夜お梅を迎えて祝言すると約束する。ここに採ったのはこれに続く中幕（第二幕）第三場、お岩が悶え死ぬ場面である。このあと伊右衛門はお岩の怨霊に苦しめられ、最後は佐藤与茂七に討たれる。この伊右衛門・お岩の筋に直助権兵衛・お袖（お岩の妹）の筋がからんでいて、伊右衛門と直助権兵衛の二様の悪がお岩の怨霊とともに南北独得の世界を作っている。彼の生世話物の代表作。初演以来非常な好評で、再演を繰り返して今日に至る。この場の配役はお岩（三代目尾上菊五郎）、伊右衛門（七代目市川団十郎）、按摩宅悦（大谷門蔵）。本文は『鶴屋南北全集』によった。

本《ほん》舞台、もとの伊右衛門の世話場へ戻る。こゝにお岩、面体《めんてい》見苦しく変り、苦しみ倒れ居る。宅悦、介抱して居るていにて、道具留る。トやはり虫の音、合方《あひかた》、時の鐘。宅悦、いろ〳〵と介抱して、

宅悦　イヤ、まことにとんだ留守を頼まれた。もしお岩さま、どうでござります。気持ちはようござりますか。

お岩　アヽ、何ぢややら、喜兵衛さまの下された血の道の薬を呑むと、にはかに顔が発熱《ほつねつ》して、アヽ苦しうおぼえたわいな。

宅悦　いやもう、おほきに案じました。マア〳〵よいさうで落ち付きました。○　これはしたり、もう日が暮れたな。あかりもつけずばなるまい。どりや〳〵。

*鶴屋南北―四代目。前名勝俵蔵。後に大南北（おおなんぼく）と呼ばれた。文化文政期を代表する江戸の歌舞伎作者。主要作は『天竺徳兵衛韓噺』『心謎解色糸』『お染久松色読販』『桜姫東文章』『東海道四谷怪談』等。一七五五～一八二九。

*合方―下座音楽の一。三味線の演奏で場面の雰囲気を作り、人物の性格・心理の表現を助ける。

*時の鐘―下座の鳴物の一。時の鐘を模したものだが、ここでは夕暮れのさびしい雰囲気を作る。

*○―思入れや、短い間（ま）があることを示す記号。

ト行燈《あんどう》を出し、あかりをつけて、

しかし、今の薬でなぜあのやうに、俄《にはか》に苦痛を。○

ト言ひさま、あかりにてお岩が顔を見てびつくりして、

ヤ、おまへは顔が。

お岩　何、どうぞしたかえの。

宅悦　サ、ちつとの内に、マアそのやうに。○

ト言はうとして思入れ。

サ、そのやうに直るとは。ア丶、おほかたそこが家伝の薬でござりませう。

ト顔の事を言はぬ思入れ。

（この間に宅悦はお岩に頼まれて行燈の油を買いに行く）

お岩　どりや、添へ乳してやりませう。

ト唄、時の鐘。向うより、伊右衛門思案のていにて出で来たり、花道にて思入れあつて、

伊右　今の喜兵衛が話しでは、命に別条ないかはり、相好《さうがう》変る良薬と申したが、もしや女房がアノあとで。○　物はためしだ。

ト門口へ来たり、ずつと入り、

お岩　油買うて下されたか。

*唄―下座の歌。
*向う―花道揚げ幕のある所。

ト蚊屋の内より声をかける。

伊右　いゝや、油は買ひには行かない。おれだ。

お岩　伊右衛門どのかえ。

伊右　どうだ。さつき貰うた薬は、血の道によいか。

お岩　アイ、血の道にはよいやうなれど、呑むとそのまゝ発熱して、わけて面体《めんてい》にはかの痛み。

伊右　熱気がつよくて、その顔が。

お岩　アイ、しびれるやうに思うたわいな。

ト蚊屋の内より出で来る。伊右衛門びつくりして、

伊右　ヤ、変つたは〳〵。ちつとのうちにそのやうに。

お岩　何が変つたぞいな。

伊右　サ、変つたと言つたは、ヲヽ、それ〳〵、おれが喜兵衛どのへ行つて来たうちに、手めえはおほきに顔色がよくなつたが、それもさつきの薬の加減でがなあらう。イヤ、顔つきがおほきに直つた。

トあきれし思入れ。

お岩　わたしが顔つきが、良いか悪いか知らねども、気持ちはやつぱり同じ事。一日あけし

い暇《ひま》もなう、どうで死ぬるでござんせう。死ぬる命は惜しまねど、生まれたあの子が一しほ不便《ふびん》。わたしや迷ふでござんせう。もし、こちの人。お前わたしが死んだなら、よもや当分。

伊右　持つて見せるの。

お岩　エイ。

伊右　女房ならばぢきに持つ。しかもりつぱな女房を、おらア持つ気だ。持つたらどうする。世間にいくらも手本があるわえ。

トずつかり言ふ。お岩、あきれし思ひ入れ。

お岩　これ、伊右衛門どの。常からお前は情《なさけ》を知らぬ邪見な生まれ、さういふお方と合点で、添うてゐるのも。

伊右　親父《おやじ》の敵《かたき》を頼む気か。〇　これ、いやだの。今時に、親の敵もあんまり古風だ。よしにしやれよ、おれはいやだ。助太刀しようと請け合つたが、いやになつた。

お岩　そんなら今更《さら》、アノ、お前は。

伊右　オヽ、いやになつた。いやならどうする。それで気に入らずば、この内を出て、外の亭主を持つて、助太刀をして貰ふがいゝ。こればつかりはいやだの。

お岩　お前がいやと言はんしても、外へ頼むまで頼りもなう、女の手一つ。さすれば願ひも

＊伊右衛門―役柄の類型としては色悪、二枚目の外貌で悪のすごみを見せる役である。

かなはぬ道理。さりながら、わたしにこゝを出て行けなら、なるほど出ても参りませうが、あとでお前はまゝ母に、あの子をかける心かえ。

伊右　これ〳〵、まゝ母にかけるがいやなら、アノ餓鬼を連れて行け。まだ水子のあの餓鬼と、新規に入れる女房と、一口に言へるものかえ。

お岩　そりやこなさんは、女には実の我が子も。

伊右　見替へねえでどうするものだ。われもおれを見替へたから、おれもわれを見替へるのだ。それがどうした。

お岩　エイ、なんでお前を、誰に見替へましたぞいの。

伊右　サア、その見替へた男は、アノ。

お岩　誰でござんす〳〵。

伊右　オヽ、それ〳〵、アノあんま坊主に見替へた。わりやア、間男をしてゐるな。

お岩　エヽ、何を言はしやんす。いかにわたしのやうな者ぢやというて、なんでマア、不義間男をしようぞいな。

伊右　そんなら、わりやアしまいが、おれがまた外で色事をしたら、どうする。

お岩　サ、そりや男の名聞《みやうもん》。どのやうなことさんせうと、願うておいた敵討ち、力になつてさへ下さらば、何のどのやうなことがあつても。

＊あんま坊主―宅悦。

伊右　構はぬといふ代りには、敵討ちを頼むのか。品によつたら、餓鬼まで出来た女房だから、助けてもやらうが、知つての通り工面が悪い。なんぞ貸してくれろよ。急に入る事がある。トいうて、何も質ぐさが。

トあたりを見廻し、落ちてある櫛を見付け、

これ、これを借りよう。

ト取りあげる。その手に取りつき、

お岩　ア丶、そりやかゝさんの形見の櫛。それをやつては。

伊右　ならないのか。これ、有様《ありやう》はナ、おれが色の女が、不断ざしの櫛がない、買つてくれと言ふから、これをやらうと思ふが、悪いか。

お岩　これつかばりは、どうぞ許して。

伊右　そんなら櫛を買ふだけのものを貸せ。まだその上にナ、今夜は身の廻りがいるから、入れ替へでも工面せねばならぬ。なんぞ貸せ。サ、早く貸しやアがれ。

ト手荒く突きとばす。お岩思入れあつて、

お岩　なんというても品もなし、いつそわたしが。○

ト着る物をぬぎ、下着ばかりになり、

病中ながらもお前の頼み、これ持つて行かしやんせ。

ト さし出す。伊右衛門見て、

伊右　これでは足らねえ。もつと貸してくれろ。何もねいか。○　オヽ、アノ蚊屋を持つて行かう。

ト かけよつて、釣りかけある蚊屋を持つて行かうとする。お岩すがつて、

お岩　アヽもし、この蚊屋がないとな、アノ子が夜ひと夜蚊にせめられて。

ト かやに取りつく。

伊右　蚊が食はば、親の役だ、追つてやれさ。放せ〳〵。

ト 手荒くひつたくる。お岩、これに引かれたぢ〳〵として、蚊屋を放すと、指の爪蚊屋に残り、手さきは血になり、どうと倒るる。伊右衛門ふりかへり、

それ見たか。エヽ、いけあたじけない。しかしこれでも不足であろうか。

ト 唄、時の鐘。伊右衛門、蚊屋と小袖をかゝへ、向うへ入る。お岩、やう〳〵起き上つて、

お岩　これ伊右衛門どの。その蚊屋ばかりは。

ト あたりを見て、

そんならもう行かんしたか。アノ蚊屋ばかりはやるまいと、病みほうけでも子がかはいさ、放さじものと取りすがり、手荒いばかりに指さきの、爪は放れてこのやうに。

ト 指さき残らず血の垂《た》る思入れにて、

かほど邪見なこなさんの、胤《たね》とはいへどいとゞ不便《ふびん》に。

ト思入れ。赤子泣く。お岩、よろ〳〵として、あたりを尋ね、土火鉢《つち》を出し、蚊やりをしかける思入れ。

お岩　もうこの上は気をもみ死《じに》。息あるうちに喜兵衛殿に、此の礼言うて。

トよろめき〳〵行かうとする。宅悦、衝立にて留めて、

宅悦　そのお姿でござつては、人が見たなら気ちがひか、形《なり》もそぼろなその上に、顔の構へもたゞならぬ。

トお岩、鏡を取つてよく〳〵見て、

お岩　髪もおどろの此の姿。せめて女の身だしなみ、鉄漿《かね》などつけて、髪も梳《す》きあげ、喜兵衛親子に言葉の礼を。

ト思入れあつて、

これ、お歯黒道具、揃へてこゝへ。

宅悦　産婦のお前が、かねつけても。

お岩　大事ない。サ、、早う。

宅悦　すりや、どうあつても。

▽この間に伊右衛門が花道で宅悦をとらえてわざとお岩に不義をしかけろとおどすことあり、宅悦はしかたなくお岩に言い寄る。お岩が怒って小仏小平（この時押入れに押しこめられている）の短刀を抜いて振り廻す。そこで宅悦は、伊藤喜兵衛のくれた薬でお岩の顔が醜く変ったこと、伊右衛門は今夜喜兵衛の孫娘と内祝言をすること、不義をしかけたのは、伊右衛門がお岩との縁を切るための策略であることをしゃべってしまう。お岩は鏡を見て驚き、真相を知って怒りにもだえる。

*独吟―下座歌を一人で歌うもの。伸縮の自在な「めりやす」を使い、演技に合わせて表現効果をあげる。ここでは現在、次の文句を使う。「竹垣や草にやつれし軒のつま、のきものかれぬなか〳〵に、朝顔からむ花かづら、露にしめりて日影に照りて、みがいて見たる瑠璃のつや、あした夕べに面やせし、秋の柳の落ち髪も、乱れてなびく初尾花、花が花ならものは思はじ。」

*母の形見の…―この櫛はお岩の一念のこもったものとして妹お袖の手に渡ることになる。

*唄いっぱいに切れる―髪梳きが終ると同時に独吟が終る。

お岩　エヽ、持たぬかいのう。

トじれていふ。宅悦びつくりして、はいと思入れ。これより独吟になり、宅悦、鉄漿《かね》つけの道具をはこぶ事。蚊いぶし火鉢へお歯黒をかけ、山水《さんすい》なる半挿《はんざう》、粗末なる小道具。よろしく鉄漿つけあつて、件《くだん》の赤子の泣くを、宅悦、かけよりいぶりつける。此の内、唄いつぱいに切れる。お岩、件《くだん》の櫛を取つて思入れ。

お岩　母の形身の此の櫛も、わしが死んだらどうぞ妹《いもと》へ。○　アヽ、さはさりながらお形見の、せめて櫛の歯を通し、もつれし髪を、オヽ、さうぢや。

トまた唄になり、件《くだん》の櫛にて髪を梳く。赤子泣くを、宅悦抱いていぶりつける。この内、唄いつぱいに切れる。お岩、件《くだん》の櫛を取つて思入れあり。お岩は此のうち、梳きあげし落ち毛、前へ山のごとくにたまりたると、櫛とを一つに持つて、

今をも知れぬこの岩が、死なばまさしくその娘、祝言さするはこれ眼前《がんぜん》。恨めしきは伊右衛門どの。喜兵衛一家のもの共も、何安穏《あんをん》におくべきや。思へば〳〵、エヽ、恨めしい。

ト持つたる落ち毛、櫛もろ共ひとつにつかみ、急度《きつと》ねぢ切る。髪の内より血だら〳〵、前なる倒れし白地の衝立へ、その血かゝるを、宅悦見て、

宅悦　ヤヽヽヽ。あのおち毛から、したゝる生血《なまち》は。

トふるひだす。

お岩　一念通さでおくべきか。

トよろ〳〵と立ちあがり、向ふを見つめて、息引きとる思入れ。宅悦、子を抱き、かけよつて、

*最前投げたる白刃―宅悦が言いよった時、お岩が怒って斬りつけ、宅悦と揉み合ううち、あやまって上手に投げた刀。
*捨て鐘―下座の鳴物の一。時の鐘をつき始める前に人の注意を引くために打った鐘を模したもの。ここでは凄みの効果を出すために使用されている。
*あつらへの―定式(じょうしき)のものではなく、その場面のために特別に注文してつくられたものの意。
*切溜―煮しめなどを入れた木箱。前の場で伊藤家から届けられたもの。
*うすどろ〳〵―下座の鳴物の一。大太鼓を長撥で、低くかすめて打つもの。幽霊や妖怪変化の出入りや人が正気を失うなどの異常な場面に使う。
*心火―ひとだまなどを表わす火。竿の先端につけた布に焼酎を含ませて燃やす。陰火。

宅悦　これ、お岩さま〳〵。もし〳〵〳〵。○

ト思はずお岩の立ち身へ手をかけてゆすると、その体よろ〳〵として、上《かみ》の家体へばつたり倒るゝ。そのはづみに、最前投げたる白刃《しらは》、程よきやうに立ちかゝり居て、お岩、喉《のんど》のあたりを貫《つらぬ》きしていにて、顔へ血はねかゝりしてい。よろ〳〵と屏風の間をよろめき出て、よき所へ倒れ、うめきて落ち入る。宅悦うろたへ、すかし見て、

ヤア〳〵、アノ小平めが白刃があつて、思はず止《とど》めもこりや同前。サア〳〵、大変〳〵。

トうろたへる。此のうちすごき合方《あひかた》、捨て鐘。此の時、あつらへの猫一疋出て、幕明きの切溜《きりだめ》へかゝる。宅悦見て、

此の畜生め。死人に猫は禁物だわ。シイ〳〵〳〵。○

ト追ひ廻す。猫逃げて障子のうちへかけこむ。宅悦追つて行く。此の時、うすどろ〳〵にて、障子へたら〳〵と血かゝるを、とたんに欄間よきあたりへ、猫の大きさなる鼠一疋、件《くだん》の猫をくはへ、走り出て、殺して落す。宅悦、ふるひ〳〵見る事。此の時鼠は、どろ〳〵にて、心火《しんか》となつて消ゆる。

こりや、此の内にはゐられぬ〳〵。

*河竹新七―二代目。明治十四年隠退披露して古河黙阿弥(河竹黙阿弥)と改める。安政から明治二十年代に至る十九世紀後半世紀の江戸―東京劇壇を支えた歌舞伎作者。代表作は『小袖曾我薊色縫』『三人吉三廓初買』『青砥稿花紅彩画』『梅雨小袖昔八丈』『島衛月白浪』『盲長屋梅加賀鳶』等。一八一六〜一八九三。

*知らせ―進行のきっかけを知らせる析(拍子木)。合図であると同時に気分転換の効果を持つ。

*打返し―仕掛道具の一。張り物の一部があおり返ると別の舞台装置となるもの。

*山台―義太夫以外の浄瑠璃や長唄の演奏者がすわる台。正面に山の絵が書かれることが多いのでこの名がある。

*浄瑠璃―清元で、浄瑠璃外題は「梅柳中宵月(うめやなぎなかもよいづき)」。

*本釣鐘―下座の鳴物の一。小

小《こ》袖《そで》曾《そ》我《が》薊《あざみの》色《いろ》縫《ぬひ》 第一番目四立目

〇小袖曾我薊色縫―河竹新七(後の黙阿弥作)。安政六年二月五日より江戸市村座初演。一部に伝統的な曾我狂言の面影を残しているが、おもな題材は文化二年六月に小塚原で処刑された盗賊鬼坊主清吉の一件で、それに安政二年にあった御金蔵破りをもあてこんでいる。そのため、大当りにもかかわらず、三十五日間で上演禁止となった。

第一番目。遊女十六夜と馴染んだ極楽寺の弟子僧清心は女犯(にょぼん)の罪で追放され、廓を抜けて来た十六夜と川に身を投げるが死にきれず、通りかかった寺小性求女(もとめ)を十六夜の弟と知らずに殺して金を奪い、やがて盗賊鬼薊(おにあざみ)清吉となる。十六夜は俳諧師白蓮(びゃくれん)に救われ、尼となって旅に出るが、箱根山中で清心とめぐり逢う(これに八重垣紋三の筋がからみ、箱根山中では曾我の対面の場がある。)第二番目。清吉は女房となった十六夜(本名おさよ)と白蓮をゆするが、白蓮実は盗賊大寺庄兵衛で、頼朝が極楽寺に納めた祠堂金(しどうきん)三千両の盗人であり、しかも清吉が幼い時に別れた兄とわかる。捕手に追われる清吉はおさよとともにその父のもとに逃れるが、以前殺した求女がおさよの弟であったことなど、犯した罪の重さを知って自害し、おさよも死ぬ。正兵衛も捕えられて終る。当時の河竹新七は四代目市川小団次のために次々と意欲作を書き、作者としての地位を固めて行くが、本狂言はその時期の代表作であり、また彼の生世話物の代表作でもある。ここに採ったのは第一番目四立目の清心と十六夜の心中場。本文は日本古典文学大系『歌舞伎脚本集(下)』によった。配役は清心(市川小団次)、十六夜(岩井粂三郎)。

知らせに付き、下手《しもて》作矢来《さくやらい》、打返《うちかへ》しにて、山台の上清元《きよもと》連中居並び、直《すぐ》に浄瑠璃に成る。

〽朧夜《おぼろよ》に星の影さへ二つ三つ、四つか五つか鐘の音も、もしや我が身の追手《おつて》かと、胸に時うつ思ひにて、廓を抜けし十六夜《いざよひ》が。

ト本釣鐘、合方《あひかた》にて、向うより十六夜、袱紗《ふくさ》帯《おび》、部屋着の女郎形《なり》にて、手拭をかむり走り出て来たり、花道へとまり、思入れあつて、

〽落ちて行方《ゆくへ》も白魚の、舟の篝《かがり》に網よりも、人目いとふて跡先に、心置く霜川端を、風に追はれて来たりける。

型の釣鐘を打つ。ここでは夜ふけの雰囲気を作る。
*向う―花道揚げ幕のある所。
*川端―川は鎌倉の稲瀬川。江戸を鎌倉、隅田川を稲瀬川とするのが当時の習慣。

ト十六夜花道に振り有つて本舞台へ来たり、思入れ有つて、

十六　嬉しや今の人声は、追手ではなかつたさうな。とゝさんはじめわたしまで、御恩になりし清心さま、けふ御追放と聞いたゆゑ、ぬしに逢ひたく廓を抜け、爰迄《ここ》来るは来たれども、行く先知れぬ夜の道。どうぞお目にかゝられゝばよいが。

〽しばしたたずむ上手《うはて》より、梅見帰りか舟の唄。

〽忍ぶなら〳〵、闇の夜はおかしやんせ。月に雲のさはりなく、辛気《しんき》待宵十六夜の、うちの首尾はエヽ、よいとの〳〵。

〽聞く辻占《つじうら》にいそ〳〵と、雲足早き雨空も、思ひがけなく吹き晴れて、見かはす月の顔と顔。

ト此の内十六夜しごきを締め直し、追手は来ぬかといふ思入れにて向うを見て、上手《かみて》へ行かうとする。

本釣鐘にて、上手より以前の清心、色気のある無地の着付け、浅黄の手拭にて頬かむりをなし、思案の思入れにて出て来たり、両人行き合ひ互ひによけ合ふこなし。知らせに付き月出て、両人手拭越しに顔を見合はせ、

清心　ヤ、十六夜ではないか。

十六　清心さまか。

清心　ア、わるい所へ。

ト行かうとするをとらへ、

十六　逢ひたかつたわいなア。

〽すがる袂もほころびて、色香こぼるゝ梅の花、さすがこなたも憎からで。

ト十六夜、清心にすがり付く。清心も是非なき思入れ。

清心　見ればそなたはただ一人、夜道いとはず今頃に、廓をぬけてどこへ行くのぢや。

十六　どこへとは清心さま、昨日《きのう》とゝさんのお話しに、御追放の上からは、もう廓へも今迄のやうにお出でもなさんすまい。ひよつとしたなら其の座から、どこへお出でなさらうやら、知れぬと聞いてなつかしく、長い別れにならうかと、思へば人の言ふ事も、心に掛《かか》る辻占ばかり。いつその事と暮合ひに、廓を抜けてやう〳〵と、おまへに逢ひたく来ましたわいな。

ト清心思入れ有つて、

清心　もはやそなたに逢はれまいと、思つていたにはからずも、爰《ここ》で逢うたは尽きせぬ縁。いかなる過去の宿縁やら、見る影もない清心を、斯《かく》迄慕ふそなたの親切。けふもけふとて此の小袖、送つてくれたばつかりに、身巾《みはば》も広う清心が、しるべの方へ行かれるわい。

十六　しるべの方と言はしやんすが、さうしておまへはこれからどこへ。

清心　サ、どこといふ当《あて》もなけれど、追放にあふ上からは、爰に足はとめられず、一先《ひとま》づ当

*〇―思入れや短い間(ま)があることを示す記号。

*クドキ―恨みや嘆きなど、自分の感情をめんめんと訴える部分で、聞かせ所となる。

*わしは形さへ…―小団次は背が低く容姿に恵まれない役者であったので、このせりふがある。

地を立ち退いて、京にしるべの者有れば、それをたよつて行く心。

十六　そんならわたしもとも〲に、連れていて下さんせいな。

清心　ふとした心の迷ひより、女犯《によぼん》堕落の此の清心。我が身ばかりか幼きより、御恩を受けし師の坊の、名迄けがせしもつたいなさ。〇

〽ただ何事も是《これ》までは、夢と思うて清心は、今本心に立ち帰り。

そなたの事は思ひ切り、京へ上つて再行《さいぎやう》なし、出家得道《とくだう》する心。そなたも廓へ立ち帰り、まだ年季をも長いとやら、よい客見立て身をまかせ、親へ孝行尽すが第一。

十六　そりや情けない清心さま。

クドキ〽今さら言ふも愚痴ながら、悟る御身に迷ひしは、蓮の浮気や一寸惚《ちよつとぼ》れ、浮いた心ぢやござんせぬ。弥陀を誓ひにあの世迄、かけて嬉しき袈裟衣《けさころも》、結びし縁の珠数の緒を、たま〲逢ふに切れよとは、仏すがたに有りながら、おまへは鬼か清心さま、聞えぬわいなと取りすがり、恨み歎くぞ誠なる。

ト此の内、十六夜くどきよろしくあつて、清心にすがり泣く。清心じつと思入れあつて、

清心　此の清心をさほど迄、思うてくれるは嬉しいが、これが似合ひといふではなし、わしは形《なり》さへ人並ならず、見る影もない所化《しよけ》上《あが》り、今大磯で評判の、そなたをつれて行かれうぞ。外に男もないやうに、アノ十六夜も物好きなと、いづれもさまがお笑ひなさる。世の

譬へにもいふとほり、釣り合はぬは不縁のもとぢや。

十六　そりやもうよその女郎衆は、苦界の勤めのたのしみに、浮気な事もござんせうが、わたしや一生身をまかす、男といふは心一つ。此の身ばかりかとゝさんまで、常々からのお心添へ。その御親切の清心さま、死なば一所と思うてゐるに、お情けない今のお詞《ことば》。どうでもあなたは私を、連れて退《の》いては下さんせぬか。

清心　サアそれとてもそなたのため。少しも早く廓へ帰り、勤めを大事にしやいの。

ト是にて十六夜思入れあつて、

十六　そのお詞がめいどの土産《みやげ》。○

〽岸より覗《のぞ》く青柳《あをやぎ》の、果もしだれて川の面《おも》。水に入りなん風情にて。

ト十六夜、清心をうらめしさうに見て、死ぬ覚悟なし、

南無阿弥陀仏。

〽すでにかうよと見えければ、清心あはて抱《いだ》きとめ

ト十六夜、前の川へ身を投げようとする。清心すがりとめて、

清心　アヽ、コレ、待つた、早まるな。

十六　イエ〳〵放して、殺して下さんせ。

清心　是《これ》はしたり。そなたを殺せば親仁《おやぢ》殿、また弟がわしを恨み、女犯《にょぼん》の上に重なる罪。夫《それ》

を知りつゝそなたをば、どう見殺しにならうぞいの。

十六　サア、その跡先《あとさき》を考へれば、なほ〳〵生きてはゐられぬ此の身。

清心　そりや又何ゆゑ、どういふわけで。

十六　勤めする身に恥づかしい。わたしやお前の。

清心　エ。◯

ト思入れ有つて、

そんならもしや、愚僧が胤《たね》を。

十六　アイ、三月《みつき》でござんすわいなア。

ト恥づかしきこなし。

清心　ホイ。

ト当惑の思入れ。竹笛入りの合方。

十六　サア、是ぢやによつて廓へ帰り、わたしや勤めがならぬゆゑ、淵川へ此の身を投げて死ぬる覚悟。不便《ふびん》と思はば一遍の、御回向《ごゑかう》お願ひ申しまする。

ト思入れにて言ふ。清心是非なき思入れ。

清心　此のまま別れて行く時は、そなたばかりか腹な子迄、闇から闇へやらねばならず。とあつて一所《いつしよ》に伴なはば。◯

*竹笛入りの合方―下座音楽の一。篠竹で作った横笛をあしらった三味線音楽。ここでは述懐の場の哀切な雰囲気を作る。

〽廓をぬけしそなたゆゑ、捕へられなばかどはかし。ふたたび縄目に逢はねばならず。是非に及ばぬ今宵の仕儀《しぎ》。殺すも不便、つれても行かれず。コリヤもうおれもとも〳〵に。

十六　一所に死んで下さんすか。

清心　外に思案はないわいの。○

〽ほんに思へば十六夜は、名よりも年は三つ増し、丁度十九の厄年に、我が身もおなじ廿五の、此の曙《あけぼの》が別れとは、花を見捨てて帰る雁《かり》。

〽それは常世《とこよ》の北の国。

〽これは浄土の西の国。頼むは弥陀の御誓ひ。

〽なまいだ〳〵南無阿弥陀。

〽これが此世の別れかと、互ひに抱《いだ》き月影も、またも朧《おぼろ》に雨催《あまもよ》ひ。

ト此の内両人名残りの思入れ。死ぬ覚悟なし、トゞ手を取りかはし、じつと顔を見てそのまゝぴつたり抱き付く。浄瑠璃の切れ、時の鐘。両人ほぐれて立ち上がり、

　此の世で添はれぬ二人が悪縁。

十六　死ぬると覚悟極《きは》めし上は。

清心　廓の追手に逢はぬうち。

*此の世で添はれぬ—以下、割りぜりふ。二人以上の人物がひと続きのせりふを分けてのべるもので、七五調のリズムの美しさを聞かせる。新七（黙阿弥）得意の手法。

*切穴—舞台・花道に設けられた四角形の穴。妖怪変化の出現に使用されることが多いが、井戸や川、海などに落ちる時や、谷底などを表現するのにも使用される。
*水の音—下座の鳴物の一。大太鼓を長撥で打つ。
*三重—下座の三味線の旋律の一。ここでは道具替りに用いられている。

十六　手に手をとつて此の川へ。
清心　浮名を流す心中に。
十六　あすは浮世の噺《はなし》ぐさ。
清心　斯《かく》と噂を聞かれたら。
十六　さぞとゝさんが跡での歎き。
清心　夫《それ》も前世の約束と。
十六　前立《さきだ》つ不幸を。
清心　許して下され。
両人　南無阿弥陀仏。

〽西へ向ひて合はす手も、氷る余寒《よさむ》の川淀へ、ざんぶと入るや水鳥の、浮名を跡に。
ト両人よろしく思入れあつて、平舞台の切穴へ飛び込む。水の音はげしく、水煙りぱつと立つ。三重、波の音に成り、太夫座を消し、此の道具廻る。

役者論語

芸《げい》鑑《かがみ》

一　傾城事《けいせいごと》の狂言、今とはかくべつの風儀の違ひ也。先づ其の場に口上出て、「ただ今傾城買ひの始まり」とふれてしまへば、村松八郎兵衛といふ立役《たちやく》、買人《かひて》にて、此の出立《いでたち》白加賀の衣裳に銀箔にて鹿の角を蜂のさしたる所を、惣身のもやう也。一尺七寸の脇ざしを向うへ落つるばかりにぬき差し、左ははりひぢ、右の手に扇の要《かなめ》をつまみ、橋掛りよりゆらり〳〵と出で、正面立ちながらせりふに曰く、「八幡《はちまん》、是《これ》が買人《かひて》でやす」と、扇にて脇差の柄《つか》をたゝけば、見物一同に「そりや、買人の名人が出たは〳〵」と声々にほむる事、しばらく鳴りもしづまらず。時に臆病口《おくびやうぐち》より揚屋《あげや》の亭主、古き浅黄《あさぎ》袴の腰をねぢらせ、手ぬぐひを腰にさし、貝杓子《しやくし》を持つて出で、「エ、旦那お出でか」といふ声の内、諸見物「そりや、亭主が出たは。あの顔を見よ。おかしや」と笑ふ声、次のせりふもいひ出さぬ程也。

しばし笑ひしづまれば、八郎兵衛「なんと、まだ太夫は見えぬか。」「イヤ、もうあれへ。もう追付け是《これ》へお出で」と橋掛りをうちながめ、「アレ〳〵、ただ今これへ見えます」といへば、「ヤレ傾城が出て来るは」と見物みな腰を立て直し、物をもいはず揚げ幕をながめゐる。時に傾城の姿、をかしき衣裳、金入《きんいり》也。其の時分、女形のかづらかくるはたま〳〵にて、多

○役者論語—安永五年九月刊。内題に「やくしやはなし」と振りがなをつけるが、普通「やくしゃろんご」と呼ぶ。「舞台百ケ条」「芸鑑」「あやめぐさ」「耳塵集（にじんしゅう）」「続耳塵集」「賢外集」「佐渡島日記」「三ヶ津盆狂言芸品定」を収め、元禄歌舞伎を知る上での基本的な書物。ただし収められた個々の書の成立時期は異なる。本文は日本古典文学大系『歌舞伎十八番集』によった。

○芸鑑—野郎歌舞伎時代の狂言のありさまを富永平兵衛が書き留めたもの。平兵衛は延宝ごろ役者から作者に転じた、専業の歌舞伎作者の草分け。ここに採ったのは傾城買い狂言の記録。

*傾城事の狂言—大尽が遊女を買いに廓へ来る場を仕組んだ狂言。野郎歌舞伎時代の代表的な演目。のちに元禄十年頃からの京・大坂の二の替り狂言には、かならずこうした場が組み入れられるようになる。

*橋掛り—歌舞伎舞台は能舞台の形式を継承したので、舞台下手の出入口から本舞台に至る部分をこの名で呼ぶ。同様に本舞台上手奥の出入口を臆病口と呼ぶ。

くは花紙を兵庫髷《ひやうごわげ》につゝみ、ただ一人出て、「大尽《だいじん》さまお出でかえ」といふを、「さても」と悦び、大尽と互ひに手に手をとれば、又笑ひ、座敷の挨拶、一つ〳〵こなしを、どよみをつくりてほめたり。扨亭主盃をめぐらし、「酒の肴《さかな》に太夫様一曲の舞、所望〳〵」とせりふの内、やがて囃子方《はやし》出でならべば、女形舞の所作《しよさ》有り。これは狂言一番の仕組《しぐみ》なり。

あやめぐさ

一　女形は色がもとなり。元より生れついて美しき女形にても、取り廻しをりつぱにせんとすれば色がさむべし。また心をつけて品《しな》やかにせんとせばいやみつくべし。それゆゑ平生を女子《をなご》にてくらさねば、上手の女形とはいはれがたし。舞台へ出て爰《ここ》は女子の要《かなめ》の所と思ふ心がつくほど、男になるものなり。常が大事と存ずるよし、さい〳〵申されしなり。

耳《に》塵《ぢん》集《しゆう》

一　或る時、替り狂言、近松氏《うぢ》・我等談合《だんかう》にて、楽屋に役人を集め、狂言を咄《はな》したるに、我が役よき人は狂言をほめぬ、役悪《あ》しき人は吉悪《よしあし》を言はず。狂言のよしあしを知らざる人は、いつも顔を見て多分に付くべき体《てい》。中にも文盲《もんまう》にして狂言の心なき人は、先づ一番に腹を立て、我が家来を叱り、機嫌悪しく、人々にいとまごひもせず立ち帰りぬ。其の頃藤十郎座本にてありしが、狂言のよしあしを言はざれば、外《ほか》より言ひ出すべき事もなし。藤十郎曰く、「先づ上の口明《くちあ》けより稽古致されよ」と立ち帰られぬ。翌日より稽古にかゝり、四五日のう

*揚屋の亭主―道化方が演じるのがきまり。衣裳などにも類型があったことが、以下の文で理解される。
*揚げ幕―楽屋と橋掛りの境にある幕。のちに花道が人物の登場退場に使われるようになると、花道のはしにも設けられた。
*囃子方―小鼓・大鼓・太鼓・笛・三味線。舞台後方に並んで坐ったものと思われる。
〇あやめぐさ―元禄・享保期の女方初代芳沢あやめの言行を、同時代の役者で作者を兼ねた福岡弥五四郎が書き留めたもの。
〇耳塵集―坂田藤十郎の逸話を中心に元禄歌舞伎の名優たちの言行を、金子吉左衛門が書き留めたもの。
*替り狂言―次の興行に出す新狂言。
*近松氏―近松門左衛門。元禄から宝永初年にかけては歌舞伎作者としても活躍していた。
*我等―金子吉左衛門。役者兼作者として元禄・享保期に活躍した。始め道化方、後に立役。近松の歌舞伎狂言には吉左衛門が作者として協力したものが多い。
*役人―役者。
*狂言を咄したるに―狂言のあ

らすじを説明するのである。
*藤十郎―初代坂田藤十郎。元禄上方歌舞伎を代表する名優。立役。近松作の狂言の大部分は藤十郎によって演じられた。一六四七(?)〜一七〇九。
*座本―一座を統率する役者で興行責任者でもある者。
*上―上中下三番続きの狂言の第一番目(上の巻)。
*口明け―発端の場面。
*四番目―三番続きの狂言の第二番目(中の巻)。
*せりふを付けられよ―当時役者は狂言のあらすじを聞いたのち、稽古の段階で作者から口うつしにせりふをつけてもらった。

ちに上の稽古しまひ、其の後四番目の口明けを稽古する日に至り、藤十郎「今一度狂言の咄しを聞きなほさん」とありしゆゑ、又咄しぬ。然れども吉悪を言はず。木履《ぼくり》をはき傘杖にて出る狂言なりしが、楽屋番に言ひつけ、右の品々取り寄せ、木履をはき杖をつき傘をさし、「さあせりふを付けられよ」とありしゆゑ、近松氏・予、型のごとくせりふを付け、一遍稽古を通したり。藤十郎曰く、「扨々《さてさて》よき狂言かな。初めて此の狂言の咄しを聞きても、又今聞きなほしても、わろき狂言と思ひぬ。然れども作者の心によき狂言と思へばこそ、役人を寄せて咄されたり。我が心に悪しきと思ひても、見物のほめる狂言あり。我当年五十に余れども、狂言の咄しを聞いて善悪を定めがたし。我是《これ》を知らば、今時分は長者にも成りぬらん。仕手《して》の心作者の心格別なれば、先づせりふを付けさせんと思ひ、木履からかさ杖を取り寄せ、始めより立ちて稽古をせしなり。是縦横のまんといふ心。然るに今作者のせりふ付けによつて、正《まさ》しくよき狂言と知れり。兎角《とかく》狂言の稽古は我がごとく初手《しよて》から立ちたるがよし」と言へり。此の思ひやりは、もと藤十郎よき狂言を拵《こしら》へられたるゆゑなるべし。いつとても藤十郎狂言の咄しを聞かるゝに、我が役の多少にはかまはず、狂言の筋をよく聞かれたり。

十二、歌謡

歌舞伎踊歌

茶屋のおかかに末代《まつだい》添はば、伊勢へ七度《ななたび》、熊野へ十三度、愛宕《あたご》様へは月参り。

暇乞《いとまご》ひには来たれども、碁盤面《おもて》で目が繁《しげ》ければ、まづお待ちあれ、柴の編戸も押せば鳴る、あはれ霰《あられ》がはらほろと降れがな、その間《ま》にまた笑止と立つ名や、笑止と立つ名や、忍び踊りはおもしろや、忍び踊りはおもしろや。

文《ふみ》がやりたや室町《むろまち》筋へ、取りや違へて余の人にやるな、花のかの様の手に渡せ。

投節

嘆きながらも月日を送る、さても命はあるものか。

逢ひたさ見たさは飛び立つばかり、籠の鳥かやうらめしや。

*茶屋のおかかに……―『国女歌舞妓絵詞』にお国歌舞伎の踊り歌として記載されている。茶屋遊びの舞台で歌われたことが想像される。

*暇乞ひには……―女歌舞伎の踊り歌を伝える歌本『をどり』に「忍び踊り」の題で記載されている。『松の葉』巻一にも所収（小異）。

*文がやりたや……―『業平をどり十六番』『舞曲扇林』『落葉集』等に記載されていて、若衆歌舞伎の舞台で歌われたといわれる。

〇投節―近世初期の流行歌。初め椰節（なぎぶし）の歌詞を流用して歌ったので「なぎぶし」とも呼ばれたが、歌の句の終りを投げるように歌うところから「なげぶし」の名を得たといわれる。遊里での流行がいちぢるしい。

『松の葉』より

月は八幡《やはた》のまだ空に、も往《い》の往のとは思へども、あとに心がとどまりて、うしろ髪が引かるる、なんぼ恋には身が細ろ、二重《ふたへ》の帯が三重《みへ》まはる。

あだしあだ波よせてはかへる波、朝妻舟のあさましや、ああまたの日は誰に契りをかはして色を＾、かはして色を、枕恥かしいつはりがちなるわが床の山、よしそれとても世の中。

『落葉集』より

関のお地蔵は親よりましぢや、親も定めぬ妻を持つよの、かへではないかこれ与作、沙汰《さった》もないこと、ほてつぱらめがえ、坂は照る照る鈴鹿は曇る、さきはいと言うてはいどうし、間《あひ》の土山雨が降る。

そりや〳〵そりや〳〵、鑓《やり》の権三《ごんざ》は蓮葉《はすは》にござる、谷のやつとんと笹《ささ》やでやあゝ、そろへ

〇松の葉―秀松軒編。元禄十六年六月刊。五巻。元禄末年までの流行歌謡集。

*月は八幡の……―三味線組歌のうちの一曲。柳川検校作。第一巻所収。

*あだしあだ波……―端歌「朝妻舟」。朝妻舟（浅妻舟）は琵琶湖東岸朝妻の港に出入した渡し舟で、船中で遊女が客とることもあった。第三巻所収。

〇落葉集―大木扇徳編。宝永元年三月刊。七巻。『松の葉』に漏れた歌を集めた歌謡集。

*関のお地蔵は……―「馬方踊り」。関は東海道の宿場の一。鈴鹿峠の東麓にあり、地蔵堂が名高い。

*与作―「与作丹波の馬追ひなれど、今はお江戸の刀指し」「与作思へば照る日も曇る、関の小方が涙雨か」（山家鳥虫歌）などと歌われた馬方。『落葉集』にも『与作踊り』を収める。近松門左衛門の浄瑠璃『丹波与作待夜の小室節』はこれらの歌をふまえて作られている。

にかかる、しなへてかかる、どうでも権三は濡れ者だ、油壷から出すやうな男、しっとんところりと見とれる男、磯の千鳥を追つかけて、石突《いしづき》つかんでずんずと伸ばしやる〳〵、さあさえいさつさ〳〵、えいさつさ〳〵、さつさどうでも権三は、よつどつこい、よい男え。

間《あひ》の山

夕《ゆうべ》朝《あした》の鐘の声、寂滅為楽《じゃくめつゐらく》と響けども、聞いて驚く人もなし、花は散りても春は咲く、鳥は古巣へ帰れども、行きて帰らぬ死出の旅、野辺よりあなたの友とては、金剛界の曼荼羅《まんだら》と、胎蔵界の曼荼羅に、血脈《けちみゃく》一つに珠数一連、これが冥途の友となる。

江戸長唄

藤娘

三下り〽津の国の合浪華《なには》の春は夢なれや、はや二十《はた》年《とせ》の月花を、眺めし筆のいろどりも合描《か》き尽されぬ数々に、山も錦の折を得て、故郷へ飾る袖袴《はかま》 伊三郎 鼓唄〽若紫に十返《とかへ》りの花を現はす松の藤浪 〽人目塞《せ》き笠、塗り笠しやんと、振りかたげたる一枝は合紫深き水道《すいど》の水に、染めて嬉しきゆかりの色の合いとしと書いて藤の花、エエ合しよんがいな、裾もほら〳〵しどけなく合〽鏡山、人のしがよりこの身のしがを合かへり見る目のしほなき海に、娘姿の恥

*そりや〳〵……―「鑓の権三男踊り」。祇園で七月十五・十六の両日行われた町踊りの歌の一つ。第五巻所収。

*鑓の権三―鑓の名手として、また美男として喧伝された伝説的人物。近松門左衛門の浄瑠璃『鑓の権三重帷子（やりのごんざかさねかたびら）』はこの歌をふまえて作られている。

〇間の山―間(相)の山節。三重県伊勢市の間の山で、お杉・お玉と名のる女の辻芸人が簓（ささら）・三味線を鳴らして歌った歌。胡弓をひく門付けの歌としても流布した。哀調を帯びた歌詞で、お杉・お玉の場合は「あさましや」の文句で歌い出したといわれる。ここには『吟曲古今大全』所収の歌詞を採った。

〇藤娘―文政九年九月十九日より江戸中村座上演の五変化（ごへんげ）所作事「歌へすぐ〳〵余波大津絵（かえすがえすなごりのおおつえ）」のうちの一曲。この五変化は、滋賀県大津で旅人の土産物に売っていた大津絵にちなむ五つの人物を一人で早変りして踊るもので、この年十月に江戸から大坂に帰る人気役者関三十郎が名残り狂言の大切（おおぎり）に演じた。本文中の伊三郎・

かしや　伊三郎〽男心の憎いのは、外の女子《をなご》に神かけて、粟津と三井のかね言《ごと》も　小四郎〽堅い誓ひの石山に、身は空蟬《うつせみ》の唐崎や、待つ夜をよそに比良《ひら》の雪　喜代八〽解けて逢ふ瀬のあた妬《ねた》ましい、ようもの瀬田に乗せられて　鉄五郎〽文《ふみ》も堅田《かたた》の片たより、心矢走《やばせ》のツレ〽かこち言《ごと》　〽松を植《う》よなら有馬の里へ植ゑさんせ、いつまでも 合 変らぬ契り掻いどり棲《づま》で、よれてもつれつまだ寝が足らぬ、よい寝枕の、まだ寝が足らぬ、藤に巻かれて寝とござる。ア、何としよう、どうしようかいな、わしが小枕お手枕　〽空も霞の夕照りに、名残りを惜しむ帰るかりがね。

江戸端唄

〽鑓《やり》は錆びても名は錆びぬ、昔ながらの落し差し、ササヨイ〳〵〳〵〳〵ヨイヤサ。

〽露は尾花と寝たといふ、尾花は露と寝ぬといふ、あれ寝たといふ寝ぬといふ、尾花が穂に出て顕《あらは》れた。

民謡

めでた〳〵の若松様よ、枝も栄える葉も繁る。

小四郎・喜代八・鉄五郎の人名は、初演時の長唄の分担を示す。

*津の国の…—冒頭の一節は、長く江戸に出演していた関三十郎が故郷大坂に帰ることを歌う。

*有馬の里—神戸市兵庫区にある古来の温泉地。以下有馬節の「松になりたや有馬の松に、藤に巻かれて寝とござる」をふまえる。

〇江戸端唄—近世末期に江戸で流行した三味線を伴奏とする短編の歌曲。その多くはうた沢（歌沢）や小唄として歌われる。ここにはうた沢の代表曲を採った。

*めでた〳〵の…—最も広く各地に流布した民謡といえよう。記載した文献は多いが、ここには『山家鳥虫歌』（明和九年刊）から採った。

＊勤めせうとも……――『山家鳥虫歌』による。

勤めせうとも子守は嫌よ、お主《しゆう》にや叱られ子にやせがまれて、間《あひ》に無き名を立てらるる。

●**編者紹介**

松崎　仁（まつざき　ひとし）
大正12年３月14日，横浜に生まれる。
昭和24年，東京大学文学部卒業。梅光女学院大学名誉教授。立教大学名誉教授。

白石悌三（しらいし　ていぞう）
昭和７年12月20日，福岡に生まれる。
昭和31年，九州大学文学部卒業。福岡大学名誉教授。平成11年没。

谷脇理史（たにわき　まさちか）
昭和14年11月24日，群馬県に生まれる。
昭和37年，早稲田大学第一文学部卒業。早稲田大学名誉教授。平成21年没。

年表資料　近世文学史　新装版

昭和52年４月30日　初版発行
平成13年３月20日　15刷発行
平成25年２月25日　新装版１刷発行

発行者　池田つや子
発行所　有限会社**笠間書院**
〒101-0064　東京都千代田区猿楽町 2-2-3
電話　03-3295-1331　振替　00110-1-56002

検印省略

ISBN 978-4-305-60310-4　　三美印刷・笠間製本所